YENİ HAYAT

AYKUT KARLI

İKİNCİ ADAM YAYINLARI

Yazar
Aykut KARLI

Kapak
Coşkun Pınar

Yayın Yönetmeni
Başak Ergün

Baskı
İkinci Adam Matbaacılık
Moda Caddesi, Özgür İşhanı,
No: 28, Kat:4, D: 403
Kadıköy / İstanbul
Tel 0216 345 95 66

Şubat 2018

2. Baskı

ISBN 978-605-128-671-6

İKİNCİ ADAM YAYINLARI

Tel: 0216 345 95 66
Fax: 0216 345 95 74

www.ikinciadamyayinlari.com

Bu eserin tüm yayın hakları
İkinci Adam Yayınları'na aittir.

20 Kasım 2022

YENİ HAYAT

Müslüm beye
sağlık ve mutluluk
dileklerimle.

Aykut KARLI

GEÇMİŞİNİ ANIMSA, GELECEĞİNİ DÜŞLE.
KADERİN, İKİSİNİN HARMANIDIR.

Aykut KARLI

Gören gözlerimle okumayı, kalem tutan elimle yazmayı öğreten, başta ilkokul öğretmenim Münevver ÇABUK olmak üzere, üzerimde emeği olan ve binlerce insan yetiştiren öğretmenlere ithaf edilmiştir.

"Yeni Hayat " kitabı elime geçtiğinde, bir solukta okudum. Konu fantastik olmasının yanında, polisiye, aşk ve geleneksel bir takım konuları içermesiyle birlikte, ülke turizmine dahi katkısı olduğunu düşündüğüm bir kitap. Aykut KARLI'nın hayal gücünün zenginliği ve bunları bize kazandırdığı için kendisini tebrik ediyorum.

Uğur KAYA
Kültür Bakanlığı
İstanbul Türk Halk Müziği Koro Şefi

"Asker kökenli yazar Aykut Karlı'nın Yeni Hayat'ı, asker yazarlarımızın strateji dışı konularda da başarılı eser verebildiklerinin önemli kanıtlarından. Gizemli, başlayınca bitirinceye kadar bırakamayacağınız özellikte."

Prof.Dr.Yusuf Z. YERGÖK

ÖNSÖZ

Yaradılış sonsuza kadar bir sır olarak mı kalacak? Yoksa küçük kırıntılardan nasibini alacak mısın?

Nasıl ve neden varolduğunu bilmek kadar, nereye gideceğini de merak eder insanoğlu. Yüzyıllardır farklı zaman ve mekanlarda pek çok şey yazılmış çizilmiştir bilinmeyen için. Kimileri bunları anlatmak için görevlendirilmiş, kimileri kabul edip boyun eğmiş, kimileri de sorgulayıp anlamaya çalışmıştır. Okuyacağınız satırlardan sonra kendinizi aramaya başlayabilirsiniz ya da kendinizdeki sizi fark edebilirsiniz.

Sonsuzluğun kapısında buluşmak üzere...

O kadar hızlı koşuyordu ki sanki kalbi avuçlarının içinde atıyordu, gördüklerine inanamamıştı. Hızlı nefes almaktan ciğerleri patlayacaktı. Arabayı bıraktığı yeri kestirmeye çalışıyordu ama karanlıkta sadece tahminde bulunabiliyordu.

Arabayı bıraktığı yerden belli belirsiz bir patikadan aşağıya inmişti. O zaman hava tam kararmamıştı. Şimdi ise akşamın karanlığı çökmüştü. Sadece koşuyordu ve oldukça korkmuştu. Tam anlamıyla korkmak da denemezdi, hayretler içinde kalmış ve âdeta şuursuzlaşmıştı.

Uzaktan geçen bir aracın sesini duydu, arabanın farları keskin bir virajı aldıktan sonra gözden kayboldu. Şimdi en azından koştuğu yönün doğru olduğunu anlayabilmişti.

Büyük ağaçların aşağıya sarkan dalları yüzünü çizmişti. Kurumuş yapraklarla örtülü toprakta zaten karanlıktan hiçbir şey göremediği gibi engebeli arazide bir de ayak bileğini burkmuştu. Ayağının ağrısını düşünmüyordu, tek amacı bu yerden bir an önce uzaklaşmaktı.

Uzaktan başka bir arabanın daha farlarını gördü. Biraz daha dayanmalıydı ama dermanı kalmamış bir hâlde yere yüzüstü kapaklandı. Bir anda sağ avucunun içinde derin bir acı hissetti. "Allah kahretsin!" dedi, inceden ama derin bir sızı, bulanık gözlerle avucunun içine baktı, kanıyordu. Başparmağıyla bileği arasında bir kesi vardı, gözlerini yere çevirdi, yerde cam parçaları vardı. Aklına tekrar az önce gördüğü manzara geldi. Zor bela tekrar ayağa kalktı. "Yok canım!" dedi kendi kendine. Şu an kanamayı düşünecek durumda değildi.

Arabaya geldiğinde elini cebine attı, fakat arabanın anahtarını bulamadı. Diğer cebini yokladı, gene yoktu. Aslında hiçbir zaman arabanın anahtarını sağ cebine koymazdı. İlk arabasını aldığından beri hep sol cebine koyardı. Çünkü sağ cep her zaman evin anahtarı içindi.

Bir daha yokladı gene yok! Olur ya dedi belki ne yaptığımı bilmeden anahtarların yerini değiştirmişimdir. Hatırlamaya çalıştı. Sonra küçük bir şangırtı sesi çınladı kulaklarında, yere kapaklandığında anahtar cebinden düşmüş olmalıydı.

Ellerini dizlerinin üzerine koydu, hafifçe öne doğru eğilip derin bir nefes aldı. Şimdi o karanlık ormana anahtar aramak için yeniden mi gidecekti. Doğruldu ve karanlığın derinliklerine baktı. İkinci ağaçlardan sonrası görünmüyordu.

Az önce kısa aralıklarla geçen iki araba çok tesadüf bir olaydı. Çünkü burası çok sık kullanılan bir yol değildi. Kendisi de pek tercih etmezdi ama içinden bir ses bu akşam dönüşte burasını tercih etmesini istemişti.

Bir anda cep telefonunun sesiyle irkildi. Gecenin sessizliğinde oldukça ürkmüştü. Cep telefonunu çıkarmaya fırsat bulamamıştı ki arama kesildi, telefonun şarjı bitti.

"Bu ne!" dedi kendi kendine, "Kâbusun ikinci perdesi mi?"

Cep telefonunu cebine koydu, fermuarı çekti. Hava kararırdığında soğuk daha fazla hissedilir olmuştu. Koşmaktan terlemiş, sırtı su içinde kalmıştı.

Ormanın içinden sanki iki göz kendisine bakıyor gibi hissetti. İrkildi...

"Tekrar gitmeliyim!" dedi. "Arabanın anahtarlarını bulup bu lanet yerden bir an önce kurtulmalıyım. "

Dili damağına yapışmış, boğazı kurumuştu. Biraz yürüdü, bir iki sıra ağacı geçti, yerdeki bir odun parçası ilişti gözüne. Sağ eli hâlâ kanıyordu, elini saracak bir şey de yoktu. Sopayı sol eline aldı, sıkıca kavrayıp, kendisini cesaretlendirdi. "Ne olacak ki?" dedi, ama içindeki ürperti bir türlü bırakmıyordu peşini.

Ormanda yürümenin bu kadar ses çıkaracağını bilmiyordu. Her adım atışında ayağının altındaki küçük dallar kırılıyor yapraklar hışırdıyordu. Kendi kendine biraz da rahatlamak için, "Amma da çok ses çıkıyormuş, sanki bütün orman konuşuyor!" dedi.

Ensesinde hissettiği ıslaklıkla yerinde çakılıp kaldı. Yutkundu ve ani bir hareketle geriye doğru elindeki sopayı salladı. Kendi etrafında bir tur attıktan sonra elindeki sopayı bu kez iki eliyle kavrayıp etrafına baktı. Sağ elindeki kesiği bir an unutmuştu, sopayı kavradığında acı ikiye katlanmıştı. Aşağıya sarkmış ağacın dalındaki bir yaprak, üzerinde kalmış yağmur damlasını ensesine bırakmıştı. "Şaka olmalı herhâlde!" dedi ama kalbinin atışlarına hükmetmekte zorlanıyordu.

Biraz daha yürüdü. "Buralarda olmalı!" dedi. Yere doğru biraz daha eğildi. Gözlerini iyice açtı ve yeri taramaya başladı. Küçük adımlar atarak etrafında sanki daireler çizercesine dönüyor bir o tarafa bir bu tarafa bakıyordu. Ayağının altında bir şey hissetti. Ayağını kaldırdı. Tepedeki ayın donuk ışığı anahtarı fark etmesini sağlamıştı. Elini uzattı ve yerden sanki kimseyi uyandırmak istemiyormuş gibi sessizce anahtarı aldı.

Doğrulurken nereye bakması gerektiğini bilemedi. Sanki birisi onu takip ediyordu.

Ensesinde müthiş bir ağrı hissetti. Herhâlde yere kapaklandığında başını çarpmamak için kendisini çok sıkmış olmalıydı.

Koşmak istemiyordu ama bu arada bir an önce arabaya ulaşmak için hızlı adımlar atıyordu. Ayağının ağrısını biraz daha fazla hissetmeye başlamıştı. Sağ elindeki kesik yetmiyormuş gibi az önce sopanın üzerindeki kıymık sol avuç içine batmıştı, başparmağıyla kıymığı hissetti, şu an onu çıkarmak için zaman kaybedemezdi.

Arabanın kapısına anahtarı soktu ve yavaşça çevirdi. Neden böyle yaptığını kendisi de anlamadı, çünkü araba otomatik kapılıydı. Bir düğmeye basmasıyla kapı açılırdı. Ama kapılar açıldığında hem dörtlüler yanıyor hem de iki kez üst üste ikaz sesi çıkarıyordu.

"Herhâlde?" dedi kendi kendine, "Ses çıkarmak istemedim."

Yavaşça koltuğa oturdu. Anahtarı kontağa soktu. Tamamen unutmuştu. "Hay aksi!" dedi.

Lastik patlamıştı. O yüzden bu uğursuz yerde kalmıştı. Bu sefer anahtarı sol cebine koyduğundan emin olarak arabadan indi. Arabanın arkasına geçmek üzereyken uzaktan bir ses duydu. Bir araba yaklaşıyordu. Ona doğru geldikçe yavaşladı, geçti ve az ileride durdu. Gözleri odun parçasını aradı. Kapının yanında duruyordu. Hemen eline almak istemedi. Çünkü kim olduklarını bilmiyordu.

Araba biraz geri geldi. Sonra durdu ve iki kapısı birden açıldı.

Şoför tarafından inen kendi boylarında bir erkekti. Diğer kapıdan inen ise bir kadındı. Biraz yaklaştıklarında az önce kendisi ile aynı yemek salonunda olan erkek ve kadını daha net görebiliyordu. Kim olduklarını bilmiyordu ama az önce yaşadıklarından sonra iki insan görmek onu biraz rahatlatmıştı.

"Merhaba," dedi erkek olan, "Bir sorun mu var?"

"Evet, arabanın tekeri patladı. "

"Yardım etmemi ister misiniz?"

Kadın telaşlı bir sesle, "Eliniz kanıyor!" dedi.

"Önemli bir şey yok, merak etmeyin. "

Adamın gözü yerdeki sopaya takıldı. Ortada bir sorun vardı ama ne olduğunu pek anlayamamıştı.

"Gerçekten iyi olduğunuza emin misiniz?" diye tekrar sordu bir açıklama beklercesine.

Yutkunduktan sonra biraz merak gidermek için bir iki cümle kurması gerektiğini anlamıştı.

"Arabanın tekeri patlayınca kenara çekip lastiği değiştirmek istedim ama daha fırsatım olmadan, başıboş bir köpek bana doğru gelince yerde bulduğum sopayla onu biraz kovaladım. Peşinden koşarken karanlıkta nereye bastığımı fark etmediğim için yere düştüm, yerdeki cam parçaları elimi kesti. Ha bir de sol elimde kıymık var, onu söylemeye gerek bile yok aslında."

Bu hikâye çifte pek inandırıcı gelmemişti ama gene de pek meraklı görünmek istemediklerinden olsa gerek başka soru sormadılar.

Kadın kendi arabalarına yöneldi. Bagajı açıp ilk yardım çantasını çıkardı. Sargı bezini alıp ilk bakışta tedirginlik yaratan adamın elini sardı. Ama hâlâ kanama devam ediyordu. "Biraz baskı iyi gelir," dedi.

Bu arada genç adam işe koyulmuştu bile. Stepneyi çıkardı, sağ arka tekeri değiştirmeye başladı. Bir süre devam eden sessizlikten sonra, kadın:

"Sizi tanıyor olabilir miyiz? Adınız neydi?" diye sordu.

"Tabii, adım Özgür. Sizin?"

"Benim adım Filiz, eşiminki ise Alper. "

"Memnun oldum, sizi de yolunuzdan ettim, kusura bakmayın," dedi.

Konuşmadan her ikisi de Alper'i izledi.

Bu arda Alper işini bitirmek üzereydi.

"Sizi bu akşam göl kenarındaki lokantada gördüm, yanılmıyorum değil mi?"

"Evet haklısınız. "

Özgür teşekkür edip eğer kabul ederlerse, uygun bir vakitte bir şeyler ısmarlamak istediğini söyledi.

"Neden olmasın, iyi olduğunuza emin misiniz, kendinizi iyi hissetmiyorsanız, isterseniz araba kalsın sizi evinize biz bırakalım. "dedi Alper.

"Teşekkür ederim gerçekten, biraz yoruldum hepsi bu."

Özgür koltuğa oturduktan sonra, Alper ve Filiz arabalarına doğru yürüdüler.

"Bu hikâye bana pek inandırıcı gelmedi," dedi Filiz.

"Bana da öyle," dedi Alper.

"Çok korkmuş görünüyordu, gecenin karanlığında bile kireç gibi olan yüzünü fark etmedim değil, fazla burnumuzu sokmayalım, şayet tekrar görüşürsek, çok isterse anlatır."

Alper arabayı çalıştırdı. Yavaşça yola girdi.

"Bizi takip edersiniz," demişti Özgür'e. O yüzden yavaş gidiyor arada bir de aynadan takip ediyordu. Zaten fazla hız yapmayı sevmezdi Alper. Eğer biraz sürat yapsa Filiz hemen uyarır, hızını düşürmesini isterdi.

Özgür ise sadece yola bakıyor, hiçbir şey düşünmek istemiyordu. Sağ ayak bileği ağrıyordu. Ayağını gaz pedalında tutarken sızlıyordu. Eve gider gitmez buz koymalıydı, sonra eli aklına geldi. "Önce eve mi yoksa hastaneye mi?" diye düşündü. "Eve gidip duş alıp, üstümü değiştirmeliyim. Bu hâlde hastaneye gidemem, kime ne anlatırım, bir de hastane polisi görürse al başına belayı!"

Birden irkildi Filiz:

"Alper, sence polise haber vermeli miyiz? Bir köpek kovalamak insanı bu hâle sokmaz bence, bu işin altında başka bir şey var. Polise haber verelim mi ha ne dersin?"

"Dur bakalım!" dedi Alper.

"Daha kim olduğunu bile bilmiyoruz. Bir saat önce yemek salonunda gördük ve sadece adını biliyoruz."

Filiz dayanamadı:

"Ayakkabıları ve diz kapakları çamur içindeydi. Belki de birisini gömmüştür?" derken alaycı bir ifadeyle Alper'e baktı.

"Saçmalama, nereden çıktı bu şimdi?" dedi Alper. "İyimser bir tahminde bulunmak istemem ama gene de kötü bir insan olduğunu düşünmedim. Bir sıkıntı var ama neyse düşünme şimdi bunları, evimize gidip güzel bir uyku çekmekten başka bir şey düşünmüyorum şimdi."

Genç kadın yan yan baktı.

"Nasıl yani?" dedi. "Hiçbir şey mi düşünmüyorsun?" dedi davetkâr bir sesle.

Özgür, yol ayrımına geldiklerinde selektör yaptı ve her şeyin yolunda olduğunu belirtmek için elini havaya kaldırdı.

Alper, tamam anlamında aynı hareket yaparak direksiyonu sağa kırdı ve diğer ana caddeye bağlantı yapacak olan ara sokağa girdi.

Arabaya binmeden önce Özgür'ün telefon numarasını almış ve kendi numarasını da Özgür'ün telefonun şarjı bittiği için bir kâğıda yazıp vermiş, gece bir sorun olduğunda sıkılmadan arayabileceğini söylemişti. Aslında birbirlerine pek de uzak sayılmayacak mesafelerde oturuyorlardı.

Genç adam, eve yaklaştığında içinde bir sıkıntı hissetti ama bunu Filiz'e belli etmemeye çalıştı. Filiz çantasına garajın kapısının kumandasını almak için elini soktuğunda gökyüzünde mavi bir ışık gördü. Işığı Alper'in de gördüğü belliydi, çünkü o da ağzı açık yukarı bakıyordu.

"Şimşek çaktı herhâlde?" dedi ama buna kendisi de inanmamıştı.

Her ikisi de şaşkın bir hâlde arabayı garaja çekip eve girdiler. Evli çift ana caddenin sonunda iki katlı ve küçük bahçeleri olan evlerin başladığı mahallede oturuyorlardı. Üniversitede tanışmışlar ama iş hayatına atılıp da aynı yerde çalışana kadar birbirlerini hep arkadaş olarak görmüşlerdi.

Her ikisi de grafik ve tasarım okumuşlardı, aynı iş yerinde çalışmaya başladıktan sonra, Alper Filiz'e evlilik teklif etmişti. İki yıl önce hayatlarını birleştirmişlerdi.

İdareli bir insan olan Alper, paranın kıymetini bilirdi. Çocukluğu ve gençliği maddi sıkıntılarla geçmiş, iş hayatına atıldıktan sonra parayı har vurup harman savurmamıştı. Alper'in bu tutumlu hâline her zaman imrenen Filiz onu örnek almış, evlendikten sonra da çok az bir kredi ile bu evi almışlardı.

Alt katta geniş sayılabilecek bir salon ve sokağa bakan bir mutfağı vardı. Alt kattaki Alper'in evlenmeden önce ilgi duyduğu birkaç antika eserin bulunduğu odayla birlikte toplam 50 metrekarelik bir alandı. Odanın yanında küçük bir lavabo vardı. Filiz zevkli bir kadındı, evdeki eşyaların renk seçimini ve özelliklerini, Alper ona bırakırdı. Zaten her ikisi de şatafatı sevmez, sadelikten hoşlanırdı.

Üst katta üç oda vardı. Bir tanesi kendi yatak odaları, diğeri misafir odası, diğer küçük oda da şayet ileride bir çocuk düşünürlerse onun odası. Alper arada bir takılır bir düzine çocuk isterim derdi. Filiz de bir saray ve hizmetçiler alırsın artık diyerek isteklerini sıralardı.

Alper ve Filiz üzerindekileri çıkarıp portmantoya astılar, merdivende birbirlerine sarılarak yukarı çıktılar. Filiz, "Ben duşa giriyorum," dedi.

Alper, "Tamam sen gir, benim ufak bir işim var," deyip Filiz'i banyo kapısında bırakarak aşağıya indi.

Filiz üzerindekileri çıkarıp duşa girdi. Lise ve üniversite yıllarında profesyonel yüzücüydü. Omuzları, etrafındaki pek çok kadına göre genişti, karnı hemen hemen hiç yoktu ve kalçalarında hiçbir zaman selülitlere şahit olmamıştı. Özellikle diz üstü etek giydiğinde değil erkeklerin, kadınların bile gözlerini ondan alamadığı alışılmış bir durumdu.

Alper, Filiz'i meraklandırmak istemediği için duşa girmesini beklemiş, Özgür'ü banyodan su sesi gelince aramıştı. Telefonu açan olmamıştı. Herhâlde henüz eve gidip telefonu şarja koymadı diye düşündü ama gene de tedirgin oldu.

***

Özgür, hâlâ arabadan inmemişti. Gördüklerini düşünmese dahi yerinden kalkmak istemiyordu. "Hadi!" dedi kendi kendine, "Eve gidelim deli oğlan!"

Arabadan indi. Kapıları kilitledi anahtarı sol cebine koydu ve tekrar yokladı. Elini sağ cebine attı ve evin anahtarlarını çıkardı. Apartmanın kapısını açıp topallayarak asansöre doğru yürüdü. Otoparkı da sayarsak bina 15 katlı idi. En üstte çatı katında oturuyordu. Evin büyükçe bir terası vardı. Terasa bir sürü bitki yerleştirmişti. Kimi küçük saksılar içinde kimi ise bir ağacı taşıyabilecek büyük saksılarda. Terasa girildiğinde kendinizi botanik bahçesinde hissediyordunuz. Yazın arkadaşları buraya bayılır, neredeyse her hafta sonu gelirlerdi.

Asansörde düğmelerin karşısındaki tarafa yaslanmış, ayağının ağrısını hissetmemek için ağırlığını sol ayağına vermişti. Asansör yavaşladı, ikinci katla, üçüncü kat arasında durdu. İki üç saniye içinde ışıklar söndü. Bir an kendisini kapalı bir kafesin içindeki çaresizce ölümü bekleyen vahşi hayvanlar gibi hissetti.

"Herhâlde kısa devre oldu?" dedi. Daha önce de birkaç kez aynı durum olmuş, kısa süre sonra düzelmişti. Biraz bekledi. Asansörde hiçbir hareket yoktu. Sağa sola sallandı.

Canı sıkılmaya başlamıştı. Ne kadar beklemeliydi. Saat ilerlemiş olduğu için asansördeki acil arama telefonunu kullanarak apartmanın kapıcısı Hüseyin efendi'yi uyandırmak istemiyordu.

Hüseyin efendi, Sivas'tan İstanbul'a göçmüş, Devlet Demir Yollarına girmiş, ağır işlerde çalışmış babayiğit bir adamdı. Emekli olduktan sonra memlekete dönmeyip İstanbul'da kalmıştı.

Onu çocukluğundan beri tanır ve her zaman kollardı. Özgür, çocukluğunda çelimsizdi. Anne ve babasını kaybetmeden kısa bir süre önce buraya taşınmışlardı. Onaltı yaşındayken anne ve babasını bir tren kazasında kaybetmişti. Halası, İzmir'e yanına gelmesini istemiş ama o bunu kabul etmemişti.

O günden sonra da Hüseyin efendi ona hep yakın olmuştu. O zaman 4. katta oturuyorlardı. Anıları bir dönem onu bunalıma sokmuştu ama gene de buradan ayrılmak istemiyordu. Hem yakın hem de uzak olmak için çatı katına çıkmıştı. O zaman reşit olmadığı için halası babasından kalan paraya biraz ilave ederek kendisine çatı katını almıştı. Buradayken kendisini anne ve babasına yakın hissediyordu.

Biraz daha bekledi hiçbir hareket yoktu. İstese de Alper'i arayamazdı, çünkü telefonunun şarjı bitmişti. Kulaklarında bir uğultu duymaya başlamıştı. Ses gittikçe arttı, dayanılmaz bir hâl almaya başlamıştı. Gözlerinin önündeki karanlık bir anda kayboldu. Sanki asansörün içinde şimşek çakmıştı.

* * *

Gözlerini açtığında karşısında tam seçemese de beyaz forması olan birisi kendisine sesleniyordu.

"Beyefendi iyi misiniz, beni duyabiliyor musunuz?"

Şaşkın bir ifadeyle etrafına baktı. Önce ne olduğunu ve nerede olduğunu anlayamamıştı.

Tanıdık bir ses duydu

"İyi misin Özgür?" dedi Hüseyin Efendi.

* * *

Genelde işlerini bitirir bitirmez erken yatmaya alışmış olan Hüseyin efendi'yi uyku tutmamış kalkıp binanın içerisinde dolanmaya başlamıştı.

Asansör düğmelerinin ışıklarının yanmadığını fark etti. "Neyse sabah bakarım," dedi ama içi rahat etmedi. Düğmelere dokundu. Hiçbir hareketlilik yoktu. Alt katta kendi oturduğu dairenin yanında sigorta panelleri vardı. Kutunun kapağını açtı. Bir sorun görünmüyordu. Peki, nasıl olabilirdi bu iş. Çok sık arıza yapan bir asansör değildi. Her yıl bakımları düzenli yapılırdı. Bakım ekibinin kendisine vermiş olduğu telefonu aradı ama aynı zamanda da söyleniyordu.

"Bu saatte telefonu kim açar ki!"

Karşıdan uykulu bir ses, "Efendim?" dedi.

"Mahmut Usta sen misin, ben Hüseyin, Doğan Apartmanı, asansörde bir sorun var hiçbir düğmesi çalışmıyor. Sigorta panelinde de bir sorun yok, gecenin bir yarısı ama asansör iki kat arasında kalmışa benziyor, içimde bir sıkıntı var, bir geliversen?"

Otuz dakika geçmeden Mahmut Usta geldi. Asansör motorunun olduğu yere gidip baktıklarında motorun tamamen yanmış olduğunu gördüler ve gözleri fal taşı gibi açıldı. Çünkü bu yılki bakım daha iki hafta önce yapılmıştı ve hiçbir sorun yoktu. Ama motor âdeta üzerine yıldırım düşmüş gibi erimişti.

El motoruyla asansörü zemin kata indirdiler. Kapıyı açtıklarında Hüseyin efendi kocaman bir küfür salladı. Özgür hareketsiz bir şekilde yerde yatıyordu. Üzeri çamur içindeydi. Sağ elindeki sargı bezi kıpkırmızı olmuştu. Asansörden çıkarıp zaman kaybetmeden Mahmut Usta'nın arabasıyla hastaneye götürdüler.

Acildeki ilk müdahaleden sonra Özgür'ü odaya almışlardı. Özgür, hiçbir şey hatırlamıyordu. En son anımsadığı uğultu ve parlaklıktı. Hüseyin efendi yatağın yanında sandalyeye oturmuş sanki olanlardan kendisi sorumluymuş gibi üzüntülü bir ifadeyle Özgür'e bakıyordu.

Özgür'ün sol elindeki kıymığı çıkarmışlar, sağ eli ise sarılıydı. Sağ ayak bileğinde ise içinde buz olan bir torba vardı. Film çekmişler, Hüseyin efendi'ye kırık olmadığını söylemişlerdi. Savaştan çıkmış gibiydi.

Özgür, Hüseyin efendi yanında olduğu için huzurluydu. Derin bir uyku çekmek istiyordu ama Hüseyin efendi'nin meraklı bakışları karşısında bir açıklama yapması gerektiğini anlamıştı.

Alper ve Filiz'den de bahsederek onlara söylediklerini Hüseyin efendi'ye de anlattı. Özgür'ü çok yormak istemediği için fazla üzerine gitmedi.

"Hadi sen uyu, ben biraz dolaşırım, uyku tutmadı zaten, sonra gelir sana tekrar bakarım," dedi dışarı çıkarken ışığı kapattı. Kapıyı biraz aralık bıraktı. Geldiğinde ses çıkarıp Özgür'ü uyandırmak istemiyordu.

Koridorda doktorla karşılaştı.

"Ciddi bir şeyi yok değil mi? Anne ve babasını kaybettikten sonra ona hep ben göz kulak oldum, öz evladım gibi severim. "

"Merak etmeyin, sadece biraz hırpalanmış, bir darbe almış gibi görünmüyor açıkçası. Sadece kendi ifadelerini doğrulayan bulguları var. Sabaha kadar toparlayacağını düşünüyorum. Ama evde kesin dinlenmesi gerekiyor."

Hüseyin Efendi, sabaha karşı odaya gelmişti, o vakte kadar kafeteryada oturmuş, anlam veremediği bu olayı düşünmüştü. Çünkü Özgür'ün başına şimdiye kadar böyle bir şey hiç gelmemişti.

Özgür, hayatını bir düzene koymuştu. Âdeta dakik bir saat gibiydi. Her şeyi önceden planlar ve uygulardı. Obsesif veya aşırı kuralcı değildi. Sadece yaptığı işi önemserdi. Onun için, biri diğerinden daha önemli veya önemsiz diye bir şey yoktu. Hatta Hüseyin Efendi'ye eve gelmeyeceği zaman bile haber verir, meraklanmasını istemezdi.

Sabah olduğunda Özgür, Hüseyin efendi'nin sandalyenin üzerinde uyuyakaldığını fark edince içi sıkıldı.

"Hüseyin efendi, yaşlı kurt her tarafın tutulacak uyan!"

Hüseyin efendi, derin bir nefes alarak başını kaldırıp Özgür'e baktı. Dün akşamkinden çok daha iyi görünüyordu.

"Günaydın evlat, iyi misin? Sana kahvaltı getireyim, ne istersin?"

"Ne olursa, fark etmez..." derken kendisini yatakta yukarı çekmeye çalışıyordu. Ayak bileğinin üzerindeki buz torbası hâlâ soğuktu. Bir ara odaya birisinin girdiğini hatırlıyordu. Muhtemelen hemşire kontrole gelmiş ve o arada da ısınmış olan buz torbasını değiştirmişti.

Hüseyin efendi, odadan çıkıp kafeteryaya bir şeyler almaya giderken koridorda hemşireye rastladı.

"Uyandı mı hastamız?" diye sordu hemşire.

"Evet, yemesi için bir şeyler almaya gidiyorum. " Elindekilerle odaya geldiğinde Özgür'ün gözlerini kapatmış, bir şeyler düşünüyormuş gibi kaşlarını çattığını gördü.

"İyi misin?"

"İyiyim, sadece biraz başım ağrıyor. "

Son lokmalarını yutmuşlardı ki doktor ve hemşire odaya girdiler.

Doktor kısa bir muayeneden sonra gidebileceklerini ama evde mutlaka istirahat etmesi gerektiğini söylemişti. Zaruri hâller dışında ayağa kalkmayacaktı, bastonu destek olsun diye kullanacak, elindeki dikişler ise bir hafta veya on gün sonra alınacaktı. Doktor ambulansa gerek olmadığını söyleyerek, hastanenin bu tip hastalar için kullanılan bir aracı ile onu eve bırakılacaklarını söylemişti.

Özgür, kahvaltıyı yaparken, meraklanmasın diye patronu aramış dün akşam ufak bir kaza geçirip ayak bileğini burktuğunu söylemişti.

Askerden geldikten sonra 10 yıldır aynı şirkette çalışıyordu. Babacan bir insan olan patron, iyice dinlenmeden kesinlikle işe gelmemesini istemiş, eğer iyice dinlenmeden gelirse seni işten kovarım diye tehdit etmişti.

Hüseyin efendi ile birlikte eve geldiklerinde, apartmandaki birkaç kişi nasıl olmuşlarsa haber almış, kapı girişinde onları bekliyorlardı. Apartman sakinlerinin çoğu Özgür'ün çocukluğunu bilirdi. Anne ve babasının ölümden sonra onun hayata tutunmasını gıpta ile izlemişleri.

"İyisin ya Özgür?" diye peş peşe gelen sorulardan sonra çok fazla üzerine gidip rahatsız etmek istemediler. Hastane görevlilerinin yardımıyla tekerlekli sandalye ile eve çıkardılar. Bir hafta boyunca tekerlekli sandalyenin onda kalacağını, doktorun da söylediği gibi mecbur olmadıkça ayağa kalkmamasını söyleyip, ayrıldılar.

Özgür, ayağındaki ağrının eskisi kadar kendisini rahatsız etmediğini fark etti. Tabii ki bunda ağrı kesicilerin de payı büyüktü. Elindeki ağrı da azalmıştı.

Üç gün boyunca tavsiyelere uyup çok fazla ayağa kalkmadı. Yemek pişirmeyi çok severdi. Yemekleri dışarıdan sipariş etti. Bazı akşamlar iş arkadaşları, Pınar ve Ahmet, bazı akşamlar ise Seda ve Tuncay uğrayıp nasıl olduğuna baktılar ve pek dağınık olmasa da ortalığı toplayıp çok geç vakte kalmadan gittiler.

Ayağının ağrısı iyice hafiflemişti, ağrı kesici de almıyordu artık.

Aklında bir şey vardı ama bir türlü anımsayamıyordu.

"Tabii ya!" dedi. Alper ve Filiz'i tamamen unutmuştu. Telefonu sehpanın üzerinden alıp, Alper'i aradı.

"Merhaba Alper, ben Özgür. "

"Özgür nasılsın, meraklandık. Aramak istedim ama Filiz, acele etme herhâlde biraz yorgundur. Uygun olduğunda o mutlaka arayacaktır, dedi. Umarım aramadığımız için kızmamışsındır?"

"Hayır Alper, neden kızayım ki, Filiz doğru düşünmüş ama şimdi iyiyim, köpeği kovalarken ayağımı burkmuştum, ayağımdaki şişlik beni çok rahatsız etmiyor artık baston kullanıyorum ama sadece biraz destek için. Artık kalkıp dolanabiliyorum. Elimdeki kesiğe de dikiş attılar, o biraz zorluyor, istediğim gibi kullanamıyorum. Kovulma korkum olmasa bu gün işe giderim ama patron erken gelirsen işine son veririm deyip beni tehdit etti."

Her ikisi de gülüştüler.

"Size ne zaman teşekkür edebilirim, müsaade edin bir yerde yemek ısmarlayayım."

"Daha iyi bir fikrim var," dedi Alper. "Filiz güzel yemek yapar, bu cumartesi değil de önümüzdeki hafta cumartesi akşam yemeğine gelmeye ne dersin?"

"Benim size borcum var, ben sizi ağırlamalıyım Alper?"

"Onu başka zaman hallederiz, borcun olsun."

"Tamam," dedi Özgür. Adresi alıp telefonu kapattı. Sıcakkanlı insanlara benziyorlar diye düşündü. Sıkıntıdan patlıyordu, hafta içi birkaç kez iş yerine uğramıştı, patron neredeyse kovalıyordu: "Git evine yat dinlen, adamın canını sıkma!" diye.

* * *

Sol elinde bir demet çiçek ve yemekten sonra mutlaka çay olur diye her zamanki pastaneden aldığı kurabiyeler vardı, dikişleri alındığı için çok sıkmadan sağ elindeki bastona hafifçe dayanarak kapıya doğru yürüdü. Zili çalıp biraz geri çekildi.

Kapı açıldı, Alper önde Filiz arkada karşıladılar Özgür'ü.

Özgür elindeki çiçeği Filiz'e doğru uzattı.

"Evin güzel hanımefendisine..." dedi. Filiz çiçeği alırken referans yaptı.

"Rahat yürüyebiliyor musun?" diye sordu Alper.

"Evet, bastonu sadece güvence olsun diye taşıyorum. "

Salona doğru ilerlerken evin sade döşenmiş hâli Özgür'ün dikkatinden kaçmamıştı. Bu zevkin Filiz'e ait olduğunu düşündü ama bir şey söylemedi.

Yavaşça tekli koltuğa oturdu. Filiz ve Alper de karşısındaki koltuğa oturmuşlardı.

Özgür:

"Ben, size gerçekten çok teşekkür ederim. Yardımlarınız ve sıcakkanlılığınız için. Ama biliyor musunuz sizden ayrılıp eve gittiğimde gece benim için daha bitmemişti demek ki!" Başından geçenleri anlattığında Alper ve Filiz'in ağzı bir karış açık kalmıştı. "Biraz hırpalandığım doğru ama beni en çok düşündüren asansörün bozulması değil, asansörde duyduğum uğultu ve arkasından gelen parlak ışıktı!" dedi.

Filiz ve Alper garaj kapısının açılmasını beklerken gökyüzünde gördükleri parlaklığı aynı anda düşünmüş olmalılar ki birbirlerine baktılar. Sonra ikisi de Özgür'e döndü.

"Sana bir şey söylemeliyiz!" dedi Alper

Özgür, "Nasıl bir şey?" deyip hafifçe öne doğru eğilip ellerini dizlerinin üzerine koydu.

"Eve girmeden önce, yani yaklaşık seninle ayrıldıktan 6-7 dakika sonra gökyüzünde parlak bir ışık gördük, her ikimiz de şimşek çaktığını düşündük ama o günden sonra da sen anlatana kadar olay üzerinde düşünmemiştik. "

Özgür, kaşlarını çatmış dikkatli bir şekilde söylenenleri dinliyordu.

"Bilemiyorum, hiçbir anlam veremiyorum!" dedi Özgür

Ormanda gördüklerini anlatsa herhâlde Alper ve Filiz onu deli sanırlardı.

Biraz sessizlikten sonra Alper:

"Hadi yemeğe geçelim ve bu can sıkıcı mevzuları kapatalım," dedi.

Yemek masası özenle hazırlanmıştı. Filiz, Özgür'ün getirdiği çiçekleri şipşak masaya koydu. Ortada kocaman bir salata tabağı ve mezeler vardı, fırından dumanı üstünde balıklar çıktı. Masanın bir kenarında ise helva vardı. Filiz yemeğe başlamadan önce, Özgür'e dönüp, "Balıktan sonra neden helva yenir biliyor musun?" diye sordu.

"Biliyorum, helvasını yiyeceksin ki balık öldüğünü anlasın," dedi Özgür.

Filiz'in yapmak istediği espri kursağında kalmıştı ama gene de bu gülüşmelerini engellememişti.

Keyif ile yenilen yemekten sonra masadan kalkmayı tercih etmeyip sohbetlerine devam ettiler. Bu arada çay da yavaş yavaş demini alıyordu.

Konu tanışma ve evlilik hikâyelerine gelmişti.

"Sizinle tanışmak bayağı ilginç bir şekilde oldu. Kırk yıl düşünsem aklıma gelmezdi. Bu arada siz nasıl tanışıp, evlendiniz, anlatsanıza?" dedi Özgür.

Alper, "Üniversitede tanıştık, aynı işte çalışana kadar evlilik planımız hiç olmamıştı. Aşk da var işin içinde mantık da. Aynı şeylerden hoşlandığımızı fark ettik. Ortak yanları çok olunca insanın, birlikte vakit geçirmek de keyifli oluyor. "

"Peki sen, evlendin mi? veya birisi var mı?" diye sordu. Filiz

Biraz durakladıktan sonra, geriye doğru yaslandı ve kendisinde izler bırakan ilişkisini anlatmak için derin bir nefes aldı.

"Evlenmeyi düşündüğüm birisi vardı. Birbirimiz çok sevmiştik. Fakat ailesinin, daha doğrusu annesinin ısrarlarına karşı gelemediği için şehirden ayrılmak zorunda kaldı. Babasını kaybettikten sonra, annesi yapayalnız kaldı ve yanına gelmesini istedi. Bir ara ben de onunla gitmeyi düşündüm ama benim de burada hem iyi bir işim hem de bırakamayacağım anılarım var. Annesini buraya gelmeye ikna edemedik. Sonuçta zamanla ilişki soğumaya başladı. Hâlâ görüşüyoruz ama artık evlilik planları çok gerilerde kaldı. Umarım orada mutlu bir evlilik yapacak birisini bulur. Onun mutluluğu beni de mutlu edecektir."

Filiz, biraz üzülmüştü, kurabiyeyi ısırırken, "Yazık, gerçi ona da hak vermiyor değilim. "dedi.

Alper, daha önce konuyu kapatmıştı amma gene aynı konuya kendisi döndü, "Kafama takılan bir şey var?" dedi.

"Nasıl bir şey?" dedi Özgür.

"O gece hani biz de gökyüzünde bir ışık görmüştük dedik ya, senin asansörde gördüğün veya işte adı her neyse o ışıkla arada bir bağ olabilir mi?"

Biraz durakladı Özgür, acaba ormanda gördüğü şeyi anlatmalı mıydı? Hem daha onları tam anlamıyla tanımıyor, anlatsa dahi kendisine inanacaklarını sanmıyordu.

"Böyle bir şeyin olması olası tabii ki ama çok da mantıklı değil. Elektrik kontağından kaynaklanan bir arızanın asansörün motorunu yaktığını söyledi Hüseyin Efendi. Ama ben buna pek inanmadım. Yanmış olduğunu söyledikleri motoru görmek için Mahmut Usta'nın atölyesine gittim. Asansör motoru yanmamış âdeta erimişti, bütün metal aksam birbirine girmişti."

"Peki, ışıktan bahseder misin o nasıl bir şeydi?" diye sordu Filiz.

Bir şeylerin kurcalandığını hissediyordu Özgür ve nasıl işin içinden çıkacağını düşünmeye başlamıştı. Ya bu olayın kendisini ürküttüğünü söyleyip konuyu kapatmak istediğini söyleyecek ya da bütün olanı baştan sona anlatacaktı.

"Şey..." dedi. "Ben aslında..."

İmdadına kapı zili yetişmişti. Alper ve Filiz hay aksi der gibi birbirlerine baktılar. Tam da konuyu açacaklardı.

Filiz, kapıya doğru yöneldi. O arada Özgür ve Alper çaylarını alıp salona geçtiler. Uygunsuz zamanlarda gelen bir tek kişi vardı. O da iş arkadaşları Ceyda.

"Selam!" dedi kapı açılır açılmaz. Filiz'e sarıldı. Alper ve Özgür ayakta bekliyordu, bir an Özgür'ü fark etti, durakladı ama Alper'e sarılmaktan vazgeçmedi.

Yüzü biraz kızarır gibi oldu ama rahat bir kızdı. "Umarım ciddi bir konunun ortasında gelmedim?"

"Hayır," dedi Filiz. "Tanıştırayım, bu Özgür, yaklaşık iki üç hafta önce yemekten gelirken yolda karşılaşmıştık, arabasının tekerleği patlamıştı, Alper'i bilirsin kimin başı dertte olsa yardım eder. "Kendisi bize borçlu olduğunu söyleyip davette bulundu ama önce biz onu yemeğe davet ettik."

Özgür, elini uzattı.

"Merhaba ben Özgür."

"Merhaba, ben de Ceyda," deyip bastona bakarak, "Önemli bir şey değildir umarım?" dedi.

"Hayır, önemli bir şey yok. Küçük bir kaza, sadece destek olsun diye. "

Koltuklara oturdular. Filiz, Ceyda'ya aç olup olmadığını sordu.

"Hayır," dedi Ceyda. "Aç değilim, sadece bir uğrayıp ne yapıyorsunuz diye bakmaya gelmiştim. Eğer önemli bir konu üzerinde konuşuyorsanız ben hemen giderim, gerçekten?"

Ama hiç de gitmek gibi bir isteği yoktu. Yeni tanıştığı bu delikanlıyı biraz daha etkilemek için kalmayı istiyordu.

"Saçmalama!" dedi Alper. "Hem biz de yeni yeni tanıyoruz birbirimizi. Sen de çok geç kalmış sayılmazsın. "

Ceyda'nın karşısındakini etkileyen bakışlarından zamanında o da nasibini almıştı ama aralarında ciddi bir şey olmamıştı. Filiz ile çok iyi arkadaştı ve elinden erkek arkadaşını alacak kadar da kötü bir insan değildi Ceyda.

Ceyda mavi gözlerini hafif kıstığı zaman daha da etkileyici bir kadın oluyordu. İç gıdıklayan bir fiziğe sahipti. Erkekleri baştan çıkarmaya bayılırdı. Filiz ve Alper, Özgür'e karşı nasıl bir plan izleyeceğini düşünmüş olmalılar ki birbirlerine bakıp gülüştüler.

"Size, sen diyebilir miyim?" diye sordu Özgür'e.

"Tabii ki," dedi Özgür.

"Şey, ne işle uğraşıyorsun ve bir de kaç yaşındasın?"

Alper: "Dur bakalım, yavaş, daha biz bile birer soru ancak sorduk, sıranı bekle ikinci turdan sonra başlarsın."

"Sabahtan beri sadece yemek mi yediniz?"

"Sorun değil Alper, şimdilik 32 yaşındayım ve fotoğrafçıyım. "

Hepsi birden gülüştüler.

"Niye güldünüz?" dedi. Özgür.

"Şimdilik 32 dedin ya, ona güldük," dedi Filiz.

"Öyle değil mi, önümüzdeki yıl 33 olacağım ya o yüzden."

Özgür'den ikinci kez espri gelmişti. Filiz ve Alper hoş bir adama benziyor diye birbirlerine baktılar.

"Ne tip fotoğraf çekiyorsun, mesela benim fotoğrafımı çeker misin?" dedi Ceyda.

"Daha çok doğa fotoğrafları çekiyorum veya ilginç olabilecek herhangi bir şey, senin fotoğraflarını da çekerim ama bu ne kadar ilginç olduğuna bağlı."

"Nasıl yani, sence ben güzel değil miyim?"

"Güzellikten bahsetmiyorum," dedi Özgür, "İlginç olmaktan bahsediyorum. Seni bir kadın olarak değil bir insan olarak düşündüğümde fotoğrafına bakan kişinin benim düşündüklerimi düşünebilmesi lazım, o yüzden seni diğer insanlardan ayıran özelliklerini bulmak gerekir. "

"Ne duruyoruz başlayalım o zaman. Bendeki ilginç yönler nelermiş bir bakalım," dedi Ceyda.

"Sakin ol," dedi Filiz, "Hem bak yanında fotoğraf makinesi bile yok."

"Evet," dedi Alper. "Ne heyecan yaptın birden, poz vermeyi çok istiyorsan ben çekerim fotoğraflarını. "

"Ben bilirim senin nasıl fotoğraf çekeceğini!" dedi Ceyda.

"Durun durun!" dedi Özgür.

"Hem makinem yok yanımda hem de insanların fotoğraflarını çekmek çok sık yaptığım şeyler değildir. Dedim ya doğa veya ilginç ve gizemli gelebilecek şeyler. "

"Şu gizemli ve ilginç olabilecek şeylere örnek vermek ister misin?" dedi Alper.

"Şimdi duyacaklarınızla ne denli ilgilendiğinizi bilmiyorum, ama umarım bana deli demezsiniz."

"Önce bunları duymak gerekir," dedi Filiz.

"Evim bir binanın çatı katında, üniversite öncesi dış dünya varlıklarıyla ilgili yazılan pek çok kitap okudum, bilirsiniz işte uzaylılar falan. "

Tam da Filiz ve Alper'in istediği ve beklediği konu buydu aslında, o akşam gördükleri ışık sıradan bir şey değildi ve Özgür ile bir bağlantısının olduğunu tahmin etmişlerdi.

"Bazı geceler, özellikle şehrin ışıkları azaldığı zaman, gökyüzünde hızla hareket eden ışıklar görürdüm. İlginç dediğim bunlar işte, bilirsiniz pek çok kişi bunlara inanmaz. Neyse boş verin kafa ütülemeyelim şimdi, belki ilginizi bile çekmiyordur."

"İlginç bir konu!" dedi Alper, ama konuyu bu aşamadan sonra pek de açmak istemiyordu. Çünkü Ceyda bu tür şeylere inanmaz ve hep dalga geçerdi. Her ikisi de konunun tam istedikleri noktaya geldiğinin farkındaydı. Ceyda'nın gene aynı şeyi yapıp misafirlerinin canını sıkmasını istemiyordu.

Filiz, Ceyda'ya bakıp kaşlarını kaldırdı. Çünkü tam o an Ceyda'nın patavatsızlıklarına başlamak için harekete geçeceğini hissetmişti.

Ceyda yavaşça, "Ne var?" dedi Filiz'e.

Filiz mutfağa gelmesi için işaret edince Ceyda yerinden kalktı ve: "Bizim biraz işimiz var," deyip yan gözle Alper'e baktı.

Alper ve Özgür önce birbirlerine bakıp ne olduğunu anlamaya çalıştılar ama Alper, Filiz'in Ceyda'yı ortamdan uzaklaştırmak için mutfağa götürdüğünü biliyordu.

"Kadınsı mevzular herhâlde?" dedi Alper.

"Herhâlde..." dedi Özgür.

Alper, "Çayları tazelemek lazım," diyerek Özgür'ün bardağını da alıp mutfağa yöneldi. "Fazla oyalanmayın, içeri gelin!" diyerek dolu bardaklarla salona döndü.

Filiz ve Ceyda'nın içeriden sesleri geliyordu ama ne konuştuklarını anlaşılmıyordu.

"Bu kadar gülecek ne konuşuyorlar acaba, merak ettim?" dedi Alper.

"Kadınlar her zaman gülecek bir şeyler bulurlar," dedi Özgür.

Ceyda'dan ilk görüşte etkilenmişti ama şu an bunu ne belli etmek istiyor ne de bu konu hakkında yanlış anlaşılmak. Bunun için Ceyda hakkında bir şeyler sormak istiyordu.

İçeriden az öncekini aratmayan bir kahkaha daha duyuldu. Her ikisi de iş yerinde Zehra'nın ayağının kayıp yere düşmesine gülüyorlardı. Patron her zaman şık olmalarını isterdi. Zehra güzel giyinirdi ve ince topukludan da vazgeçmezdi. Biraz hızlı hareket ettiğinde ise kendisini yerde bulurdu. Bu durum birkaç kez tekrarlandığı için Zehra ayağa kalktığında tekrar düşecek diye herkes bir anda ona bakardı.

Büyük bir basın yayın kuruluşunda çalışıyorlardı. Ceyda editördü. Alper ve Filiz grafik ve tasarım bölümündeydiler. İş yerleri Çatalca'daydı.

Alper ve Filiz uzun süredir UFO ve Genetik konulara merak sarmışlardı. Bu konudaki her türlü yazı ve fotoğrafları, patrondan izinli olarak kopyalıyorlardı. Zaten bir iki ay içerinde kitaplar veya dergiler yayınlanıyordu. Patron başka yerde kullanılmamak üzere izin vermişti.

Ceyda, "Kim bu delikanlı?" diye tekrar sordu.

"Ne delikanlısı adam 32 yaşında senden 5 yaş büyük," dedi Filiz.

"Ne bileyim daha genç gösteriyor da. Hadi anlatsana nerden çıktı bu?"

"Geçenlerde göl kenarındaki lokanta var ya, Alper ile birlikte akşam yemeğine gitmiştik. Yemek yerken fark ettik, masada tek başına yemek yiyordu. Biraz düşünceli idi ve etrafıyla hiç ilgilenmiyordu.

"Eeeee sonra?" diye araya girdi Ceyda.

"Göl bittikten sonra ana yola çıkmadan ormanlık alana geldiğimizde fark ettik, önce yola devam edelim diye düşündük ama Alper'i bilirsin hem meraklıdır hem de yardımsever. Arabadan indiğimizde açıkçası her ikimiz de biraz korktuk ama daha önce lokantada gördüğümüz kişi olduğunu fark ettiğimizde biraz rahatladık. "

"Ne işi varmış orada?" diye yine sözünü kesmişti Ceyda.

"Dur kız anlatıyoruz işte!" diye derin bir nefes alarak devam etti Filiz.

"Hava karanlık olmasına rağmen yüzünün kireç gibi olması ilk dikkatimi çeken şey olmuştu. Dizleri, daha doğrusu üstü başı çamur içindeydi ve sağ eli kanıyordu. Gece o saatte kan görmek hiç de hoş bir şey değildi. Bize arabasının tekerinin patladığını, onu değiştirmek için arabayı yolun kenarına çektiğini ve hazırlık yaparken de başıboş bir köpeğin kendisine saldırdığını söyledi."

"Ne köpeği, ben de o lokantaya birkaç kez gittim, söylediğiniz yol güzergâhında hiç köpeğe rastlamadım, bence yalan söylüyor!" dedi Ceyda.

"Orasını bilmiyoruz, fakat hâli o kadar kötüydü ki Alper yardım etmenin gerekli olduğunu düşünüp lastiği değiştirdi. Sonra ana yola kadar birlikte geldik, galiba bize yakın bir yerde oturuyor."

Arabayı garaja almadan önce gökyüzünde gördükleri garip ışığı anlatmadı Filiz.

"Tekerleği değiştirdikten sonra yardımlarımız için teşekkür etmek istediğini söyledi. Biz de tamam dedik. Uzun bir süre aramadı. Geçen gün arayıp bir davette bulundu, fakat Alper onu yemeğe davet etmenin daha uygun olacağını düşünmüş ki plan değişti."

"Çok karanlık birisi gibi durmuyor ama gene de dikkatli olmanızı öneririm," dedi Ceyda. Ama böyle söylerken, bir daha nasıl bir araya gelebilirim diye de düşünüyordu.

"Hadi içeri geçelim," dedi Filiz.

Salona döndüklerinde Alper ve özgür sohbeti koyulaştırmışlardı.

Özgür evini anlatıyordu. Anne ve babasıyla ilgili üzücü hatıraları atlamıştı. Yazın terasta yaptıkları partilerden bahsederken salona gelen Filiz ve Ceyda anlatılanları duymuşlardı.

Filiz'den önce Ceyda atladı hemen.

"Parti mi bayılırım, ne zaman yapıyoruz?"

"Dur bakalım!" dedi Alper. "Özgür'ün terasında parti yapmak için havaların biraz daha ısınmasını belki de yazı beklemek lazım"

"Evin içinde de parti yapılır, hele ben biraz daha düzeleyim ayarlarız bir şeyler, benim arkadaş grubunu seveceğinizden eminim"

Üniversite yılları, gençlik hayalleri, derken saat gece yarısını geçmişti. Özgür müsaade istedi. Kapıya kadar eşlik ettiler. Ceyda biraz daha kalacağını söyledi. Özgür yemek ve güzel sohbet için teşekkür etti, arabaya gidene kadar kapıda beklediler.

* * *

Gölün kenarında bir hareketlilik vardı. Polis arabası sabah saatlerinde bir ihbar üzerine gölün kenarına gelmişti. Kıyıda bir erkek cesedi vardı. Beline dolanmış bir ip... Suda ne kadar kaldığı tam belli değildi ama vücudu şişmişti. Fakat yüzündeki morluklar belirgindi.

Olay yeri inceleme ekibini ve savcıyı bekliyorlardı. Üzerinde kıyafetleri duruyordu. Cesede dokunmamışlardı. Biliyorlardı ki olay yeri inceleme ekibi etrafa ve maktule dokunulmasını istemezlerdi.

Biraz sonra ekip geldi, az sonra da savcı. Komiser ve ekip yarım saatlik bir incelemeden sonra devriye gezen polis ekibine kısa bir açıklama yapıp, cesedin otopsi için adli tıp morguna götürüleceğini söylediler.

Filiz hayalet görmüş gibi elindeki gazeteyi Alper'e uzattı.

Alper donup kalmıştı.

Bulunan cesedin kafasına ve yüzüne sert bir çisimle vurulduğu, sonrasında da tahminen kravatla boğulduğu yazılıyordu. Olay yaklaşık iki hafta önce olmuştu.

Her ikisi nasıl yani der gibi birine bakıyordu.

Filiz boğazının kuruduğunu fark etti, su almak için gitti. Geri geldiğinde bardağındaki suyun yarısını bitirmişti, kalan suyu Alper'e uzattı.

Alper bardaktaki suyu yavaş yavaş yudumladı, geriye yaslanıp Filiz'e baktı.

Alper'in, Özgür'ün lokantadaki düşünceli hâli ve sonraki karşılaşmalarında üstünün başının hâli gözünün önüne gelmişti.

"Aman Allah'ım, ne yapmalıyız Alper?"

"Bilemiyorum Filiz, eğer sen de benim düşündüğümü düşünüyorsan inan ne yapmam gerektiğini bilmiyorum. "

"Sence lokantadan ayrıldıktan sonra mı işledi cinayeti? Yoksa cinayeti çoktan işledi de cesedi bagajda mı saklıyordu."

"Şu an hiçbir şey düşünmek istemiyorum ama bir şeyler yapmamız lazım, polise gitsek mi acaba Filiz?"

Kafasını kaşıyordu ki Ceyda yanlarında bitivermişti.

Onun da elinde başka bir gazete vardı ve o da gözlerini açmış her ikisine bakıyordu.

"Filiz, burası Özgür'ü gördüğünüzü söylediğiniz yer değil mi?"

Alper, ayağa kalkıp camın kenarına doğru yürüdü, Filiz ve Ceyda, Alper'in vereceğe karara itiraz etmeyeceklerdi ama bu durum biraz farklıydı, ortada bir cinayet vardı ve daha yeni tanıştıkları bir kişi katil olabilirdi.

Filiz bir an sendeledi, bu kişiyi evlerine davet etmişlerdi. Belki de Ceyda gelmese aynı şey kendi başlarına da gelebilirdi.

Filiz, Alper'e yaklaştı, elini omzuna koydu ve: "Ne yapmayı düşünüyorsun?" diye sordu.

Alper üzerinde bir ağırlık varmış gibi omuzları düşmüş bir vaziyette geri döndü önce Filiz'e sonra da Ceyda'ya baktı.

"Bilmiyorum, gerçekten bilmiyorum, kendisi aramadığı takdirde bir dönem aramayı düşünmüyorum. Belki bu süre içinde polis bir şeyler bulur ve biz de bu düşündüklerimizin tamamen hayal ürünü olduğu için seviniriz. "

* * *

Akşam eve gitmeden önce alış veriş yapmak için süpermarkete uğramışlardı. Reyonlar arasında gezinirken insanların cinayeti konuştuklarını duymuşlar ve kendilerini suç ortağı gibi hissetmişlerdi. Fazla oyalanmadan eve gittiler. İçlerini kemiren bu şüphe karşısında ne yapmaları gerektiğini bilmiyorlardı.

"Umarım bu arada Özgür aramaz," dedi Filiz.

"Ben de aynı temenni içerisindeyim, böyle bir şey yapmış olmasına ihtimal vermek bile istemiyorum, Gerçi insanların hep bir tarafı karanlıktır ama Özgür'ün bir katil olma olasılığı benim hiç istemediğim bir şey. "

"Neden böyle düşünüyorsun?" dedi Filiz.

"Özgür de farklı bir şey var sanki. Eve girmeden önceki parlak ışık ile asansörde başına gelen hadise ve ormandaki o şey veya her neyse, ben arada bir bağ olduğunu düşünüyorum. Fakat hepsini uyduruyor da olabilir."

"Ben de öyle düşünmek istiyorum, açıkçası Ceyda biraz uçuk ama iyi bir çift olabileceklerini bile düşündüm bir an. Ama bir caniyle de karşı karşıya olabiliriz."

"Bence zaten olan olmuş, ortada bir cinayet var ve bizim tanıdığımız bir kişi tesadüfen de olsa o bölgede, sadece bir şüphe üzerine insanların hayatını bir anda alt üst edip hiçbir şey olmamış gibi bir kenara çekilemeyiz. Bence de en iyisi biraz beklemek. "

"Bence de…" dedi Filiz, duş almak için yukarı çıktı.

Alper o gün kendisine gelen bir anatomi araştırma kitabının kopyasını almıştı. İnsan bedeni ile ilgili, hücreler, sistemler, organlar hakkındaki yazıları okumuş ve fotoğrafları incelemişti. Bunlar hayranlık duyduğu şeylerdi. Bilgisayarını açmak için hamle yapmıştı ki telefonu çaldı.

Arayan Özgür idi, bir an açıp açmamakta kararsız kaldı. Açmamalıyım diye düşündü. Telefon biraz çaldıktan sonra sustu. Filiz henüz duşa girmemişti, telefonun sesini duyunca üzerinde bornozla aşağıya indi.

Alper, Filiz'e bakıyordu. Filiz kimin aradığını anlamıştı. Aradan çok geçmeden telefon bir kez daha çaldı. Filiz korkulu gözlerle Alper'e baktı, ikisi de konuşmuyordu.

"Niye korkuyoruz ki? En fazla bizi davet eder veya gelmek ister, biz de uygun olmadığımızı söyleriz," dedi. Telefonu açmak için hamle yaptı ama arama kesildi.

Biraz sonra mesaj geldi. Mesajı açtı:

Merhaba, ben fotoğraf çekimi için şehir dışındayım, burada çok güzel üzüm bağları var kaç şişe şarap istersiniz?

Her ikisi de derin bir nefes alıp rahatladılar.

Hemen cevap yazmak istemiyordu. Önce bilgisayardaki işlerini bitirmeliydi. Ayrıca hemen cevap yazarsa, Özgür telefonun açılmamasını ama hemen cevap gelmesini tuhaf karşılayabilirdi.

Filiz duştan çıkmış, merdivenlerden aşağıya iniyordu. Alper verilerini aktarmış, fotoğrafları incelemeye devam ediyordu. "Muhteşem şeyler, nasıl oluyor anlamıyorum, bu kadar karmaşık ve farklı bir sistem nasıl oluyor da tek vücut hâlinde hareket edebiliyor. "Filiz mutfağa geçerken Alper'e doğru eğilip boynundan öptü.

"Ben yemeği hazırlıyorum hayatım, işin ne kadar sürer?" dedi

"Bitirdim hayatım, bir iki sayfaya daha bakayım, sen yavaş yavaş hazırla ben de 10 dakikada gelirim."

Filiz masayı hazırladı. Her akşam mutlaka bolca salata yapardı. Süpermarketten aldıklarını daha önceden dolaba yerleştirmişti. Çok fazla alış veriş yapmazlar sadece bir iki günlük alırlardı.

Bu arada Alper işini bitirmişti, mutfaktan içeri girdi. Masaya oturdu. "Şimdi cevap yazayım," dedi:

Merhaba Özgür,

Duşta idim telefonu duymamışım, nereye gittiğini yazmamışsın.

Eğer getirmen zor olmazsa bir iki tane isteriz tabii.

Yemeğe başlamadan önce cevap gelir diye biraz bekledi. Fakat cevap gelmedi.

"Belki başka birisini gömüyordur," dedi Filiz, alaycı bir ifade ile.

"Çok komiksin, zaten hâlâ üzerimden atamadım sıkıntıyı başlama gene!"

Yemeklerini yedikten sonra Filiz masayı toplarken Alper masada oturmaya devam etti. Karısı iş yaparken onu izlemek hoşuna gidiyordu. Bu arada çay demini almıştı. Filiz masayı sildikten sonra çay bardaklarını masaya koydu, çay süzgecini üst çekmeceden kaşıkların yanından alıp, çay servisini tamamladı ve Alper'in karşısına oturdu.

"Bu hafta sonu şehir dışına çıkmaya ne dersin?" diye sordu Alper.

"Hava sence biraz soğuk değil mi?"

"Bugün daha çarşamba, cumartesiye kadar ısınır belki."

"Gel, bilgisayardan bakalım, kapatmadın değil mi?

"Hayır, kapatmadım."

Ellerinde çay bardakları birlikte mutfaktan çıkıp bilgisayarın olduğu yere doğru ilerlerken bir anda ortalık aydınlandı. Önlerini görmelerini engelleyecek kadar bir ışık... Her ikisi de öylece kaldı. O anda elektrikler kesildi.

"Tuhaf şeyler oluyor Alper, ben biraz korkmaya başladım!"

Aradan iki saniye geçmemişti ki dışarıdan kuvvetli bir yağmur sesi gelmeye başladı. Alper cama doğru baktı, eve gelirlerken havanın kapalı olmadığını anımsadı. Şimşek çakmış ve bir anda yağmur başlamıştı.

"Bence senin hafta sonu planın yatar, baksana nasıl yağmur yağıyor!" dedi Filiz.

İkisi de yerlerinden kıpırdamadı. Biraz sonra jeneratör devreye girdi. Bu arada bilgisayar da kapanmıştı. Jeneratör devredeyken bilgisayarı açmadılar.

Dışarıdan itfaiyenin siren sesi duyuldu. Önlerindeki sokaktan hızla geçti.

"Muhtemelen bir yerlere yıldırım düşmüş olmalı."

Çok geçmeden bir itfaiye arabası daha geçti. Yarım saat kadar salonda oturdular. İki kez çayları tazeledi Filiz. Elektrikler gelmeyince yatmaya karar verdiler.

O akşam Filiz, Alper'e her zamankinden daha sıkı sarılarak uyudu.

* * *

Önünde yükselen kayalıkları tırmanarak tepeye ulaşmayı düşünüyordu. Üç kişilik ekibin iki üyesi aşağıda kamp kurmuştu, üç gündür buradaydılar. Amaçları tepeden vadinin fotoğraflarını çekmekti, ama hava pek müsaade etmemişti. Daha iyi görüntü almak için ışığı kullanması gerekliydi.

Bugün hava açıktı. Önceki iki gün ara ara yağmur atıştırmıştı. Güneş biraz nazlı olduğu için çok az görüntü alabilmişlerdi.

Sırtında üçayak ve fotoğraf makinasının olduğu bir çantayla ellerinde eldiven yavaş yavaş tepeye yaklaşıyordu. Arazi çok dik değildi. Daha önceki günlerde de çıkmıştı ama bugün kendisini daha yorgun hissediyordu. Elini bir kaya parçasının köşesine uzattığı anda ayağının altındaki kaya bloğundan koca bir parça kopuverdi. Koluna biraz kuvvet verip anında ayağını biraz yan tarafa atıverdi.

Yerinden kopan kaya parçası yanına birkaç taşı da alıp aşağıya doğru yuvarlanmaya başladı.

Aşağıda kamp kuran Aylin ve Tolga bir anda kopan gürültüye doğru kafalarını kaldırıp baktılar. Taşlar kendilerinden uzak bir noktadan yuvarlanıyordu ama onlar gene de tedbiri elden bırakmamak için biraz daha bulundukları yerde sola doğru hamle yaptılar.

Kaya parçaları epeyi uzak bir noktadan aşağıdaki düzlüğe kadar yuvarlandı.

"İyi misin?" diye seslendi Aylin.

"İyiyim iyiyim, merak etmeyin her şey yolunda!"

"Hep aynı şeyi yapıyor, geçenlerde de ölümden döndü biliyorsun. Hani nehre gitmiştik, dikkatli ol demeye kalmadan ayağının altındaki kütük bir anda ters döndü, bizimki hop nehrin içine... İyi ki sırtında çanta yoktu, düşünsene bir de onun ağırlığı bir batar bir daha çıkamazdı," dedi Tolga.

"Biraz gözü karadır bu gibi durumlarda, o da işine verdiği önemden olsa gerek ama bilirsin çok prensipli ve dakiktir. Bir kere bile söz verdiği zamanı geçirdiğine şahit olmadım," dedi Aylin.

"Ben de," dedi Tolga.

İşe iki yıl olmuştu başlayalı. Sadece Özgür'ün söylediklerini yapar, gereksiz yere konuşmaz ve üzerine vazife olmayan işlere karışmazdı. Tolga yanına almış olduğu yemeklik malzemeleri gözden geçirdi; konserve balık, barbunya ve mısır, içecek olarak da bira ve su, bir miktar da ekmek ve meyve kalmıştı.

Bu üçüncü gündü ve artık sıcak bir şeyler yeme isteği tavan yapmıştı. Umarım, Özgür istediğini elde eder de bir gün daha kalmayız, diye düşündü.

Aylin dizüstü bilgisayardan önceki gün çektikleri fotoğraflara bakıyordu. Kendisi de fotoğrafçı idi ama Özgür ile kıyaslanacak kadar usta değildi.

"Bu çocukta bir şey var Tolga, ışıkla âdeta dans ediyor, nasıl yapıyor bilmiyorum ama gerçekten iyi. "

Aylin, Özgür'den 4 yaş büyüktü. Güzel sanatları bitişmiş, mezun olduktan sonra farklı şirketlerde çalışmıştı. Özgür'den önce işe başlamıştı ama onun asistanlığını yapmaktan dolayı çok mutluydu. Aylin kaliteli bir kadındı. Üniversiteden mezun olduktan sonra bir bankacıyla evlenmiş ama evlilikleri beşinci yılında bitmişti. Bu arada dünyaya gelen kızları liseye gidiyordu ve anneannesi bakıyordu. Aylin o yüzden rahatça seyahat edebiliyordu.

Özgür tepeye çıkmıştı. Burada üçayağı yerleştireceği ve sırt çantasını koyabileceği geniş bir alan vardı. Daha önce de geldiği için rahattı ama az önce neredeyse kendisini aşağıdaki düzlükte buluveriyordu. Altı yıldır buraya geliyordu. Her geldiğinde farklı köylere gelirdi. Aynı yıl içindeki ikinci gelişinde ekiple gelmez, yalnız gelmeyi tercih ederdi.

Güneş yeni yeni yükselmekteydi. Geçen günlerde hava kapalıydı ve ara ara yağmur atıştırdığı için yer ıslaktı. Vadi yıkanmış bir tuval gibiydi. Sırt çantasından küçük tabureyi çıkardı. Üçayağı açıp hazırladı ve fotoğraf makinesini monte etti. Bütün vadinin farklı açılardan; uzak, yakın, bazen kapalı, bazen güneşin vurduğu alanları peş peşe pozladı.

Karşıdaki tepe üzerinde küçük bir ışık fark etti, birisi ayna ile işaret veriyormuş gibi ışık azalıp çoğalıyordu. Gözlerini kısarak bakmaya çalıştı. Net bir şey göremiyordu.

Fotoğraf makinesinin objektifini değiştirdi. Manzarayı yakınlaştırdı. Hatırladığı kadarıyla orada bir ev yoktu, ateş yakmak da mantıklı değildi. Çünkü bütün evler aşağıdaydı.

Fotoğraf makinesinden kafasını kaldırıp, çıplak gözle tekrar baktı. Işık bir anda büyük bir flaş patlarcasına çaktı. Özgür istemsiz olarak peş peşe deklanşöre bastı, ışık aniden Özgür'e doğru hareket etti.

Bir anda korkuya kapıldı. Geriye doğru hareket edince tabureden düştü. Dizlerinin üzerine doğru toparlanıp kendisine doğru hızla gelen ışığın birkaç pozunu daha çekti.

Gözlerini kırpmadan kendisine doğru gelen ışığın bir anda gökyüzüne doğru yönelip gözden kaybolmasıyla nefessiz kalmıştı. Çünkü kendisine doğru nefesini kesecek kadar kuvvetli bir hava akımı oluşmuştu.

"Umarım bir şeyler yakalayabilmişimdir?" dedi Biraz durup tekrar tabureye oturdu. "Sakin olmalıyım," diye düşünüyordu ama ellerinin titremesine engel olamıyordu. İki saattir buradaydı, yavaş yavaş eşyaları toplamaya başladı.

Sonra kamp yerindeki arkadaşları aklına geldi. Onlardan hiç ses çıkmamıştı. Nasıl olurdu da bu ışığı fark etmemişlerdi. Aşağıya baktı. Aylin ve Tolga ateşin başında oturuyorlardı. Tolga belli ki atıştırmak için bir şeyler hazırlıyordu.

Malzemeleri sırt çantasına koydu, ayaklarında derman kalmamış gibiydi. Az önce aslında ne kadar korktuğunu düşünüp yere oturdu: "Biraz kendimi toparlasam iyi olacak, bu hâlde aşağıya inmemeliyim..." dedi

On dakika sonra Aylin'e seslendi.

"Aylin aşağıya iniyorum!"

Aylin ve Tolga kafalarını kaldırıp Özgür'e doğru baktılar.

"Yardım ister misim?" diye seslindi Tolga.

"Gerek yok, umarım güzel şeyler hazırlamışsındır, acıktım. "

Aylin, "Hazır hazır dikkatli in, az önceki gibi sadece kayalar olmayabilir bu sefer aşağıya yuvarlanan." dedi.

"Merak etme, yavaş iniyorum. "

İnmek, yukarı çıkmaktan daha zordu bu defa, çünkü ayaklarındaki gücün azaldığını hissediyordu. O yüzden bastığı yeri sağlamlaştırmadan ağırlığını vermiyordu. Bazen ters bazen yan dönerek indi kamp yapılan yere.

Aylin ve Tolga'ya baktı, her ikisi de her zamanki gibi yardım edip eşyalarını aldılar, ama başka bir şey söylemediler.

"Yoruldun mu?" diye sordu Aylin

O hâlâ başka bir soru bekliyor gibi anlamsızca Aylin'in yüzüne baktı.

Tolga da bir şey anlamamış ikisine bakıyordu.

"Ne oldu Özgür, neden donuk bir şekilde kaldın, bir şey mi oldu?"

Her ikisinin de kendisinin gördüğünden habersiz olduğunu anladı ve bir şey yokmuş gibi kendini toparladı bir anda ve:

"Yooook, iyiyim ben sadece bir an daldım, bilmiyorum bu sefer yoruldum galiba?" dedi.

"İstediğin pozları yakalayabildin mi?" diye sordu Aylin

"Tabii tabii, çok güzel fotoğraflar çektim, bir de baskıda görelim," dedi Özgür.

Tolga hemen araya girip başka cümle kurulmasına müsaade etmeden:

"Bir an önce yiyelim, çok acıktım. "dedi.

Sönmekte olan ateşin başına oturup Tolga'nın hazırladıklarını atıştırdılar. Daha sonra kamp çadırını zaman kaybetmemek için hep birlikte söküp Jeep'in bagajına koydular. Normalde bu işler Tolga'nın işleri idi ama belli ki bu defa hepsi yorulmuştu ve bir an evvel evlerine, sıcak yataklarına kavuşmak istiyorlardı.

Uyku tulumlarını toplayıp onu da çadırlarının yanına koydular, sonra sırt çantalarını ve fotoğraf makinelerini iyice kontrol edip bağladılar.

Uzun yolculuklarda Özgür araba kullanmayı severdi ama bu defa Tolga'ya arabayı sen kullan der gibi anahtarları verdi.

Taşlı yolda biraz ilerledikten sonra stabilize yola kavuştular, kısa bir yolculuktan sonra Özgür sağda durmasını istedi. Yöre halkı bağcılık yapıyordu. Bağbozumuna daha vardı ama geçen seneden kalan şarapların kendisi için saklandığını biliyordu. Büyük firmalar veya tüccarlar gelip üzümlerini alırlardı, ama kendileri için bir kısmını ayırıp şarap yapar ve saklarlardı. Çok nadiren başkalarıyla paylaşırlardı.

Özgür'ü sevmişlerdi. Çünkü çalıştığı dergide buraya ait çektiği fotoğrafları yayınlamıştı hem de sevimli bir insandı onlar için. Zamanının kısıtlı olmadığı dönemlerde burada yaşayan insanlarla sohbet eder, onlara şehirden küçük hediyeler getirirdi.

"Merhaba Mehmet Emmi, benim için güzel şeylerin var mı?" diye sordu.

"Var tabii ki olmaz mı, senin için her zaman bir şeyler olur bende. "

Mehmet Amca yetmiş dört yaşındaydı. Biraz kamburlaşmıştı ama hâlâ dinçti. Karısı Meryem'le aynı yaştaydılar. O da en az kocası gibi dinçti. Çocukları başka şehirlerde yaşıyordu. Bağ bozumu zamanı torunlarla birlikte ev bir panayır yerine dönerdi.

Bu iş onlara iyi para kazandırıyordu. Hiçbir zaman çocuklarından para istememişlerdi. Hatta ev alacakları zaman çocuklarına yardım bile etmişlerdi.

Birkaç kez büyük oğlu Ahmet buraları satıp yanlarına gelmelerini istemişti ama Mehmet Amca burada doğduğunu, babasının mirası olan bu yeri satarsa babasının onu öte taraftan beddua edeceğini söyleyip teklifi geri çevirmişti. Burada ölmek istiyorum, öldüğüm zaman da beni tepenin yamacına gömersiniz, çalışmadan bu güzelliği seyretmek zevkli olur, diyordu.

Özgür ve Mehmet Amca birlikte taş evin arkasına doğru dolandılar. Arka tarafta küçük bir kulübe vardı. Cebinden asma kilidi açmak için anahtarlığını çıkardı, kilidi açtı. Tahta kapı açılırken gacırdadı. "Gene yağlamak lazım," diye mırıldandı.

Etrafta pek çok tarım aletleri vardı hepsini muntazam bir şekilde yerleştirmişti. Özgür, Mehmet Amca'nın bu huyunu seviyordu. Bütün aletleri kullandıktan sonra mutlaka temizler yerlerine öyle kaldırırdı.

Yerdeki kapağın kulpunu tutup yavaşça kaldırdı. Kapağın kenarlarından küçük bir toz bulutu havalandı. Kapağı geriye doğru yaslayıp karanlıkta zar zor seçilen merdivenlerden önce Mehmet Amca sonra da Özgür yavaşça indiler.

Daha önce Özgür'e burasını babasıyla birlikte yaptığını anlatmıştı Mehmet Amca.

10 metrekareden büyük değildi. Raflarda sıra sıra şarap şişeleri yatık vaziyette duruyordu. Karanlığa gözleri alışınca etrafı daha iyi görmeye başlamışlardı.

"Bu defa..." dedi.

Sözünü yarıda kesti Mehmet Amca.

"Sana kaç kez olmaz dedim Özgür!" dedi

"Ama mazeretim var Mehmet Amca, bunları arkadaşlarım için satın almak istiyorum, parayı sevmediğini biliyorum ama bunun karşılığını vermem gerek. "

İkiletmedi Mehmet Amca, "Tamam!" dedi homurdanarak.

Rafların yanındaki sepeti aldı, içine 5 tane arkadaşları için 3 tane de kendisi için toplam 8 şişe koydu. Aralarına sarsıntıdan kırılmasınlar diye saman doldurdu.

Yukarı çıktılar. Mehmet Amca bodrumun kapağını yavaşça kapattı, ayağıyla her zamanki alışkanlığını yaptı. Odanın zeminindeki tozları ve samanları ortalığa yaydı. Özgür kapıyı kapatması için önden çıkıp arabaya doğru yöneldi.

O sırada Meryem Teyze, Aylin ve Tolga'yla sohbet ediyordu.

"Buraya neden yılda bir kez geliyorsunuz ki? Burası her zaman güzeldir, sık sık gelin," diye sitem ediyordu.

"Haklısın," dedi Aylin. "Fakat çekim yapmak için başka yerlere de gidiyoruz. Bir de çektiğimiz fotoğrafların hazırlık aşamaları var, bazen eve bile sabaha karşı gittiğimiz oluyor. O yüzden bize o kadar kızma Meryem Teyze. "

"Hazır mıyız arkadaşlar?" diye sordu Özgür.

Küçük bir hoşça kal muhabbetinden sonra araba toz kaldırmamak için yavaşça hareket etti. Tolga dikiz aynasından, Özgür ve Aylin de dönerek arka camdan yaşlı çifte baktılar.

"Bu kaçıncı gelişin Özgür?" diye sordu Aylin.

"Yanılmıyorsam 6 kez oldu," dedi Özgür. "Son ikisinde birlikteydik zaten, annemi ve babamı kaybettikten yıllar sonra en çok ısındığım insanlar oldular, Hüseyin Efendi'yi saymazsak, gerçi o hep yanımdaydı. "

Yavaş yavaş vadinin dışına çıkıyorlardı. Bu bakir yerler umarım gün gelir birer beton yığını hâline gelmez diye düşünürken içinin geçtiğini hissetti.

Önce Çanakkale, sonra feribot, bayağı yolları vardı.

Gelibolu'ya yaklaştıklarında Özgür, şehrin içine girmelerini istemişti.

"Hayırdır şef nereye gidiyoruz?" diye sordu Tolga.

"Çok özel bir yere, Mevlevihane'ye."

"Mevlevihane'ye mi, bu saatte mi?"

"Evet Aylin, Mevlevihane'ye, gerçi giriş için izin alabilir miyiz bilemiyorum. Girsek bile zaten kapalıdır, ama hiç olmazsa dıştan görün ki bir dahaki sefere iştahınız hazır beklesin."

Gelibolu Mevlevihane'si tam tarih bilinmemekle beraber 1600 yılların başında inşa edilmişti. Mevlevihane'nin semahanesi, iki taç kapısı ve türbe binası sapasağlam ayaktaydı. Zamanın padişahları, II. Mustafa, III. Mustafa, III. Selim, Mevlevihane'nin, tadilat ve masraflarıyla ilgilenmişler. Mevlevihane, Gelibolu Askerî Hastanesi'nin sınırları içerisinde bulunuyordu. I. Dünya Harbi zamanında cephanelik olarak kullanılmış, yakın geçmişte de onarımlar geçirmiş Vakıflar Genel Müdürlüğüne devredilmişti. Kâgir semahaneye sahipti.

Nizamiyeye geldiklerin Özgür arabadan inip nöbetçi askerin yanına gitti.

"Merhaba arkadaşım, nöbetçi subay burada mı?"

"Evet burada, ne vardı?"

"Biz fotoğrafçıyız, İstanbul'a dönerken bir uğrayalım dedik. Arkadaşlar daha önce Gelibolu Mevlevihane'sini hiç görmemişler de hem bir bakalım, eğer komutan izin verirse belki bir iki de fotoğraf çekelim diyoruz."

"Az bekleyin, ben Ozan Başçavuşuma bir haber vereyim."

Nöbetçi asker nizamiyeden içeri girip komutanın bulunduğu yere gitti. Camdan bir şeyler söylediği belli oluyordu ama ne dediği anlaşılmıyordu. Biraz sonra asker dışarı çıktı.

"Komutanım tamam dedi ama bir de hastane komutanına soracakmış."

Ozan Başçavuş ayakta, telefonla konuşuyordu, eliyle kapının açılması için işaret etti. Asker kapıyı aracın gireceği kadar araladı. Özgür arabadan inerken, Ozan Başçavuş da tek katlı takriben 25 metrekare olan nöbet yerinden dışarı çıktı.

"Hoş geldiniz, ben Ozan, nöbetçi astsubayı, nereden böyle?"

"Merhaba Ozan Başçavuşum, ben Özgür, bu Aylin, bu da Tolga, biz Çanakkale'den geliyoruz. Ben daha önce gelmiştim, yanılmıyorsam Temmuz ayıydı, o zaman sema gösterileri yapılıyordu, geçerken arkadaşlar da görsün istedim."

"Hoş geldiniz arkadaşlar, fotoğrafçıymışsınız, asker öyle söyledi."

"Evet, İstanbul'dayız, bir dergide çalışıyoruz, bilir misiniz İstanbul'u?"

"Bilmez olur muyum, gençliğimiz orada geçti; Kadıköy, Üsküdar, Beşiktaş..."

Mevlevihane, nizamiyenin hemen arkasındaydı, önünde büyük çam ağaçları vardı. İki kapıdan biri buradaydı, diğer giriş kapısı ise yaklaşık yüz metre ileride. Bu arada Mevlevihane'ye doğru yürüyorlardı.

"Siz nerelisiniz Ozan Başçavuşum?"

"Buralıyım ben, ailem, herkes burada."

"Çok ilginç, kendi memleketinde görev yapmak herkese nasip olmaz," dedi Tolga.

"Evet, orası öyle, bizim de buraya gelmemiz bayağı ilginç oldu, neyse bu uzun konu."

Mevlevihane'nin girişi ve her iki taraftan çıkan merdiven, binayı bayağı ilginç gösteriyordu.

"Ne yazık ki bugün kapalı, burasıyla ilgilenen arkadaş izinli, ancak camlardan bakabileceksiniz"

"Sorun değil, belki fotoğraf da çekeriz demiştik ama bunun için biraz hazırlık yapmak lazım. Yolumuz uzun, bir daha ki gelmemize artık, değil mi Özgür?" dedi Aylin.

"Ben çocuklara birer bardak limonata hazırlamalarını söylemiştim, beş dakika oturur yola öyle çıkarsınız."

"Olur, o kadar zamanımız var," dedi Özgür.

O arada asker elinde tepsiyle limonatalarla gelmişti.

"Sağ ol Tufan, kendinize de aldınız değil mi?"

"Aldık komutanım, sağ olun."

"Ben limonatayı çok severim beyler, özellikle nöbetçi olduğum gün, hanım sabahtan hazırlar, buzlukta mümkün olduğu kadar soğutur, termosa koyarım."

Özgür:

"Gün boyu da içiyorsunuz o zaman?"

"Geceye bile kalıyor, hem askerlerle birlikte içmesem boğazımdan geçmez zaten. Düşünsenize evlerinden ayrı, hiç tanımadığı insanlarla on beş ay..."

Aylin:

"Gerçekten zor olsa gerek, sizler daha erken başlıyorsunuz bu işe değil mi? Bizim bir akrabanın çocuğu on dört mü on beş mi, o yaşlarda askeri okula gitmişti galiba?"

"Aynen öyle, çocuk yaşlarla işte, ama zaman öyle hızlı geçti ki ben mezun olalı 22 yıl olmuş."

Özgür bardağındaki limonatayı çoktan bitirmişti. Biliyordu ki askerlik anıları bir başlarsa bir daha bitmezdi, o yüzden usturuplu bir şekilde izin alıp yola koyulmalıydılar.

Ozan başçavuşun ikinci bir cümle kurmasına izin vermeden:

"Biz misafirperverliğinize çok teşekkür ederiz, ama yolumuz çok uzun, buradaki Mevlevi ayinlerini takip edip gelmeyi planlıyoruz zaten, geldiğimizde sizi gene bulabiliriz, buralarda olursunuz değil mi?"

"Memleket burası olduğu için izinlerde de pek dışarı çıkmayı sevmiyoruz. Kayınpederin Kale'de, zeytinlik ve bağları var, en fazla orada oluruz."

"Kale mi?" dedi Tolga.

"Evet, Tolga buranın yerlileri, Çanakkale demez, Kale der. Değil mi Ozan Başçavuşum?"

"Evet öyle."

Arabanın yanına gelmişlerdi, tokalaşıp arabaya bindiler.

"Yavaş gidin, buradan sonra Keşan'a kadar yol çalışması var."

"Merak etmeyin, hadi hoşça kalın."

Yol üstü benzinlikte mola vermişlerdi. Özgür o ara kendinden geçmişti.

Çatalca'yı geçmişleri, yol bitmek üzereydi, arada arabayı Aylin almıştı. Önce Kavacık'a uğrayıp Özgür'ü eve bırakacaklardı, sonra da kendi evlerine. Hava kararmaya başlamıştı. Kavacık'a sapmadan polis işaret etti. Aylin arabayı yavaşlattı ve sağa çekti. Arabanın durduğunu fark eden Özgür göz kapaklarını yavaşça aralayıp etrafa baktı. Derin bir nefes alıp kollarını iki yana açıp gerildi.

"Ne oluyor?" diye sordu

"Bilmiyorum," dedi Aylin. "Birazdan anlarız."

Cevdet arabaya doğru ilerledi, arabayı tanımıştı.

"Merhaba çocuklar."

Özgür arka camdan kafasını çıkarmış Cevdet'e şaşkın bir şekilde bakıyordu.

"Hayırdır Cevdet sorun mu var, yoksa bizim çaylak hız sınırını mı aştı?" diyerek Tolga ve Aylin'e baktı.

"Hayır hayır, bir şey yok, arabayı önceden tanıyamadım o yüzden durdurdum geçen gün gölün kenarında bulduğumuz cesetten dolayı kontrolleri biraz sıklaştırdık da."

Hepsinin yüzü donuklaşmış Cevdet'e bakılar. Kendisine mat bir ifadeyle bakan 3 çift göz, Cevdet'e olaydan haberdar olmadıklarını fark ettirdi.

"Siz kaç gündür neredeydiniz?" diye sordu Cevdet.

"Çanakkale'deydik, çekim yapıyorduk. Ne cesedi, hangi göl, ne diyorsun Cevdet?"

***

Alper ve Filiz biraz rahatlamışlardı ama hâlâ içlerindeki huzursuzluk geçmemişti. Her sabah gazeteleri okuyor, internetten haberleri takip ediyorlar, bir şey kaçırmak istemiyorlardı.

Üç gün sonra, ölen kişinin kimliği açıklandı, Ceyda o sırada yemekte olan Filiz ve Alper'in yanına koşturarak geldi. İnternetten okuduğu haberi bir çırpıda söyleyiverdi: "Adam avukat, özel bir hukuk bürosunda çalışıyor, bekârmış, adı neydi..: Haluk TAN. Polis bağlantılarını araştırmış ama özel bir bilgiye ulaşamamış, her şeyi muntazam, bir hasmı da yokmuş. Ölüm zamanı sizin Özgür'ü gördüğünüz zamana denk geliyor, başına aldığı darbelerden değil, kravatıyla boğulduğu zaman ölmüş, bayağı boğuşmuşlar galiba, adamın tırnak diplerinde doku bulmuşlar."

Ceyda da yemeğe katıldı, yemekten sonra bahçesinde biraz dolaşmaya çıktılar.

"Özgür'den bir haber var mı Alper?"

"Yok canım, mesajdan sonra bir daha aramadım."

Ceyda içeride Filiz'i sıkıştırıp duruyordu.

"Hadi ama ver şu numarayı?"

"Saçmalıyorsun Ceyda, daha tanımıyoruz bile, üstelik sen de korkmuştun, heyecandan elin ayağın titriyordu. Şimdi tutturmuş, telefon numarasını istiyorsun, üstelik numara bende yok. Alper'den ise isteyemem. Ne diyeceğim, bizim deli kız Özgür'den hoşlanmış numarasını istiyor mu, diyeceğim, öldürür vallahi bizi."

"Çaktırmadan alalım o zaman."

"Beni bu işe karıştırma Ceyda, cesaretin varsa git kendin iste."

"İsterim ki... Ne olacak en fazla bir fırça yer otururuz kıçımızın üstüne."

"Ben bilmem, beni karıştırma da..."

Usulca Alper'in yanına sokuldu.

"Şey... Sana bir şey söyleyeceğim ama..."

Alper kafasını kaldırıp baktı. Ceyda'nın suratında o her zamanki muzur ifade vardı.

"Gene neyin peşindesin Ceyda?"

Koridorun başından Filiz onları izliyordu, bir fırtına koparsa gizlenmek için kafeteryaya koşturacaktı.

"Hani Özgür var ya, onu istersen ben arayabilirim."

"Sebep?"

"Merak ettim, ne bileyim, öyle işte..."

"Saçmalıyorsun Ceyda. Tamam sadece bir tesadüf, gerçi öldürülen kişi ile arasında hiçbir bağ yok gibi, ama ya bizim bilmediğimiz bir şeyler varsa? Hem adamla bir kez karşılaştın, ne diyeceksin, merhaba ben Ceyda, cinayeti siz mi işlediniz? İşlemediyseniz arkadaş olabilir miyiz?"

Ceyda kısık gözlerle Alper'e bakmaya devam etti. Alper, Ceyda'nın niyetinin gayet ciddi olduğunun farkındaydı. Ne yapar ne eder o numaraya mutlaka ulaşırdı. Gerekirse araya Filiz'i koyardı.

"Bir şartla, hiçbir şekilde bizden habersiz bir adım atmayacaksın, dışarıda tek başına buluşmayacaksın, sadece İstanbul'a dönüp dönmediğini öğren o kadar."

"Tamam," dedi Ceyda, telefon numarasını kaydetti. Alper'in yanağına bir öpücük kondurup yan gözle Filiz'e baktı.

"Seni hınzır!.." dedi Filiz içinden, "bir fırsatını bulsan..."

***

Yataktan kalkıp duşa girdi, üzerinde bornozla mutfağa geçip buzdolabının kapağını açtı, kahvaltılıkları masaya koyup, çay demlemek için çaydanlığı mutfak tezgâhından aldı. Yatak odasına geçip üzerini giydi, tekrar mutfağa gidiyordu ki telefon çaldı.

"Efendim?"

"Günaydın Özgür, ben Ceyda, hani Alperlerde karşılaşmıştık. Şey, telefonunu Alper'den aldım. Senin iznin olmadan vermek istemedi ama biraz ısrar edince vermek zorunda kaldı. Şehir dışındaymışsın, döndün mü?"

Özgür bir an durakladı. Nereden çıktı diye de düşünmeden edemedi.

"Evet evet döndüm, dün akşam geldim, bugün izinliydim, biraz geç kalktım. Önemli bir şey mi var?"

"Hayır önemli bir şey yok, sadece geçen gün senden bahsettik dönüp dönmediğini merak ettik."

"Tamam anladım, kahvaltı hazırlıyordum, ben uygun olunca seni ararım olur mu?"

"Tamam olur, telefonunu bekliyorum."

Özgür çayın demlenmesini beklerken bir taraftan da bu ilginç konuşmaya bir anlam vermeye çalışıyordu. Sadece bir kez gördüğü bir insan, merak ettiği için kendisini aramıştı, tuhaf diye düşündü.

Gelirken Ezine'den, peynir, biber salçası, zeytin ve zeytinyağı almıştı. Kahvaltıya başlamadan önce, kapıyı açtı. Hüseyin Efendi'nin bıraktığı gazeteyi aldı, sayfaları karıştırmaya başladı. Dün akşam Cevdet'in söylediklerini düşünüyordu. Gazetenin üçüncü sayfasında bir fotoğrafla olay anlatılmıştı, dikkatlice okudu, resmine baktı, hiç tanıdık değildi.

Gazeteyi kapatıp, kahvaltısına devam etti: "Alper'i arasam iyi olacak, uygunlarsa iş çıkışında uğrayıp şarapları almalarını söylerim."

"Selam Alper, nasılsın?

"Merhaba Özgür, biz de bugün seni konuştuk, gelmişsindir diye düşünmüştük."

"Evet geldim, bugün evdeyim, dinleniyorum, akşam çıkışta işiniz yoksa bana uğrar mısınız? Getirdiğim şarapları vereyim."

"Filiz'le bir konuşayım, benim bildiğim yok. Yemekten sonra uğrarız o zaman. Adresi bilmiyorum, yoldan seni ararız tarif edersin, yanılmıyorsam bize de yakın oturuyorsun?"

"Tamam o zaman akşam görüşmek üzere."

Alper masasından kalkıp diğer odaya Filiz'in yanına gitti. Ceyda, Filiz'in karşısına oturmuş, Özgür ile yaptığı konuşmayı anlatıyordu. Alper'i görünce sustu.

"Az önce Özgür aradı Filiz, akşam işiniz yoksa çıkışta uğrayın, şarapları vereyim dedi, ne dersin gidelim mi?

"Sen ne dedin?"

"Filiz'e bir sorayım dedim tabii ki. Uygunsak yemekten sonra geliriz dedim."

Ceyda atlayıverdi hemen.

"Ben de gelebilir miyim?"

"Oturmayız değil mi Alper?" diye sordu Filiz.

"Kapıdan alıp gidilmez elbette, ayıp olur. Mutlaka içeri davet edecektir, biraz oturur kalkarız."

"Ben ben..." diye ikiledi Ceyda.

"Tamam sen de gel, ama yılışmak yok ona göre. O hâlâ bizim gözümüzde bir şüpheli, sahi sen aradın mı?"

"Evet aradım, biraz soğuk davrandı, ben seni ararım dedi ama hâlâ aramadı."

"Kim bilir ne işleri var adamın, hem öyle damdan düşer gibi aranmaz ki insan, belki adamın sevgilisi var, uygun değildir o an," diye ekledi Filiz.

Alper odasına giderken,

"Tamam, sen de gel ama gözüm üzerinde uslu bir ev kızı olacaksın," dedi. "Daha tanımıyoruz, biraz zaman geçsin bir de şu cinayet aydınlansın, o zaman ne istersen yaparsın."

Ceyda, Alper ve Filiz'i takip ediyordu, bir yandan da bugün yaptığı lüzumsuz konuşma için kendisine kızıyordu. "Ahmak kafa, atlıyorsun hemen, sonra da hep hayal kırıklığına uğruyorsun. "Yol ayrımına geldiler, Ceyda eve gidip bir duş alayım, size gelirim birlikte gideriz demişti.

Ceyda on dakika sonra evine geldi. Site içerisinde oturuyordu, öz güveni sağlam gibi görünürdü ama yalnızlıktan korkardı. Evde salonun ışığını hep açık bırakıp uyurdu. Bir ara eve köpek alayım diye düşündü ama sitenin güvenlik sistemini beğendiği için bu fikirden vazgeçti.

Duşunu aldıktan sonra, Filiz'i aradı.

"Hazır mısınız, geleyim mi?"

"Gel istersen, Alper duştan yeni çıktı ama sen gelene kadar yemek de hazır olur, yer birlikte çıkarız."

Ceyda, Alperlerin arabasına bindi, biraz ilerledikten sonra köşede durdular. Filiz inip pastaneden kurabiye aldı. Alper yola çıkmadan Özgür'ü aramış adresi almıştı ve çok kalamayacaklarını, yorgun olduklarını, Ceyda'nın da kendileriyle birlikte olduğunu söylemişti. Evleri gerçekten çok yakın sayılırdı. Filiz, sokağa girdikten sonra sağdan üçüncü apartmana baktı. "Burası olmalı?" dedi. Arabadan inip merdivene doğru yöneldiklerinde kapı açıldı, dışarı ak saçlı, iri yapılı bir adam çıktı, gelenlere baktı.

"Buyurun gençler kime bakmıştınız?"

Alper bir an, Özgür'ün anlattıklarını anımsadı, içinden bu Hüseyin Efendi olmalı dedi.

"Biz Özgür'e gelmiştik, bizi bekliyordu."

"Siz kimsiniz?"

"Ben Alper, bu eşim Filiz, bu da arkadaşımız Ceyda."

"Haaaa, siz şu Özgür'e yardım edenlersiniz. Özgür anlatmıştı, hay çok sağ olasınız, buyurun geçin. Özgür en üst katta oturuyor, biliyorsunuz değil mi?"

"Biliyoruz, Bey amca," dedi Filiz.

Hüseyin efendi biraz hızlı ilerleyip asansörün kapısını açtı.

"Sağ ol Hüseyin Amca, sağ ol."

Asansör yavaşça hareket etti, Alper ve Filiz'in aklına aynı anda Özgür'ün anlattıkları gelmiş olmalıydı ki birbirlerine baktılar. Filiz ürperdiğini hissetti.

Asansörün kapısı açıldı, karşılarında tek kapı vardı zaten. Alper zili çaldı, çok geçmeden kapı açıldı.

"Hoş geldiniz, buyurun," deyip yana çekildi Özgür.

Tek tek tokalaşıp Filiz'in elindeki poşeti aldı.

"Siz salona geçin, ben geliyorum," deyip mutfağa yöneldi.

Kapının hemen yanında içinde şarap şişelerinin olduğu hasırdan yapılmış sepet duruyordu. Alper arkasından seslendi.

"Oooo Özgür, kuzular yatıyor burada!"

"Evet, siz gelmeden hazırladım."

Üçü birden salona girdiklerinde gözlerine inanamadılar, her yer antikalarla doluydu; gramofonlar, çini soba, kocaman bakır semaver, piyano, sedef kakma masa ve sandalyeler, muhteşem bir kitaplık ve kitaplar, akla ne gelirse, her şey vardı.

Duvarda hat sanatı harikalar, ebru, duvar çinileri, belli ki her seyahatinde farklı yerlerden getirdiği anlaşılan onlarca farkı eşya, hepsini salonun dört bir köşesine yaymıştı.

Gözleri terasa kaydı, her yerde saksılar, içlerinde envaı çeşit güller, çiçekler, sarmaşıklar...

Hayranlıklarını üzerlerinden atamamışlardı ki Özgür içeri girdi.

"Eveeet tekrar hoş geldiniz, dışarıda oturalım derdim ama hava biraz serin, isterseniz üzerinize şal vereyim, dışarı çıkalım?"

"Sağ ol, yeni duş aldık, ne olur ne olmaz, bu mevsimde nezle çekilmiyor biliyorsun," dedi Alper.

Hâlâ ayakta bekliyorlardı.

"Otursanıza ne bekliyorsunuz?"

Filiz, "Ne bileyim kaldık öyle. Bu ne böyle Özgür, ben de benim antika merakım var zannederdim."

"Bu işlerin başlangıcı babam, çini soba, gramofonlar, taş plaklar falan, kitapların çoğu ondan kaldı, ben de devam ettim, yakında evde adım atacak yer kalmayacak."

Oyma koltuklara kendilerini yerleştiriverdiler.

"Geçen sene koltuklar elden geçti, dışarı çıkarmaya kıyamadım, usta gelip, sünger ve kumaşlarını burada değiştirdi."

Hakikaten bu koltuklar dışarı çıkarılmazdı, üzerindeki el oymaları muhteşemdi, belli ki çok emek verilmişti.

Ceyda dayanamadı.

"Bu kadar çok şey olan evde nasıl yaşanır, temizliği bile dünyanın zamanını alır, temizlikçi mi geliyor?"

"Evet temizlikçi geliyor, ama dışarıdan değil, bizim kapıcı Hüseyin Efendi var ya onun eşi, Gülsüm Teyze."

"Gülsüm mü? Nasıl bir isim öyle o?"

"Eskiler öyle Ceyda, Hüseyin Efendi, Sivaslı, o yörede bu isimler çok yaygın, hem başkasına da emanet edemem zaten."

"Evet kapıda karşılaşmıştık."

"Yalnız mı yaşıyorsun, kardeşin, annen baban neredeler?" diye sordu Filiz.

Özgür biraz duraksadı. Filiz pot kırdığının farkına vardı. Alper ona bu konuyu anlatmayı unutmuştu. Belki daha sırası değildi ama sormuştu bir kere.

"Ben tek çocuğum, annem ve babam ben on altı yaşındayken bir tren kazasında vefat ettiler. Ömrümün şimdiye kadar olan kısmının yarısı onlarsız geçti. Yalnız kaldığımda onları ne kadar çok özlediğimi hatırlıyorum. Teras benim için âdeta bir meditasyon yeri, dışarı çıkıp gökyüzüne bakıyorum. Mutlaka diyorum beni görebiliyorlardır, keşke ben de onları görebilseydim."

"Çok özür dilerim Özgür, gerçekten..."

"Özür dilemene gerek yok. Hem biliyor musunuz bazı geceler rüyamda görüyorum ve ilginçtir yaşasalardı şimdi nasıl olması gerekirse öyle görüyorum. Yani babamın saçları beyazlamış, annemin kırışıklıkları var, rüyada olduğumu biliyorum ve birazdan uyanacağımı da. Uyandığımda o kadar mutlu oluyorum ki anlatamam... Sahi çayı unuttuk!"

Koltuktan kalkıp, mutfağa doğru giderken, Filiz de kalktı, arkasından Ceyda da yerinden fırladı.

"Biz hallederiz," dedi Ceyda.

Ceyda, Özgür'ün anlattıklarından çok etkilenmişti. Daha geçenlerde katil olabilir dedikleri kişiye âdeta acımış ve bir ana şefkatiyle ona sarılmak istemişti. Mutfağa giderken bir anda ne oluyor bana diye iç geçirdi.

Mutfak salonun aksine çok moderndi, açıldığında sekiz kişilik olan yemek masası vardı. Her şey muntazamdı. Özgür kristal çay bardaklarını gümüş tepsinin üzerine çoktan yerleştirmişti, kurabiyeleri ayrı ayrı pasta tabaklarına dağıtmıştı bile.

"Ne zaman, hallettin bunları?" dedi Filiz, "Hem sen içeri geç lütfen biz hallederiz."

"Olmaz siz misafirsiniz, bence siz geçin."

"Yok yok, hem yabancı sayılmayız artık, lütfen sen içeri geç, hem Alper tek kaldı."

"Evet haklısınız."

Salona geldiğinde Alper taş plaklara bakıyordu.

"Bunlardan hâlâ ses çıkıyor mu Özgür?"

"Tabii ki, dinlemek ister misin?"

"Çok iyi olur, bizim kuşağın tanıdığı kim var?"

"Müzeyyen Senar var mesela: Bu ne sevgi ah bu ne ızdırap..."

Plağı özenle tuttu, gramofona yerleştirdi, kurdu ve iğnesini nazikçe, plağın üzerine bıraktı. İnanılmaz bir şeydi, Müzeyyen Senar, âdeta odanın içerisindeydi, tüyleri diken diken olmuştu. Filiz elinde çay tepsisi, Ceyda da kurabiye tabaklarıyla içeri girmişlerdi. Müzeyyen Senar'a saygısızlık yapmak istemiyormuşçasına ayakta biraz beklediler. Sonra ellerindekileri yavaş yavaş koltukların önünde duran kırmızı Elazığ mermerinden yapılan sehpanın üzerine bıraktılar. Müzik bittiğinde kimse konuşmuyordu.

Özgür derin bir nefes aldı.

"İşte benim dünyam..." dedi, plağın üzerinden iğneyi kaldırırken.

Alper ve Filiz'in çok mutlu oldukları yüzlerinden belliydi. Ceyda ise sadece bakıyordu, içinden: "Antika bu adam, bununla arkadaşlık yapılamaz ki bana her gün kim bilir neler dinletir?"

Filiz çaydan bir yudum aldıktan sonra sordu.

"Sahi neredeydin Özgür, nereden aldın şarapları?"

"Çanakkale ve çevresindeydim, Ezine, Behramkale, Neandreia Krallığı. Şaraplar Ezine'den. Dergiden ekiple gittik, üç gün kaldık."

"Nasıldı, güzel fotoğraflar çekebildin mi?"

"Evet çektim Ceyda, ama daha bakmaya fırsat olmadı. Bana internet adresinizi verirseniz sizlere gönderirim, hem biliyor musunuz, bizim derginin basımını da sizin şirket yapıyormuş."

"Aaa ciddi mi söylüyorsun, hiç aklımıza gelmedi değil mi Alper?"

"Evet gerçekten."

Özgür bu arada konuyu değiştirmek istemişti, çünkü fotoğrafları ayırmamıştı. Şimdi bakmak isterlerse işler karışabilirdi. Aslında hepsine bakmıştı ama o parlak ışık yok mu? Bu işte bir şey var diyordu kendi kendine. Uzun süredir her neyse peşindeydi, bir anda aklına ormandaki gördüğü manzara geldi, irkildi.

Alper, "Ev sadece bu kadar değil sanırım?" diye sordu.

Filiz atladı hemen:

"Genelde evi kadınlar merak eder, sana ne oluyor?"

Alper'in niyeti başkaydı: "Mutlaka bir çalışma odası vardır, amaç orayı görmek," diyordu içinden.

"Var tabii, çalışma odama, yani stüdyoya bakabiliriz ama çay bardakları burada kalacak."

Çay bardaklarını salonda bırakıp, mutfağın karşısındaki koridordan yürüdüler.

İlerideki kapı yatak odasıydı, malum her yatak odası gibi. Diğer kapının önünde küçük bir parmak okuyucu vardı. Her üçü de şaşırmıştı, içeride ne olabilirdi ki? Alper: "Ne ilginç adam!" diye geçirdi aklından. Özgür sağ işaret parmağını okuttu. Kapı açıldı.

* * *

Cinayet masasından Komiser Faruk odasında meslektaşı Altan'ın gelmesini bekliyordu. Mesai çoktan bitmişti ama yoğunluktan ancak fırsat bulabilmişlerdi.

Birazdan kapı vuruldu.

"Geel..."

Altan içeri girdi.

"Ne haber Faruk?"

"İyidir Altan, gel otur, anlat bakalım neler buldun?"

"Bu sabah Adli Tıp'tan Dr. Adil Bey aradı, bilgisayar başındaysan bulguları gönderiyorum dedi. Eldeki suçlu dosyalarını taradım ama eşleşen kimse yok. "

"Sıfırdan başlıyoruz yani?"

"Evet aynen öyle Faruk, maktulü bulduğumuz yere yakın bütün MBS ve iş yeri kameralarını taradım, Kavacık meydandaki benzin istasyonu ve göl kenarındaki lokantada çok kısa iki görüntüye rastladım. Benzinlik malum, geliyor benzin alıyor, kredi kartıyla ödeme yapıyor ve çıkıyor. Takip eden kimse yok. Fakat lokantadaki görüntü biraz daha fazla; yemek yemiyor, kapıdaki görevli ile biraz sohbet ediyor. Bu arada lokantaya girip çıkanlar var. Arka planda birisi var, ama kadın mı erkek mi seçilmiyor, biraz kör nokta."

"Biz hep cinayeti işleyenin erkek olduğunu düşünüyoruz ama kadın da olabilir tabii ki!"

"Evet haklısın, fakat ayakkabılar biraz büyük, öldürülme şekline bakarsan ya erkek ya da iri kıyım bir kadın. Sonra bir ara içeri giriyor, içerideki kamerada bara doğru gidiyor, barda oturan bir kadına selam veriyor ama yanında çok kalmıyor. Barmenle bir iki laf ediyor, sonra çıkıyor, hepsi bu. Ha az kalsın unutuyordum, o esrarengiz ayakkabılar gene orada ve gene kör noktada."

"Bir tahminin var mı Altan?"

"Açıkçası yok Faruk, amir bu işe birlikte bakmamızı istedi. Ben çocuklara fotoğrafları çıkartırdım, biraz da adres taraması yaptılar, hepsi masamda hazır."

"Olur Altan, yarın sabah birlikte çıkarız, önce hukuk bürosuna gidelim, bir bakalım mevcut davalarda ilgi çeken bir şey var mı?"

* * *

İçerideki manzara salondaki manzaradan çok farklıydı, neden çay bardaklarını bıraktıklarını şimdi anlamışlardı. Odanın üç duvarı led ve spot ışıklarla aydınlatılmıştı, akla gelebilecek her marka fotoğraf makinası ve objektifle doluydu.

Az ileri İstanbul Hatırası fotoğrafları çekilen Fomesan adlı fotoğrafçılık firmasının ürettiği ve 1950'li yıllarda Türkiye'ye getirilen fotoğraf makinası bile vardı. İçeri girdikten sonra kapı kapandı, ortalık biraz daha aydınlandı. Gördükleri manzara karşısında dilleri tutulmuştu. Ceyda az önce ne kadar sıkıcı dediği Özgür'e hayranlıkla bakıyordu.

Odanın tam ortasında üç ayrı bilgisayar ve ekran vardı. Bu bile Alper'in nutkunun tutulmasına yetmişti, ama ortadaki ekranın neden bu kadar büyük olduğunu anlamamıştı.

"Sen burada ne yapıyorsun?" dedi Filiz.

"Ne mi yapıyorum, çektiğim fotoğrafları burada inceliyorum."

"Üç ayrı bilgisayar da mı, neredeyse bizdeki bilgisayarlarla aynı bunlar."

"Evet o konuda haklısın, itiraf etmeliyim ki sadece fotoğraf incelemiyorum, ama birazdan göreceklerinizi başka yerde anlatmayın, çünkü bunu çok az kişi biliyor."

Mevcut durumu kavramayan üçlü sırada ne var acaba dercesine birbirlerine baktılar. Özgür boş olan duvara doğru yürüdü, duvara doğru yüzünü yaklaştırdı. Fotoğraf makinasını arkasına saklanmış küçük bir ekran vardı. "Göz okuyucu, yok artık!" dedi Alper içinden.

Duvar hafifçe hareket etti ve kendi içinde kayboldu, küçük bir merdiven çatıya doğru çıkıyordu, yukarıda bir platformda oldukça büyük bir teleskop vardı. Özgür bilgisayarların yanına geldi. Bilgisayarı açtı, küçük bir dokunuş sonrası teleskopun üzerindeki cam tavan açıldı. Teleskopun üzerinde durduğu platform biraz daha yükseldi. Odada kimse konuşmuyordu. Özgür misafirlerini hayranlık içinde bıraktığının farkındaydı.

"Teleskop harekete duyarlıdır, çok hızlı hareket eder, o yüzden bilgisayar açıkken elle kumanda etmiyorum, bilgisayar başından kontrol daha emniyetli, ayrıca bilgisayar NASA'nın bilgisayarlarına bağlı, istediğim zaman oradan da görüntü alabiliyorum ve teleskopu oradan aldığım koordinatlara göre de ayarlayabiliyorum."

Alper, "Peki bütün bunların sebebi ne? Sıradan bir merak olsaydı küçük bir teleskop olur, başına geçer oturur, bir iki sağa sola bakardın."

"Haklısın Alper, bu sadece sıradan bir merak değil, hani daha önce dünya dışı varlıklardan bahsetmiştim, eminim sizler de okumuşsunuzdur; "Tanrıların Arabaları. "Ama o kitap benim hayata bakışımı değiştirdi ki anne ve babamı kaybetmem de hemen hemen o tarihlere denk geliyor. "

"Bir kitap nasıl olur da insanı bu kadar meraka itebilir, evet o kitabı ben de okudum, hatta ondan sonra başka kitaplar da okudum. Sadece acaba dedim ama gördüğüm kadarıyla sen biraz aşmışsın," dedi Filiz.

Bu arada Özgür bilgisayarın başında bir şeylerle uğraşıyordu. Teleskop yön değiştirdi ve yandaki apartmanın üstünden çıkmakta olan Ay'a sabitlendi.

"Sıkı durun!" dedi Özgür.

Büyük ekran bir anda aydınlandı ve Ay'ın muhteşem görüntüsü karşılarındaydı.

"Şimdi yavaş yavaş yaklaşıyoruz."

Ortamın ışığını azalttı, küçük kraterler büyümeye başlamıştı. Bir tanesine teleskopu sabitledi. Sanki ellerini uzatsalar tutabilecek hâle gelmişti.

İşte o an Özgür'ün bile beklenmediği bir şey oldu, kraterin karanlık kısmından bir ışık parladı, havalandı iki saniye asılı durdu ve inanılmaz bir hızla kayboldu. Bu arada harekete duyarlı teleskop bu manevrayı yakalamıştı. Film burada kopmuştu, zaten cisim teleskopa doğru hareket etmişti, hedef sanki dünyaydı.

Özgür bir anda bağırdı.

"Evet evet, işte bu, yakaladım seni! Çok uzun zaman önce bir kez daha olmuştu, o zaman görüntü bu kadar net değildi."

Ceyda tamamen dağılmış durumdaydı, ağzı açık bakakalmıştı. Çünkü bu tür şeylere inanmaz safsata der, alay ederdi. Eğer bu görüntü dünyada çekilmiş olsaydı, montaj deyip dalga geçerdi. "Bu da neydi?" diyebildi sadece.

Özgür de oldukça heyecanlanmıştı, teleskopun görüntüsü sol üst köşeye küçülttü, görüntüyü tekrar izlemek için herkes ekrana yaklaştı. Video toplam 6 saniyelik bir görüntüden oluşuyordu. İlk iki saniye kraterin üzerinde havada asılı idi, sonraki 4 saniyede ise kendilerine doğru geliyordu. Son saniyede ise yukarı doğru yükseldiği için alt kısım görünüyordu.

Filiz, "Aman Allah'ım!" diye mırıldandı. "Daha yaklaştırabiliyor musun Özgür?"

"Daha iyisini yapacağım, biraz bekleyin."

Özgür sürekli bir şeyler yapıyordu Ceyda'nın iyice kafası karışmıştı.

Ekrana bir takım veriler yansıdı.

"Evet arkadaşlar, çapı 200 metre, iç yükseklik 25 metre, üst kısımdaki kumanda bölümü tahminen 50 metrekare. Şimdi fotoğraflara bakalım, içerisi görünmüyor, gümüş grisi, yanlarda hızlı hareket eden ışıklar var. Kat ettiği mesafeye bakarsak ışık hızından çok hızlı hareket ediyor."

"Şimdi biz uzay gemisi mi gördük?" dedi Ceyda.

"Evet Ceyda, uzay gemisi gördük."

"Hem de Ay'ın üstünden kalkan bir uzay gemisi, inanılır gibi değil, yıllarca teleskop başında beklesen böyle bir görüntüyü belki yakalarsın, öğle değil mi Özgür?"

"Aynen öyle, hesaplarım doğruysa biz burada muhabbet ediyorken o şu anda atmosfere girdi bile!"

"Ay, nasıl yani buraya mı geldi şimdi?"

"Sakin ol," dedi Filiz, hem dünyaya gelmiş olsa kim bilir şimdi nerededir, sahi nerededir Özgür?"

"Nerede olduklarını bilmek çok zor, ama bir dakika, NASA'nın verilerine bir girelim belki bir şey bulabiliriz. Uzay gemilerinin dünyanın dönüş istikametine göre atmosfere girdiğini biliyor muydunuz?"

"Neden?" dedi Alper.

"Diğer şekilde girerlerse sürtünme fazla olacağı için"

Fotoğraflar ekrana tek tek slayt hâlinde gelmeye başlamıştı, inanılır gibi değildi. Görüntüler çok netti, bu bildiğimiz UFO, NASA'nın verileri ekrandaydı. Uydular atmosfere girişi çoktan algılamışlardı bile, Avrupa kıtasının üzerinden giriş yapmıştı.

Filiz ve Alper bu tür şeylerin muhabbetini hep yaparlardı ama bu kez tedirgin olmuştu. Bir an önce dışarı çıkmak istiyordu.

"Boğazım kurudu," dedi. "Dışarı çıksak mı?"

Özgür:

"Taman, şu verilerin hepsini kaydedeyim, hem bu akşam bu kadar yeter, benim de boğazım kurudu."

Kapıya doğru yaklaştıklarında, cam tavandan içeri mavi bir ışık hüzmesi girdi, herkes olduğu yerde kaldı. Işık bir anda arttı, şimşek çakar gibi ortalık aydınlandı kimse birbirini göremiyordu. Işık onları sarıp sarmalamıştı, sanki bütün hücrelerine işlemişti. Işık bir anda kayboldu. Kulaklarında uğultu devam ediyordu.

O hâlde salona geçtiler. Filiz ve Ceyda titriyordu. Uğultu azalmaya başlamıştı. Özgür mutfaktan bardak ve sürahi getirdi, kızlara birer bardak su verdi. Her ikisi de elleri titreyerek sularını içtiler.

"Sen de ister misin Alper?"

"Yok ben iyiyim, çayımı tazelesem iyi olacak."

"Gel bende çayımı tazeleyeceğim."

"Bizi burada yalnız bırakmayın!" dedi Ceyda.

"Sakin olun, geldi geçti, hem şuradayız, arada bir kapı var."

Alper mutfağa giderken Özgür'e yaklaştı, kızlar duymasın diye sesini kısarak,

"İtiraf etmeliyim ki ben de bayağı korktum, küçük dilimi yutuyordum az kalsın."

Özgür içinden, (Sen benim diğer gördüklerimi görsen asıl o zaman ne yaparsın bilmem!)

"Evet haklısın, ben de korktum ama belli etmemeye çalıştım, hâlâ bacaklarım titriyor."

Çaylarını tazeleyip salona geldiler. Ceyda ve Filiz birbirlerine sokulmuş kıpırdamadan duruyorlardı. Çaylar bitmeye yakın Alper,

"Kızlar isterseniz yavaş yavaş gidelim, bence herkesin dinlenmeye ve şayet uyuyabilirse de güzel bir uykuya ihtiyacı var."

Filiz ve Ceyda hazırlanıp kapını önünde Alper'i beklediler. Alper lavabodan çıkıp şarapları aldı.

"Teşekkür ederiz Özgür, hakikaten ilginç bir gece oldu, umarım bizi kapıp götürmezler."

"Konuşma şöyle Alper, aklım çıktı zaten!"

"Şaka yaptım Filiz."

"Açıkçası ben de hayretler içindeyim, geldiğiniz için ben teşekkür ederim, dikkatli olun."

Alper ve Filiz, Özgür'ün asansör macerasını bildikleri için bir an duraksadılar.

"Binsenize, ne bekliyorsunuz?" dedi Ceyda.

Filiz ve Alper kapıda bekleyen Özgür'e baktı.

"Merak etmeyin ben bindim bir şey olmuyor," dedi muzip bir ifadeyle.

Asansöre binip aşağıya inene kadar Filiz bildiği bütün duaları okumuştu.

Kapıda Hüseyin Efendi'yle karşılaştılar.

"Nasılsınız gençler, eğlendiniz mi? Özgür arkadaş canlısı bir çocuktur, öz oğlum gibi severim, hadi tutmayayım sizi iyi geceler. "

Belli ki Hüseyin Efendinin hiçbir şeyden haberi yoktu. Alper cevap verdi:

"Sağ ol Hüseyin Efendi, sana da iyi geceler, hoşça kal."

Apartmanın kapısından çıktıklarında hepsi birden gökyüzüne baktı, bir iki bulut kümesinin dışında her şey normaldi. Arabaya doğru ilerlediler. Alper bagajı açıp şarapları koydu, kapağı kapattı. Bu arada kızlar oturmuşlardı ama ikisi de arka koltukta birbirlerine sarılmışlardı.

Alper arabayı çalıştırdı, dikiz aynasından kızlara baktı.

"Hadi ama kendinize gelin, tamamen bir tesadüf, bizim için geldiklerini zannetmiyorsunuz değil mi?"

Araba yavaşça hareket etti. Filiz camdan yukarı doğru baktı. Özgür terasta kendilerine bakıyordu. Filiz'in yukarı baktığını görünce elini kaldırdı, Filiz de camı açarak aynı şekilde karşılık verdi. Sokak boştu, U dönüşü yapıp ana yola doğru ilerledi.

Ceyda, Alper'in omzuna dokunup,

"Ben bu gece hayatta evde tek başıma kalamam!" dedi.

"Ben de zaten bizde kalmak ister misin diye soracaktım Ceyda."

"Aynı fikirdeyim Alper, ben de tam Ceyda'ya bu akşam biz de kal diyecektim."

Arabayı garaja koymadan önce kızlar inmişti ama Alper olmadan eve girmediler. Beraber eve girip kendilerini koltuklara attılar.

"Bir şeyler atıştırmak isteyen var mı?" diye sordu Filiz.

"Ben bir kahve içerim," dedi Alper.

"Tamam o zaman ben de içerim," dedi Ceyda.

Filiz kahveleri hazırlamak için mutfağa gitti, peşinden de Ceyda hızlı adımlarla onu takip etti. Alper gözleri sabit, hiç hareket etmeden oturuyordu, sanki hiçbir şey düşünmüyor gibiydi ama aslında hiç de öyle değildi. Aklından bin türlü şey geçiyordu; Özgür'ü gördükleri o akşam, mavi ışık, asansör, cinayet ve bu akşam ki macera.

Kaç dakika öyle durduğunu anımsamıyordu. Filiz fincanı uzattı ama algılamadı, bir yerden kahve kokusu geliyor diyordu.

"Alooo kahve geldi kahve!.."

Ceyda'nın sesiyle irkildi.

"Ha geldiniz mi?

Filiz biraz ortamı yumuşatmak için, "Ne oldu canım, uzaylılar mı kaçırdı?" dedi.

"Hıı kaçırdılar, şimdi de beynimin içindeki bilgileri alıyorlar," dedi Alper.

Kahvelerini yavaş yavaş yudumladılar, Ceyda karşı odada yatacaktı ama kapının ve koridordaki ışığın açık kalmasını istemişti.

Özgür, bilgisayardaki görüntüleri biraz daha inceledi. Bu seferki bayağı detaylıydı, hiç kimse bunun sahte olduğunu iddia edemezdi. Her şey birbiriyle uyumluydu. Sanki kendisini görmeleri için beklemişti. Zamanı gelince de harekete geçmişti. Tepelerinde bitivermesi Ceyda'yı çok korkutmuştu.

Gerçi diğerleri de korkmuştu ama onlar bu işleri merak ediyor ve kabulleniyorlardı.

Misafirlerine göstermediği diğer fotoğrafları açtı. Asıl bomba buradaydı, tepedeyken çektiği ışığı çok özel teknikler kullanarak netleştirdi. Bu bir uzay gemisi değildi, sadece bir ışıktı. İçi daha koyu mavi, dışa doğru rengi açılan, yanlarda çıkıntıları olan hesaplamalarına göre dört metre uzunluğunda bir ışık kütlesi. Son yakaladığı karede yandaki çıkıntılar biraz daha belirginleşmişti, sanki kanadı andırıyordu. "Yoksa tahmin ettiğim şey mi?"

* * *

Ceyda tam uyumaya çalışıyor, gözlerini kapattığında etrafı bir anda mavi ışık kaplıyordu.

"Filiz!.. Uyudunuz mu?"

"Sayende hayır bebeğim, bu üçüncü soruşun, rahatla artık."

"Ne yapayım elimde değil, gözlerimi kapatınca etrafı mavi ışık kaplıyor."

"Normal hayatım, ışık çok güçlüydü o yüzden, sabaha az kaldı, kendini rahat bırak, nasıl uyuduğunu anımsamazsın bile."

"Uyuyamıyorsan ben gelip sallayayım?" dedi Alper.

"Olur, Alper sen sallarsan uyurum ben."

"Hadi bırakın muzırlığı, uyuyun artık!" Filiz, Alper'e de bir çimdik attı bu arada.

* * *

Özgür her zamanki kalkış saatinden bir saat erken kalkmıştı, mutfağa gidip bir bardak su içti. Yarım saat kadar bisiklet çevirdi sonra ağırlıklarla çalıştı ve duş alıp kahvaltısını hazırlamaya koyuldu. Kahvaltıdan sonra işe gitmek için hâlâ vakti vardı.

Terasa çıktı çiçeklerin arasında biraz dolaştı, bazılarının diplerinin kuruduğunu gördü, onları suladı. Fakat tuhaf olan bir şey vardı, terastaki bitkiler gözüne biraz büyük göründü, etrafına biraz daha dikkatli baktı, camekânlı bölümdeki sarmaşıkların uç bölümlerine yatmasınlar diye küçük ipler bağlamıştı, onları görünce şaşkınlığı bir kat daha arttı, çünkü sarmaşıkların uçları, ipleri on santim geçmişti. Bu işin dün akşamla bir ilgisi olabilir miydi?

Sanki dün akşam bitkilerin hepsine azot fosfat gübresi atılmıştı. Açık bölüme çıktı, etrafına daha dikkatli baktı. Daha dün akşam, Alperler gelmeden önce fındık büyüklüğünde olan yediveren limonları ceviz kadar olmuştu, "zaman yaklaşıyor."

* * *

Alper her zamanki gibi arabayı garajdan çıkarmış, Filiz'in gelmesini bekliyordu. Bir de Ceyda vardı, o hepten zulümdü zaten. Daha önce de Ceyda birkaç kez onlarda kalmıştı. Dışarı çıkmaları on beş, yirmi dakikayı bulabiliyordu.

"Haydi bayanlar geç kalacağız, trafik ağırlaşmaya başlamıştır bile."

O sırada Filiz ve Ceyda kapıda göründüler.

"Geldik geldik, Ceyda küpesini düşürmüştü de onu aradık biraz."

"Hep bir mazeretiniz vardır zaten, uyuyabildin mi Ceyda?"

"İşin ilginç tarafı o kadar korkudan sonra gece kâbus görürüm zannediyordum ama hiçbir şey görmedim Alper, sanki gözümü kırptım açtım ve inanılmaz şekilde enerji yüklüyüm."

"Ben de öyle," dedi Filiz.

Kavacık'tan hemen köprüye bağlandılar, trafik ağırlaşmaya başlamıştı. Havaalanı sapağına kadar biraz yoğunluk vardı ama sonrası açıktı. Fazla geçmeden iş yerine gelmişlerdi bile. Arabayı otoparka bırakıp içeri girdiler.

Filiz, "Size bir şey söyleyeyim mi? Ben acıktım arkadaşlar!"

Alper, "Evet ben de acıktım, oysa gayet güzel kahvaltı yapmıştık."

"Siz durun," dedi Ceyda. "Ben birer tost yaptırayım."

Masalara oturup tostların gelmesini beklediler. Bu arada diğer arkadaşlar da yavaş yavaş gelmeye başlamışlardı. Kimisi esniyor, kimisinin gözleri mahmur, herkes de bir uyuşukluk, fakat üç silahşörlerin gözleri âdeta ışık saçıyordu.

"Ne oluyor arkadaşlar, bu işte bir tuhaflık var, biz neden böyleyiz?"

"Bilmiyorum," dedi Ceyda. "Şu an tek bildiğim, hâlâ açım!"

Tostlarını bitirip işlerinin başına geçtiler.

* * *

Şişli'deki hukuk bürosunun olduğu iş merkezinin önünde arabadan indiler. İş merkezinin valesi aracın anahtarını aldı.

"Ne kadar işiniz var efendim?"

"Neden sordun?" dedi Komiser Altan.

"Bugün yoğunluk var da efendim, kısa sürede çıkacaksanız, ayrı yere alıp arkasına başka araba aldırmayacağım, çıkışta fazla bekletmemiş olurum."

Ellerindeki telsizden ve koltuk altındaki silahlardan bir çırpıda sivil polis olduklarını anlamıştı.

"Aferin delikanlı," dedi Faruk. "Otuz dakika ya sürer ya sürmez."

Dördüncü kattaki hukuk bürosuna merdivenle çıkmayı tercih ettiler. Yangın merdiveninde her sahanlığı gören kamera vardı.

"Belki bunları bile incelemek gerekebilir Altan."

"Doğru söylüyorsun, nereden ne çıkacağı belli olmaz Faruk."

Zili çalıp beklediler, kapı açıldı, yeşil bir göz kapı aralığından baktı.

"Buyurun kime bakmıştınız?"

Faruk kimliğini çıkarıp yeşil göze doğru uzattı.

"Ben Komiser Faruk, bu Bey de Altan, cinayet masasından."

Yeşil göz, kapıyı açtı.

"Buyurun efendim, ben Özlem, sekreterim, nasıl yardımcı olabilirim?"

Hukuk bürosu sahibi Avukat Cahit Bey odadan gelenleri tanımış bir anda karşılamak için yanlarında bitivermişti.

"Hoş geldiniz beyler, kızımızın kusuruna bakmayın, işe başlayalı daha dört ay oldu, siz de uzun süredir gelmiyorsunuz, tanımıyor doğal olarak, bir de bu olay iyice yıprattı bizi."

"Farkındayız Cahit Baba, biz de çok üzüldük, hele sende çalıştığını duyunca."

Cahit Bey eski kulağı kesiklerdendi. Seksen darbesinden hemen sonra mezun olmuş ve o zamanlar "Kanca Rıza" lakaplı bir avukatın yanında işe başlamıştı. Kanca Rıza ipten çok adam almıştı, o yüzden lakabı kancaydı. Birisinin suçsuzluğuna inandığı zaman ne eder eder onu ipten çekip alırdı, pek çok müvekkilini de serbest bıraktırmıştı.

"Bu olay beni çok üzdü çocuklar, yanımda başlayalı altı yıl olmuştu, kimsesi yoktu, ıslah evinde büyümüş, burslarla okumuş evladım, içim yanıyor çocuklar!"

Gözleri dolmuştu Cahit Baba'nın, sekreter koştu bir bardak su getirdi.

"Kimseye karışmazdı, işinde gücündeydi garibim, başarılı bir avukattı. Hâlâ bir anlam veremiyorum."

"Gerçi bu soruları sana sormak bizim haddimiz değil ama baktığı davalardan bir hasım edinmiş olabilir mi?"

"Sanman çocuklar, genelde anlaşmalı boşanma davalarına bakardı."

"Biz gene de son baktığı dava dosyalarının isim ve telefon numaralarını alsak Cahit Baba?"

"Tabii Altan evladım. Kızım, Haluk evladımın baktığı dava dosyalarından isim ve telefon numaralarını çıkartıver, ama önce bizi birer orta şekerli kahve yapıver."

"Tamam Cahit Bey."

"Siz neler yapıyorsunuz görüşmeyeli?"

"Bildiğin işler Cahit Baba." dedi Komiser Altan.

Komiser Faruk:

"Müsaadenizle ben bir lavaboyu kullanayım," deyip yerinden kalktı. Koridora çıkıp ilerledi, mutfağın yanından geçti, göz ucuyla mutfakta kahve hazırlayan Özlem'e baktı.

Özlemin sırtı dönük kahveleri hazırlıyordu. O esnada Özlem'in telefonu çaldı. Faruk refleks olarak biraz yavaşladı, kulak kabarttı.

"Hı hı tamam sen merak etme, tamam oldu."

Lavabodan çıkarken, kapıda Özlem'le karşılaştılar, Özlem bir an dona kaldı, yutkundu.

"Ay özür dilerim efendim, görmedim."

"Sorun değil Özlem Hanım, buyurun siz devam edin" deyip kenara çekildi.

Özlem, kahveleri masaya bırakıp bilgisayarın başına oturdu.

"Baktığı bütün davaları istiyorsunuz değil mi efendim?"

"Hepsi değil kızım, son üç ayda baktığı davaları, umarım bir faydamız olur."

"Elinizde başka ne var çocuklar?"

"Kavacık'taki benzin istasyonu ve göl kenarındaki balık lokantasına ait birkaç görüntü, aslında şüphelendiğimiz birkaç kare mevcut."

"Ben geçen gün Adli Tıp'tan Adil Hoca'yı aradım, kafasındaki darbelerden değil, kravatıyla boğularak öldürüldüğünü söyledi, ne kötü bir ölüm şekli, Haluk da çok çelimsiz biri değildir, ya ondan çok güçlü birisi ya da en az iki kişi"

"Cesedin yanında lastik izleri var, gelişte ve gidişte ağırlıkların farklı olduğunu belirledik. Etrafta boğuşma izi yok, muhtemelen başka yerde öldürülmüş. Arabadan indirilip sürüklenerek gölün kenarına kadar götürülmüş, arabanın durduğu yerle gölün kıyısının arasında beş metre var, fakat o akşam kısa süreli de olsa yağmur yağmıştı, ayak izlerinin belirginliğini ortadan kaldırmış. Tek kişinin ayak izleri var, ama dediğim gibi yağmur işimizi zora soktu. Yapan kişinin profesyonel olduğunu düşünmüyorum, öyle olsa cesedi göl kenarına bırakmazdı, göle ulaşılması zor bir noktaya taşırdı. Çöp poşeti gibi bırakmış, lâkin belindeki ipe bir anlam veremedim."

Altan, araya girme gereğini hissetti.

"Sana söylemeyi unuttum Faruk, bir de lokantanın dışarıdaki kamerasına baktım. Cesedin bulunduğu yola doğru hareket eden beş araç tespit ettim. Dün sana gelmeden önce yol güzergâhında biraz dolaştım. Yolun kenarında iki araç izi var, fotoğraf çekip çocuklara incelettirdim, cesedin olduğu yerdeki lastik izleriyle uymuyor ama gene de kontrol etmekte fayda var, belki bir şey çıkar."

"O zaman..." dedi Faruk, "Önce boşanma davalarındaki hanım ve beylerle bir konuşalım, sonra da şu bahsettiğin araçların sahipleriyle."

Bu arada kahveler bitmişti.

"Bize müsaade," dedi Komiser Faruk.

"Bu davaya sizin bakmanıza sevindim çocuklar, umarım bir şeyler bulursunuz, gerçi bu Haluk'u geri getirmeyecektir ama en azından adalet yerini bulur."

Özlem; isim, telefon, iş ve ev adreslerini çıkarmış bekliyordu.

"Teşekkür ederiz Özlem," dedi Altan.

"Cahit Baba, bir gelişme olursa seni bilgilendiririz."

"Sağ ol Faruk evladım, sağ ol Altan, sonuç üzücü de olsa haberlerinizi bekliyorum."

"Nereden başlıyoruz Faruk?"

"En yakında Taksim var. Ayşe Hanım mağaza yöneticisi, üç ay önce boşanmışlar."

İş merkezinin önüne geldiklerinde araç hazırdı. Vale girişteki kameradan hukuk bürosundan çıktıklarını görmüş aracı alıp gelmişti.

Faruk ve Altan aracı hazır görünce şaşırmışlardı,

"Ne o delikanlı bizi mi takip ediyorsun?" dedi Altan.

"Hayır efendim, dışarısı rahat olunca güvenliğin yanına gidiyorum, malum her katta kamera var, çıktığınızı görünce aracı alıp geldim."

"Faruk cebinden yirmi lira çıkarıp uzattı."

"Çok teşekkür ederim, sağ olun komiserim."

"Eyvallah delikanlı."

Ayşe Hanım olanları duyunca ağlamaya başlamıştı.

"Ben şehir dışındaydım. Annem yaşlı, kadıncağızın yanına Göreme'ye gitmiştim. Aman Allah'ım çok feci!"

"Kocanızla anlaşarak boşanmışsınız doğru mu?"

"Evet, kocam medeni bir insandır, uzun süredir ikimiz de aramızdaki aşkın bittiğinin farkındaydık, oturup konuştuk. Çocuk da olmadığı için en makul olanın bu olacağını düşündük."

Altan araya girdi.

"Peki, avukatı nereden buldunuz?"

"Ortak kader arkadaşı diyelim, üniversiteden arkadaşım var, Cüneyt. O da eşinden boşanmak için Haluk Bey'i tutmuştu. O tavsiye etti."

"O da mı anlaşmalı boşanmaydı peki?"

"Evet, o da anlaşmalı boşanma, bana avukatın anlaşmalı boşanmalara baktığını söylemişti."

"Peki, mal paylaşımda az da olsa bir anlaşmazlığınız olmadı mı?"

"Eşim de ben de iyi kazanan insanlarız, birkaç özel eşya dışında sorun olmadı. O da her ikimizin ortaklaşa aldığı eşyalar olduğu için hissi davranmıştık, ama bu avukata yansımadı bile, kendi aramızda hallettik."

"Peki, eşinizin sizin avukatınızla hiç görüşmesi oldu mu?"

"Hayır olmadı, adliyedeki karşılaşmaları dışında birbirlerini gördüklerini sanmam, zaten tek celsede boşandık."

"Daha sonra Haluk Bey'le görüştünüz mü Ayşe Hanım?"

"Evet, kalan ücreti ödemek için büroya gitmiştim, ondan sonra bir daha görmedim."

Faruk ayağa kalktı.

"Zaman ayırdığınız için teşekkür ederim Ayşe Hanım."

"Ben teşekkür ederim, inanın çok üzüldüm, umarım katili bulursunuz."

Altan ayakta kapının yanında duruyordu.

"Teşekkür ederiz Ayşe Hanım, iyi günler."

Açık otoparka doğru ilerlediler, arabaya binmeden önce Faruk:

"Altan su ister misin, büfeden alayım?" dedi.

"İyi olur Faruk, bozuk var mı?"

"Var var, istersen meyve suyu alayım?"

"Su yeter sağ ol."

Arabaya bindiler, Faruk elindeki listeye baktı.

"Hoş hatun değil mi?"

"Kim hoş hatun?

"Ayşe Hatun."

"Sırası mı şimdi? Şu elimizdeki işe bakalım, hınzırlık yapma, şimdi aşk meşk zamanı mı?"

"Tamam, kızma hemen. Diğer isim Kadıköy'de, trafik rahattır geçelim mi karşıya?"

Saat üç olmuştu, Kadıköy'de Mustafa adında bir sigortacıyla ondan sonra da Erenköy'de Selda adında bir güzellik uzmanıyla görüştüler. Hikâyeler hep aynıydı; anlaşarak boşanmışlar, davalar tek celsede bitmişti. Mustafa Bey de Selda Hanım da olaydan haberdardı. Her ikisi de çok üzüldüklerini belirtmişti, yardımcı olabilecekleri başka bir şey varsa da arayabileceklerini söylemişlerdi.

"Selda'nın heyecanını biraz fazla buldun mu Altan?"

"Evet, biraz fazla buldum, belki görüşmenin iş yerinde olması tedirgin etmiş olabilir. Sonuçta bekleme salonunda müşterileri vardı, cinayet masasından iki kişinin gelmiş olması, müşteriler açısından pek hoş karşılanmamıştır herhâlde."

"Orası öyle tabii ki… Selda'nın eşiyle de görüşmeyi düşünüyor musun?"

"Şu an için değil."

Telefon çaldı.

"Hakan arıyor… Efendim Hakan?"

"Faruk Komiser'im, lokantadan göl istikametine hareket eden beş aracın plaka tespitlerini yaptık. Adres bilgilerini şimdi ister misiniz, yoksa masanıza mı bırakayım?"

"Masaya bırak Hakan, yarın devam ederiz."

"Tamam, komiserim, iyi akşamlar."

"Ne yapıyoruz Altan? Sonuçta karşıya geçeceğiz, trafik vardır, istersen Çavuşbaşı tarafından gidelim. Bu akşam yemeği malum lokantada yeriz, ama iş yok, sadece yemek yiyip kalkarız, tamam mı?"

"Olur Faruk, iş yok."

Erenköy'den İzmit otobanına girip, Dudullu sapağından Çekmeköy istikametine girdiler, arka yoldan Çavuşbaşı'na doğru yavaş yavaş ilerlediler. Bu yol sakindi, etraf ormanlıktı. Çavuşbaşı tabelasından saptıktan on dakika sonra lokantanın önüne gelmişlerdi. Arabayı park edip lokantaya girdiler.

* * *

Özgür, binadan çıkıp anayola bağlanmak üzereyken telefon çaldı.

"Efendim Aylin."

"Günaydın Özgür, çıktın mı evden?"

"Evet çıktım, hayırdır?"

"Şey... Cinayet masasından iki bey geldi de..."

"Cinayet masası mı, ne alaka?"

"Vallahi bir şey söylemediler, seni bekliyorlar."

"Tamam, on beş, yirmi dakikaya oradayım, sen bir kahve hazırlat, geliyorum."

Telefonu kapattıktan sonra kendi kendine söylendi: "Allah Allah ne cinayet masası, nereden çıktı bu, neyse öğreniriz birazdan!"

Köprü trafiği ağırlaşmıştı ama Kavacık'tan bağlanınca beş dakikada köprüye ulaşılıyordu zaten, oradan da en fazla on beş dakikada Maslak... Arabayı otoparka bıraktı, asansörle onuncu kata çıktı. Ofise girdiği zaman iki kişinin bekleme salonunda kahvelerini içtiğini gördü.

"Beyler beni siz mi bekliyorsunuz?"

Altan Komiser ayağa kalkmadan:

"Evet, ben komiser Altan, bu da Faruk Komiser, uygunsanız görüşebilir miyiz?"

"Bana iki dakika müsaade ederseniz, odaya gidip elimdekileri yerleştireyim, sizi haberdar ederim," deyip Tülay'a baktı.

"Tabii, acelemiz yok," dedi Komiser Faruk.

Özgür'ün odası koridorun sonunda patronun odasının karşısındaydı. Cinayet masasından geldiklerini Aylin söylemişti. Aylin ve Levent Bey odada Özgür'ü bekliyorlardı.

Özgür odaya girdiğinde Levent Bey ve Aylin'i görünce şaşırdı.

"Hayırdır, ne işiniz var burada?"

"Özgür, oğlum ne işi var bu adamların burada?"

"Bilmiyorum patron, anlarız birazdan."

"Yanında kalmamızı ister misin?" diye sordu Aylin.

"Benim için fark etmez, daha konuyu bile bilmiyoruz, eğer onlar için önemli değilse kalın tabii ki." Tülay'ı aradı: "Ben uygunum gönderebilirsin."

"Özgür Bey uygunmuş, koridorun sonunda sağdaki kapı," diye komiserleri yönlendirdi Tülay.

Faruk ve Altan Komiser, odaya girdiklerinde Özgür dışında kendilerine merakla bakan iki insanı beklemiyorlardı. Nazik bir şekilde kendilerini tekrar tanıttılar.

"Merhaba ben Altan, cinayet masasından."

"Merhaba ben de Faruk."

"Buyurun beyler oturun, anladığım kadarıyla beni tanıyorsunuz zaten. Bu patronum Levent Bey, bu da asistanım Aylin. Eğer sizin için bir mahsuru yoksa odada kalmak istiyorlar."

"Sizin için yoksa bizim için de yok, hatta daha iyi olur," dedi Faruk.

"Konu neydi beyler, açıkçası öncelikle şaşırdığımı söylemeliyim?"

Faruk Komiser, odaya henüz bitirmediği kahvesiyle gelmişti, bir yudum alıp, önce Levent Bey'e baktı, sonra gözlerini yavaşça Özgür'e kaydırdı.

"Bundan yaklaşık bir ay önce..." der demez Özgür konuyu anlamıştı. Çanakkale dönüşünde mahalle arkadaşı polis memuru Cevdet'in söylediklerini anımsadı bir anda, fakat konuşmayı bölmedi.

"...Çavuşbaşı'ndaki göl kenarında bir erkek cesedi bulunmuştu. Cinayetin işlendiği akşam, maktul... Balık lokantasını biliyorsunuz değil mi? O balık lokantasına uğruyor."

Levent Bey, Özgür'ü korumak içgüdüsüyle bir anda söze girdi.

"Bunun Özgür'le ne ilgisi var?"

Altan Komiser:

"Sakin olun beyefendi!" diye uyarmak zorunda kaldı.

Faruk Komiser konuşmasına devam etti:

"Maktul, lokantanın ilerisinde göl kenarında bulundu. Siz de yemekten sonra o istikamete doğru gitmişsiniz, bölgeye çok yakın bir mesafede tekerlek izleriniz de var. Yol kenarında durduğunuz anlaşılıyor, gözünüze takılan bir şey oldu mu?"

Aylin, Özgür'e bakıyordu.

Özgür, kendisini Filiz ve Alper'e söylediklerinin aynısını söylemek zorunda hissedip gayet sakin bir ses tonuyla konuşmaya başladı:

"Tabii beyler, size ne kadar yardımı olacak bilmiyorum ama anlatayım. Lokantadan ayrılmadan önce yağmur yağıyordu, hatta erken kalkacaktım ama yağmurun dinmesini bekledim. Yaklaşık iki kilometre sonra ormanlık alana geldiğimde lastiğim patladı. Kenara çekip lastiği değiştirmek için hazırlık yapmaya fırsat olmadan bir köpeğin saldırısına uğradım. Köpeği orman içine doğru biraz kovaladım, yerde bir dal parçası vardı, onunla kovaladım yani, çok fazla orman içine gitmedim ama malum orman biraz daha karanlık, o arada ayağım takıldı düştüm, hatta bakın hâlâ izi vardır, elim kesildi," deyip sağ avuç içini gösterdi. "Neyse sonra geri geldim, o arada bir araba durdu, karı koca iki kişi indi..."

Faruk Komiser, Özgür'ün sözünü kesti.

"Karı koca olduklarını nereden biliyorsunuz?"

"Kendileri söylediler, zaten bana yardım ettikten sonra haberleştik, şu anda görüşüyoruz. Neyse Alper, yani Filiz'in kocası tekerleği değiştirdi, sonra da yolumuza devam ettik hepsi bu."

"Peki eliniz, nasıl kesildi demiştiniz?" dedi Altan.

"Ben sadece göl kenarıyla ilgileniyorsunuz zannetmiştim," dedi Özgür.

"Öncesi ve sonrası fark etmez her konuyu bilmek lazım."

"Haklısınız Altan Komiser'im, yerde cam kırıkları olduğunu söylemeyi unuttum. Üstüm başım kirliydi, önce eve uğrayıp biraz temizleneyim dedim. Asansörde bayılmışım. Gözümü hastanede açtım. O arada elimdeki kesiği dikmişler. Beni hastaneye, apartmanın kapıcısı Hüseyin Efendi götürmüş. İsterseniz onunla da görüşebilirsiniz."

Faruk Komiser, kahve fincanını masaya bırakmak için ayağa kalktı. Fincanı bırakıp, bulundukları kattan Boğaz'ı gören pencereye doğru ilerledi.

"Peki, lokantaya dönecek olursak, çok sık gittiğiniz bir yer midir?"

"Hayır, çok sık değil, genelde evde yemek yapıp yemeyi tercih ederim, ama özel misafirlerim olduğunda misafirlerimi götürürüm."

"O akşam dikkatinizi çeken bir şey oldu mu?"

Özgür, karşısındaki pencerenin dışında arada bir belirip kaybolan gölgeden bahsetmeli miydi bir an karar veremedi.

Belli ki cesedin bulunduğu istikamete gitmiş ve aracının yol kenarında durmuş olması onu şüpheli yapmıştı. Her ne kadar o anın belli bir bölümünün şahitleri varsa da öncesi karanlıktı. Üstünün başının çamur oluşu, elinin kesilmiş olması durumu biraz daha şüpheli hâle getiriyordu. O yüzden bu esrarengiz gölgeyi söylese iyi olacaktı.

"Daha önce çok üzerinde durmamıştım ama oturduğum masanın karşısında geniş bir pencere vardı. Bir iki defa cama yaklaşan bir karartı gördüm. Orasının lokantaya ait eşyaların konulduğunu bir yer olduğunu düşündüğüm için personel gidip geliyor zannettim."

"Peki, nasıl bir karartı? Mesela erkek veya kadın, uzun saçlı, şapkalı, gözlüklü veya başka bir şey?"

"Açıkçası erkek olduğunu düşünüyorum. Söylediğim gibi asla kesin diyemem. Camdan çok belli olmasa da yüzü bir kadının yüzüne hiç benzemiyordu. Bir dakika... Durun durun, bir şey hatırlıyorum. Bir parıltı, şey gibi, bir madalya, tabii tabii, madalya, şey, yuvarlak, gemici dümeni gibi bir şey olabilir, ama dediğim gibi, kafamı her kaldırdığımda hep oraya bakmadım. Bir iki kez gördüm hepsi bu."

"Peki, çok dikkat etmediğiniz hâlde, madalyayı nasıl hatırlıyorsunuz?" diye sordu Altan.

"Unutuyorsunuz galiba beyler, ben fotoğrafçıyım, gördüğüm her görüntüyü sadece makinaya değil beynime de çok iyi kaydederim."

Patron Levent, Özgür'ün sadece küçük bir kaza dediği işin detaylarını daha sonra öğrendiği için rahattı, ama gene de kendisini bir cinayet filminde oynuyormuş gibi hissetti. Aylin'se olayı baştan beri biliyordu, fakat olayın Özgür'le bu kadar ilişkilendirileceğini tahmin etmemişti.

Faruk komiser cebinden Haluk'un fotoğrafını çıkarıp masanın üzerine koydu. Aynı zamanda Levent ve Aylin'e bakıp,

"Sizler de bakın belki gözünüz bir yerden ısırıyordur."

Fotoğraf, gazetedekinden daha netti. Levent ve Aylin hayır anlamında başını salladılar.

Özgür fotoğrafa uzun uzun baktı, masadan kalkıp odanın içinde biraz dolaştı. Altan ve Faruk onu takip ediyordu, bir açık arar gibi her hareketini hatta her nefes alışını izliyorlardı.

Faruk fazla dayanamayıp sordu.

"Evet Özgür, aklına gelen bir şey var mı?"

"Düşünüyorum, gerçekten, işinize yarayacak bir detay aklıma gelmiyor. Çok fazla müşteri yoktu o akşam, zaten yemeğin ortasına doğru başım ağrımaya başlamıştı, çevreyle çok fazla ilgilenmedim. Dediğim gibi sadece camdaki bir iki görüntü, yağmur yağmasaydı daha erken kalkacaktım.

Altan da ayağa kalkıp, kapıya yakın duran, Faruk'un yanına doğru ilerledi.

"Peki, çok teşekkür ederiz, vaktinizi aldık ama sizden bir ricamız var Özgür, bizden habersiz şehir dışına çıkmazsanız çok seviniriz. Belki bir ipucu ile ilgili size ihtiyacımız olabilir. Bir de o gece gördüğünüz şu evli çift neydi... Filiz'le, Aydın mı?"

"Hayır, Aydın değil, Alper."

"Ha Alper, onları da dinlemek gerekecek, belki ortak bir anımsama olabilir, duruma göre sizi de emniyete çağırabiliriz."

"Tamam, merak etmeyin, şehir dışına çıkmam, çok acil bir şey olursa da haber veririm."

Bu arada Faruk cebinden kartını çıkarıp Özgür'e uzatmıştı.

Faruk ve Altan otoparka inip arabaya bindiler, aşağıya inene kadar konuşmadılar.

"Ne diyorsun Altan?"

"Bilemiyorum, şu evli çiftle görüşmeden evvel, Özgür'ün o akşam gittiği hastaneye bir uğrayalım bence. O akşamki kayıtlara ulaşmak kolay da bir de nöbetçi doktoru görürsek daha iyi olur."

"Tamam o zaman."

Köprü trafiği açıktı, kısa sürede hastaneye geldiler. Arabayı otoparka bırakıp acil girişinden girdiler. Faruk bankodaki görevliye kendini tanıtıp Başhekimle görüşmek istediğini söyledi. Bankodaki görevli Başhekimin odasına kadar kendilerine eşlik etti.

Başhekim sekreteri, içeride bir görüşme olduğunu biraz bekleteceğini söyleyip,

"Bir şey içmek ister misiniz?" diye sordu.

"Bir bardak su kâfi," dedi Altan.

İki dakika sonra kafeteryadan sular geldi. O esnada görüşme bitip, içeridekiler dışarı çıkmaya başlamışlardı. Başhekim sekreteri Altan ve Faruk Komiser'i içeri davet etti. Ellerinde su bardaklarıyla odaya girdiler.

"Hoş geldiniz beyler, ben Başhekim Özer, nasıl yardımcı olabilirim?"

"Merhaba Özer Bey, ben komiser Faruk, meslektaşım Altan."

"Evet beyler, konu neydi?"

Altan Komiser:

"Yaklaşık bir ay evvel göl kenarında bir cinayet işlenmişti, belki anımsarsınız. O gece bölgede bulunan kişilerle ilgili soruşturma yürütüyoruz. Hastanenize getirilen bir hasta var, Özgür ÖZTÜRK. Kayıtlı resmi yazılarla birlikte, şayet o geceki nöbetçi hekim de buradaysa müsaadenizle görüşmek isteriz," dedi Altan.

"Tabii efendim ne demek, ben acil nöbetçi hekimini çağırayım, görüşelim."

Tam telefonun ahizesini kaldıracaktı ki Faruk komiser:

"Doktor Bey'in buraya gelmesine gerek yok, siz bizim geleceğimiz konusunda bilgilendirin biz yanına gideriz."

"Tamam Komiser Bey."

Sekreteri arayıp acil doktorunu bağlamasını istedi.

"Ben Doktor Özer, ha canım sen misim? Bak, yanımda iki komiser var, hani geçen ay göl kenarında bir ceset bulunmuştu ya... Ha işte onunla ilgili bir şeyler soracaklarmış. Bize o akşam bir hasta gelmiş, Özgür ÖZTÜRK. He canım, sen uygun musun, yoksa bir kafeteryaya çıksınlar, hastan var mı? Ha yok mu, tamam gönderiyorum o zaman... Doktor bey uygunmuş, acilde sizi bekliyor."

"Sağ olun Özer Bey, acili biliyoruz, biz gideriz," dedi Altan.

Birlikte acile gittiler. Hemşire bankosunun önünde gözlüklü, biraz şişmanca, boynunda her zamanki gibi stetoskop asılı birisi onlara doğru yürüdü.

"Hoş geldiniz, ben Doktor Muhammed, gelin beyler ben bütün evrakları toparladım. Çok şanslısınız o akşam ben nöbetçiydim."

Birlikte doktorun odasına doğru gittiler.

"Şimdi şu adli rapor, herhâlde önce bunu okumak istersiniz."

Faruk raporu alıp yüksek sesle okumaya başladı:

"Yaş otuz iki, erkek hasta, şuur kapalı, galiba şunlar nabız tansiyon falan, bu değerler normal görülüyor, sağ elde kesi, sağ ayak bileğinde ödem..."

"Evet bu bilgiler önemli ama asıl sizin görüşleriniz bizim için daha değerli."

"Nasıl yani?" diye sordu Doktor Muhammed.

"Yani ilk geldiğindeki hâli, tuhafınıza giden bir şeyler falan?" diye ekledi Altan.

"İlk geldiğinde şuuru kapalıydı, çok net hatırlıyorum üstü başı çamur içindeydi. Üzerini çıkartıp hasta önlüklerinden giydirmiştik. Ayak bileğinin filmini çekmek için röntgene aldık. Zaten raporlarda da var, kırık falan yok, sonra kesiği diktik. Ancak odasına alırken biraz kendisine geldi ama sorulara çok net cevaplar verememişti."

"Peki, elindeki kesi, sizce ne ile kesilmiş olabilir, bir bıçak veya başka bir şey?" diye sordu Altan.

"Biz genelde kesinin şeklini tahmin olarak belirtebiliriz. Ne ile kesildiğini tahmin etmek de sizin işiniz. Kesin ağızları düzgündü, bıçak, cam, kenarı keskin bir metal parçası... ama kesin emin olamam. Fakat sabah katta, takip eden doktorun haricinde taburcu olmadan evvel iki dakika yanına uğramıştım. O zaman bana yere düştüğünü ve camın kestiğini söylemişti, bu onun beyanı."

"Peki, ellerinde, yüzünde herhangi bir morluk veya başka bir şey dikkati çekti mi, yani boğuşma yönünde ipuçları var mıydı?"

"Hayır, zaten olsa, siz de biliyorsunuz bunu adli raporda belirtmek zorundayız, vücudunun başka bir yerinde de sorun yoktu, sadece sağ ayak bileği ve elde kesi."

"Bu raporların birer örneğini alabilir miyiz?" diye sordu Altan.

"Tabii ki, dışarıda birer örnekleme yaparız."

Birlikte odadan dışarı çıkıp bankoya geldiler, bankodaki görevlilerden birer örnekleme yapmalarını istedi. Bu arada hemşire yanlarına gelip bir kurşunlanma vakasının geldiğini söyledi. Kurşun sözü bizimkilerin dikkatini çekmişti. Dr. Muhammed de komiserlere bakıp,

"Hastanenin güvenlik amiri, Beykoz Emniyeti'nden görevli memur çağırıyor ama isterseniz sizler de bir bakın?" dedi.

"Olur, sadece bir bakalım, şimdi arkadaşların işine karışmak olmaz."

Birlikte acil müdahale odasına girdiler. Doktor gelmeden hemşire kurşun olan sol paçayı diz üstüne kadar kesip açmıştı. Diz kapağı on santim atında kemiğim hemen yanında kurşun giriş yeri vardı, arkadan ise çıkış deliği görülüyordu. Altan kendisini tanıttı.

"Merhaba, ben Komiser Altan," dedi, peşinden de Faruk tanıttı kendisini.

"Merhaba, ben de Komiser Faruk, nasıl oldu olay?"

"Çok acıyor Doktor Bey, ne zaman geçer bu acı? Ben de Sinan, avukatım, evden çıkmıştım, duruşmaya gidecektim. Şapkalı birisi, yüzünü göremedim, bir anda oldu, ben yere yığıldım. Köşede bir arazi aracı vardı, hani şu pikaplar var ya ondan, plakayı göremedim ama siyah renkteydi, ona binip uzaklaştı."

Doktor elinde eldiven kurşun deliklerine birer gazlı bez koydu ve hemşireye sargı beziyle biraz sıkı sarmasını söyledi. Komiser Faruk ve Altan'a döndü:

"Beyler müsaade ederseniz kemik yapıda bir sorun var mı diye bakalım, isterseniz ondan sonra devam edersiniz."

"Hayır hayır gerek yok, zaten biz öylesine bakalım dedik, birazdan arkadaşlar detaylı sorgulama yapar."

Görevli hastayı sedye ile dışarı çıkarırken Faruk,

"Denizle ilgilenir misin?" diye sordu.

Sinan bir an duraksadı, soruya bir anlam veremedi.

"Denizle ilgilenir misiniz, boynunuzdaki kolye?"

"Evet, ben aynı zamanda kaptanım."

Doktor görevliye dışarı çıkalım gibisinden işaret etti. Hastayı sedye ile odadan dışarı çıkarınca Altan, Faruk'a bakıp,

"Hayırdır, adam kurşunlanmış, sen geyik yapıyorsun?" dedi.

"Geyik değil, sonra anlatırım."

Doktora teşekkür edip, evrakları aldıktan sonra kafeteryaya çıktılar.

"Burasının limonatası güzeldir," dedi Faruk.

Dışarıdaki masalardan birisine oturdukları sırada kara yağız hafif göbekli birisi geldi.

"Hoş geldiniz Faruk Komiser'im, siz de hoş geldiniz."

"Hoş bulduk Ayhan Usta, çok vaktimiz yok, birer limonatanı içelim dedik."

"Hemen, derhal, büyük bardakta gönderiyorum."

"Olur Ayhan Usta."

"Sakın kasaya gitmeyin bozulurum bak, ona göre."

"Tamam tamam gitmeyiz," dedi Faruk.

Ayhan Usta içeri girip mutfağa geçti. Az sonra büyük bardakta içinde buzlarla limonatalar geldi.

"İç bak görürsün müptelası olacaksın."

"Nereden bulursun böyle şeyleri bilmem ki, hayırdır ne alaka, deniz falan?"

"Çok bir alakası yok aslında tamamen spontane, hani şu fotoğrafçı var ya..."

"Özgür."

"Evet Özgür, o gece camda bir kolye yansıması gördüm demişti. Bu adamda da Özgür'ün tarif ettiği gibi bir kolye vardı hepsi bu."

"Anladım."

Bu arada Faruk konuşurken, Altan limonatan bir iki yudum almıştı.

"Gerçekten güzelmiş, tamamen limon galiba?"

"Evet neredeyse, yoğun olmasın diye çok az su katıyoruz demişti, galiba karanfil ve taze nane de koyuyorlar içine."

"İlginç adamsın vallahi, neyse şimdi ne yapıyoruz?"

"Merkeze bir uğrayalım derim, öğleden sonra şu karı kocaya bir uğrarız, neydi adları?"

Altan gömleğinin cebinden not defterini çıkardı.

"Filiz ve Alper, bence o ikisinden daha fazla bilgi alırız diye düşünüyorum. Yemeği nerede yiyelim?"

Faruk kesin buradaki iyi yerleri biliyordur diye özellikle sormuştu.

"İki seçenek var, birisini zaten sen de biliyorsun, aşağıdaki dönerci, bir de az yukarıda çok güzel tava ciğer yapan bir yer var. Bana sorarsan ciğer tavsiye ederim."

"Tamam, ben ısmarlarım," dedi Altan.

Limonatalar yarıya gelmişti. Biraz sağa sola bakınıp limonataları bitirdiler. Mutfak kısmı dışarıdan görülüyordu. Ayhan Usta'ya bakındı ama görmedi. Ayhan Usta kapıda belirmişti bile.

"Biz kaçtık Ayhan Usta, teşekkür ederiz. Hep beleşe içiyoruz limonataları, böyle olmuyor ama."

"Aşk olsun komiserim, her zaman beklerim, size her zaman borçluyum, saygılarımla."

"Hadi hoşça kal."

Arabaya doğru ilerlerken, Altan bu karanlık muhabbeti bayağı merak etmişti.

"Hayırdır Faruk, yoksa benim bildiğimin dışında başka işlerde mi yapıyorsun?"

"Yok be canım, hani anımsarsın kız kardeş geçen sene doğum yapmıştı."

"Evet biliyorum."

"Bebek birkaç gün yoğun bakımda kalmıştı, işte o zaman tanışmıştık, öyle laflarken mesleği söyledim. O da iki ay evvel bir araba almış ama daha aracın kaskosunu yaptıramadan araç çalınmış. Öylesine dert yandı, ben de plakayı ver bir baktırayım dedim. Trafik kontrolde Özden komiser var ya ben de ona söyledim. Üç gün sonra arabayı Düzce'de buldular."

"Sevinmiştir, kim bilir ne zorluklarla almıştır yazık. Hiç anlamıyorum, hem namuslu olmaktan, ahlaktan bahsedeceksin hem de senin olmayan şeyleri çalacaksın, ne biçim toplum olduk anlamıyorum?"

"Aynen öyle, işte o gün bugündür, hiç para almaz, ayda bir gelmeyince de arayıp sitem eder."

"İyi yapmışsın."

"Geldik burası, bakalım tava ciğeri beğenecek misin?"

* * *

Ceyda, Filiz'in odasına geldi, karşısındaki sandalyeye oturup, kendisine bakmasını bekledi. Filiz elindeki yazıdan şöyle bir kafasını kaldırdı, hayırdır der gibi başını salladı. Tekrar okumaya devam etti. Ceyda biraz daha beklemesi gerektiğini biliyordu. Nihayet Filiz paragrafı bitişmişti.

"Ne yapıyoruz, yemeği dışarı da mı yiyelim yoksa burada mı?"

"Alper'e bir soralım Ceyda, birazdan gelir, patron çağırdı."

"Sen ne yapıyorsun?"

"Özgür'ün fotoğraflarının yayınlandığı dergi, depodan birkaç tane buldurdum, onları inceliyorum. Güzel bir dergi, Türkiye'deki tarihi yerleri haber yapıyorlar. Fakat hepimizin bildiği yerleri değil, daha çok kenarda köşede kalmış yerleri, aynı zamanda tarihi ile ilgili bayağı detaylı bilgiler var."

O arada Alper elinde koca bir kitapla içeri girdi.

"Hoş geldin Ceyda, nasıl geçiyor günün?"

"Ne bileyim Alper, buradan İstanbul'a koşasım var, karnım gene açıktı. Filiz'e ne yapalım diye sormaya gelmiştim."

"Patron seni neden çağırdı Alper?"

"Hatırlarsın, bir anatomi kitabı vardı, yeni fotoğraflar geliyormuş, baskı için zaman var, acele etmeyin dedi."

"Bunun için mi çağırdı?" dedi Ceyda.

"Evet, sadece bunun için, hem biliyorsun beni gün içinde bir iki kez görmese rahat etmez. Asıl şey var, ara zam dönemi yaklaşıyor, uygun olduğun zaman biraz konuşalım dedi."

"Çok ilginç Alper, her zam dönemi seni çağırıyor, insan kaynakları var, neden onlarla oturup konuşmaz ki acaba?"

"Bilmiyorum Filiz, ilginç ama öyle, insan kaynaklarında bütün personelin her türlü bilgisi var; evli mi, bekâr mı, kaç çocuğu var, ev kira mı, değil mi?"

"Ceyda'nın karnı acıkmış, yemeği nerede yiyelim diyor."

"Bugün dışarı çıkalım, buradaki yemekle doyacağımı zannetmiyorum."

"Bence de..." diye tasdikledi Ceyda.

"Biraz erken kızlar, benim yaklaşık yarım saat işim var, çıkışta buluşuruz.

Ceyda kalkıp odasına gitti. Filiz başka bir şey var mı der gibi Alper'e baktı.

"Ne oldu, neden öyle baktın?"

"Ne bileyin, belki Ceyda'nın yanında söylemek istemezsin, patron gerçekten onun için mi çağırdı?"

"Gerçekten, neden inanmadın?"

"Neyse, bak Özgür'ün fotoğraflarının yayınlandığı dergi, güzel bence, yanıma alayım mı? Evde bakmak ister misin?"

"Olur, tabii ki ben odaya gidiyorum tatlım."

Eğilip yanağından öptü.

İş yerinin yakınında çok güzel Antep yemekleri yapan bir yer vardı. Öğle vakti yer bulmak zor olurdu, o yüzden Alper önceden arayıp yer ayırtmıştı.

"Hoş gelmişsiiz, Alper Bey, yenge hanım, bacım siz de hoş gelmişsiiz."

"Hoş bulduk Cafer Usta, nasılsın, iyi misin?"

"Allah'a çok şükür, sağlığına duvacıyız, hele gelin, böyle oturun, oglım seert, masayı hazırlayın, hadi çabuk, ne vereyim, bugün canınız ne çekiy?"

"Ben önce bir maş çorbası istiyorum, siz kızlar?"

"Biz de ondan alırız, geçen yemiştik değil mi Ceyda, çok hoşumuza gitmişti."

"Tamamdır bacım."

"Sonrasında ben bir tike kebabı istiyorum, sen Filiz?"

"Ben yeni dünya kebabı istiyorum, Ceyda sen de sevmiştin ister misin?"

"Olur, ben de ondan yerim."

"Yanına içecek şalgam göndereyim?"

"Olur Cafer Usta, tatlıya sonra bakarız, burma kadayıf var değil mi?"

"Heç olmaz mı? Her zaman mevcut, eve paket hazırlatayım, biliiyim sen seviisin."

"Olur, yarım kilo yeterli."

"Başım gözüm üstüne, size afiyet olsın."

Yemekler afiyetle yenilmiş, çaylar gelmişti ki, Alper'in telefonu çaldı.

"Alper merhaba, yemekten ne zaman geleceksiniz?"

"Hayırdır ne oldu?"

"Cinayet masasından iyi komiser geldi, seninle ve Filiz'le görüşmek istiyorlar."

"Neeee, cinayet masası mı?"

O ara çaydan bir yudum almış olan Ceyda bir anda pıskırdı.

"Cinayet masası mı?"

Filiz anlamsız bir ifadeyle Alper'e baktı.

"Ne istiyorlarmış peki, bir şey söylediler mi?"

"Hayır, söylemediler, salonda bekliyorlar."

"Tamam, on dakikaya oradayız."

Hesabı ödeyip kalktılar, ama hepsinin kafası karışmıştı. Cinayet masası ile ne alakaları olabilirdi ki?

"Tabii ya!.." dedi Filiz. "Şu göl kenarındaki ceset olayı!"

"Nereden çıkardın şimdi bunu?" dedi Alper.

"Nasıl nerden çıkardın hayatım, biz bile haber gazetede yayınlanınca Özgür'den şüphelenmedik mi? Belki çok ciddi ipuçları bulmuşlardır, şayet bizden önce Özgür'le görüşmüşlerse, Özgür bize anlattığı hikâyeyi doğrulatmak için ya bizim adımızı verdi ya da ölen kişi ile ortak zaman ve mekân dilimlerimiz var ya ondandır."

"Bakıyorum da senaryoyu yazdın hemen," dedi Ceyda, Alper derin bir nefes aldı.

"Asıl sorun şu; biz ne söylemeliyiz? Sonuçta Özgür'ün o hâlini gördük, aslında bir şeylerden şüphelenmek için bile yeterli bulgular var ortada, gazetede cinayetle ilgili haber çıktığında neden polise gitmediniz derse ne diyeceğiz?

"Bence biz sadece gördüklerimizi anlatalım, neden polise gitmediniz diye sorarlarsa, olayı unuttuk ve Özgür'le bağdaştırmak da hiç aklımıza gelmedi deriz."

"Ya bana da bir şeyler sorarlarsa, heyecanlanırım ben şimdi?"

"Senin gördüğün bir şey yok ki Ceyda, sadece ilk eve davet ettiğimiz akşam karşılaştın, sonra da evine gidip bizim için getirdiği şarapları aldık, hepsi o kadar."

"Peki, evde olanları anlatsak mı?"

"O kadar detaya gerek yok, çok köşeye sıkışırsak ben anlatırım," dedi Alper.

Tedirgin bir ifadeyle iş yerine geldiler. Bekleme salonunda polis oldukları ilk görüşte anlaşılan orta yaş, fizikleri düzgün iki kişi bekliyordu.

"Merhaba beyler, hoş geldiniz, ben Alper, bu eşim Filiz ve arkadaşımız Ceyda. Size nasıl yardımcı olabiliriz?"

Faruk ve Altan ayağa kalkıp kendilerine uzatılan eli sıktılar.

"Merhaba ben komiser Faruk."

"Merhaba, ben de Altan, rahat konuşabileceğimiz bir yer var mı?"

"Var tabii ki benim odayı kullanabiliriz," dedi Alper.

Faruk, Ceyda'ya bakıp,

"Hanım efendiyi rahatsız etmeyelim, ikinizle görüşmek kâfi," dedi.

Ceyda biraz bozuldu, yoksa kendisini adam yerine koymuyorlar mıydı? Sonra içinden benim Özgür'ü tanıdığımı bilmiyorlar ki. Bilseler kesinlikle beni de sorgularlardı. Diğer taraftan bu müthiş sorgulama sahnesini kaçıracak, ancak görüşme bitince detayları Filiz'den öğrenebilecekti. Memnuniyetsiz de olsa,

"Peki, ben o zaman odama geçeyim, Filiz bir şey olursa ararsınız."

"Tamam canım, sen odana git, görüşürüz sonra."

Aslında Ceyda'nın o ortamda olmaması Filiz ve Alper'i rahatlatmıştı. Alper eliyle işaret ederek odayı gösterdi.

"Buyurun beyler odaya geçelim."

Bu arada bekleme salonunda meraklı gözler artmıştı. Polisin Filiz ve Alper'le ne işi olabilirdi ki.

Alper odaya geçtikten sonra kapıyı kapattı, klimayı çalıştırdı. O zamana kadar yer gösterilmeyen iki komiser ayakta beklediler. Alper'in odasında küçük bir toplantı masası vardı. Eliyle işaret ederek onları sandalyelere buyur etti.

"Evet beyler, sizleri dinliyoruz?"

"Konuyu kısaca toplamak gerekirse; belki basından takip etmişsinizdir, geçen ay göl kenarında bir erkek cesedi bulundu. Siz ve eşiniz göle yakın lokantada akşam yemeği yemişsiniz, sonra da aracınızla cesedin bulunduğu yöne doğru gitmişsiniz. Buraya kadar her şey normal değil mi?"

"Evet doğru."

"Daha sonra yolda birisiyle karşılaşmışsınız, Özgür, fotoğrafçı. Özgür'le karşılaşmadan önce herhangi bir yerde durdunuz mu?"

"Hayır durmadık."

"Peki, Özgür'ü nasıl fark ettiğinizi ve gördüğünüzdeki hâlini anlatır mısınız?"

"Tabii, Faruk'tu değil mi?"

"Evet."

"Lokantadan çıkış saatimizi çok net hatırlamıyorum. Yol kenarında aracı fark ettiğimizde, Özgür pek dikkatimizi çekmemişti. Tam aracın yanından geçerken fark ettik, biraz ileri gittik. Filiz devam edelim dedi ama ben yardım etmekte ısrarcı oldum."

Altan cümlenin bitmesini beklemişti.

"Benim bir sorum olacak, lokantada kendisini görmüş müydünüz?"

"Evet, görmüştük, aslında önce Filiz fark etti, o bu konularda daha dikkatlidir. Özgür'ü işaret ederek; baksana yemekle oynuyor, çevreye pek bakmıyor, dalgın gibi saptamalarda bulundu. Çok değil bizden on veya on beş dakika önce kalktı."

"Peki, lokantadan çıkarken, etrafa veya sizlere baktı mı? Göz göze geldiniz mi?"

"Hayır, normalde hesabı masada öderiz. O beklemedi ama aceleci de değildi, kasaya gitti, hesabı orada ödedi. Kasadaki çocuk iyi akşamlar Özgür Bey dedi, belli ki tanıyorlar, fakat biz iki yıldır oraya gideriz, hiç karşılaşmadık."

"Peki sonra?" diye devam etmesini istedi Altan.

"Biraz ileride durduk, yanına gelene kadar üstünün başının çamur içinde olduğunu fark etmemiştik. Sonra Filiz fark etti eli kanıyordu."

Altan Filiz'e bakarak,

"Hangi eli?" diye sordu.

"Yanılmıyorsam sağ eliydi, ben arabaya dönüp ilk yardım çantasından sargı bezi aldım, elini sardım. O arada Alper de lastiği değiştirdi."

"Peki, size ne anlattı?"

"Lastiğinin patladığını, değiştirmek üzereyken bir köpeğin kendisine saldırdığını söyledi, köpeği kovalarken düştüğünü ve elinin kesildiğini."

"Arabanın içinde veya etrafında şüpheli bir şey fark ettiniz mi?"

Alper düşünürken Filiz konuşmaya devam etti.

"Arabanın içinde dikkat çeken bir şey yoktu, içerisi düzenliydi, sadece köpeği kovaladığını söylediği bir sopa vardı, arabanın önünde yerde duruyordu."

"Elindeki kesik dışında, yüzünde, boynunda herhangi bir anormallik var mıydı veya elbisesinde herhangi bir yırtık?"

"Hayır yoktu, sadece yüzü kireç gibi beyazdı."

"Sonra birlikte mi hareket ettiniz?"

"Evet, birlikte hareket ettik ana yol ayrımına gelene kadar peşimizden geldi sonra ayrıldık. Cep telefonunun şarjı bitmiş o yüzden uzun bir süre görüşmedik. Bir akşam aradı, teşekkür etmek için yemeğe davet etti, fakat biz onu davet ettik. Normal bir sohbet havasında geçen akşam yemeği, okul dönemleri, falan filan işte..."

"Peki, o akşamdan tekrar bahsettiniz mi?"

"Çok fazla değil, ama eve gittiğinde asansörde bayılmış, hastaneye götürmüşler, elindeki kesiği dikmişler. Ayağını da burktuğunu söylemişti, bize geldiğinde elinde baston vardı, sadece tedbir olsun diye taşıyorum demişti."

Alper konuşurken Filiz ona bakıyordu. Ceyda'yı da işin içine katmaz diye geçiriyordu içinden ve diğer konuları...

"Lokantada sizin dikkatinizi çeken başka bir konu oldu mu? Çünkü öldürülen kişi, siz lokantadayken oraya gelmiş ve kısa bir süre sonra ayrılmış?" diye sordu Altan komiser.

Alper Filiz'i beklemeden devam etti.

"Hayır olmadı, birkaç kişi gelip gitmiş olabilir tabii ki. Ama ortalıkta dolaşanlar içerden birileri mi, yoksa dışarıdan birileri mi hiç dikkat etmedim."

"Peki, araç park yerinde dikkatinizi çeken birileri oldu mu?"

"Benim olmadı, ya senin Filiz?"

"Garip bir şey hatırlamıyorum, o akşam lokanta daha önceki gittiğimiz zamanlara göre daha sessizdi. Belki hava durumundan dolayı olabilir, ama dedim ya dikkatimi çeken bir şey olmamıştı."

Faruk ayağa kalktı ve beklenmedik bir soru yöneltti.

"Denizle ilgilenir misiniz Filiz Hanım?"

Filiz garip soru karşısında şaşırmıştı.

"Eee evet, bir nevi, ben profesyonel yüzücüyüm, denizi bu yüzden çok severim ama ne maksatla sorduğunuzu anlamadım?"

Alper de şaşkın bir ifadeyle Faruk Komiser'e bakıyordu.

"Evet, ben de anlamadım?"

"Boynunuzdaki kolye, gemici dümeni de."

"Ha bu mu?"

Alper araya girdi.

"Kolye mi, ben hediye etmiştim, geçen sene tatile gitmiştik, o zaman almıştım, konumuzla ne alakası var?"

"Peki, o akşam bu kolyeyi takıyor muydunuz?"

"Evet, takıyordum, neden?"

"Önemli bir şey yok, sadece merak diyelim. Sizin söylemek istediğiniz başka bir şey yoksa biz müsaadenizi isteyelim, anımsadığınız bir şey olursa ararsınız, buyurun kartım."

Son soru her ikisini de şaşırtmıştı. Şimdiye kadar bütün sorulara anlamlı cevaplar verdiklerini düşünüyorlardı. Şimdi ise cevabı tatminkâr olmayan ve niçin sorulduğunu anlayamadıkları bir soru...

Faruk ve Altan teşekkür ederek ayrıldılar. Komiserlerin gittiğini gören Ceyda odadan fırlayıp yanlarına geldi, kapıyı kapattı.

"Eee anlatsanıza ne oldu?"

* * *

Özgür cebinden telefonu çıkardı, Alper'i aradı. Telefon bir kez çaldı ve meşgule geçti. Alper yanında Ceyda varken Özgür'le konuşmak istememişti.

"Ben geliyorum," deyip odadan çıktı. Kafeteryaya gelip Özgür'ü aradı.

"Merhaba Özgür, az önce uygun değildim de."

"Merhaba Alper, bugün bana cinayet masasından iki komiser geldi, göl kenarındaki gece ile ilgili bazı sorular sordular. Size de uğrayacaklarını söylediler, uğradılar mı?"

"Evet uğradılar."

"Ne oldu, size ne sordular?"

"Nasıl karşılaştınız, ne oldu, nasıldı falan, çok tedirgin olmadım ama gene de huzursuz ediciydi."

"Ben de öyle, kendimi bir an cinayet filminde sorgulanıyormuş gibi hissettim. Bir ara görüşelim mi?"

"Önümüzdeki hafta görüşürüz."

"Olur, görüşürüz, Filiz ve Ceyda'ya selamlar."

"Tamam, görüşmek üzere."

* * *

Özgür iş çıkışı yıllar önce ilginç bir şekilde tanıştığı Beşiktaş'taki kuşçunun yanına uğradı. Katlı otoparka arabayı bırakıp yandaki baharatçıdan adaçayı aldı. Yolun karşısındaki fırına uğrayıp üç tane taze simit aldı. Belki Sırdaş da gelir diye düşündü. Tekrar karşıya geçti. Kapıdan içeri girdi, kuşçu yerinde yoktu, seslendi.

"Ağabey neredesin?"

Ses gelmedi, tuvalet tarafına doğru ilerledi, tuvaletin ışığı kapalıydı. Dışarıya çıkmıştır herhâlde diye düşündü. Su ısıtıcısına su koydu, fişini takıp sandalyeye oturdu. Simitler mis gibi kokuyordu. Mekân biraz karışıktı; bir tarafta bir iki antika eser, diğer tarafta da birkaç muhabbet kuşu ve kanaryalar. Çok fazla kuş olmazdı mekânda, meraklısı haber verir, istediği özellikleri söyler, ona göre kuş getirtirdi. En çok yem için gelirlerdi. Yemler Anadolu'dan gelirdi. Diğer yerlerde satılan takviyeli ürünler bulunmazdı.

Bu arada su kaynamıştı, kapağı kaldırmadan önce fişi çekti. Her zamanki kadar adaçayı attı ve demlemeye bıraktı. Bardaklar kirliydi, belli ki kendisinden önce abinin başka misafirleri vardı. Lavaboda bardakları yıkayıp, suları süzülsün diye havlunun üzerine ters çevirdi. O esnada kapı açıldı.

"Ooo Özgür Bey hoş geldin."

"Ağabey hoş bulduk da şu bey demekten de bir vazgeçsen?"

"Olmaz siz öğrenim görmüş, mürekkep yalamış insanlarsınız, beysiniz, efendisiniz."

"Sırdaş uğradı mı bu aralar?"

"Bir aydır uğramadı, yoğun çalışıyor. Bakıyorum üç simit almışsın, merak etme üç simit almışsan bugün gelir."

"Ben de öyle düşünmüştüm."

"Ne yapıyorsun, sen de neredeyse iki aydır gelmedin?"

"Evet Ağabey haklısın, telefonda konuşmak istemedim, küçük bir kaza geçirdim. Tabii bunun bir de öncesi var. Geçenlerde telefonda sana bir rüyadan bahsetmiştim, bu da onun gibi bir şey. Sonra da şehir dışına gitmiştim, Çanakkale'ye, hâliyle zaman uzadı tabii ki."

"Bakıyorum çayı demlemişsin."

"Nasıl olsa yakındadır diye düşündüm."

"Yan taraftaydım."

"Şimdi ne yapıyorsun, tuvalin üzerini kapatmışsın gene. Nereden sardı bu yaştan sonra resim yapmak Ağabey?"

"Bak Özgür Bey, hayatta herkesin bir görevi vardır. Kimi insan sadece yaşar, kimi yaptıklarını para için, kimi şan şöhret için, kimisi de mecbur olduğu için yaptığını zanneder. Oysaki durum böyle değil. Kimi de yaşadığı şeyi, farkına vararak yaşar, hatırlarsan bunu daha önce de konuşmuştuk."

"Yapılan her şeyin mantıklı bir sebebi var yani, hiçbir şey boşa değil."

"Öyle tabii ki... Şimdi düşün, çöpçülerden önce toplayıcılar geçer, o çöplerin içinden geri dönüşümü sağlanan pek çok şey toplarlar, hem para kazanırlar hem de ekonomiye katkı sağlarlar. Hatırla, bunda otuz, kırk yıl evvel bunlar yoktu. Ne zaman ki yaşayış şekil değiştirdi, farklı yaşayışlar türedi, kısacası böyle özetleyebiliriz."

"Doğru söylüyorsun, çay demini almıştır herhâlde, doldurayım mı bardakları?"

"Beş dakika daha bekle, belki Sırdaş gelir."

"Sen gelir diyorsan gelir."

"Hadi daha fazla merakta koymayayım seni, yarım saat önce aradı vapura biniyorum dedi, eli kulağındadır."

"Peynir de alayım mı Ağabey, belki karnı açtır."

"Al, iyi olur."

Özgür mekândan çıkarken sevinçten uçacak gibiydi. Yan taraftaki şarküteriye girmek üzereydi ki kapıda Sırdaş'la yüz yüze geldiler.

"Ne oldu Özgür, peynir almaya mı geliyordun?"

"Bir kere de beni şaşırtma yahu!"

Şarküterinin önünde sarıldılar, birlikte mekâna girdiler. O arada Ağabey bardaklara mis gibi kokan adaçayını dolduruyordu.

"Bulmuşsun Sırdaş'ı."

"Peyniri almış, dur şu sehpanın üzerine gazete sereyim."

Üzerindeki boya ve fırçaları yan taraftaki küçük sehpanın üzerine bıraktı, gazeteyi yaydı, masanın üzerindeki bardakları sehpanın üzerine yerleştirdi. Simit poşetini açıp, peyniri de küçük bir tabağa koyup onu da sehpaya yerleştirdiler.

"Haydi afiyet olsun."

"Şu hamaratlığın yok mu, öldürüyor beni, bazen hanıma diyorum ki Özgür'ü haftada iki gün eve alalım, temizlikçi kadın almana gerek yok."

"Sahi ne yapıyor yenge?"

"İyidir, ne yapsın, hastaneye gidip geliyor."

"Emekliliğe var mı daha?"

"Fazla kalmadı, üç yıl falan."

Ağabey kendisine göre daha genç olan bu iki delikanlıyı zevkle dinliyordu.

"Eee Özgür Bey, anlat bakalım şu kaza işini?"

Özgür ormanda gördüklerini anlatmadan tekerleği değiştirme aşamasını, Alper'i, Filiz'i, asansörde başına gelenleri, hastane maceresını ve ilginç bir şekilde cinayetle olan sorgulanma durumlarını anlattı. Asıl konuyu şimdi açacaktı.

"Birbirimizi uzun süredir tanıyoruz, o yüzden size anlatacaklarımdan sonra bana deli gözüyle bakmayacağınızı biliyorum."

Ağabey ve Sırdaş birbirlerine bakıp gülümsediler.

"Evet başlıyorum: O akşam lokantadan çıktıktan sonra içimden bir ses her zaman kullanmadığım yoldan gitmemi söyledi. Tahmini on dakika sonra arabanın direksiyonunda bir tuhaflık hissettim, araba yalpa yapma başladı. Uygun bir yerde durdum, arabanın tekeri inmişti. Elimle yokladım, yırtık yoktu ama galiba önceden bir çivi batmıştır diye düşündüm."

"Hangi teker?" diye sordu Sırdaş.

"Sağ arka teker, stepneyi değiştirmek için bagajı açmıştım, ama ilerideki, ağaçların arasında bir siluet gördüm"

"Nasıl bir siluet?"

"Bir parıltı işte, fotoğraf makinasını alıp yürümeye başladım, ben ilerledikçe o ormanın içinde ilerliyordu, sonra bir ara durdu. Ne yalan söyleyeyim korkmadım değil, sonra bir anda bana doğru gelmeye başladı, önceleri kaçmak istedim ama yerimden kıpırdayamadım. Beynimle mi kulaklarımla mı duyuyordum anlayamadım, sakin ol diye bir fısıltı duydum, yarı metalik yarı insani bir ses..."

"Bozuk telefondan gelen metalik ses gibi mi?" diye sordu Ağabey.

"Hemen hemen öyle sayılır, bana doğru yaklaştıkça büyümeye başladı. Bir anda ayaklarımdaki derman gitti, kulaklarım uğuldamaya başladı, dilim tutuldu, bir şey söyleyemedim. Aramızda birkaç ağaç vardı, algılamaya çalıştıkça karmaşık bir hâl alıyordu. İçimden sen kimsin, neysin diye bir soru sormak geçti ama konuşamadım. Benim kim olduğumu merak ediyorsun değil mi diye sordu."

Özgür'ün gözleri sabitlenmişti, sanki o anı yeniden yaşıyor gibiydi, tüyleri diken diken olmuştu. Elindeki bardağı sehpanın üzerine bıraktı, elleri titriyordu. Derin bir nefes aldı, yutkundu, ellerindeki titreme daha da arttı.

"Sakin ol Özgür!" dedi Sırdaş

"Sakin olmaya çalışıyorum ama elimde değil."

Ağabey araya girdi.

"Hadi anlatmaya devam et bakalım."

"İyice yaklaştı, boyu benim iki katımdan fazlaydı, yere doğru inen bir elbisesi vardı, hava da asılı duruyordu, renk çok tuhaftı, bazen beyaz bazen mavi oluyordu, ayaklarını göremedim ellerini de. Yalnızca ellerini benimle konuşurken kaldırıyor gibiydi. Yüzünü seçmeye çalışıyorum ama sanki önünde bir örtü vardı. Fotoğraf makinasını işaret etti. 'Fotoğrafımı mı çekeceksin? Boşuna uğraşma sizin teknolojileriniz bizi görüntüleyemez!' dedi. Yok yok hayır ben sadece merak ettiğim için yanıma aldım, dedim. Üzerimde büyük bir baskı vardı, bir zaman sonra dizlerimin üzerine çöktüm, artık gücüm kalmamıştı. Nasıl oldu da hâlâ aklım başımdaydı anlayamadım."

"Biraz dinlen, dur çayı tazeleyeyim," dedi Ağabey.

Sırdaş, Ağabey'e bakıyordu ama o kimseye bakmadan bardağı doldurdu, simitten bir lokma alıp üzerine peynir koyup ağzına attı.

Özgür bir müddet bekledi. O ve Sırdaş da simitlerden birer parça koparıp peynirle birlikte yediler, arkasından da birer yudum çaylarından aldılar.

Özgür kendisini biraz toparlamıştı. Konuşmaya devam etti.

"Sonra bana iyice yaklaştı, 'Anne ve babanı özlüyor musun?' diye sordu. Sessizce evet diyebildim.

'Bak o zaman,' dedi.

Eliyle âdeta bir televizyon ekranı çizdi, bir anda ekran aydınlandı, annem ve babam karşımdaydı. Bana el salladılar, yüzleri daha önce rüyamda gördüğüm gibiydi, yani yaşasalardı olması gereken yaşlarda.

'Onları çok özlediğini biliyoruz,' dedi.

Annem bana elini uzattı, korkmuştum.

'Hadi sen de elini uzat!' dedi.

Elimi yavaş yavaş uzattım, evet elini tutabiliyorum, kanlı canlı değildi, sanki enerji gibi bir şey, bir yoğunluk vardı ama tuhaf bir duydu.

Babam, 'Seni çok seviyoruz evlat, sen bizi her zaman göremezsin ama biz seni her zaman görüyoruz, burada her şey farklı, mekân, zaman her şey…'

Ekran yavaşça ortadan kaybolmaya başladı, ağlamaya başladığımı fark ettim. Kafamı kaldırıp siz kimsiniz diye sordum.

'Bizler hizmetkârlarız, sağ işaret parmağını uzat!' dedi. Uzattım, o da elbisenin içinde aynen annemin eline benzeyen elini çıkardı. Bir anda parmağıma dokundu, o anda sanki elektrik çarpmış gibi sarsıldım. Bütün gücüm gitmişti, ne kadar baygın kaldığımı anımsamıyorum. Uyandığımda ter içinde kalmıştım. Yavaşça doğrulup arabaya gitmeye çalıştım."

"Peki, başka bir şey oldu mu?"

"Zaten aklımı baştan alan şey bu değil, arabaya doğru yürürken, karşımda bir anda bir karartı çıktı. Gözleri ateş saçıyordu, dili yılandili gibiydi. Bir anda arkama geçti, sırtımda sert bir darbe hissettim, yüzüstü kapaklandım, sesim çıkmıyordu. Üzerimdeki yoğun baskıdan dolayı, boğulmak üzereydim ki az önce gördüğüm diğer şey bir anda yanımızda belirdi. Sonra ortalıkta bir şimşek çaktı. Elinden kurtulup koşmaya başladım. Arkaya bakmıyordum, sadece koşuyordum. Garip sesler duyuyordum; uğultu gibi, sanki tanrılar savaşı gibi. Şimşekler çakıp, gök gürlüyordu. Arabanın yanına gelmeden ayağım takıldı tekrar yere düştüm, gerisini biliyorsunuz zaten."

"Zor bir deneyim olmuş değil mi Ağabey? " diye sordu Sırdaş.

"Evet öyle olmuş, ama ilk sefer için ucuz atlatmışsın, bazıları bu durumda senin kadar şanslı olmuyor, tımarhaneye yatanlar az değildir."

"Nasıl yani çıldıranlar da mı oluyor?"

"Tabii ki Özgür, anlattığın şeyler ancak korku filmlerinde olur."

"Bu da korku filmini aratmıyor!" dedi Sırdaş.

"Peki neydi bu abi?"

"Kısaca şöyle, hayatın hem iyi hem kötü yanı seni ziyaret etmiş diyebiliriz, her ikisi de hizmetkârlar"

"Yani?"

"Yani, sizin melek dediğiniz kavramlar, hem iyi, hem kötü, aslında kötü de kötü değil aslında, sadece yaşamdaki negatif enerji."

"Peki gördüklerim gerçek miydi?"

"En az bizim kadar, onlar sadece bizden farklı bir boyutta yaşıyorlar, hepsi bu, ama her istediğin zaman onların seni gördüğü gibi sen onları göremezsin."

"Ne söyleyeyim oldukça etkilendim, beyaz elbiseli gizemli hizmetkâr iyi de Ağabey, diğeri bir felaket!"

"Haklısın ilk karşılaşmada her ikisi birden denk gelmez, ama bu da iyi olmuş bence."

"Peki şimdi ne yapmalıyım? Çünkü Çanakkale'de buna benzer bir olay yaşadım, aslında beni heyecanlandırdı ama önceki kadar korkmadım, bu defa fotoğraf çekebildim. Bizim bildiğimiz melek gibi kanatları vardı yanılmıyorsam."

"Aslına bakarsan onların öyle bildiğimiz gibi kanatları yoktur, o gördüklerin aslında bir enerji görüntüsü, biz topraktan var edildik, enerjinin farklı bir boyutundan, onlar ise farklı bir boyutundan."

Sırdaş bu ara hiç konuşmuyor, onları dinliyor, yavaş yavaş simit ve peynir yiyordu.

Özgür, Sırdaş'a, "Sen ne diyorsun bu işe?" diye sordu.

"Ne diyeyim ki. Ağabey her şeyi anlattı, tahmin ediyorum ki bundan sonra ziyaretler artabilir, değil mi Ağabey?"

"Evet, artabilir veya bir dönem tamamen de kesilebilir, bunu kestirmek zor."

"Bundan kimseye bahsetmiş değilim, bir de şu cinayet olayı var, o ne olacak sizce?"

"Seninle bir ilgisi yok zaten, bence polis bu olayı çözer, merak etme."

"Umarım öyle olur, çünkü o akşam karşılaştığım evli çift var, galiba onlar benden şüpheleniyorlar, pek belli etmiyorlar ama huzursuzluklarını sezebiliyorum."

"Çok normal," dedi Sırdaş. "Gecenin bir yarısı üstü başı çamur içinde birisini görsem ben de şüphelenirim."

"Peki, onların bu şüphelerini ortadan kaldırmak için ne yapabilirim?"

"Şu an için hiçbir şey, polisin yeni delillere ulaşmasını beklemekten başka bir şey yapamazsın."

"Şunu anladım ki insanın hayatı bir anda altüst olabiliyormuş!"

"Hani başta konuştuk ya her şeyin bir amacı var, hiçbir şey sebepsiz olmaz."

"Haklısın Ağabey, hep ben anlattım siz dinlediniz. Sırdaş sen ne yapıyorsun?"

"Ne yapalım Özgür, o uçak senin, bu uçak benim uçuyoruz."

"Yurt içi mi, yurt dışı mı?"

"Daha çok yurt içi, zor oluyor tabii ki ama bu yaşta çalışmak lazım. Biliyorsun geçen sene ev almıştık, daha borcumuz var, sonra çocuğun eğitimi. Sen şanslısın bu konuda, ama sen de geç kalma benden söylemesi. Değil mi Ağabey?"

"Bence de Özgür, bir torun da senden olsun canım. Şaka bir tarafa, bu anlattıkların basit şeyler değil, zor ve ağır konular. Ama diğer taraftan da yaşamamız gereken başka bir hayatımız, işimiz, arkadaşlarımız var. Bu iki yaşantıyı birbiriyle karıştırmamak lazım, yoksa çizgiyi kaybedersin. Anladın değil mi?"

"Ufukta var mı bir şeyler?"

"Var gibi Sırdaş, şu tanıştığım çiftin bir arkadaşları var, adı Ceyda. Biraz uçuk kaçık bir kız, hele bu anlattıklarımı duysa zaten bana deli damgasını vurur. Hoşlanmadım değil ama söyledim ya önce temize çıkmak lazım, şu cinayet bir aydınlansın, bakarız."

"Bak Özgür, tekrar söylüyorum ve hatta uyarıyorum. Bu iş başka, diğer iş başka, gördüklerin ve duyduklarını sana özeldir, başkasıyla paylaşma!"

"Biliyorum Ağabey, sen merak etme. Bir şey daha var, geçenlerde bana gelmişlerdi, teleskopla ayı incelerken bir UFO yakaladık ve daha odadan çıkmadan ortalık aydınlandı. Bizimkiler bayağı korktu. Bu konu ile ilgili konuşmak sorun olmaz galiba, çünkü onlar da UFO ile ilgileniyorlar."

"Bu sorun olmaz, çünkü bu konu herkes tarafından bilinen bir şey, sır değil, ama diğeri farklı. Anladığım kadarıyla diğer konuyu konuşmak senin de hoşuna gidiyor."

"Evet, bu ikisi aynı şey değil, değil mi?"

"Hayır değil, ikisi farklı şeyler; biri hizmetkârlar, diğerleri ise başka gezegenlerde zamanında bizim gibi olan ama zamanla çok üstün medeniyetlere ulaşmış kadim topluluklar. Daha önce de farklı örneklerle konuşmuştuk, bir kısmı dünya üzerinde zaman içerisinde onlarca işaret bıraktı ve halen daha devam ediyorlar. Aramızda yaşayanı da var biliyorsun."

Sırdaş bir taraftan saatine bakıyordu.

"Hayırdır Sırdaş, işin mi var?"

"Yengen bu akşam nöbetçi, bakıcıdan biraz kalmasını istemiştim. Gerçi kız kocaman ama yemek için beni bekler, yavaş yavaş kalkalım istersin."

"Olur kalkalım."

"Çocuklar arayı bu kadar açmayın."

"Olur Ağabey, bana kalırsa olur da kaptanın işleri yoğun."

"Peki o zaman, hadi sizi uğurlayayım."

Birlikte kapının önüne çıktılar, güneş batmak üzereydi.

"Sırdaş seni bırakayım mı diyeceğim ama ben ikinci köprüden gidiyorum."

"Ayıpsın be Özgür, zaten bıraktırmam, ben Üsküdar'a geçiyorum, vapurla yirmi dakika, ondan sonrası on dakika."

"Tamam, çocuğu öp benim yerime, yengeye selam."

Ağabey ve sırdaşa sarılıp yanlarından ayrıldı. Özgür yaşadıklarını anlattığı için rahatlamıştı. Biraz ilerledikten sonra tekrar dönüp baktı. Sırdaş henüz ayrılmamıştı, her ikisi de ona bakıyordu. El kaldırıp tekrar sessizce hoşça kalın dedi.

Onlar da ellerini kaldırdılar.

"Ne diyorsun Ağabey, sence kaldırabilecek mi bu yükü?"

"Zamanında sen kaldırdın, merak etme o da kaldırır. Sen de az badireler atlatmadın, unuttun mu bir ara irtibat kesilmişti de bunalıma girmiştin."

"Evet haklısın, neydi o günler, sen olmasaydın gerçekten de atlatamazdım."

"Peki, nasıl gidiyor ziyaretler."

"Diğer taraf o kadar güzel ki buradaki görevlerimiz olmasa, inan oradan hiç gelmezdim. Hiç bu kadar mükemmel olacağını düşünmemiştim. Neyse mevzu uzun, hadi bana müsaade."

"Peki evlat, güle güle, yenge hanıma selam söyle, torunumun gözlerinden öp."

"Tamam abi, hadi, hoşça kal."

Üsküdar iskelesine doğru yürüdü. O da Özgür gibi arkasına bakıp, elini kaldırdı ve tekrar hoşça kal dedi. Şimdi yetmiş beş yaşına merdiven dayamış bu adamı yıllar önce tanımıştı. Arkadaşı tatile giderken muhabbet kuşunu ona bırakmış, unutma yemini mutlaka Beşiktaş'taki şu kuşçudan al demişti. Nerden bilecekti ki hakikati bir kuşçuda bulacaktı.

Vapur Boğaz'ın sularını yara yara Üsküdar'a doğru ilerledi.

Özgür eve geldiğinde kendini banyoya attı. Duş aldıktan sonra dün akşam hazırladığı yemeklere şöyle bir baktı. Az önce atıştırdıkları iştahını kesmişti. Belki yatmaya yakın meyve yerim deyip, çalışma odasına geçti. Önümüzdeki ay çıkacak olan dergiye yeni fotoğrafları hazırlamalıydı. Biraz çalışmış ama canı sıkılmıştı, kafa dağıtmak istiyordu, yatmadan önce farklı şeyler konuşmalıydı, Aylin'i aradı.

"Merhaba Aylin nasılsın?"

"İyiyim Özgür sen nasılsın?"

"İyiyim ben de, önümüzdeki ay için fotoğrafları hazırlıyordum. Biraz çalıştım, canım sıkıldı, işin yoksa gelebilir misin?"

"Ne yalan söyleyeyim, benim de canım sıkıldı, kendimi atacak bir yer arıyordum, iyi oldu aradığın."

"Karnın aç mı, yemek var?"

"Hayır aç değilim, sofradan az önce kalktık. Kız ders çalışmak için odasına çekildi, annemse her zamanki gibi dizilere sardı. Gece yarısına kadar oturur şimdi, birazdan çıkarım ben. Gelirken bir şey getirmemi ister misin?"

"Hayır gerek yok, bekliyorum."

"Tamam görüşürüz."

Yarım saat geçmeden Aylin gelmişti.

"Hoş geldin Aylin, terlik ister misin?"

"Hoş bulduk, iyi olur, üşüdü ayaklarım, hava soğuyor galiba."

"Evet, artık akşamlar serin olmaya başladı."

Birlikte mutfağa geçtiler. Aylin tezgâhtan demliği alıp çay suyu koydu. Özgür buzdolabının kapağını açıp,

"Kahvaltılık çıkarayım mı, atıştırırız?"

"Yemeği yiyeli çok olmadı ama çay demlenene kadar midemiz oturur, çimtiniriz biraz."

"Evet çimtiniriz."

Birlikte salona geçtiler, Aylin gramofonun yanına gitti, Neşe Karaböcek'in bir plağını aldı.

"Dinlemek ister misin?"

"Olur," dedi Özgür.

Karşılıklı koltuklara oturup müziği dinlediler, konuşmadılar.

Aylin,

"Çay suyu kaynamıştır," deyip mutfağa gitti. "Çayı demledim on beş dakikaya hazır olur, terasa çıkalım mı?"

"Çıkalım ama üzerimize bir şeyler alsak iyi olur, hava serin."

Özgür koltuğun üzerinde duran şalın birisini Aylin'in omuzlarına örttü, diğerini kendi aldı. Bu tür davranışlar Aylin'i çok etkiliyordu, aslında Özgür'den hoşlanıyordu ama daha önce evli ve bir çocuğunun olması adım atmasını engelliyordu. Özgür kendisiyle bir ilişki isteseydi bunu mutlaka belli eder diye düşünüyordu. Yanlış bir hareket, Özgür'ün dostluğunu kaybetmesine neden olabilirdi, o yüzden temkinli hareket ediyordu.

Terastan ikinci Boğaz Köprüsü ve Boğaz'ın bir kısmı görünüyordu. Bu şehir gerçekten büyüleyici diye düşündü Aylin.

"Buse'nin dersleri nasıl Aylin, geçen sene biraz zorlandı demiştin?"

"Bu sene daha iyi, öğretmeni değişti. Geçen sene öğretmenine ısınamadı bir türlü, ama gene de sınıfını geçti."

"Babası gene hafta sonu alıyor mu?"

"Alıyor, ikisi de birbirini çok seviyor, özleyeceğimi bilmesem daha fazla kalmasına izin veririm. Daha önce de söylemiştim, babasının işleri çok yoğun biliyorsun, bazen hafta sonu dahi iki üç saat merkeze uğraması gerekiyormuş, kızı da mecburen götürüyormuş. Gerçi bizimkine eğlence lazım, hafta içini biliyorsun zaten. Evliliğimizi bitiren nedenlerden biri de buydu, gece yarısı eve geliyordu."

"Biliyorum."

"Benim gibi annesi filan olsa emin ol hafta içi kalmasına da izin veririm, o yaştaki kız gece yarısına kadar baba beklemez ki evde tek başına."

"Haklısın Aylin, üşüdün mü?"

"Yok hayır üşümedim. Sen bu şalları nerede buldun, yün mü bunlar?"

"Evet yün, uzun zaman önce Sarıkamış'a gitmiştim, oradan aldım."

"İlginç adamsın vallahi, ev kadını gibisin, her şeyi düşünüyorsun."

"Ne yaparsın, tek başına yaşayınca böyle oluyor işte!"

"Ne zaman baş göz ediyoruz seni, şu kızla görüşüyor musun?"

"Çok nadir, hayaller çok geride kaldı artık, ama belki de hâlâ aklımda olduğu için yeni birisini bulmakta zorlanıyorum."

"Yeni birisi var mı?"

"Şu an yok, çay olmuş mudur?"

"Olmuştur sen dur ben getiririm."

"Gelirken bez de getirir misin? Sehpayı silelim."

"Tamam getirim."

Aylin mutfağa giderken kafasındaki düşüncelere hâkim olamıyordu. Amaaan dedi sonra, masanın üzerindeki geniş tepsiye kahvaltılıkları, çatal, iki dilim ekmek, bardak ve şekeri yerleştirdi. İki sefer yapacaktı, çaydanlığı tepsiye koymadı. Lavabonun üzerinde duran bezi biraz ıslattı, çay altlığını da aldı.

Özgür teras kapısında tepsiyi elinden aldı. Aylin sehpayı sildikten sonra tepsiyi bıraktı. Aylin bir şey söylemeden mutfağa gitti, çaydanlıkla geri döndü. Bardakları doldurdu, çay iyice demini almıştı.

"Daha fazla ekmek istersen getireyim Özgür, ben bir dilimden fazla yemeyi düşünmüyorum."

"Yok bu bana yeter. Eve gelmeden arkadaşlarla, simit peynir yedik, benim de fazla iştahım yok."

"Arkadaşlar mı, kimmiş bakalım bunlar?"

"Sen tanımazsın, çok eski arkadaşlar, neredeyse askerlik arkadaşları."

"Ha öyle yani, arkadaşlar deyince bende sandım ki..."

"Ne sandın, kız falan mı?"

"Evet, bizimki bulmuş birisini diye düşündüm."

"Yok be canım, neyim var neyim yok biliyorsun zaten, hiç gizlim saklım oldu mu bu zamana kadar?"

"Haklısın olmadı, takılayım dedim."

Aslında bir araya geldiklerinde hep aynı şeylerden bahsediyorlardı ama hiç sıkılmazlardı. Acılar, sevinçler, zevkler, karşılıklı birbirlerini kızdırmalar. Birer ikişer lokma derken, Aylin birer dilim daha getirdi, o ekmekler de bitti. Hava daha da soğumuştu, vakit gece yarısına yaklaşmıştı.

"Ben kalkayım Özgür, annemin dizileri bitmek üzere, diziler bitince yokluğumu fark eder birden, telaşlanmaya başlar, oysa evden çıkarken ben Özgür'e gidiyorum, merak etme çok geç kalmam demiştim."

"Sen bilirsin, evde kız olmasa daha da otur, istersen burada bile yatabilirsin derdim ama kız da sabah seni göremeyince merak eder. Kahvaltısını gene sen hazırlıyorsun değil mi?"

"Evet, annem çok erken kalkamıyor, zaten kızı servise verince ben de evden çıkıyorum biliyorsun, yoksa köprü trafiği berbat oluyor."

"Tamam Aylin, geldiğin için sağ ol, iyi geldi vallahi."

"Sen de sağ ol."

Özgür, Aylin'le birlikte aşağıya kadar inip, arabasına kadar eşlik etti.

"Eve gidince telefonu çaldır, merak ederim sonra."

"Tamam, bu saatte trafik olmaz zaten, yirmi dakika sonra evde olurum."

"Şimdiden iyi uykular, yarın görüşürüz."

"Sana da..."

Özgür asansörle yukarı çıktı. Son zamanlarda başından geçen ilginç olayları düşündü. Derin bir nefes alıp, kapıyı açıp içeri girdi. Önce lavaboya geçti, genel temizlikten sonra hemen yatmaya gitmedi. Mutfağı toparlayıp Aylin'den telefon gelmesini bekledi. Tam mutfaktan çıkarken telefona mesaj geldi.

"Güzel muhabbet ve dostluğun için teşekkür ederim, eve geldim, merak etme."

Mesajdan sonra yatak odasına geçti, üzerini değiştirdi ve yattı.

* * *

Alper ve Filiz evden erken çıkmışlardı. Bugün önümüzdeki ay çıkacak olan dergilerin son düzenlemelerini yapmaları gerekiyordu.

"Dün Özgür aradı, odada Ceyda vardı, hatırlarsın telefonu meşgule alıp dışarıda konuştum, önümüzdeki hafta görüşelim dedi."

"Akşam niye söylemedin?"

"Unutmuşum."

"Sence Özgür katil olabilir mi Alper?"

"Zannetmiyorum Filiz, öldürülen kişi ile bir bağlantısının olma ihtimali çok zayıf. Hem o akşamda başka bir şey var, farkındaysan o gece ile ilgili konuşmuyor, ama ilginçtir ki çalışma odasındaki yaşadıklarımızla ilgili bir gizlisi saklısı yok."

"Evet haklısın, o konuda çok açık, ben samimiyeti ilerletmede bir sakınca görmüyorum Alper sen ne dersin?"

"Ben de aynı fikirdeyim, bu konularda bizden daha fazla şeyler bildiğini ve güzel sohbetler olacağını düşünüyorum."

"Fakat biliyorsun bir de Ceyda'mız var, onu ne yapacağız?"

"Orası sana kalmış. Ceyda'nın Özgür'e filizlendiğinin farkındayım, umarım polis kısa zamanda makul bir şeyler bulur, hem biz rahatlarız hem de Ceyda."

"Umarım, bir de Özgür ne düşünüyor bilmek lazım, önümüzdeki haftayı beklemeyelim, bu hafta sonu alalım Ceyda'yı Kadıköy'de bir ciğerci vardı, neydi adı?"

"Hulusi, Ciğerci Hulusi."

"Oraya gidelim, yemek sonrası Üsküdar'a geçip Kız Kulesi'nin karşısında çekirdek çitleriz."

"Liseli âşıklar gibi."

"Ne var, liseli değiliz ama aşığız."

"Orası öyle aşkım."

Konuşa konuşa neredeyse yol bitmişti.

"Alper, öndeki araç Ceyda'nın değil mi?"

"Evet o, Ceyda neden bu kadar erken geldi ki?"

"Bilmem, uyku tutmamıştır belki."

Korna çalıp yanına geldiler. Ceyda kafasını çevirdi, onları görünce yüzünde kocaman bir gülümseme oldu, el sallayıp, sanki duyacaklarmış gibi günaydın diye bağırdı. Birlikte otoparka girdiler.

"Günaydın Ceyda," dedi Filiz.

"Günaydın Filiz, sana da günaydın Alper, hayırdır sizi de mi uyku tutmadı?"

"Yok canım, önümüzdeki ay çıkacak dergilerin hazırlıklarını bugün bitirmemiz lazım. Anlaşılan seni uyku tutmadı?"

"Evet öyle, siz kahvaltınızı yapmışsınızdır, ama bana eşlik edersiniz değil mi?"

"Çaylar senden olursa ederiz yoksa gelmem," dedi Alper.

"Pis şey, beni bir çayla mı korkutacaksın!"

"Baksana Ceyda, cumartesi akşam işin var mı?"

"Anımsadığım kadarıyla yok, ne oldu ki?"

"Birlikte Kadıköy'deki Ciğerci Hulusi'ye gidelim diyoruz, sonrasında Üsküdar sahile, ayrıca Özgür'ü çağırmayı da düşünüyoruz."

Ceyda bir anda heyecanlanmıştı, kalp hızının arttığını hissediyordu.

"O... O... olur..." dedi.

"Ne oldu kız heyecanlandın birden?"

"Offf dur be, ben bu çocuktan hoşlanıyorum galiba!"

"Yalnız UFO'lar falan ziyarete geliyormuş, bak sonra kaçırırlar seni, karışmam o zaman."

"Aman Alper, tamam pek inandığım söylenemez ama o akşam gördüklerimden sonra internetten biraz araştırdım, galiba bir şeyler var."

"Biz de dünyayı istila edecekler demiyoruz zaten. Var ama nasıl, bizler de bilmiyoruz. Sadece merak, hepsi o kadar. Koskoca uzay gemisi de gördük daha ne olsun, hem de canlı yayında."

Birlikte kafeteryaya geldiler. Ceyda şuh sesiyle tezgâhtaki gence seslendi.

"Canım, bir kahvaltı tabağı istiyorum, üç tane de fincanda çay."

Tarık, tamam anlamında başını salladı, çok geçmeden istedikleri gelmişti.

Ceyda, kahvaltı tabağına yumuldu. Filiz ve Alper çaylarını yudumlayıp onu seyrediyorlardı. Kahvaltıdan sonra odalarına dağıldılar. Filiz öğlene doğru Özgür'ü ararsın demişti.

Öğle yemeği saati yaklaşıyordu, Alper işlerin çoğunu bitirmişti, telefonu masanın gözünden çıkarıp Özgür'ü aradı.

" Selam Özgür, nasılsın?"

"İyiyim Alper sen nasılsın?"

"Ben de iyiyim sağ ol, bu cumartesi akşam işin var mı?"

"Bir işim yok."

"Güzel, seni Kadıköy'e ciğer yemeye davet ediyoruz, bir mahsuru yoksa Ceyda da gelecek."

"Yok canım, ne mahsuru olacak ki, iyi de olur. Geçendeki olay hakkında ne düşünüyor merak ediyorum, bayağı korkmuştu."

"Şimdi iyi, korkuyu üzerinden atmış, biraz da merak sarmış söylediğine göre, internetten de bir şeyler okumuş."

"İlerleme var yani?"

"Öyle görünüyor."

"Saat kaçta buluşuyoruz?"

"Akşam saat sekiz uygun mu?"

"Benim için uygun."

"Yeri biliyor musun?"

"Biliyorum."

"Tamam o zaman, görüşürüz."

"Tamam görüşürüz, hoşça kal."

Son cümleler konuşulurken odaya Filiz girmişti.

"Özgür'le konuşuyordun galiba?"

"Evet Özgür'le konuşuyordum."

"Anladığım kadarıyla geliyor."

"Evet geliyor."

"Ceyda sevinecek bu işe. Acıktın mı, yemeğe gidelim mi?"

"Hadi gidelim, işler de bitti sayılır zaten."

***

Altan ve Faruk, eldeki diğer şüphelilerle görüşmüşlerdi ama hiçbirisinin olayla uzaktan yakından ilgisi yoktu. Çoğu öldürülen kişiyi tanımıyordu bile, tesadüfen o lokantada olmaktan başka ortak bir özellikleri yoktu. Cahit Baba'nın yanına uğramak için yola çıktılar, bir gelişme olmaması mahcubiyetlerini arttırıyordu.

"Ne diyeceğiz Cahit Baba'ya Altan?"

"Bilmiyorum, ama gördün sıfıra sıfır elde var sıfır."

"Belki de yanlış sularda yüzüyoruzdur."

"O da muhtemel, bu arada bir nevi halkayı daralttık sayılır."

"Haluk'un iş arkadaşları dışında çok çevresi yokmuş."

"Biz de onları inceleriz, bu biraz Cahit Baba'ya ters gelebilir ama yapacak bir şey yok."

"Zaten cinayetin başka yerde işlendiği konusunda adli tıpla aynı fikirdeyiz."

"Önce şu iş yerinin güvenlik kameralarının kayıtlarını alalım."

"Sen savcıdan izin belgesini aldın mı?"

"Aldım, merak etme, Cahit Baba'yla çalışanların isimlerini alıp onlar içinde izin aldım."

"Eline sağlık."

Önce iş yerinin güvenlik amirini bulup, savcının izin kâğıdını gösterip, son üç ayın kamera kayıtlarını bir kopyasını hazırlamasını istediler. Cahit Baba'nın yanına uğrayacaklarını, dönüşte hazır olup olamayacağını sordular.

"Hazır olur efendim," dedi güvenlik amiri.

Kapıda onları Özlem karşıladı.

"Hoş geldiniz efendim. Cahit bey duruşmadaydı, az önce aradı, birazdan gelir. Sizi odasına alayım."

"Sağ olun Özlem Hanım, biz şöyle salonda bekleyelim, soğuk suyunuz var mı?"

"Var Faruk Bey, hemen getireyim efendim."

Özlemin gözleri ışıldamıştı, mutfağa doru giderken Altan, Faruk'un ayağını dürtmüştü.

"Ne oluyor Faruk, yeşillendi birden."

"Ne, ne oluyor, su istedik altı üstü."

"Ne bileyim ben, getireyim efendim falan."

"Zevzeklenme hemen!"

"Tamam tamam kızma."

Özlem küçük bir tepside iki bardak soğuk su getirmişti, bardakların dışı terlemişti, buna rağmen içine buz da ilave etmişti.

"Bana soracağınız bir şey var mı Faruk Bey?"

"Yok, teşekkür ederim Özlem Hanım."

Altan gülmemek için kendisini zor tutuyordu. Faruk yan gözle Altan'a baktı, küçük bir öksürükle havayı değiştirmeye çalıştı.

Özlem masasına doğru ilerlerken her ikisi de arkasından bakıyordu. Altan tekrar Faruk'un ayağını dürttü.

Çok geçmeden kapı çaldı, Özlem yerinden fırlayıp genç kız edasıyla bizimkilerin önünden süzülerek geçti. Kapıyı açtı, gelen Cahit Baba'ydı, ama asıl sürpriz arkasındaydı.

"Hoş geldiniz çocuklar."

Faruk ve Altan ayağa kalkıp, Cahit Baba'ya doğru ilerlediler. Tokalaşma faslından sonra sıra günün sürprizine gelmişti. Tekerlekli sandalyede oturan zatı muhterem, geçen hafta hastanede karşılaştıkları avukat Sinan'dı.

Pantolonun altından sargının şişliği belli oluyordu. Rahat olsun diye takım elbisenin altına spor ayakkabısı giymişti. Faruk ve Altan'ı görünce bir anda beti benzi atmıştı. Belli etmemeye çalışsa da Faruk ve Altan huzursuzluğun farkındaydı. Ama sebebini anlayamamışlardı.

"Tanıştırayım beyler, avukat Sinan."

"Merhaba Sinan Bey, nasıl oldu ayağınız?" diye sordu Altan.

Cahit Baba şaşkın bir ifadeyle baktı. Faruk merakın giderilmesine karar vermişti.

"Geçen hafta cinayetin işlendiği yerdeki hastaneye bir şüpheliyi araştırmak için gitmiştik. Acilde olduğumuz sırada Sinan Bey'i getirdiler, bir bakalım dedik, o zaman tanıştık, kötü bir karşılaşma oldu ama..."

"Haaa anladım."

"Ayağınız nasıl, anlaşılan kemikte kırık yok?" dedi Altan.

"Evet komiserim, şanslıymışım, kemiğin hemen yanından girmiş, hiçbir damar ve sinire dokunmadan arka taraftan çıkmış."

"Gerçekten şanslıymışsınız."

"Zanlı bulundu mu peki? Biz sonra olayı takip etmedik de."

"Evet bulundu, tetikçi. Takip ettiğim bir arazi davası vardı, ormanlık alana yapılan kaçak villalarla ilgili bir dava. Bayağı adam dolandırmış, 2B arazisine kondurmuşlar villaları. Ben üç kişinin davasına bakıyordum, adamlar haklı olarak verdiği paraları istiyorlar, müteahhidin ayağına dolanınca gözdağı vermek istemiş, hepsi bu. Bildiğiniz mafya işleri işte."

"Geçmiş olsun. Cahit Baba, biz biraz konuşabilir miyiz?"

"Olur çocuklar, odaya geçelim."

Birlikte Cahit babanın odasına doğru yürüdüler. Sinan arkadan seslendi.

"Bana bir diyeceğiniz yoksa ben eve gidebilir miyim?"

"Yok Sinan, sen gidebilirsin, kızım bir taksi çağır, aşağıya kadar da eşlik et, hadi bakalım."

"Tamam Cahit Bey."

Özlem masaya yöneldiğinde, Faruk onları izliyordu. Altan ve Cahit Baba odaya doğru giderken, tuvalete uğrayacağını söyleyip yön değiştirdi. Koridorda ilerledi, ama tuvalete girmedi, kapısını açıp kapattı. Bu arada Altan ve Cahit Baba odaya girmiş kapıyı kapatmışlardı. Yavaşça koridorda ilerledi. Özlem o ara taksi durağıyla konuşuyordu.

"Evet, bekliyoruz, kaç dakikada burada olur, tamam, anladım."

"Kaç dakikaya gelirmiş?"

"Yedi, sekiz dakikaya gelir dedi. Nasıl geçti duruşma?"

"Muhtemelen kazanırız, bu saldırıdan sonra zaten hâkim de olayın farkında. Hem üst mahkeme villaları yıktıracak hem azmettirmekten yargılanacak hem de mal varlıklarına el konulup, milletin paraları geri verilecek."

"Cami duvarı diyorsun yani?"

"Aynen öyle aşkım."

Özlem bir anda kısık bir sesle,

"Ne yapıyorsun Sinan, duyacaklar..." dedi.

"Duymazlar hayatım, merak etme, polisler sana soru sordu mu?"

"Hayır sormadılar, iyi ki de sormuyorlar, yoksa elim ayağıma dolaşır. Aramızda olanların bilinmesini istemiyorum, ama artık bu ilişki beni korkutuyor."

"Korkma her şey yoluna girecek."

"Demesi kolay, hem başka şeyler de var."

"Nasıl yani başka şeyler de var?"

"Tamam, hadi aşağıya inelim, nerdeyse taksi gelir."

"İnelim hadi sür bakalım arabayı."

Birlikte bürodan çıktılar. Faruk yumruklarını sıkıyordu. Bir şekilde Özlem'in konuşmasını sağlamalıydı.

Nezaketen kapıyı tıklatıp kafayı uzattı.

"Nerede kaldın evlat, gelsene."

"Üzerinize afiyet Cahit Baba, sabahtan beri lavaboya gitme fırsatım olmadı da, tanker fazla dolmuş."

"Altan pek sevindirici şeyler söylemedi Faruk."

"Maalesef öyle Cahit Baba, ama bir yönden bakarsak lokantada o akşam olanlarla tek tek konuştuk. Şüpheli birisi yok zaten, belki görgü tanığı bulabilir miyiz diye düşündük ama herkes sadece yediği yemeği görmüş."

"Evet Cahit Baba, şimdi elde kalan büroda çalışanlar," dedi Altan

"Büroda ben varım, benden başlayabilirsiniz."

"Amma yaptın Cahit Baba!" dedi Faruk.

"Canım şüpheli değil miyim?"

"Ne yalan söyleyeyim savcılıktan izin alırken, senin için de aldım. Savcı Bey yüzüme baktı, ne yani Cahit baba için de mi istiyorsunuz diye sordu, çok utandım."

"Bence iyi yapmışsın evlat. Görevi hakkıyla yapmak budur işte. Keşke herkes senin gibi cesaretli ve hakkaniyetli olsa, Özlem'le, Sinan'ı tanıdınız, bir de geriye Sermin kalıyor, onu da tanıyorsunuz zaten. Geçen geldiğinizde duruşmadaydı, sonra izne çıktı ama pazartesi geliyor. Ne zaman başlarsınız?"

"Pazartesi gelelim mi Cahit Baba, duruşma var mı o gün?"

"Bilmem Özlem aşağıya indi değil mi, gelsin bir soralım, genellikle hâkimler o güne duruşma vermemeye özen gösteriyorlar. Bizim için de hafta içi duruşmalara hazırlık için iyi oluyor."

O arada kapı sesi duyuldu.

"Özlem hanım geldi galiba?" dedi Altan, Cahit Baba. "Birer kahve içeriz değil mi?" deyip telefonu kaldıracaktı ki Faruk;

"Sen dur baba, zahmet etme, ben söylerim," deyip ayağa kalktı ve kimsenin bir şey söylemesine fırsat vermeden odadan dışarı fırladı.

Özlem dışarıda taksiyi beklemiş biraz terlemişti, alnında ufak ter taneleri görülüyordu. Bir anda Faruk Komiser'i karşısında görünce şaşırdı.

"Efendim Faruk Komiser'im, bir şey mi vardı?"

"Evet, biz gene geçen gün yapmış olduğunuz mükemmel kahvelerden istiyoruz. Terlemişsiniz, durun size yardı edeyim." Masanın üzerinde duran kâğıt mendili alıp Özlem'e biraz daha yaklaştı, önce anlını sildi, sonra boynuna doğru indirdi mendilini. Küçük dokunuşlar yaparken gözlerini Özlem'in ışıltılı yeşil gözlerine dikmişti. "Çok güzelsin biliyor musun?" Özlem'in nutku tutulmuştu, kuru bir yutkunma sonrası yanaklar pembeleşti. "Acaba birlikte bir akşam yemeği yeme şansımız olur mu?"

"Ben... Şey bilemiyorum, olur ama olur mu, yanlış olmasın?"

"Neden yanlış olsun, sadece bir akşam yemeği, kartımı al, bu akşam saat sekizden sonra beni ara."

Özlem kartı alıp hemen masanın üzerinde duran, cüzdanın içine koydu.

Faruk içeridekilerin duyacağı şekilde,

"Kahveler orta şekerli olsun lütfen!" dedi.

Özlem o arada mutfağa doğru yürüyordu.

"Tamam Faruk Bey, orta şekerli..."

Özlem kahvelerin yanında çifte kavrulmuş lokum getirmişti. Cahit Baba ağzına bir tanesini atarken,

"Özlem nereden buldun bunları?" diye sordu.

"Sabah gelirken aldım efendim, beğendiniz mi?"

"Çok güzel, değil mi çocuklar?"

"Öyle Cahit Baba, bu gidişle kahvelerin müptelası olacağız, ne dersin Altan?"

Altan yüzünde muzip bir ifadeyle, "Evet öyle görünüyor..." dedi.

Kahveler bittikten sonra müsaade isteyip kalktılar. Girişteki güvenlik odasına uğrayıp, kopyaların hazır olup olmadığını sordular. Güvenlik amiri kopyaları hazırlatmıştı.

"Öğle yemeğine nereye gidiyoruz Altan?"

"Sen neresi dersen."

"İleridaki lokantaya gidelim mi, midemize sıcak bir şeyler girsin?"

"Çok iyi olur, yemekten sonra da merkeze gidip kamera kayıtlarını inceleriz. Bu hafta sonu bunları bitirelim ki hafta başına hazırlıklı olalım."

Öğleden sonra kamera kayıtlarını incelemeye başladılar. Mesai bitmek üzereydi ki ilk bir ayı bitirmek üzereydiler, ama elle tutulur bir şey yoktu.

Altan yorgun bir ifadeyle,

"Daha devam edecek miyiz Faruk?" diye sordu.

"Az kaldı şu son iki güne de bakalım, ilk ayı bitirmiş oluruz."

"Tamam devam edelim."

İlk ay bitmişti. Faruk koltuktan yavaşça doğruldu, masanın üzerindeki sürahiden bir bardak su koydu,

"İçer misin?" diye sordu.

"Yok, sağ ol. Sen kalacak mısın, ben çıkıyorum?"

"Ben biraz daha kalırım, sen git, yarın devam ederiz, zaten yarın da biter."

"Tamam, ben çıktım hadi iyi akşamlar."

"İyi akşamlar."

Bilgisayarda biraz oyalanıp Özlem'in aramasını bekledi. Saat sekize çeyrek vardı. Lavaboya gitti, telefonu masanın üzerinde bırakmıştı. Geri geldiğinde cevapsız aramayı gördü. Numara tanıdık değildi ama Özlem'in aradığından emindi. Numarayı çevirdi, karşıdaki ses tanıdıktı.

"İyi akşamlar Faruk Komiser'im umarım uygunsunuzdur."

"Odadan çıkmıştım da telefon masanın üzerinde kalmış. Evet, teklifime ne diyorsun?"

"Ne yalan söyleyeyim çok etkilendim ve heyecanlandım, sizin için ne zaman uygun olursa benim için fark etmez."

"Bu cumartesi akşam olur mu?"

"Olur, nerede?"

"Beşiktaş'ta, akşam saat sekizde, sahildeki balık lokantasında. Evden almamı ister misin?"

"Yok, sağ olun ev yakın zaten ben gelirim."

"Tamam bekliyorum, iyi akşamlar."

"İyi akşamlar."

* * *

Sabah hem Faruk hem de Altan erkenden gelip çalışmaya koyuldular. İkinci ayın ortalarına, yani Haluk'un öldürülmesinden takriben bir hafta öncesinin yangın merdivenin kayıtlarını inceliyorlardı. Yangın merdivenine önce Sinan çıkmıştı, sigara yaktı. Faruk hemen kaydı normal hıza indirdi. Çok geçmeden Özlem yanına geldi. Buradaki kayıtlarda ses yoktu. Normal bir konuşma havasında geçen ortam bir anda gerginleşmişe benziyordu. Her ikisi de koltuklarında biraz daha doğrulup ekrana yaklaştılar. Özlem ağlıyor gibiydi, evet ağlıyordu. Elinde tuttuğu mendille gözlerini sildi. Sinan, Özlem'e sinirli sinirli bir şeyler söylüyordu.

"Ah bir de ses kaydı olsaydı!" dedi Altan.

"Bu da bir şey, en azından tahminlerim doğrulanmaya başladı."

"Nasıl yani?"

"Bekle kayıtları tamamen bitirelim, anlatırım."

"Ne biçim ortaksın yahu, bir şeyler planlıyor sonra bana anlatıyorsun."

"Sabırlı ol."

Tam o arada Sinan, Özlem'in omzundan tutup sarstı ve sigarayı yere atıp suratına okkalı bir tokat yapıştırdı. Özlem şaşkın bir ifadeyle Sinan'a baktı ve arkasını dönerek kapıya yöneldi. Sinan yaptığından pişmanlık duymuş olacak ki, onu hemen yakalayıp kendine çekti ve sarıldı. Özlem de kollarını Sinan'ın beline dolamıştı, çünkü Sinan neredeyse Özlem'den on beş, yirmi santim uzundu.

Faruk kaydı durdurdu.

"Çayları tazeleyeyim, sonra anlatırım."

Elinde iki fincan dışarı çıktı, az sonra geldi,

"Başla bakalım, seni dinliyorum?" dedi Altan.

"Dün siz Cahit Baba'yla içeri girmiştiniz ya ben de tuvalete gideceğim demiştim. Tuvalete gitmedim, koridorda Sinan ve Özlem'i dinledim, aralarında bir şeyler olduğu kesin. Bir iki küçük aşk sözcüğü işittim, zaten şimdi gördüklerimizden sonra buna artık eminim."

"Peki fikrin nedir, ne düşünüyorsun?"

"Daha da iyisini yaptım, yarın akşam Özlem'le yemeğe çıkıyorum."

"Aha ne ara becerdin bunu, dur dur söyleme ben tahmin edeyim, kahveleri söylemeye gittiğin zaman değil mi?"

"Evet o zaman becerdim, saat sekizden sonra ara demiştim ama daha sekiz olmadan aradı. Bu da istekli olduğunu belirtir."

"Buraya kadar güzel, peki cinayetle ne ilgisi olabilir?"

"Bunu henüz bilmiyorum, ama Sinan evli, yani aşk-ı memnu durumları."

"Özlem ise bekâr, yani istediği ile takılabilir."

"Evet takılabilir, ikinci görüşmede yemek teklifini kabul ediyorsa şayet pek de göründüğü gibi hanım hanımcık bir kadın değildir diye tahmin ediyorum."

"Bu varsayımla evet, gazan mübarek olsun o zaman. Gerçi sana akıl vermek bana düşmez ama sen gene de dikkatli ol, yaş tahtaya basma."

"Merak etme sen."

"Amire bu durumu anlatsak iyi olur bence, sonra vahşi cazibe durumuna düşmeyelim."

"Kayıtları bitirip bir durum raporu sunarız."

"Hadi bakalım makinist, ikinci perde…"

O görüntünün dışında, ne yangın merdiveni ne de başka mekânlarda garip bir şey yoktu. İnsanlar geliyor, gidiyor, mesai bitiyor, temizlikçiler geliyor, sonra onlar gidiyor, güvenlik bina içinde dört beş kez tur atıyor. Mesai bitimine yarım saat kala bütün görüntüler incelenmişti. Amirden randevu alıp, şimdiye kadar yapılanları ve planladıklarını anlattılar. Amir bir tek yarın akşamki yemeğe takılmıştı. Ama Faruk onu ikna etti.

"Peki çocuklar size güveniyorum, şayet önemli bir şeyler bulursanız hafta sonu da olsa arayın. Arama izni sorun olmaz, hadi kolay gelsin."

"Sağ olun amirim, iyi akşamlar," dedi Faruk komiser. Odadan çıkıp, koridorda yürürken Altan:

"Dinleme cihazı takmayı düşünür müsün?"

"Şu an için düşünmüyorum, kadını henüz daha tanımıyorum. Bir şekilde yakın temas yaşarsam bir anda her şey mahvolur ama telefonun kaydını çaktırmadan açarsam belki biraz kayıt yapabilirim. Onun da zamanını iyi ayarlamak lazım. Neyse önce bir karnımızı doyuralım, sonra diğer mevzulara geçeriz."

"Senden haber bekleyeceğim, hem de sabırsızlıkla."

* * *

Ceyda dolabından bir sürü kıyafet çıkarmış, aynanın karşısına geçmiş ha bire o mu, bu mu diye bakınıyordu. Bir türlü karar vermedi, Filiz'i aradı.

"Filiz ne giyeceğim ben bu akşam, bir türlü karar veremedim."

"Ne mi giyeceksin? Hayatım lüks bir yere gitmiyoruz ki. Hatta sonra Üsküdar'a gideceğiz biliyorsun, rahat ol, üste ne giyersin bilmiyorum ama alta mutlaka kot pantolon giy."

"Doğru söylüyorsun, neden bu kadar dert ettim anlamadım."

"Ben biliyorum canım neden bu kadar dert ettiğini, gelip seni alacağız yarım saate hazır ol."

"O zamana kadar hazırlanırım."

Doğru söylüyor, bir kot, bir gömlek yeter aslında diye düşündü. Yeni duş almıştı, makyajını yapmadan havluyu banyoya bırakıp önce üzerini giydi, makyaj masasına oturdu.

"Çok güzel görünmeliyim..."

Özgür saatine bakıp, bu akşam trafik olur ancak yetişirim, çıksam iyi olacak diye düşündü. Çıkarken Hüseyin Efendi'ye uğradı.

"Nasılsın Hüseyin Efendi?"

"İyiyim Özgür, sen nasılsın?"

"İyiyim ben de, bu akşam geç gelirim. Geçenlerde gelen arkadaşlar var ya onlarla yemek yiyeceğiz."

"Hani, yanlarında güzelce bir kızla gelenler vardı onlar mı?"

"Evet onlarla."

"İyi hadi bakalım, merak etmeyelim seni yani?"

"Merak etmeyin."

Arabaya binmek için sokağa indi, dönüp terasa baktı, sarmaşıklar terasın demirlerinden aşağıya doğru sallanıyordu. Uzamışlar yarın biraz kısaltırım, diye düşündü. Alper yemekten sonra Üsküdar sahile ineriz dediği için yanına almış olduğu ceketi arabanın arka koltuğuna bıraktı, yola revan oldu.

İkinci Boğaz Köprüsü'nden Kadıköy istikametine doğru devam etti, radyoda klasik müzik çalıyordu. Yol açıktı, trafik olur diye erken çıkmıştı. Neyse biraz dolaşırım, dedi.

Arka yoldan Fenerbahçe Stadyumu'nun yanından devam etti. Bahariye'deki otoparka bırakayım, yemekten sonra yürümek iyi olur diye düşündü. Sonra aşağıdaki otoparka bıraksam daha iyi olur diye düşündü ve devam etti. Arabayı sahile bıraktı. Balıkçılar çarşısında biraz gezindikten sonra, henüz kapanmamış olan sahaflardan birine girdi. Üst kata bir bakındı, sonra alta indi. Burada her zaman daha kıymetli kitaplar olduğunu biliyordu.

Bu defa gözüne takılan bir şey olmamıştı. Tekrar yukarı çıkarken telefonu çaldı, Alper arıyordu:

"Merhaba Özgür geldin mi?"

"Evet geldim, sahaftayım, balık lokantalarının olduğu sokakta. Siz neredesiniz?"

"Arabayı park ettik, beş dakikaya oradayız."

"Tamam, görüşürüz"

* * *

Başka mekânda bir buluşma daha vardı. Faruk önceden ayırttığı masada yerini çoktan almıştı, güzel bir kadını bekletmek olmazdı. Lokanta yarıdan fazla doluydu. Şef garson tanıdıktı ve bazı konularda kendisine önceden yardım etmişti. Ona kısaca,

"Bu akşam bizim masayla ilgilenen olursa işaret et," demişti.

Kapıdan giren afet Özlem olamaz diye düşünmüştü, ama oydu. İş yerinde toplu olan dalgalı saçlarını omuzlarına bırakmıştı.

Havanın soğuk olacağı belliydi, o yüzden Özlem üzerine ince bir yağmurluk almıştı. Girişteki görevli yağmurluğu çıkarmasına yardım etti. Manzara daha da etkileyici bir hâle gelmişti. Üzerinde içini gösteren beyaz bir bluz ve dizin bir hayli üstünde, neredeyse mini sayılabilecek kırmızı bir etek vardı. İnce topuklu bir ayakkabı giymişti. Özlem kendisine doğru gelirken, lokantadaki garsonlar dâhil herkes ona bakıyordu. Bu kadar güzel olabileceğini tahmin etmiyordu. Faruk ayağa kalkıp Özlem'i karşıladı.

"Çok güzel görünüyorsun."

"Teşekkür ederim."

Bir anda yanakları pembeleşti. Yeşil gözleri ışıldadı.

"Ne tarafa oturmak istersin?"

"Fark etmez sizin karşınızda olsun da."

"Bu taraf biraz körde kalıyor, duvar seyretme, sen gel böyle otur."

"Olur, siz rahat edebilecek misiniz peki?"

"Ederim ederim, hem ayrıca şu sizli bizliyi bırakalım."

"Tamam, ama alışkanlık ben gene arada bir siz diyebilirim."

"Sorun değil."

O arada şef yanlarına geldi, siparişlerini alıp uzaklaştı, ama gözleri her tarafı tarıyordu. Şüpheli bir durumda Faruk Komiser'i bilgilendirecekti.

"Nerelisin Özlem?"

"İzmirliyim."

"Tabii ya özür dilerim, bu kadar güzel bir kadın başka nereli olabilir ki."

"Utanıyorum ama ben de her İzmirli kadar güzelim hepsi bu."

Boğazındaki kolye ile oynarken, bluzun düğmesini açtı. Bu Faruk'un dikkatinden kaçmamıştı, bilinçli yaptığının farkındaydı. Göğüslerin üst kısmı daha net görünür bir hâl almıştı. Masaya daha da yaklaşarak Faruk'un dikkatini daha fazla üzerine çekmek istiyor gibi bir hâli vardı.

Faruk konuyu bir an önce değiştirmeliydi, yoksa balıklar gelmeden Özlem tamamen soyunmuş olur diye düşündü.

"Ben balığın yanına rakı alıcam, sen?"

"Ben de."

Garsona işaret etti, garson tamam anlamında kafasını salladı. Mezeler ve salatadan sonra balıklar geldi. Bir yandan sohbeti derinleştirmek lazım diyerek Faruk ikinci soruyla devam etti. Bir taraftan da masadakilerle ilgilenmeye başlamıştı.

"Yalnız mı yaşıyorsun?"

"Evet yalnız yaşıyorum, ev çok yakın zaten, üç sokak yukarıda."

"O kadar yani?"

"Evet, yemeği Beşiktaş'ta yiyelim dediğin zaman daha da sevindim."

"Araban var mı?"

"Evet var ama arabayla gelmedim, nasıl olsa beni bırakırsın diye taksiyle geldim."

"İyi yapmışsın, tabii ki bırakırız, hiç yakışır mı bize seni taksiyle göndermek, ama bir sorunumuz var?

"Neymiş?"

"Ben de alkol alıyorum, arabayı kim kullanacak?"

"Ay ne bileyim bunu hiç düşünmemiştim."

"Neyse bakarız bir çaresine, her şey masadan kalkarken belli olur, baktık dünya dönüyor, ben de taksiyle eve giderim."

"Bende de kalabilirsin."

Oha, dedi içinden, daha içmeye başlamadık bile! Başına bela mı alıyordu acaba?

"Yok canım, o kadar da değil."

"Ne var ki kocaman insanlarız, ben ilk görüşte hoşlandığımı itiraf ediyorum."

"Bir kadından bunları duymak çok etkileyici, hadi bakalım tanışmamıza ve sağlığımıza..."

Kadehler birbirine yavaşça dokunup dudaklara doğru gitti ve yudumlandı.

Şüphelendirmeden iş yeri ile ilgili yavaş yavaş muhabbete devam etmeliyim diye düşündü.

"İstanbul'da tek başına zor olmuyor mu hayat?"

"Zor oluyor aslında ama İzmir'de birlikte okuduğumuz üç kız arkadaş var, bazen onlarla takılıyoruz, gerçi ikisi evli, bir tanesi bekâr ama iyi insanlar, onlar yetiyor. Gene de kendi hayatım olsun istiyorum."

Faruk kamera görüntülerini anımsayıp, "Zaten bir hayat yaratmışsın kendine..." diye mırıldandı.

"Efendim bir şey mi söyledin?"

"Galiba ağzıma kılçık geldi, onunla konuşuyordum."

"Çok komiksin, kılçıkla konuşanı ilk defa gördüm."

"Bu bir şey mi? İş yeri nasıl memnun musun? Hem İzmir dururken neden İstanbul?"

"Bilmem cazip geldi, kızlarla bu yaz başında tatile gelmiştik. Geçen sene evlenip buraya yerleşen arkadaş ve kocasıyla buluşmuştuk. Öyle dereden tepeden konuşurken, arkadaşın kocası, bir dava sebebiyle Cahit Bey'i tanıyormuş. Sekreter arıyor, gel seni götüreyim bir bak, dedi. Önce ne işim var İstanbul'da diye düşündüm ama her şey bir anda oldu işte. Babamla konuştum, kocaman kızsın, kendi ayaklarının üzerinde durabilirsin, denemekten zarar gelmez dedi."

Sohbet birinci kadehleri tüketmiş, ikinci kadehler dolmuştu. Faruk bu konuda iyi sayılırdı, çok sık içmezdi ama beş kadehten önce etkilendiği olmamıştı.

"Hangi bölüm mezunusun?"

"Halkla ilişkiler."

"İzmir'de iş mi bulamadın yoksa çalışmak mı istemedin?"

"Bir iki işe girdim ama hep aynı mevzular, bir dönem sonra patron sarkmaya başlıyor. Cahit Bey'i babama benzetiyorum, kendimi güvende hissediyorum, o yüzden rahatım yani."

"Diğer çalışanlarla aran nasıl, sana nasıl davranıyorlar?"

"Hepsiyle iyi, Sermin Hanım çok hoş bir kadın, onunla çok iyi anlaşırız, bazen birlikte yemeğe, sinemaya gideriz."

"Evet ben de kendisini severim, akıllı ve güçlü bir kadındır."

"Sinan Bey'i de biliyorsunuz, o evli, geçenlerde eşi ve çocuğu gelmişti, güzel bir karısı ve çok tatlı bir kızı var."

Son cümleyi söylerken yüz ifadesi değişmişti. Faruk'un aradığı da buydu zaten. Özlem dalgınlaşmış sanki Faruk'a bakmıyordu.

"İyi misin Özlem?"

"İyiyim. Haluk Bey aklıma geldi de. Çok tatlı birisiydi, çok kibardı, hâlâ inanamıyorum, sanki izindeymiş gelecekmiş gibi."

"Bizim için de zor bir dava."

"Bir gelişme var mı peki?"

"Yemekte bunları konuşmak istemezsin diye düşündüm." Aslında tüm yemek bunun üzerine planlanmıştı.

"Fark etmez, katilin bulunmasını en az sizin kadar ben de istiyorum."

"Bu tatsız konuyu bir kenara bırakalım, başka neler yapıyorsun?"

"Her şey aynı aslında, önümüzdeki hafta sonu İzmir'e gitmeyi düşünüyorum. İstanbul'a geldiğimden beri ailemi görmedim."

"İyi olur, İzmir'e gitmeden tekrar görüşme imkânımız olur mu?"

Özlem elini çenesine koyup, gözlerini süzerek,

"Ne zaman istersen, galiba benim başım dönmeye başladı, sarhoş mu oluyorum acaba?"

"Normaldir, benimle birlikte ikinci kadehi bitirmek üzeresin. Hızlı gidiyorsun."

"İkinci kadehe mi geçtik?"

"Geçtik tabii, başka bir şey ister misin?"

"Yok sağ ol, karnım şişti zaten, ben bir lavaboya gideyim."

"Yardım etmemi ister misin?"

"Hayır hayır giderim."

"Tamam, bak kapı girişinde kadın garson duruyor bir şey olursa ondan yardım iste."

"Tamam isterim."

Özlem ayağa kalktığında hafifçe sendeledi, sonra kendini toparlayıp yavaşça yürüdü. Faruk kapı girişinde duran kadın garsona baktığında durum anlaşılmıştı.

Gülten uzaktan da olsa Özlem'i takip etmesi gerektiğini anlamıştı.

Özlemin masadan kalktığını gören şef garson hemen Faruk'un yanına geldi.

"Var mı bir durum Fahri?"

"İçeride bir iki meraklı göz, onlar da zaten hanımefendinin bacaklarına bakıyorlar, dışarıda da aksak Timur var"

"Aksak Timur demek? Tamam, teşekkür ederim."

Özlem lavabodan çıkarken, beklediği şey karşısındaydı.

"Bunu neden yapıyorsun?"

"Neyi neden yapıyorum?"

"Başkası olmayacak demiştin."

"Başkası yok zaten, sadece yemek yiyorum."

"Bu kıyafet ne o zaman?"

"Ne varmış kıyafetimde!"

"Çok davetkârsın, senin o polisle ne işin var?"

"Yemeğe davet etti, hepsi o kadar."

"İçmişsin sen, rakı kokuyorsun."

"Evet parlattım biraz, ne var bunda?"

"Bana bunu yapma, kıskanıyorum seni, anlamıyor musun?"

"Bak Sinan, beni kıskanacak en son kişi sen olmalısın. Bir ailen var ve artık bu ilişki beni rahatsız ediyor. Eşinle tanıştıktan sonra vicdan azabı duymaya başladım. Artık gitsen iyi olacak!"

"Peki, buraya sorun çıkarmak için gelmedim, şimdi gidiyorum ama pazartesi bunu konuşacağız!"

Özlem koridorda ilerlediği sırada Sinan erkekler tuvaletine girdi, yürürken aksıyordu. Gülten kendisini göstermemek için duvarın arkasına gizlenmişti, konuşulanları duymak ona yetmişti. Hele Sinan ismi zaten beklediği bir şeydi. O yüzden Özlem'in fark etmeyeceği kadar yavaşça ilerledi ve Sinan'ın gitmesi dışında hiçbir şeyin farkında değilmiş gibi davranarak yemek salonuna kadar yürüdü.

Faruk, Özlem masaya gelirken ayağa kalktı, elini tutup oturmasına yardım etti. Kendisi de sandalyeye oturmadan göz ucuyla Gülten'e baktı. Gülten'in yüzünde güzel haberler olduğuna emin olduğu o gülümsemeyi gördü.

"Kendini nasıl hissediyorsun?"

"İyiyim, her şey yolunda, başım az önceki kadar dönmüyor, bir kadeh daha atarım."

"Bence atmayalım, biraz sahilde yürüyelim istersen, hem sen de iyice açılırsın seni bu hâlinle evde tek başına bırakmak istemem."

"Sen de gel o zaman."

"Bunun şu an için güzel bir fikir olduğunu zannetmiyorum, belki daha sonra."

Geçmişin ve geleceğin muhakemesiyle geçen zamanla birlikte yemek tamamlanmış, istenilen bilgiler elde edilmişti. Hesabı ödedikten sonra sahile doğru yürüdüler. Özlem, Faruk'un koluna girmişti. Faruk iki eli cebinde etrafı kolluyordu. Gülten, onlar çıktıktan sonra üzerini değiştirdi ve saçlarını açıp, kafasına şapkasını takıp sahile indi. Gerçi Özlem'in o kafayla hele yüzüne hiç bakmadığı için kendisini anımsaması zordu ama gene de uzak durmalıydı. On beş dakika yürüdükten sonra Faruk,

"Açıldın mı nasılsın?" diye sordu.

"Evet iyiyim, eve gidebiliriz."

"Taksi ister misin? Yoksa yürüyelim mi?"

"Topuklularla zor oluyor ama olsun, ev zaten yakın, biraz daha dayanırım."

Birlikte sahilden yukarıya doğru yürüdüler, Özlem elini Faruk'un beline dolamış başını da omzuna dayamıştı. Gülten onları takip ediyordu. Özlem'in oturduğu sokağa girmeden köşede bir karartı belirdi.

Gülten elini silahına attı. Faruk'a biraz daha yaklaştı, aynı karartıyı Faruk'ta fark etti. Sokak lambası zayıftı, sadece küçük bir noktayı aydınlatıyordu. Karartı kayboldu. Faruk yavaşça geriye döndü, Gülten arkasındaydı, onu görünce kendisini güvende hissetti, biraz daha yavaşladı.

"Bu sokak mı?"

"Evet burası, ilerideki üçüncü apartman."

"Buralar bu saatte pek tekin olmaz."

"Sen yanımdayken bir şey olmaz."

"Ben her zaman yanında olmam."

Özlem çantasından anahtarları çıkardı, ilk denemede anahtarı sokamadı ama ikincide başardı.

Birlikte ikinci kata çıktılar. Gülten apartmanın kapısında kaldı, biraz içeri girip, elini silahına yakın bir noktada tutup bekledi.

Faruk, Özlem'i yatak odasına kadar götürdü.

"Sen şimdi kalmayacak mısın?"

"Hayır kalmayacağım..."

"Ama nedeeeen?"

"Hadi yatağa, gel ayakkabılarını çıkaralım."

Ayakkabılarını çıkarmasına yardım etti. Özlem ayılmış gibi görünüyordu ama hiç de öyle değildi, başını yastığa koyar koymaz nefes alışı sakinleşti, bir şeyler mırıldanmaya başladı. Ne dediği anlaşılmıyordu. Odanın ışığını kapattı, açık olan salonun camını kapatıp dışarı çıktı. Kapıyı kapatmadan içeri bir kez daha baktı. Özlem içeri girdikten sonra anahtarı portmantonun üzerine bırakmıştı. Bu durumda kapıyı arkadan kapatma imkânı olmayacaktı. Anahtarlara tekrar baktı.

"Anahtarın çifti olabilir mi acaba?" diye mırıldandı ve tekrar içeri girdi. Koridorun ışığını yaktı. Portmantonun ilk çekmecesini çekti, bingo bir anahtarlık daha vardı. Anahtarı kontrol etti, evet bu evin yedek anahtarıydı, hatta üçüncü de anahtarlıktaydı, rahatladı.

"O zaman Aksak Timur'da yedek anahtar yok demektir."

Ayakkabılarını çıkarmadan salona kadar gitti, masanın üzerindeki not defterinde bir sayfa kopardı.

"Kapıyı içeriden kilitleme şansım olmadığı için, yedek anahtarını alıp, dışarıdan kilitlemek zorunda kaldım, anahtarın bende..."

Öğleden önce uyanmaz düşüncesiyle, çıkarken yazıyı portmantonun üzerine bıraktı. Kapıyı kilitleyip aşağıya indi.

"Nerede kaldın, öldüm meraktan?"

"Kapıyı kilitlemek için yedek anahtarı aradım, şansım varmış, kolay buldum, Aksak Timur buralarda mı?"

"Öyle zannediyorum."

"Onu fark ettiğimizi anlamadı galiba?"

"Anlamadı."

"Sende neler var?"

"Çok güzel şeyler."

Birlikte hızlı adımlarla sahile doğru yürüdüler, çay bahçesine oturdular. Gülten olanları anlatmıştı.

"Sağ ol Gülten, çok iyi iş çıkardın bu akşam."

"Teşekkür ederim sağ olun, az önce Altan Komiser'im aradı, meraktan çatlıyor, bir arayın isterseniz."

"Tamam, ben şimdi ararım, çay içeriz değil mi?"

İki çay diye işaret etti, cep telefonunu çıkarıp Altan'ı aradı.
"Öldüm meraktan, ne yapıyorsunuz?"
"Beşiktaş'ta sahildeyiz, işin yoksa gel."
"Geliyorum hemen..."

* * *

Aynı saatlerde Kadıköy'de başka bir muhabbet devam ediyordu. Ceyda, Özgür'ü görünce çok sevinmiş ve bunu gizlememişti. Karşılıklı oturup yemeğini afiyetle yemiş ve göz göze gelmeye özen göstermişti. Alper ve Filiz de onları seyretmişti.

"Bu Ciğerci Hulusi bir harika arkadaşlar."

"Gerçekten öyle Ceyda, daha önce gelmiştim ama uzun bir süredir ben de uğrayamıyorum. Ne iyi ettin Alper, iyi geldi vallahi, sadece mezeleri yesen doyuyorsun zaten; bol yeşillik, közlenmiş biber, domates, soğan, ezme..."

"Gerçekten öyle," dedi Filiz.

Masada boşalan tabaklar anında alınıyor, ortalıkta kalabalık yapan bir şey bırakılmıyordu. Tıka basa karınları doymuştu, hepsi sandalyelerine yaslandıklarında artık midelerinde bir lokmalık bile yer kalmamıştı.

"Çay getireyim mi efendim?"

"Biraz beklesek iyi olacak, değil mi arkadaşlar?" dedi Alper.

"Evet, iyi olacak, yoksa patlayacağız..." diye devam etti Özgür.

On dakika sonra çaylar geldi. Bu arada Filiz üniversitede başlarından geçen bazı olayları anlatmıştı. Etrafta başka insanlar olmasa kahkahası bol olaylardı ama kıs kıs gülmekle yetindiler. Çaylardan sonra Özgür lavaboya diye kalktı ama hemen aşağıya indi. Alper peşinden gidecekti ki Filiz kolundan tutup oturmasını işaret etti.

"Hesabı ödeyecek Filiz."

"Biliyorum, ne fark eder ki ha biz ha o."

"İyi de neyse."

"Nasılsın Ceyda, keyfin yerinde bakıyorum."

"Evet yerinde, o ne düşünüyor acaba?"

"Gerisi sana kalmış, bizden bu kadar, ama senin yerinde olsam biraz yavaş giderim, biliyorsun daha önceki ilişkinde de çok mutluyum demiştim. Ben de Alper de seni uyarmıştık, acele etme diye."

"Ne yapayım aşk insanın gözünü kör ediyor işte."

"Biz senin mutluluğunu istiyoruz Ceyda, sadece bir şeylerden emin olmadan ciddi kararlar verme."

O arada Özgür geldiği için Alper konuşmasını yarıda kesmişti.

"Kesene bereket Özgür."

"Afiyet olsun arkadaşlar, ne yapıyoruz?"

"Üsküdar'a Kız Kulesi'nin karşısına çekirdek çitlemeye."

Birlikte arabalara doğru yürüdüler, Filiz ve Alper önden gidiyordu. Ceyda, Özgür'e biraz daha sokulmuştu. Özgür daha değil dedi içinden, hem ne öyle liseli âşıklar gibi el ele, ama bu arada gözü öndekilere takıldı. Filiz ve Alper ele ele tutmuş yürüyorlardı.

"Birbirlerine ne güzel yakışıyorlar değil mi Özgür?"

"Evet öyleler."

Filiz arkasını dönüp,

"Ceyda sen Özgür'ün arabasıyla gelirsin değil mi?" dedi.

Ceyda, Özgür'e onay bekler gibiydi ki cevabı Özgür verdi,

"Tabii tabii biz birlikte geliriz, orada buluşuruz."

Filiz ve Alper'in arabaları daha gerideydi, Özgür kenarda onların gelmesini bekledi, bu arada iki araç geçti. Bu defa Özgür önde, Alper arkada ilerlediler, rıhtım kalabalıktı. Özgür

Moda'ya doğru çıkıp eski Salıpazarı içinden geçerek Karaca Ahmet Mezarlığı'na doğru ilerledi. Doğancılar Parkı'na doğru ilerlemek için mezarlığın içine girdi.

"Mezarlıklar beni ürkütür Özgür!"

"Gerçekten mi?"

"Evet, çocukluğumda oturduğumuz bina mezarlığın karşısındaydı ve ben her gece annemlerin yanında yatardım, ilkokul bitene kadar yanlarında yattım, ne zaman taşındık rahat etti garipler."

"Amma eziyet etmişsin."

"Ne yapayım hâlâ korkuyorum."

"Merak etme en emniyetli yerlerdir, şimdiye kadar hiç zombiye rastlamadım ben."

"Ay, nereden çıktı şimdi zombi."

"İyi tamam tamam sustum."

"Geliyorlar mı bizimkiler?"

"Evet arkadalar."

"Bakıyorum iyi anlaşıyorsunuz."

"Her ikisi de iyi insanlar Özgür, umarım daha sık bir araya gelme imkânımız olur."

"Kış yaklaşıyor ama havalar çok soğumadan benim arkadaş gurubumla benim evde bir parti ayarlayayım."

"Arkadaşlarınla tanışmayı isterim, sevgilin de var mı?"

"Sevgilim mi, hayır yok ama bana değer veren bir kız arkadaşım var. Aslında asistanım, Aylin, tanısan seveceğine eminim, o da Filiz ve Alper gibi arkadaş canlısıdır, eşinden ayrı, bazen oturup dertleşiriz."

"Dul kadınlar tehlikeli olur, benden söylemesi."

"Aylin mi? Bilmem ben hiçbir tehlike sezmedim."

Özgür bilerek Aylin'i anlatmıştı. Çünkü kadınlar hep aynıydı, birisini sevdikleri zaman istemeden de olsa kıskançlıklarını belli ederlerdi. Alper selektör yapıp sola gir diye işaret etti.

Özgür sol sinyal verip sokağa girdi. Sahil hemen aşağıdaydı, arabayı sağ tarafa park etti.

Birlikte aşağıya doğru yürüdüler, hava serindi ama sahil doluydu. Bu saatte yolda park yeri bulmak zordu, arabaları yukarı bırakmakla iyi etmişlerdi.

Sahildeki banklar doluydu. Kayalıklara oturmadan önce Alper iki büyük boy çekirdek aldı.

Kayalıklara çıkıp biraz ilerlediler. Özgür, Alper'in yanına oturdu. Alper paketi açıp Özgür'ün avucuna çekirdek boşalttı. Filiz ve Ceyda iki adım öteye oturmuşlardı. Onlar da çekirdekleri çitlemeye başlamıştı bile. Ceyda kısık bir sesle;

"Benden hoşlanıyor mudur sence?" dedi.

"Bence hoşlanıyordur, yanına gitsene, sen gidince Alper yanıma gelir zaten. Çok tuhafsın, normalde böyle değildin, ne oldu sana?"

"Bilmiyorum, bir şey beni ona itiyor ama öte taraftan da korkuyorum, belki şu cinayet aydınlansa daha rahat olurum, gizemli bir yanı var."

"Alper, neden ayrı oturdunuz?" dedi Filiz.

"Yanınızdayız, ne ayrısı, gelsenize şöyle, siz ayrı oturdunuz."

Bu arada Özgür Ceyda'ya bakıyordu.

"Sahi neden orada kaldınız?"

Ceyda ve Filiz yerlerinden kalkmadan yan yan onlara doğru ilerlediler. Filiz Alper'in yanına gelmişti ama Ceyda bir tarafta, Özgür diğer tarafta kalmıştı. Ceyda bir çırpıda yerinden kalktı ve Özgür'ün yanına oturuverdi. İkisini yan yana getirmek amma zor olmuştu.

Filiz, ağırlığını Alper'e verdi. Alper pat diye,

"Eee Ceyda anlat bakalım, neler okudun internetten?" diye soruverdi.

"Ne hakkında?"

"Ne hakkında olacak, ziyaretçiler hakkında."

"Ne güzel unutmuştum nereden çıktı şimdi?"

"Nerden mi çıktı? Bu akşamki muhabbet konumuz bu."

Özgür için her konu olurdu. Bildiklerini paylaşmak ona zevk veriyordu. Alper ise bilinçli olarak konuyu açmıştı.

"Ben bu konularla daha önce dalga geçer, hepsinin birer uydurma olduğunu düşünürdüm, ama Özgür'ün evinde görmüş olduğumuz o görüntü ve yaşadıklarımızdan sonra sıradan şeyler olmadığını hissediyorum."

Filiz söz sırası kendisine gelmiş gibi devam etti.

"Ben lise yıllarımdan beri ilgileniyorum ve Alper'in de benim gibi düşünmesine çok sevinmiştim. Bu konuda binlerce fotoğraf ve video var değil mi Özgür?"

"Evet öyle."

"Peki, sen ne diyorsun?"

"Ben zaten varlıklarına kesin inanıyorum."

"Neden inanıyorsun peki?" diye sordu Alper.

"Öyle anlaşılıyor ki siz bu olaya bayağı ciddi yaklaşıyorsunuz."

"Aynen öyle ve senin bizden daha fazla bilgiye sahip olduğunu düşünüyoruz, en azından bizim evimizde teleskop yok ve bilgisayarlarımız da NASA'ya bağlı değil."

"Biz sadece bize sunulanları biliyoruz Özgür, sen ise araştırma yapmaya başlamışsın, o yüzden," dedi Filiz.

"Peki o zaman başlayalım, önce sizin bildikleriniz ne düzeyde onları değerlendirelim. Evet Filiz?"

Filiz kendisini bir anda sınavdaki öğrenciler gibi hissetti. Avucundaki çekirdekten birkaç tane aldı ve konuşmaya başladı.

"Benim bildiklerim ve tahminin şöyle; bizden kesinlikle teknoloji olarak önceler ve Samanyolu galaksisinin içinde başka gezegenlerde yaşıyorlar. Farklı vücut şekillerinde olduklarını düşünüyorum, yani dünyadaki insan ırkı gibi. Ama neden gelip gittiklerini bilmiyorum."

"Evet Alper, sen?"

"Neden gelip gittiklerini ben de tahmin edemiyorum, ama uzaylı filmlerinde olduğu gibi dünyamızı istila etmek isteselerdi bunu çoktan yapmışlardı. Bir de eski bulgulara bakılırsa bu iş yeni değil, mesela piramitlerin üzerindeki bazı şekiller, o zaman da geldiklerini söylüyor."

"Bu yaklaşım doğru," dedi Özgür.

"Ceyda senin bir söyleyeceğin var mı?"

"Şimdilik sizleri dinlemeyi tercih ederim."

Alper devam etti.

"Hem ben piramitlerin sadece firavunlara mezar olsun diye yapıldığını düşünmüyorum. Hem konumları hem de büyüklüklerinin başka amaçlara hizmet ettiğini düşünüyorum."

"Ben de aynı düşüncedeyim," dedi Filiz ve devam etti: "Piramitleri yapanların sıradan Mısırlılar olduğunu düşünmüyorum. Hem içindeki sfenkslere baktığında elinde ampul gibi aletler tutan insanlar var. Zaten bu kadar sfenksin bir ışık olmadan yapılması imkânsız ve içeri de hiç meşale veya başka bir ateş isi yok. Değil mi Alper?"

"Evet öyle, bir yerde okumuştum, piramitlerin bir nükleer santral gibi iş gördüğünü yazıyordu."

"Peki Alper, var sayalım ki nükleer santral gibi iş görüyor, nereyi aydınlatıyor veya ısıtıyor sence?"

"Bunu bilmiyorum."

"Bazı bilgiler var biliyorsunuz, içinde çöp kokmaz, su temizlenir gibi. Şöyle düşünün eski taş evlerde de kışın ılık, yazın serin olur, bu sadece taş duvarları 60-80 cm evlerde gerçekleşiyor. Bir de piramitleri düşünün neredeyse kocaman bir dağ, doğal olarak içerisinde farklı şeyler olacaktır. Hem ayrıca o enerji nereye taşınıyordu ve ne vasıtasıyla?"

Bu soru her ikisinin de susmasına neden olmuştu. Olayın bu yönünü hiç düşünmemişlerdi. Öyle ya, kablolar, lambalar, elektrik düğmeleri neredeydi. Bunu kendisi de düşünüyordu ama hiçbir zaman cevabını o da bulamamıştı.

"İlginç değil mi? Her zamanki gibi bize sunulanı kabul ediyor ama sorgulamıyoruz. Bu sadece sizin değil benim de yaptığım bir şey."

Ceyda şaşkın bir ifadeyle onlara bakıyordu. Filiz denizi seyretmeye dalmıştı, Alper ise sınıfta kaldığını düşünüyordu. Özgür ortamdaki sessizliğin biraz daha devam etmesini bekledi. Çünkü önemli olan düşünmekti, görülen veya duyulanı kabul etmek değildi. O da bir zamanlar fotoğraflara bakıp, videoları izleyip, "Evet, varlar!.." diyordu. Ama gerçekte kimdiler, buraya nasıl geliyorlardı, amaçları neydi ve dünya üzerinde bu işaretleri neden bırakıyorlardı. Kıs kıs gülmeye başladı.

Filiz yarı kızgın ifadeyle Özgür' baktı.

"Neee, neden gülüyorsun ki? Senin kadar bilgi sahibi olmadığımızı söyledik başta!"

Özgür'ün gülmesi biraz daha artmıştı. Alper de Filiz'in tavrına gülmeye başlamıştı. Filiz kafasını iki yana sallayıp omuzlarını silkerek gülmeye başlayınca Ceyda da ipleri koyuvermişti. Çok ciddi olan ortam bir anda kendisini gülme krizine bırakmıştı. Ortada hiçbir şey yokken gülmek böyle oluyordu işte. Ceyda karnını tutarak;

"Ay yeter, karnıma kramplar girmeye başladı, yeter susun artık!" dedi.

Filiz'in ve Alper'in gözünden yaşlar gelmeye başlamıştı. Hepsi derin nefesler alıp sakinleşmeye çalışıyorlardı ama nafile, biraz sakinleşip tekrar başlıyorlardı. Çevredeki meraklı gözler onları izler olmuştu, adettendi birisi güldü mü eşlik etmek lazımdı. Etraflarında küçük de olsa gülüşme sesleri geliyordu.

Yavaş yavaş durmayı başarmışlardı. Özgür sakin bir ifadeyle devam etti:

"Evet, varlar, bunu kimse inkâr edemez, asıl sormamız gereken sorular farklı; neden geliyorlar, nasıl geliyorlar, niçin kendilerini ifşa etmiyorlar ve daha pek çok soru? Peki onları bırakalım, benim aklımı kurcalayan başka bir konu var onun üzerinde düşünelim."

"Nedir?" dedi Alper.

"Dinozorlar."

"Dinozorlar mı? Konumuzla ne alakası var?"

"Şöyle bir alakası var, amaç anlamsız gibi görünen şeyler hakkında fikir üretmek değil mi?"

"Orası öyle de... Neyse açıkla bakalım?"

"Şimdi biz eldeki kanıtlardan, UFO'ların olduğuna inanıyoruz değil mi?"

"Evet inanıyoruz."

"Dinozorlar da öyle; yaşadıklarına ait bulgular net olarak var, ama neden vardılar, dünyanın gelişmesiyle ilgili ne gibi bir faydaları vardı, nereden geldiler ve nereye gittiler? Kimse bu konuda en ufak bir soru sormuyor, sadece dünyaya göktaşı çarptı, toz bulutları güneşi kapattı, doğal denge bozuldu falan... Sizce arkadaşlar, acaba dünyada insan ırkı var olmadan önce hiçbir iz bırakmadan başka gezegenlerden gelen veya oralara giden farklı bir ırk olabilir mi?"

Ortam bir anda gene ciddileşmişti. Sorular çalışmadıkları yerden çıkmaya başlamıştı.

"Yanlış anlamayın cevapları ben de bilmiyorum. Peki, başka bir soru; beyaz piramitleri duydunuz mu hiç?"

"Beyaz piramit mi? O ne?" diye sordu Alper.

"Daha önce duymadınız mı?"

"Biz bir tek piramit biliyoruz o da Mısır'da," diye ilave etti.

"Çin'in Xian bölgesi, bölgeye giriş yasak. 2. Dünya Savaşı sırasında bölgede uçan Amerikalı bir pilot tarafından fark ediliyor, hatta bir iki fotoğraf bile çekiyor. Boyları 25-100 metre arasında olanlar çoğunlukta ama bir tanesi var ki 300 metre, Güney Amerika'daki gibi tepesi düz. Hatta size daha ilginç bir bilgi vereyim 1980 yıllarda bir Türk bakan bölgeyi ziyaret ediyor. Mumyaların Mısır'dakine göre daha ileri bir teknolojiyle mumyalandığını düşündüğünü söylüyor."

Filiz ve Alper bu bilgi karşısında şaşkınlıklarını gizlemediler. Özgür devam etti.

"Çin Hükümeti bölgeye girmeyi yasaklamış, dahası var, piramitler fark edilmesin diye üzerini toprakla kapatıp, ağaçlandırmış. Oradaki köylülerle konuşan bir araştırmacının notlarında ilginç bilgiler var; piramitlerin yanında yetişen bir bitki hastalıklarına iyi geliyormuş, birisi hastalandığında piramitlerin içinde bulunan mumyaların yanında bir iki gece yatıldığında hastaları iyileşirmiş."

"Vay be, bu müthiş bir şey!" dedi Filiz.

"Peki, kulağınıza bir şeyler fısıldanıyor mu?"

"Ne gibi?"

"İlim Çin'de de olsa gidip alınız, gibi."

Bu sözü pek çok kez duymuşlardı, ama hiç bu şekilde düşünmemişlerdi. Öyle ya bu tür sözler iş olsun diye söylenmezdi. Peki, bu söz ile piramitlerin ne ilgisi vardı. Özgür her ikisine baktı ama bir şey söylemedi. Biraz sessizlik oldu.

"Anladığım kadarıyla gerisini araştırmamızı istiyorsun?" dedi Alper.

"Evet, aynen öyle düşünüyorum, bir araştırın ilginç sonuçlara ulaşacaksınız."

"Peki, bunun UFO'larla bir ilgisi var mı?"

"Direkt olarak yok ama az öncede söylediğim gibi, verileni kabul etmek mi, yoksa daha fazlasını isteyip araştırmak mı?"

Ceyda bu akşamın pek de istediği gibi gitmediğini düşündü, oysa Özgür'le baş başa kalmayı bile hayal etmişti.

"Ben sıkıldım oturmaktan, hadi biraz yürüyelim," dedi.

Filiz de fırsat kollar gibiydi, bu akşamlık bu kadar ders yeter diye düşünüyordu, hem ödevleri de vardı artık. Alper'in omzuna yüklenerek kalktı. Sonra Alper'in elini tutup kalkmasına yardım etti. Sıra Özgür'e gelmişti, ayağa kalkıp Ceyda'ya elini uzattı. Ceyda kendisine uzanan eli tutup ayağa kalktı, eli bırakmak istemiyordu, tutmaya devam etti. Özgür de durumu kavramıştı. O da Ceyda'nın elini tutmaya devam etti.

Filiz, Alper'i çekiştirip arkaya bakmamasını sağlamaya çalıştı. Durumu biraz geç fark eden Alper iki hızlı adım atıp öne geçip Filiz'i yanına çekti. Nihayet beklenen olmuştu. Kafa yoran ağır bir konudan bir anda yörüngeye bu akşamın asıl konusuna giriş yapmışlardı, Ceyda ve Özgür. Daha önce hiç arkadaşları olmamış ergenler gibi her ikisinin de yüzü bir anda kızarmıştı. Güzel bir duyguydu. Ceyda'nın keyfine ise diyecek yoktu.

Üsküdar'a doğru yürümeye devam ettiler. Filiz ve Alper arayı biraz daha açtı. Ceyda, Özgür'e doğru baktı.

"Bir şey sorabilir miyim?"

"Tabii ki."

"Neden bunları düşünüyorsun, hem gerçeği öğrensen ne olacak ki, ölümsüzlüğü mü keşfedeceksin?"

"Gerçekten ben de bilmiyorum, kendimi bir anda sanki hep bu düşüncelerin içindeymişim gibi hissediyorum."

"Hayatı biraz daha hafife alsan olmaz mı?"

"Her zaman da bu konuları düşünüyor değilim, fotoğraf çekimlerine gidiyorum. Çok iyi bir ekibim var, onlarla vakit geçirmeyi seviyorum. İş yerindeki arkadaşlarım eğlenceli insanlar."

"Aylin gibi mi mesela?"

"Bakıyorum da adını unutmamışsın, ne oldu kıskandın mı?"

"Evet adını unutmadım, tanımıyorum ama seninle daha çok vakit geçiriyor olmasını kıskandım."

"Tanıdığın zaman seveceğine eminim."

"Umarım, hem biz sadece arkadaşız değil mi? O yüzden kimseyi kıskanmaya hakkım yok aslında."

"Ne alakası var canım, tek kız arkadaşım o değil ki, o sadece ekibimde olduğu için aklıma gelen kişi."

Saat epeyi ilerlemiş, çekirdekler çoktan bitmişti, yavaş yavaş yürüyerek Üsküdar meydanını bile geçmişlerdi. Alper ve Filiz az gerideydiler yanlarına gelip durdular.

"Ne yapıyoruz?" dedi Filiz.

"Bilmem zaman bayağı geçti aslında, isterseniz şu çay bahçelerinin birinde çay içer sonra da yavaş yavaş evlere..." dedi Özgür.

Ceyda gecenin devam etmesini istiyordu.

"Daha erken, yarın pazar, istediğimiz kadar yatarız."

"Ben pek yatamayacağım."

"Neden?" diye sordu Alper.

"Yarın günü birlik Ballıkayalara gitmem gerek."

"Ballıkayalar mı? Orası neresi?"

"Gebze'den sonra Karadeniz istikametine dönüyorsun, on beş, yirmi dakika sonra."

Soru sırası Ceyda'ya gelmişti.

"Kimlerle gidiyorsun?"

"Dergiden arkadaşlarla, hem iş, hem eğlence, mangal sucuk yapalım dediler, ben de tamam dedim."

Özgür davet beklediklerinin farkındaydı. Ama ekibe bir şey sormadan onları davet edemezdi.

Birlikte çay bahçesine gidip kormilere oturdular.

"Hoş celdunuz uşaklar."

"Hoş bulduk İdris Dayi, nasilsun?"

"İyiyim uşağum, habular arkadaşlarunmi du?"

"Oyle İdris Dayi."

"Semaver mi vereyim, demluk mi?"

"Demluk olsun, hazir da var mi?"

"Az bekleyun on dakkaya oturur. Celmeyisun epeydir?"

"İşlerum çok idi."

"Asiye Halan sordi geçen cun, bizim Özcur neriyedur, haberun var mi diye, aramayi unuttum seni, keşçe arasaydum, misir ekmeği yollaycaydi saa."

"Bi dahaki çelmema ben haber ederum."

"He he araci halan hazirlasun."

"Tamam dayi."

"Özgür hayırdır, abi sen nasıl bir şeysin, nereden çıktı bu?"

"İdris Dayı, biz arada bir arkadaşlarla geliriz, sever beni, bazen karısı da gelir, denk gelince mısır ekmeği verir bana."

"O değil de aynı şiveyle konuşuyorsun, daha önce tiyatro eğitimi mi aldın nedir anlamadım ki?"

"Tiyatro eğitimi değil de onlar konuşunca ben de konuşuyorum işte."

İdris Dayı gelenleri tek tek karşılayıp mutlaka hatırlarını soruyor ve ufak da olsa mutlaka sohbet ediyordu. Özgür denizi seyretmeye dalmıştı. Bizimkiler ise İdris Dayı'yı takip ediyordu. Özgür içinden az kalsın unutuyordum deyip telefonu çıkardı. Çoklu mesaj attı:

"*Yarınki durumumuz nedir? Misafir alabilir miyiz, 3 kişi?*"

Telefonu tekrar cebine koydu.

İdris Dayı önce bardakları getirdi, sonra demlik geldi. Özgür demliğin kapağını kaldırıp baktı. Çay gerçekten oturmuştu, mis gibi kokuyordu.

Servisi Filiz yaptı, konuşmadan çayın tadını almaya çalıştılar, çay gerçekten farklı ve lezizdi. Başka bir tat ve koku vardı. Filiz merakını gidermek için,

"Özgür, bu çayda başka bir şey var, eminim bunun içinde ne olduğunu sen biliyorsun?" dedi.

Filiz zeki kadındı, Özgür tabii ki cevabı biliyordu.

"Defne."

"Defne mi? Ne defnesi?"

"Bildiğin defne. Defne yapraklarını kurutuyorsun, sonra her deme ufak bir parça atıyorsun, hepsi bu."

"Bu güzel aromayı defne yaprağı veriyor yani öyle mi?"

"Aynen öyle, evde deneyin, İstanbul'da her yerde defne var, üç beş yaprak alsan bir aydan fazla gider."

Özgür'ün telefonuna peş peşe mesajlar gelmeye başlamıştı. Ceyda dikkatli bir şekilde mesajları sayıyordu.

"Mesajlara bak istersen, gecenin bir yarısı bekletme, önemli galiba, peş peşe geldiğine göre?"

Özgür, Ceyda'yı kızdırmak istiyordu.

"Evet önemli galiba, yoksa gecenin bir yarısı..."

Ceyda yan gözle Filiz'e baktı. Özgür telefonu çıkarıp merakı arttırmak için hafif yanlattı. Sahilde yaptığı gibi kıs kıs güldü. Alper bir muziplik olduğunu sezmişti ama karışmadı.

Ceyda sesinde bir kıskançlık ifadesiyle,

"Kimmiş gecenin bir yarısı, ısrarla mesaj atan?"

Arkadaşlardan hep olumlu mesajlar gelmişti: "Çok mutlu oluruz, bekliyoruz."

"Yarın işiniz var mı arkadaşlar?"

"Ne işi?" diye sordu Ceyda.

"Yani yarın önemli bir işiniz yoksa Ballıkayalara davetlisiniz, sabah sekizde hareket."

"Ciddi misin? Az önce neden davet etmedin peki?"

"Organizasyonu ben yapmadığım için, çocuklara mesaj atıp sormam gerekti."

"Bana uyar," dedi Ceyda.

Siz de gelin der gibi Alper ve Filiz'e baktı.

"Bizim de öyle bilindik bir planımız yok, ama sabah o kadar erken kalkabilir miyiz, bilemiyorum."

"Aslında ben de öyle," diye ekledi Ceyda

"O zaman şöyle yapalım, biz zaten önce fotoğraf çekeriz, mangal hazırlanırken o zamana kadar da siz gelirsiniz, olur mu?"

"Bize uyar."

"Bana da."

Çay çok iyi gelmişti, demliğin de sonu. Birlikte kalktılar, Alper işaret edip hesabı ödedi.

"Çene çelun uşaklar."

Arabalara doğru yürüdüler. Yakın oturdukları için Özgür centilmenlik etmeyi düşünmedi. Ceyda, Alperlerin arabasına bindi. Özgür onları yolcu ettikten sonra arabasına binip onları takip etti. Peş peşe gidip yol ayrımında selektör yapıp ayrıldı.

Özgür, asansörü kullanmadı, yavaş yavaş merdivenlerden çıktı. İçeri girdi, ev havasızdı, mutfağın penceresini ve terasın kapısını açtı. Duş almak için banyoya gitti. Özgür çoğu insanın tersine kahve içince daha rahat uyurdu. Duştan sonra kendisine bir kahve yaptı ve şehrin ışıklarının yarı yarıya azalmış olduğu anı izlemek için terasa çıktı.

Kahvesini bitirmek üzereydi, son bir iki yudumu içeride yudumlamayı düşünüp salona doğru yöneldi.

Eşikten içeri girdiği anda oda aydınlandı...

Tekli koltuğun üzerinde parlayan ışık karşısında dondu. Oysa güzel geçen bir günden sonra iyi bir uyku çekmek istiyordu. Tansiyonu düştü, gözleri karardı, dizlerinin bağı çözülmüştü. Aynı parlaklık ve aynı enerji, tek fark geçen defa olduğu kadar büyük değildi. İçinden, korkmak istemiyorum, korkmak istemiyorum diye tekrarlıyordu.

"Gel!" dedi

Özgür iki adım attı, kendisine doğru bir ışık hüzmesinin yoğunluğunu hissetti. Enerjisi yerine gelmeye başlamıştı. Omuzları diklendi, dizlerindeki güç kaybı yerine geldi, bu defa kalbinin atışını kulaklarında hissetmeye başlamıştı.

"Kalbinin atışını duyuyorsun değil mi? Gücün farkında mısın? Dikkat et seninle konuşuyor!"

"Evet, kalbimin atışını hissediyorum. Bu nasıl bir şey?"

Bir şey sorması gerektiğini düşündü, Ağabey ve Sırdaş ile yaptığı konuşma aklına geldi. Ziyaretler artacaktı ama bu kadar erken olmasını beklemiyordu.

Sonuçta onun için gelmişti, buna müteşekkir olmalıydı, ona zarar vermeyeceğinin farkındaydı.

"Karşıma otur."

Elinde fincan olduğu hâlde karşıdaki koltuğa oturdu. Ayrıca geçen seferkinden daha fazla netti. Üzerindeki kıyafet sürekli ışıldıyordu, yüzü daha belirgindi, ağzı, burnu, gözleri var gibi ama yok gibiydi.

"Beni istediğin gibi göremezsin, o yüzden kendini zorlama, sadece bak."

"Beynimi okuyorsun."

"Bu doğal değil mi sence?"

Yavaş yavaş üzerindeki heyecanı atmaya başlamıştı. Belki de Ağabey ve Sırdaş'la yaptığı konuşmaları düşününce rahatlamıştı.

"Onlar güzel insanlar."

"Ağabey ve Sırdaş mı?"

"Tabii ki."

"Neden ben veya biz?"

"Bunun kararı bize ait değil, bizler sadece hizmetkârız ve sadece söyleneni yaparız."

"Bu akşam kötü yok mu?"

"Olmaz mı? Terasta, benim gitmemi bekliyor."

Özgür bir anda başını çevirip terasa baktı. Evet, oradaydı ve kızıl gözlerle kendisine bakıyordu. Bakmaya devam etti.

"Ne yalan söyleyeyim korkuyorum!"

"Korktuğunu biliyoruz, ne zaman ki ona da alışacak ve korkmayacaksın, işte o zaman her şey daha kolay olacak."

"Peki, o olmak zorunda mı?"

"Hayatta eksi ve artılar vardır, her şeyde, yaratılışınızdaki en küçük parçada bile."

"Nasıl yani?"

"Sen zeki adamsın, bu akşam arkadaşlarına söylediğin gibi, araştır bulursun."

"Ne yani sen bu akşam benimle miydin?"

"Her zaman, sadece müsaade edildiği zaman sana görünebilirim, bir de sen olduğun zaman."

"Olmak mı?"

"Evet, olmak."

"Bu zor mu?"

"Tabii ki zor."

"Peki, o neden yanımıza gelmiyor?"

"Ben varken gelemez."

"Neden?"

"Sıcak ve soğuk, yaş ve kuru bir arada olur mu?"

"Olmaz."

"İşte o yüzden."

"Senin olmadığın yerde o, onun olmadığı yerde sen varsın yani?"

"Aynen öyle, zeki olduğunu söylemiştim, aslında her ikimiz de senin yanında duruyoruz. Ne zaman iyi bir iş yapmaya karar verirsen beni devreye sokuyorsun, ne zaman kötü düşünüp öyle hareket edersen, onu devreye sokuyorsun, bazen ikimizi savaştırıyorsun."

"Geçenlerde ormanda gördüğüm gibi mi?"

"Tam olarak öyle değil tabii ki. O sadece olayı algılaman için oluşturulan bir görüntüydü."

Peki, siz iyiyi ve kötüyü simgeliyorsanız, nasıl oluyor da böyle şey gibi... Enerji gibi görünüyorsunuz?"

"Yaratılan her şey bir enerjiden ibaret, sadece algılanma boyutlar farklı. Elma da bir enerji, yağmur da kaya da ağaç da tüm canlı ve cansız varlılar aslında."

Özgür üzerinden şaşkınlık ve korkuyu atmış Ağabey ve Sırdaş'la sohbet eder gibi rahattı.

"Peki, şu anda hissettiğim enerji nasıl bir şey?"

"O benim enerjim, aslında bir miktar sende de var."

"Nasıl yani, bende de senin gibi enerji mi var?"

"Aynı şiddette ve yoğunlukta değil, çünkü bizim yaratılma hamurumuz bu, safa yakın enerji, sizinki biraz bizden ama çoğunlukla dünyada bulunan diğer enerji türlerinden."

"Çok karmaşık gibi görünüyor."

"Siz insanlar için öyle, aslında çok basit, tabii ki enerji sahibi için."

"Kim bu enerji sahibi?"

"Acele etme, hem senin daha ilerlemen gereken çok yol var, oralar sana kapalı."

Özgür daha ileri gitmek istese bile bu soruların cevaplarını alamayacağının farkındaydı.

"Şimdi gitme zamanı."

"Peki, ne zaman gelirsin, aslında öyle sormamalıydım, ne zaman bir daha bana kendini gösterirsin?"

"İzin verildiğinde."

"Peki, sen gittiğinde o gelecek mi?"

"Ona da alışmak zorundasın ve korkmamayı öğrenmek zorundasın, yoksa bu yolda yürüyemezsin."

Karşısındaki ışıltı yavaş yavaş azalmaya başlamıştı. Salonun aydınlığı azaldı ve gecenin karanlığı salona hâkim oldu. Kafasını çevirmek istemiyordu, orada olduğunu hissedebiliyordu. Kızıl gözlerin kendisine baktığından emindi. Fakat az önce aldığı enerji devam ediyordu. Kalp atışlarını tekrar hisseder olmuştu. Karar vermek zorundaydı. Gözlerini kapattı kafasını çevirdi ve terasa bakarak gözlerini açtı.

Yatağında sağ yanı üzerine yatıyordu, yandaki komodinde kahve fincanı duruyordu. Gözlerini tekrar kapatıp açtı, durum değişmedi. Bardak aynı yerdeydi ve kendisi sağ yanı üzerindeydi. Üzerindekileri çıkarıp dilsiz uşağın üzerine koymuştu. Yatakta doğruldu, saate baktı; sabah 06:48.

Hava aydınlanmıştı.

Buraya kahve fincanıyla gelmişsem, dişlerimi fırçalamadan mı yattım ben? Dilini dişlerinin arasında gezdirdi. Ağzının içi temizdi. Derin bir nefes alıp kollarını iki yana açtı, esnedi. Ayağa kalkıp, fincanı aldı, mutfağa gitti, fincanı bıraktı. Banyoya gitmeden önce salona gidip, teras kapısına baktı. Kapı kapalıydı. Ne zaman kapatmış olabilirim ki diye düşündü. Kapıyı açıp terasa çıktı, gün çoktan ağırmış ama güneş kendini göstermemişti. Sokağa baktı, hiçbir hareket yoktu. Tekrar içeri girdi.

Gözlerini kapattıktan sonrasını hiç anımsamıyordu. Peki öteki neredeydi, hani onunla da karşılaşacaktı? Neden karşılaşmamıştı? Dişlerini fırçalamış, üzerindekileri çıkarmıştı ama fincan yatak odasındaydı, onu neden mutfağa koymamıştı. Anlamsız deyip mutfağa gitti ve masanın üzerindeki sürahiden bir bardak su içti saatini kontrol etti.

"Vakit var kahvaltı yapmadan yola çıkmamalıyım," dedi ve çayı demleyip banyoya gitti. "Çay demini alırken, duştan çıkmış olurum."

Su vücuduna değdiğinde garip bir şekilde irkildi. Vücudunda garip bir elektriklenme olmuştu. Sanki uyuşmuş olan bacağındaki karıncalanma gibiydi, kollarını ve boynunu ovuşturdu. Elini vücudunun üzerinde hissediyordu ama sanki uyuşuk gibi algılıyordu. Duşun sonuna doğru bu his azalmıştı.

Kahvaltılıkları masanın üzerine çıkardı, telefonu çaldı. Telefonu yatak odasında bırakmıştı. Odaya gidip telefonu aldı. Tolga arıyordu.

"Efendim Tolga?"

"Günaydın şef, uyandırdım mı yoksa?"

"Hayır hayır uyanmıştım, mutfaktaydım, telefon yatak odasında kalmış."

"Ben Aylin'i aldım, seni almaya geliyoruz, hazır mısın? Gerçi çantan her zamanki gibi hazırdır zaten."

"Haklısın, çantam her zaman ki gibi hazır, siz gelene kadar da ben hazır olurum."

Konuşarak mutfağa gelmişti.

"Tamam şef görüşmek üzere o zaman."

"Görüşürüz."

Kahvaltıyı yaptıktan sonra, ortalığı toplayıp terasa çıktı, sokağa baktı, gelen yoktu. Çiçeklere şöyle bir göz gezdirdi. Bu arada gördüklerim rüya olabilir mi diye düşünüyordu.

Hayır olamazdı, çünkü kötü olanı gördüğü yerdeki bitkilerin yaprakları siyaha yakın bir hâl almıştı. Kararmışlardı. Tüylerinin diken diken olduğunu hissetti.

"Hayır rüya değilmiş, buradaymış…" diye mırıldandı.

O arada telefonu çaldı. Telefonu açmadan sokağa baktı. Tolga gelmiş, aracın camından yukarı bakıyordu. Tamam, anlamında elini kaldırıp, telefonu cebine koydu. Terasın kapısını kapattı ama salonun camlarını yukarıdan açık hâle getirdi.

Sırt çantasını ve fotoğraf makinasını alıp aşağıya indi.

"Günaydın şef, kullanmak ister misin?"

"Günaydın arkadaşlar, yok Tolga sen kullan. Nasılsın Aylin?"

"Günaydın Özgür, iyiyim, sen nasılsın? Dinç görünüyorsun, iyi uyudun galiba?"

"Öyle sayılır, çocuklarla nerede buluşuyoruz?"

"Kartal köprüsünde buluşacağız. Selim, Ahmet ve Pınar'ı alacak, Fatih de Mine, Seda ve Tuncay'ı alacak."

"Malzemeler kimde?"

"Bir kısmı Ahmetlerde, sebzeleri ve kahvaltılıkları onlar aldı. Selim içecek işini halletmiş. Seda ve Tuncay mangal malzemelerini hallettiler, biz de sucukları aldık."

"Güzel organizasyon, beğendim, iyi de ben bir şey hazırlamadım, ayıp oldu biraz."

"Ayıpsın şef, senin gelmen yeter," dedi Tolga.

"Misafirlerimiz olacak demiştim, onlar hesaba katılmıştır değil mi?"

"Tabii ki çay kaşıklarına varana kadar hepsi hesaplandı, merak etme."

Tolga ve Aylin önde, Özgür ise arkada yola koyuldular. Sabahın bu saatinde yollar bomboştu.

Kartal köprüsüne yaklaştıklarında Aylin telefonu çıkarıp;

"Selim'i bir arayayım, bakalım gelmişler mi? Geldiniz mi Selim, Fatihlerde geldi mi? Tamam biz iki dakikaya oradayız, bizi takip edersiniz."

İki araç peş peşe dörtlüleri yakmış duruyordu, yanlarına yaklaştıklarında Tolga yavaşladı, kornaya basıp devam etti, her iki araç hareket ederek onları takip etmeye başladılar.

Gebze'yi geçtikten sonra sola kıvrılıp orman içi bir yoldan devam ettiler, çok sürmeden araçları park ettikleri yere gelmişlerdi.

Kendileri gibi erkenci üç araç daha vardı. Arabadan inip günaydın faslından sonra eşyaları yüklenip, korunun içine doğru yürüdüler.

Küçük de olsa kanyonun iki yanı yüksek kayalarla çevriliydi. Önünde yukarıdan gelen suyun biriktiği bir doğal havuz vardı. Şu an mızıl mızıl akan su, kışın coşkun bir dere gibi olurdu, su seviyesi bayağı yükselirdi.

Pınar ile Ahmet, Seda ile Tuncay evliydiler. Bu sevimli iki çift derginin muhasebe ve idari işlerinde çalışıyorlardı. İlginç olan şuydu ki bu dergi hepsine uğurlu gelmiş, tanışıp birer ay arayla evlenmişlerdi. Patron hepsini çok sever, "Az daha bekleseydiniz de hepinizin düğününü birlikte yapsaydık, bir sürü masrafa soktunuz beni!" diye takılırdı. Çünkü her ikisinin düğününü de patron karşılamıştı.

Mine, Fatih ve Selim derginin diğer fotoğraf ekibiydi. Genç bir ekiptiler, Aylin'den sonra Özgür hepsinden büyüktü, patrondan sonra Özgür gelirdi. Başları sıkışsa Özgür'e koşarlardı.

Aylin ve Tolga malzemeleri hazırladılar, diğer ekip de kendi malzemelerini hazırladı.

Evlileri orada bırakıyorlardı, zaten bu şartlar onlar için uygun değildi. Zor arazi şartlarına pek alışık değillerdi. Daha kolay yerlerde birlikte yürürlerdi ama bu durumlarda seslerini çıkarmaz, yemek hazırlıklarını onlar yapardı.

"Arkadaşlar ne kadar sürer bilmiyoruz, yaklaştığımızda ararız, siz de hazırlıklara başlarsınız," dedi Aylin.

"Tamam Aylin, size kolay gelsin," dedi Tuncay.

İki ekip sırt çantalarıyla birlikte yürümeye başlamıştı.

Pınar ve Seda getirdiklerini kontrol etti.

Pınar, "Beyler biz şöyle aşağıya doğru yürüyoruz, siz eşyalara sahip çıkın geliriz birazdan," dedi.

Onlar gittikten sonra, Ahmet ve Tuncay, sohbete koyuldular. Kızlar da biraz yürüyüp gölün karşı kıyısına geçtiler, onların her zamanki sohbet konusu futbol olduğu için onları dinlemek istememişlerdi. Görebilecekleri bir yere oturup onlarda kendi sohbetlerini koyulaştırmaya başlamışlardı.

Saat on buçuk olmuştu. Filiz yatakta gözlerin açtı.

"Alper Alper, uyandın mı?"

"Hııı!"

"Saat on buçuk olmuş, gideceğiz değil mi?"

"Nereye?"

"Nasıl nereye, unuttun mu Özgür davet etti ya, bir şey kayalar..."

"Ballıkayalar."

"İlginçsin, hem nereye diyorsun, hem de yerin adını benden iyi hatırlıyorsun."

"Unutmuştum, Özgür deyince akılıma geldi birden."

"Arayayım mı Ceyda'yı?"

"Ara ara kalkamaz o şimdi, yataktan kazımak zorunda kalırız."

"Alo, kalktın mı Ceyda?"

"Evet bir saat önce."

"Nasıl yani, sen şimdi bir saattir uyanık mısın?"

"Evet, arayıp sizi hazır mısınız diye sorayım dedim ama belki uyuyorsunuz diye kıyamadım."

"Kızım ne oldu sana, sen öğleden önce hayatta uyanmazsın?"

"Bilmem bu sabah uyandım."

"Ne olmuş, ne konuşuyorsunuz iki saattir?" diye araya girdi Alper.

"Bizimki bir saattir uyanıkmış!"

"Kim, Ceyda mı?"

"Tamam, birazdan çıkıp alıyoruz seni."

"Siz gelmeyin, hazırlanın, ben geliyorum."

"İyi hadi öyle olsun."

Filiz telefonu kapatıp uykulu gözlerle Alper'e baktı.

"Delirmiş bu, gece boyu Özgür'ü sayıkladı herhâlde"

"Olabilir, hadi kalkalım, bu gidişle beş dakika sonra kapıda bitiverir."

Lavaboya gidip ellerini yüzlerini yıkayıp kendilerine gelmeye çalıştılar, üzerlerine rahat bir şeyler giyip, evden çıkabilirsin diye Ceyda'yı arayacaktı ki kapının zili çaldı.

Alper kapıyı açmaya gitti. Sürgüleri çekti, kapıyı açtı. Ceyda dağcı gibi giyinmiş, başında şapkasıyla karşısında duruyordu. Alper içeri seslendi.

"Hayatım gel, Himalaya ekibi geldi, bizi bekliyor. Ceyda hayırdır, şeytan mı dürttü, sen bu saatte mümkün değil kalkmazdın?"

"Uyandım işte ne bileyim."

"Arabaya bindikten sonra Alper, Özgür'ü aradı. Telefon uzun uzun çaldı ama açılmadı.

"Bir daha deneyelim," dedi Alper.

Bu defa üçüncü çalmada açıldı.

"Günaydın Alper, geldiniz mi?"

"Hayır, evden şimdi çıkıyoruz, ne kadar sürer tahmini?"

"İyi denk geldi, yollar açıktır, en fazla kırk beş dakika, biz de şimdi fotoğraf çekimlerini bitirdik, inişe geçiyoruz."

"İyi o zaman, Gebze'den sonra tabela var mı, kolay bulabilir miyiz?"

"Tabela var, zaten tabeladan döndükten sonra başka yere gitme durumunuz yok, bir köy içinden geçeceksiniz, yol sizi getirir."

"Tamam, görüşürüz."

"Görüşürüz."

İnişe geçtikleri için, Aylin, Pınar'ı aradı.

"Kızlar inişe geçtik."

Pınar ve Seda oturdukları yerden kalkarak, Tuncay ve Ahmet'in olduğu yere doğru yürümeye başladılar. Onların yürüdüklerini gören Ahmet ve Tuncay durumu anlamıştı. Mangal yakılmalı, hazırlıklar başlamalıydı.

* * *

Yatakta döne döne kenara gelmişti, giydiği eteğin belini sıktığını fark etti. Ani bir hareketle yatakta doğruldu. Gözlerini aralayıp duvardaki saate baktı. Saat on biri on geçiyordu. Yalpalayarak lavaboya gidip yüzünü yıkadı. Makyajını çıkarmadan yattığı için yüzü rengârenk olmuştu. Tekrar yüzünü sabunlayıp temizledi. Geceyi hatırlamaya çalıştı. Merdivenden çıktığını anımsıyordu ama gerisi yoktu. Sinan'la yaptığı konuşma aklına geldi yüzü asıldı. Telefona baktı, sekiz cevapsız arama vardı. Kontrol etti. Sinan aramıştı, hem de on dakika içinde.

Mutfağa geçti, karnı acıkmıştı, raftan kornflexi aldı, dolaptan sütü çıkarıp kâseye boşalttı, üzerine iki çorba kaşığı süzme bal, yarım avuç kuru üzüm, biraz da ceviz koydu. Hâlâ uykusu vardı. Biraz bekleyip kaşıklamaya başladı.

"Faruk nerede ?"

Masadan kalkıp yatak odasına gitti. Sanki Faruk yatağın öbür tarafına düşmüş gibi bakındı, yoktu. Salona geçti, kapıya doğru ilerledi, gözü portmantonun üzerindeki kâğıda ilişti.

"Kapıyı içeriden kilitleme şansım olmadığı için, yedek anahtarını alıp, dışarıdan kilitlemek zorunda kaldım, anahtarın bende..."

Kapıyı kontrol etti, kapı kilitliydi.

Kâğıtla birlikte mutfağa döndü, uykulu gözlerle hazırladığı kahvaltısına devam etti. Arada bir kâğıda tekrar bakıyor, yazılanları okuyordu.

Telefonu eline aldı: "Gece neden benimle kalmadı acaba, uyanmış mıdır? Arasam mı? Yoksa biraz daha mı beklesem?"

Numarayı çevirdi, uzun uzun çaldı açan olmadı: "Uyanamadı herhâlde, neyse kalkınca arar."

Duşa girdi, o arada telefon çaldı, apar topar havluya sarınıp mutfağa koşturdu.

"Günaydın."

"Günaydın, nasılsın Özlem, akşama kadar uyursun diye düşünüyordum."

"Sen ne zaman gittin, daha doğrusu ben nasıl yatağa geldim, hiçbir şey hatırlamıyorum."

"Sahilde yürürken ayılmış gibiydin ama merdivenlerden çıkarken dağıldın."

"Kapıyı kilitlememişsin."

"Evet, şansım varmış ki yedek anahtarları buldum, yoksa seni o şekilde bırakamazdım."

"Keşke bırakmasaydın, hem birlikte kahvaltı yapardık, ne güzel olurdu, işin yoksa bana gelsene."

Özlem'in bu rahat tavrı, Faruk'u rahatsız etmişti. Tamam, hoş bir kadındı ama cinayet aydınlanmadan böyle bir ilişki olayları sarpa sardırırdı. Sinan'a karşı olan şüpheleri gittikçe artmaya başlamıştı. Altan'la birlikte pazartesi günü görüşmeye gideceklerdi. Öncesinde bu ilişki sadece bir yemekle sınırlı kalmalıydı.

"Bir iki aile dostuma sözüm var, öğleden sonra onlara gitmem gerek, önceden ayarlanmış bir görüşme."

"Anladım, peki ne zaman görüşürüz?"

"Yarın."

"O kadar erken yani, mutlu oldum şimdi."

"Ofiste."

"Ofiste mi? Neden orada?"

"Yarın olsun, görüştüğümüzde anlatırım."

"Ben dışarıda zannedip sevinmiştim."

"O da olur."

"Peki, o zaman, yarını iple çekiyorum."

Bekle bekle dedi içinden, yarın görürsün Sinan'la kırıştırmayı! İçindeki öfke giderek artıyordu. Eğer tahmin ettiği gibi ise o masum insanın hakkını teslim edecekti. Arada bir polis olduğunu unutuyor, haksızlık karşısında öfkeye kapıldığı oluyordu. Bir keresinde karısını bıçaklayan adamı polis memurlarının elinden alıp evire çevire dövmüştü. Altan adamı elinden çekip almasa herhâlde öldürürdü.

"Tamam, yarın görüşürüz, kendine iyi bak."

"Sen de hoşça kal, öptüm bay "

Telefonu kapattı, kapı çaldı.

"Gel!"

"İçeri girmeyeyim, gel çıkalım, acıktım ben."

* * *

Ekip inişe geçmişti. İnmek çıkmaktan daha zordu. Ama hepsi antrenmanlıydı. Aşağıda ise hazırlıklar bitmek üzereydi. Tuncay sucukları pişirmeye başlamamıştı. Zaten beş dakika sürüyordu. Kömürün hazırlanması daha uzun sürüyordu. Pınar ve Seda söğüş hazırlamışlardı. Ekmekleri dilimlemediler, kimisi ekmek arası yapar diye düşünmüşlerdi. Kahvaltılıkları da çıkarmışlardı. Misafirleri gelmese de tek masaya zaten sığmadıkları için iki masayı birleştirmiş, bir masa daha çekip ona da malzemeleri koymuşlardı.

Ahmet ileriye doğru göz attı.

"Kızlar sizi ne zaman aradılar?"

"Yarım saati geçti," dedi Pınar.

"İyi birazdan gelirler o zaman."

Alper, tabeladan sonra yolu takip etmişti. Hayret, dedi kendi kendine, güya İstanbul'da yaşıyoruz, burnumuzun dibinde ne yerler varmış. O esnada köy içinden geçiyorlardı.

Filiz:

"Gene de sorsak mı Alper, bak şurada bir amca var?"

Ceyda yavaşladı, durdu. Filiz kafasını camdan çıkarıp;

"Günaydın amca biz Ballıkayalara gidecez de doğru mu gidiyoruz?"

"He gızım, yoldan heç sapmayın, yakın zati."

"Yoldan sapma Alper, yakınmış zati," dedi.

Ufak bir gülüşmeyle yollarına devam ettiler.

"Evet," dedi Ceyda. "Yakınmış zati."

Daha çok gideceklerini düşünmüşlerdi ama yol birden bitti. Araçlarını park etmek için sağdaki yere girdi. Ceyda heyecanlı bir şekilde;

"Ama Özgür'ün arabası burada yok!" dedi.

"Başkasının arabasıyla gelmişlerdir, bak şurada bir Jeep var, belki ekip olarak onunla gelmişlerdir."

"Evet doğru söylüyorsun, öyle gelmiştir herhâlde."

Arabayı park edip, ileriye doğru yürüdüler, ağaçların arasında farklı masalarda dört ayrı grup görünüyordu. Ama en kalabalık olan Özgürlerin grubuydu herhâlde.

"Şunlar mı Alper, mangal hazır, ama sucukları pişirmemişler, hem Özgür de ortalıkta olmadığına göre herhâlde onları bekliyorlar."

"Gidip sorarız, ayıp değil ya."

"Merhaba ben Alper. Şey... Biz, Özgür ve arkadaşlarına bakmıştık, yanlış gelmedik umarım?"

"Doğru geldiniz, buyurun buyurun," diye davet etti Ahmet.

"Hoş geldiniz, ben Ahmet, eşim Pınar."

"Merhaba ben de Tuncay eşim Seda."

Sizler de Alper ve Filiz olmalısınız, siz de Ceyda," dedi Ahmet.

"Evet öyle, isimlerimizi ezberlemişsiniz."

"Özgür sizlerden ve yaptığınız iyiliklerden epey bahsetti, sizi tanımıyor ama hakkınızda bayağı şey biliyoruz."

Ceyda isimler arasında Aylin'e rastlamadığına göre Aylin, Özgür'le birlikteydi. Biraz morali bozuldu ama belli etmemeye çalıştı.

"Arkadaşlar kusura bakmayın, Özgür bize hiçbir şey aldırmadı, zaten davet gece yarısı geldiği için biz de bir şey hazırlayamadık," dedi Filiz.

"Hiç önemli değil şekerim, o kadar çok yiyecek var ki emin olan hepimize yeter de artar bile," dedi Pınar.

Eğlenceli insanlara benziyorlardı. Özgür'ün bahsettiği kadar vardı. Vakit güzel geçecek diye düşündü Filiz.

"Peki, yapacak bir şey var mı, yardım edelim?"

"Yok şekerim, her şey hazır, ufukta gemi görünsün, sucukları pişirmeye başlayacağız."

Ceyda gözlerini kısıp ilerilere doğru baktı, gelen giden yoktu, yerinden kalkıp biraz ilerledi. Güneş arada bir kendisini gösteriyordu. Hava ne sıcak ne de soğuktu, ileride bir hareketlenme hissetti. Biraz daha dikkatli baktı. Evet haklıydı, sırt çantalı birileri yavaş yavaş aşağıya doğru iniyorlardı.

"Galiba geliyorlar?" dedi.

Herkes kafasını o tarafa çevirdi.

"Evet geliyorlar," dedi Alper.

Tuncay sucukları mangalın üzerine yerleştirdi, yavaş yavaş cızırdamalar başladı.

Ekip gittikçe yaklaşınca Ceyda, Aylin'in kim olduğunu anlamıştı. Güzel bir fiziğe sahipti, dik duruşu ile güven veren ve kendisine de güvendiği her hâlinden belli olan bir amazonu andırıyordu.

"Hoş geldiniz ekip," diyerek hepsi ayağa kalktılar. Masaya yerleşmeden önce yeni gelenlerle, yeni ama eski gelenlerin de tanışma faslı başlamıştı.

Sucuklar pişmek üzereydi. Pınar,

"Ekmek arası isteyenler söylesin, ekmeği ona göre kesicem," dedi.

Ortalık panayır yeri gibiydi, bardaklar, çaylar, pişen sucuklar, kahvaltılıklar ve muhabbet, hepsi acıkmıştı. Ama fotoğrafçı ekip daha yavaş yiyordu, çünkü az da olsa yorulmuşlardı. Ceyda da ortamdan mutluydu ama ara ara Aylin'e bakıyordu. Özgür durumu fark etti.

"Nasıl kolay buldunuz değil mi?"

Filiz:

"Evet evet çok kolay bulduk, köy içinde gene tedbir olsun diye bir amcaya sorduk, yol sizi götürür, yakın zati dedi."

"Osman Amca'dır o, Çorumludur," dedi Mine.

"Ben de öyle tahmin ettim zati," dedi Alper.

İkinci parti çay demlendi, sohbet koyulaşmıştı. Bir Selim, Fatih ve Mine'den oluşan ekip, bir Özgür'ün ekibi başlarından geçen ilginç maceraları anlatıyorlardı. Daha önce böyle macera dinlememiş olan Filiz, Alper ve Ceyda hayretler içinde kalıyor, bazen de hep birlikte kahkahaya boğuluyorlardı.

"Daha önce anlattım mı hatırlamıyorum arkadaşlar," dedi Aylin.

"Neyi?" dedi Fatih.

"Özgür'ün yuvarlanmasını."

"Onun yuvarlanmadığı gezi mi var Allah aşkına," dedi Mine.

"Ama sen gene de anlat," dedi Tuncay.

"Tolga ile ben yan yana yürüyorduk. Geçen seneydi, hani Giresun'a gitmiştik, Kümbet Yaylası'na, o zaman. Yol geniş, iyi ki fotoğraf makinaları bizde, bir gürültü peydahladı, arkamıza bir baktık Özgür yok. Tolga gidiyor gidiyor diye bağırmaya başladı. Bizimki o geniş yolda nasıl becerdi bilmiyoruz ama aşağıya dere yatağına doğru yuvarlanıyor. Allah'tan sportmendir kendileri de. Bir baktık ayağa kalkmış bize el sallıyor, gelin gelin burada kamp kuralım diye bağırıyor." Zaten gülmek için hazır bekleyen ekip kahkahaya basmıştı.

Özgür de gülüyordu ama içinden. "Benim gördüğümü görseydiniz, siz ne yapardınız acaba?" diye geçirdi içinden. Karşılaşmalardan birisi de orada olmuştu. Bir anda karşısında gördüğü gölge nedeni ile gözleri kararmış ve dengesini kaybetmiş, aşağıya yuvarlanmaya başlamıştı.

Ceyda, Aylin'i izlemeye devam ediyordu ama Özgür'e karşı bir yakınlık göstergesi hissetmemişti. Herkese karşı sıcak ve samimiydi. Böyle bir şey olsa hissederdi, kadınlardan böyle şeyler kaçmazdı.

Alper ve Filiz de ortamdan son derece memnundular. Özgür'ün söylediği kadar vardı, arkadaşları çok samimi ve sıcakkanlı insanlardı.

* * *

Altan ve Faruk kahvaltı için sözleşmişlerdi. Beylerbeyi Sarayı'na gittiler. Neredeyse öğle olmuştu ama etraf yeni yeni doluyordu. Bütün hafta çalışan insanlar ancak bu vakitte gelip kahvaltılarını yapıyorlardı.

"Yarın için planın nedir ortak? Dün Gülten'in yanında sormak istemedim."

"Sen olsan ne yapardın Altan?"

"Elimizdeki bulgular, Özlem'le Sinan arasında bir ilişki olduğunu doğrular nitelikte, ama bu cinayetle ne kadar alakalı bilemiyorum. Anladığım kadarıyla da sen bu konu üzerinde biraz farklı düşünüyorsun. Haluk'un daha önce Özlem'le bir ilişkisinin olması durumunda konu biraz değişir tabii."

"Evet değişir, çünkü cinayetin işleniş şekline bakarsak, davalarla veya başka sebeplerle olma ihtimali yok. Eğer öyle olsaydı ortada bir silah veya bıçak olurdu ki bu da olayı hem kolaylaştırır veya tam tersi belki de zorlaştırırdı. Suç aletini bulamadığımız takdirde o zaman da elimizde güçlü bir delil olmazdı."

"Doğru, bir boğuşmanın olması, öncesinde bir konuşma ve tartışma olma olasılığını güçlendiriyor. Peki, sence Sinan'la Haluk niçin tartışmış olsunlar?"

"Gülten'in söylediklerini anımsıyorsun değil mi? Hani Özlem'e bir başkası olmayacak diye sormuştu. Şayet Özlem'in Haluk'la bir ilişkisi olmuş ve sonra araya Sinan girmişse..."

"Veya tam tersi olmuşsa, baştan beri Sinan'la birlikteydi ve Sinan, Haluk'un varlığından rahatsızlık duymuş, yakınlaşmalar da gerçekleşmişse, bunun bir kıskançlık cinayeti olması muhtemel," dedi Altan.

"Sonuçta ya Özlem ikili oynadı ya da bizim atladığımız başka bir şey var."

Her ikisi de önemli bir ayrıntının farkında değillerdi. Pazartesi günü duydukları karşısında, afallayacak ama sonuca bir adım daha yaklaşacaklardı. Mevzuyu bir kenara bırakıp kahvaltılarını yapmaya devam ettiler.

* * *

Yedikleriyle karınları doymuş, kahkahalarıyla da ruhları. Toparlanmaya başladılar. Filizler bir şey getirmediği için onların toparlanmasını bekledi, eşyaları arabaya taşımalarına yardım ettiler. Arabaların başındaki hoşça kal muhabbetinden sonra konvoy hâlinde yola girdiler.

Yarın iş başı vardı ve evde yapılması gereken kadınsı işler onları bekliyordu. Ufak da olsa bir temizlik, ütü, vs.

Tolga ve Özgür önce Aylin'i bıraktılar, sonra da Tolga, Özgür'ü bıraktı.

"İşin yoksa yukarı gel Tolga, birer kahve içelim. Gerçi neremize içeceksek?"

"Sağ ol şef, annem çaldırdı az önce, koca adam olduk, mutlaka arar, zaten evde ufak tefek tamir işleri var. Günün geri kalan kısmını onlarla geçireyim."

"Tamam, zorlamıyorum, yarın görüşürüz o zaman."

"Görüşürüz şef."

Hüseyin efendi, bakkaldan geliyordu, kapıda karşılaştılar.

"Nasılsın Özgür, sen nasılsın Tolga?"

"İyiyim Hüseyin Amca sağ ol, sen nasılsın?"

"İyiyim ben de. Bir iki eksik vardı, onları almaya gitmiştim."

"Gülsüm Teyze nasıl?"

"O da iyi çok şükür, bir yaramazlık yok, hadi size kolay gelsin çocuğum."

Hüseyin efendi merdivenleri çıkıp içeri girdi.

"İyice yaşlandı be şef!"

"Öyle, ben çocukken, o zaman kalorifer dairesi vardı. Biz sıcaktan içeri giremezdik, Hüseyin efendi ise o sıcakta durmak nedir bilmeden çalışırdı."

"Ne de olsa eski toprak, bu hâliyle bile taşı sıksa suyunu çıkarır."

"Orası öyle."

"Tamam şef ben kaçtım."

"Güle güle..."

Özgür gene yalnızlığa ve umutlara doğru ilerledi. Evde bütün camları açtı. Yıkanacakları makinaya attı, ütüleyeceklerini dolaptan çıkardı, tam ütü yapmaya hazırlanıyordu ki kapı çaldı.

Hayırdır inşallah dedi. Önce terasa çıkıp aşağıya baktı, kimseyi göremedi. Kapıya doğru ilerledi. Genelde kimse aramadan gelmezdi. Kim bu davetsiz misafir diye düşündü, kapıyı açtı.

Haluk ve Altan kahvaltıyı bitirip şuradan buradan çene çalmaya devam ettiler, vakit bayağı ilerlemişti

"Ne yapalım Altan bir planın var mı?"

"Bir planım yok, ama ben çıkmadan temizlikçi kadın geldi, evi toparlayıp, bir şeyler de hazırlayacaktı. Eğer konuşacağımız başka bir konu yoksa ben eve gideyim."

"Olur ben de eve gitsem iyi olur, malum ben çıkarken bizimki daha gelmemişti, şimdi gelmiştir. Ben de bir ona bakayım."

Hesabı ödeyip kalktılar. Her ikisi de haftada iki gün eve temizlikçi kadın alıyordu. Kolay değildi bekâr yaşamak. Eve gelen kadınlar akrabaydı. Önce Faruk için gelmişlerdi. Altan'ın da ihtiyacı olduğundan bahsedilince hafta sonları ayrı ayrı geliyorlar, hafta içi ise bir gün birine, bir gün birine beraber gidiyorlardı.

Altan, Faruk'u bırakmadan önce birlikte markete uğradılar. İki haftada bir, hafta sonları böyle geçerdi. Birlikte kahvaltı yapar, sonra alışveriş yaparlardı. Neredeyse aldıkları şeyler bile aynıydı. Ama her zaman aynı davalara bakmazlardı, aslında Faruk'un da Altan'ın da ayrı ekipleri vardı ama şef bir davayı ikisine verdiği zaman ekipleri birleşirdi.

Faruk İzmir'de Altan'sa Malatya'da okumuştu. İstanbul birleşme noktaları olmuştu. Faruk, Altan'dan iki yıl önce tayin olup gelmişti, o yüzden çevresi daha genişti. Ayrıca sahada daha çok bulunmuştu. Altan her zaman onun bu kıdemine saygı duyardı.

Faruk anahtarla kapıyı açtı, içeri girdi. Necla Hanım'ın ayakkabıları içerideydi.

"Kolay gelsin Necla Hanım."

İçeriden bir ses karşılık verdi.

"Hoş geldiniz Faruk Bey, nasıl geçti gününüz?"

"İyi geçti sen neler yaptın?"

"Evi topladım, ütüler bitti, şimdi bir şeyler hazırlıyorum. Faruk Bey, Altan Bey de eve mi gitti?"

"Evet, eve gitti. Ne yapıyor teyzekızın, konuştun mu?"

"Konuştum az önce o da işleri bitirmiş, mutfakta yemek yapıyormuş."

Faruk ellerindeki poşetlerle mutfağa doğru ilerledi. Necla Hanım sarma yapıyordu, domates çorbası hazırdı. Karnıyarık da hazırlamış ama pişirmemişti. Faruk yiyeceği zaman dolaptan çıkartıyor, pişiriyordu. Poşetleri tezgâhın üzerine koydu.

"Sen öyle bırak ben yerleştiririm."

"Sen elindeki işini bitir, ben hallederim, senin de evin, çocukların, eşin var, oyalanma."

"Allah sizden de Altan Bey'den de razı olsun, emeğimizin karşılığını kat kat veriyorsunuz"

"Emeğin karşılığı hemen ödenmelidir, masanın üzerine bıraktım, çıkarken alırsın, ben biraz uzanacağım, eline sağlık."

"Sağ olasın Faruk Bey."

"Sen de sağ ol, eşine selam söyle."

Necla işini bitirmişti. Faruk yedek anahtarın birini ona vermişti ve tembihlemişti: "Ben evde olup, duşta veya uyukluyor olsam dahi sen çıkarken mutlaka kapıyı dışarıdan kilitle!" Masanın üzerinde geldiği iki günün parasını Faruk zarfın içine koymuştu. Zarfı açtı parayı saydı, gene aynı şeyi yapmıştı. Anlaştıkları fiyatın her zaman fazlasını verirdi. İyi bir Anadolu kadınıydı, kadir kıymet bilirdi, gözleri yaşardı: "Allah sizi başımızdan eksik etmesin, kaza bela vermesin," diye dua etti. Dışarıdan kapıyı kilitledi. Merdivenlerden inip sokağa çıktı ve kendisini bekleyenlere doğru yürüdü.

Altan'ın evindeki durum da aynıydı. Teyzekızları temiz kadınlardı, bu zamanda aklı başında, denileni anlayan, eli uzun olmayan, terbiyeli insan bulmak zordu. Her ikisinin kocası da inşaatlarda çalışıyordu. Sırf bu yüzden Altan ve Faruk anlaşmışlar ve zamanında iyiliklerinin dokunduğu orta ölçeğin üzerinde bir konfeksiyon atölyesinde işe girmelerini sağlamışlardı. Hafta içi patron sırf ikisi için izin verir ama mesailerini kesmezdi. "Hayat onlar için çok zor Altan, başlarına bir şey gelse, kocalarına bir şey olsa bu çoluk çocuğa kim bakar?" deyip hüznünü paylaşırdı. Her ikisi de Anadolu'nun pek çok yerinde görev yapmış ve çok acıya şahit olmuşlardı. O yüzden bu iki teyzekızı onların hakkını ödeyemezlerdi. Fakat iş yerinde kimse bu durumu bilmezdi. Çünkü Faruk yapılan iyiliğin paylaşılmasından hoşlanmazdı.

* * *

Özgür kapıda Ceyda'yı görünce şaşırmıştı. Ceyda mahcup bir ifadeyle Özgür'e bakıyordu.

"Ben, özür dilerim. Gerçekten, saçmaladığımın farkındayım, gitsem iyi olacak, gerçekten özür dilerim."

"Dur bir dakika, bir şey mi oldu, bir sıkıntı mı var?"

"Hayır yok, evde biraz dolandım, canım sıkıldı sana gelmek istedim, gerçekten özür dilerim."

"Özür dileyecek bir şey yok Ceyda, sadece seni beklemiyordum, o yüzden şaşırdım, gelsene."

"Belki müsait değilsindir, belki misafirin vardır."

Çok tuhaftı, konuşurken yere bakıyordu. Erkeklerin aklını başından almak için türlü numaralar yapan, onlarla gururlarını kırmadan oynamayı seven, onları peşinden koşturan Ceyda süt dökmüş kedi gibi davranıyordu. Kafasını kaldırıp Özgür'e baktı, gözleri yaşarmış, yanakları pembeleşmişti.

Özgür ne yapması gerektiğini anlayamadı, içeri girmiyor ama gitmiyordu da. Elini tutup içeri çekti.

"Hadi gel içeri, bütün gün orada durmayı düşünmüyorsun değil mi?"

Ceyda mahcup ifadeyle içeri girdi.

"Ayakkabılarını çıkar, şuradaki terlikleri giy hadi."

"Şey, buraya geldiğimden Alperlerin haberi yok, söylemezsin değil mi?"

"Neden söyleyeyim ki, hem bilseler ne olacak, kocaman kadınsın, kime hesap vermen gerekiyor anlamadım ki?"

Birlikte salona geçtiler. Ceyda ortalığa bakıyordu, biraz rahatlamıştı.

"Şey, ne yapıyorsun?"

"Ortalığı toparladım, biraz ütüm var, neden sordun?"

"Sana yardım edebilir miyim?"

"Çok fazla bir şey yok, sen otur, bir şeyler bakın ben birazdan gelirim."

"Yok, gerçekten, kendimi geri zekâlı gibi hissediyorum, belki bir şeyler yaparsam, rahatlarım."

"Peki, bekle o zaman, ütü masasını ve çamaşırları getireyim."

Özgür yatak odasına gidip, önce ütü masasını sonra da ütü ve çamaşırları getirdi.

Daha önce Özgür kimseye çamaşırlarını ütületmemişti, neden böyle yaptığına kendisi de bir anlam verememişti.

Ceyda bir yandan ütü yapıyor, diğer yandan düşünüyordu. Ben nasıl bir insanım, neden böyle yaptım. Kendimi küçük düşürdüm, of ya nasıl toparlayacağım ben şimdi, ya Aylin evde olsaydı? Ne yapacaktım ben o zaman? İyi ki evde yokmuş, o zaman tam bir aptal konumuna düşerdim.

Özgür hiçbir şey konuşmadan onu izliyordu. Evde bir kadın şart canım, baksana iki yemek yapsa, iki şey ütülese fena mı? Neden evlenmiyorum ben?

Ceyda, Özgür'e bakıp,

"Bir şey sorabilir miyim?" dedi.

"Önce ben sana sorayım?"

"Peki."

"Kahve içer misin veya adaçayı gibi bitki çayları, karışık falan?"

"Olur, adaçayını severim."

"Tamam, ben hazırlayayım, sen de sorunu ondan sonra sorarsın."

Mutfağa gidip suyu ısıttı, bunun için ayrı bir demlik kullanıyordu. Geri geldi.

"Evet, sor bakalım."

"Benim bir aptal olduğumu düşündün mü?"

"Nereden çıktı bu şimdi?"

"Kendimi hâlâ çok kötü hissediyorum, nasıl toparlayacağımı da bilmiyorum, sanki seni kontrol ediyormuşum gibi habersiz geldim ve şu an da gömleğini ütülüyorum."

Özgür gülmeye başlamıştı, onun gülüşü Ceyda'yı da rahatlatmıştı.

"Gerçekten bak, ciddi soruyorum?"

"Ben de ciddiyim, hâline gülüyorum, süt dökmüş kedi gibisin, ne yalan söyleyeyim şaşırdığımı itiraf etmeliyim ama aptal olduğunu hiç düşünmedim."

"Bunlar bitti, başka var mı?"

"Hayır yok, ütünün fişini çıkartır mısın, gel mutfağa gidelim."

Özgür önde, Ceyda arkada mutfağa gittiler, çay demlenmek üzereydi.

"Bir şeyler yemek ister misin?"

"Zannetmiyorum, herhâlde yediklerimi sabaha kadar ancak öğütürüm."

"Ben de aynı durumdayım ama gene de bir iki kurabiye adaçayının yanında iyi gider."

"Olur, alırım."

Dolaptan kurabiye kutusunu çıkarıp, tabağa boşalttı, çekmeceden bardak ve çay kaşıklarını alıp Ceyda'nın karşısına oturdu.

"Anlat bakalım, neler yapıyorsun, iş hayatın ne durumda?"

"Güzel gidiyor, Alper ve Filiz'in dışında pek arkadaşım yok, aslında var da onlar kadar samimi görüştüğüm yok."

"Ne ilginç değil mi, bir patlayan teker, ilişkileri nerelere getirdi."

"Gerçekten çok ilginç bir rastlantı..."

"Bence de her şey ayarlanmış gibi, o köpek bana saldırmasa lastiği ben değiştirip belki de çoktan oradan ayrılacaktım. Bir dakika geç gelmiş olsaydım, Alper ve Filiz beni arabanın yanında göremedikleri için geçip gideceklerdi."

"Doğru söylüyorsun, her şey ayarlanmış gibi, bizim karşılaşmamız da öyle değil mi?"

"Evet o da öyle, o akşam sen gelmemiş olsaydın veya daha erken ya da daha geç gelseydin, belki de hiç karşılaşmayacaktık."

"O zaman sen de bu gruba belki hiç dâhil olmayacaktın."

"Ben böyle şeylerden pek anlamam ve onun için de konuşmayı sevmem, ama kader böyle bir şey mi?"

"Söylenene göre böyle bir şey, hayatta hiçbir şey tesadüf değildir. Biz çoğu zaman öyle olduğunu düşünürüz, tesadüfe bak, kırk yıl düşünsem aklıma gelmez gibi..."

Bardaklar ikinci kez dolmuştu. Ceyda üzerindeki sıkılganlığı atmıştı, daha rahattı. Ada çayı iyi gelmişti. Sohbetin konusu önemli değildi, kendisini Özgür'ün yanında rahat hissediyordu.

Gitmek istemiyordu ama bu kadar davetsiz misafirlik yeter diye düşündü.

"Ben gitsem iyi olacak."

"Sen bilirisin, benim bir huyum vardır, belki daha önce söyledim mi anımsamıyorum, misafir kalkmaya niyetlenirse ısrarcı olmam, o yüzden müsaade senin."

Kapıdan çıkarken,

"Misafirperverlik, diyorlardı değil mi?" dedi.

"Evet, öyle diyorlardı."

"İşte onun için teşekkür ederim."

"Güle güle, eve gidince çağrı at, merak etmeyeyim."

"Tamam, hoşça kal."

Asansöre binene kadar kapıda bekledi. Ceyda asansöre bindiği zaman kapıyı kapattı.

* * *

Kapıyı her zamanki gibi Özlem açtı. Faruk'a biraz daha uzun baktı.

"Hoş geldiniz, Sermin Hanım odada sizi bekliyor."

Altan ve Faruk odaya girip kapıyı kapattılar.

"Günaydın Sermin, nasılsın?"

"İyiyim Faruk Komiser'im, siz nasılsınız? Altan Komiser'im siz nasılsınız?"

"İyiyim Sermin."

"Cahit Bey'le telefonda konuşmuştuk, pek fazla gelişme yok galiba?"

"Şu an için yok Sermin, bugünkü konuşmalar bize yol gösterir diye tahmin ediyorum."

"Haluk'un öyle çok dalgalı bir hayatı yoktu. Cahit Bey'in yanında başlayalı yanılmıyorsam altı yıl oldu, ben ondan biraz daha eskiyim biliyorsunuz."

"Cahit Baba ve seni yıllardır tanıyoruz ama açıkçası çok sık olmasa da gelip gittiğimizde nedense Haluk'la tanışmadık."

"Bir iki defa denk geldiniz aslında ama onunla bir işiniz olmadığı için hafızanızda yer etmemiş, genelde odasında otururdu, malum diğer zamanlarda da duruşmalar, ama çok sevimli birisiydi."

"Biraz özel bir soru olacak ama sormak zorundayız," dedi Altan. "Aranızda uzun veya kısa süreli birliktelik oldu mu?"

"Ne yalan söyleyeyim oldu, son bir yıl içinde."

"Daha öncesinde."

"Daha öncesinde bir kız arkadaşı vardı, hatta bir iki kez buraya da geldi tanıştık. Biz iki üç haftada bir dışarıda buluşur yemek yeriz, bürodaki diğer arkadaşlarla birlikte."

"Yani Cahit Baba, Sinan, Özlem, hep birlikte?"

"Evet, bazen de ikimiz yalnız olurduk, bir dönem sonra bana kız arkadaşından ayrıldığını söylemişti. O zamandan sonra aramızda yakınlaşma oldu. Birlikteliğimiz sonra bitti."

"Sebep?" dedi Faruk.

"Özlem."

"Özlem mi?"

"Evet Özlem, tatlı bir kadın değil mi? Ama görünmeyen bir yüzü var, karşısındaki erkeğe sinsice yaklaşır ve bir anda avucunun içine alıverir."

"Bunu nereden biliyorsun?"

"Doğal olarak Haluk'tan. Özlem işe başladıktan bir ay sonra, Haluk'un bana karşı olan ilgisi azaldı, ben de aptal değilim, durumu anladım tabii ki."

Faruk ve Altan sorgulama yapmıyor, sanki televizyondaki şu kadın programlarını izliyor gibiydiler. Sinan'la Özlem'in arasındaki ilişkiyi kabullenmişlerdi ama bir de Haluk araya girmişti. Bu durum her ikisini de afallatmıştı. Ortalık Dallas gibiydi. Faruk şaşkınlığını gizleyememişti.

"Sermin, bir anda olay senin aşk hikâyene döndü sanki?"

"Olayın bu kısmını anlatmam lazımdı ki biraz sonra duyacaklarınız sizi şaşırtmasın."

"Peki ben önce bir şey sorayım, Özlem'le Haluk'un yakınlaşması seni kızdırdı mı?"

"Hayır, hiçbir kızgınlığım olmadı, sadece kadınlık gururum beni biraz rahatsız etti, hepsi bu, hadi beyler şaka yapıyorsunuz değil mi?"

"Şaka yapmıyorum ama henüz katili bulamadık, sen de olabilirsin, bir kıskançlık krizi falan..."

"Evet haklısınız, devam edeyim mi?"

"Tabii ki," dedi Altan.

Merakla altından ne çıkacak diye bekliyorlardı ama tahmin etmek de zor değildi. Fakat Sermin asıl bombayı daha patlatmamıştı.

"Özlem ve Haluk'un aralarındaki yakınlaşma, çok net hissedilir olmuştu. Haluk bana karşı biraz mahcup oluyordu ama sonuçta ikisi de bekâr ve pek tabii ki ciddi de düşünebilir diye onlarla çok ilgilenmiyordum."

"Sen de bekârsın."

"Gönül kimi severse ona gider, gerçi Özlem'i çok iyi tanımıyordum, hoş kadın diyordum kendi kendime ta ki..."

"Evet ta ki?"

"Bir akşam ertesi günkü davaya sıkı hazırlanmam gerektiği için büroda kaldım. Saat neredeyse gece yarısına geliyordu. Otoparka indim, benim arabam çıkış yerine yakındı, gayriihtiyari otoparka bakındım, ilerideki aracın içinde bir kıpırdanma vardı. Merak işte, fark edilmek istemiyorum, eğilerek yaklaştım. Sinan'ın arabasının içinde bir hareketlilik vardı."

Sermin'in yüzü kızardı.

"Özür dilerim burası biraz kırmızı nokta."

"Detay anlatmana gerek yok, Özlem'le Sinan değil mi?" diye tamamladı Altan.

"Evet, Özlem'le Sinan... Beyler ben bir bardak su içicem, terledim."

"Ben de, hem biraz ara vermiş oluruz."

Sermin dışarı çıktı, küçük bir tepsi içinde üç bardak su ile döndü.

"Buyurun beyler."

Kapı açık kalmıştı. Altan kalkıp kapıyı kapattı, göz ucuyla Özlem'e baktı.

Özlem masasında bir şeylerle uğraşıyordu ama içeride konuşulanları duyamadığı için merakından çatlıyordu.

"Tekrar arabaya doğru yöneldim, hiçbir şey olmamış gibi devam ettim."

"Peki, bu konuyu Haluk'la paylaştın mı?"

"Özlem'den fırsat olmuyordu ki her boş vaktinde Haluk'un odasındaydı, öğle yemeğine birlikte gidiyorlar, akşam birlikte çıkıyorlar, işler çok karmaşık bir hâl almaya başlamıştı. Cahit Bey beni çağırdı, durumun başından beri farkındaymış, bir yolunu bulup işleri düzeltmek lazım dedi."

"Peki sonuç?"

"Bir davaya hazırlık için Haluk'un büroda kalmasını sağladı. Ben şüphe çekmemek için çıktım, sonra geldim. Haluk duyduklarından sonra küplere bindi, onu hiç o kadar sinirli görmemiştim. 'Bunu nasıl yapar, bunu nasıl yapar!' diye kendi kendini yiyordu."

"Ben de olsam kızardım tabii ki!" dedi Faruk.

Sermin her ikisine baktı.

"Siz bilmiyorsunuz değil mi beyler?"

"Neyi?"

"Haluk'la, Sinan'ın arasındaki bağı?"

"Nasıl yani bir dakika yoksa bunlar kardeş mi?"

"Yaklaştın Faruk, onun gibi ama değil?"

"Eee çatlatma adamı, söylesene?"

Sermin derin bir nefes aldı, düşmanını köşeye sıkıştırmış bir avcı gibi her ikisine bakmayı sürdürdü. Duruşma salonundaki gibi ayağa kalktı, ellerini pantolonunun cebine koydu:

"Sinan, Haluk'un halasının kızıyla evli!"

Altan'dan kocaman bir, "Ooooha!" çıktı.

Faruk da gözlerini açmış, "Nasıl yani?" diyebildi.

"Şaşırdınız değil mi?"

"Haluk kimsesiz, Çocuk Esirgeme'de büyüdü demişti Cahit Baba."

"Çocuk Esirgeme'de büyümesi kimsesi olmadığı anlamına gelmez değil mi beyler?"

"Doğru, tamam kabul ediyorum sen en büyüksün avukat hanım, devam et lütfen."

"Haluk'un kızdığı Özlem'in kendisini aldatması değildi aslında. Sinan'ın yaptığıydı."

"Bir dakika bunlar nasıl tanıştı peki?"

"Haluk babasını çok küçük yaşta kaybetmiş, annesi başka bir adamla evlenmek zorunda kalmış, geçim derdi. Doğal olarak yeni koca Haluk'u istememiş, anne de ne yapsın bağrı yana yana bırakmış çocuğu."

"Hala nereden çıktı peki?"

"Kadıncağız kardeşi ölünce, Haluk'u almak istemiş ama o da fakir, ancak geçiniyorlar. Yapacak bir şey yok, eğer evlatlık verilirse uzaktan gidip görürüz, bağrımıza taş basarız demişler."

Faruk'un canı sıkılmıştı.

"Vay anasını, sen bu kadar zorluk içinde büyü daha hayatının baharında öl, olmaz ki arkadaş!"

"Sonuçta Haluk annesini hafızasına kazıyamamış, o da çok geçmeden, kahrından mı hastalıktan mı bilmem ölmüş."

"Geriye kalıyor hala."

"Evet, geriye kalıyor hala, Haluk Hukuk Fakültesi'ni bitirip de burada işe başlayınca, bir gün yaşlı bir kadın ve yanında güzelce bir kız içeri girdiler. Biz bir dava için geldiklerini zannettik, direkt Haluk'u sordular. Genç kızı görünce herhâlde dedim kendi kendime boşanma davası. Haluk o sırada duruşmada, beklediler, hiçbir şey konuşmadılar."

"Haluk gelince ne oldu peki, yani nasıl oldu, düşünsene yıllar boyu yalnız yaşa, hayata tutun, halan yanında kızıyla çıksın gelsin!"

"Önce şok oldu tabii, hepimiz şok olduk, kadıncağızın kocası akciğer kanseri, yıllarca sigara içmiş, hastanede yatıyor son günleri, kadıncağız özür üstüne özür diliyor, ağlıyor, Haluk'un ellerini öpüyor, bizi affet diye yalvarıyor."

"İyice Türk filmine döndü iş, sonra?" diye araya girdi Faruk.

"Sonrası malum, koca öldü, Haluk halasına sahip çıktı, kızı bir dönem buraya gidip geldi. O zaman belki hatırlarsınız sekreter Nesrin vardı."

"Evet hatırlıyorum."

"O işten ayrılmayı düşünüyordu ama Cahit Bey'in hatırını kıramadığı için bir süre daha kaldı. İşte o zaman Sinan, Nesrin'e abayı yakmış."

"Yani halakızına?"

"Evet, benden yardım istedi, bende durumu Haluk'a açtım ve sonuçta evlendirdik."

"Durum anlaşıldı, bu yaşanılan normal bir aldatma vakası değil yani?"

"Hayır değil Faruk, Haluk'un kızdığı, Sinan'ın halasının kızını aldatıyor olmasıydı. Hoş öyle olmasa da bu normal bir durum değil. Çünkü Haluk bir dönem sonra Özlem'le ciddi düşündüğünü Cahit Bey'e anlatmış, Cahit Bey de acele etme demişti."

"Vay anasını, bu durumda Haluk, Sinan'la konuşmuş olmalı, sonuçta halasının kızını aldatmış oluyor."

"Bir keresine ben şahit oldum, sakin sakin konuşuyorlardı. Sinan birden, sen bana karışamazsın, istediğimle birlikte olurum diye çıkıştı. Beni fark edince bir şey yokmuş gibi devam ettiler."

"Bu durumda neydi kızın adı, Nesrin, eğer Haluk, Nesrin'e söylemekle tehdit etmişse, bu durum Sinan'ı daha da çileden çıkartmış olmalı."

"Durumu Cahit Bey'e anlattım, ben ikisiyle de konuşurum dedi, fakat konuşmaya fırsat olmadı."

"Peki, Cahit Baba bunları neden bize anlatmadı?"

"Onun da bu konuda şüpheleri yok değil ama asıl sizin olayı çözmenizi bekliyordu. Çünkü bu olay onu çok etkiledi, son zamanlarda psikiyatriste gitmeyi bile düşündü. Hem bir avukatın böyle bir şey yapmasını asla kabul edemiyor, hem de evladı gibi sevdiği birisini kaybediyor."

"Ne desem bilmem ki Sermin, Özlem'in kişiliği ve her ikisiyle ilişkinin olması Sinan'ı benim gözümde de hep şüpheli yaptı ama seninle konuşana kadar, olayın bu şekliyle gelişmiş olabileceğini hiç düşünememiştim."

"Ne yapmayı düşünüyorsunuz peki?"

"Sinan'ın cinayeti güle oynaya anlatmayacağı malum. Peki, sence bu olayda Özlem'in parmağı var mı?"

"Orasını bilmiyorum, bu ancak olay kanıtlarla sabitleşince Sinan'ın vereceği ifadeye bağlı."

"Ne yapıyoruz Faruk?"

"Çok basit, Sinan'dan DNA örneği alacağız."

"Bunu nasıl yapacağız peki?"

"Çok basit, Sinan geçenlerde silahlı saldırıya uğramıştı, götürüldüğü hastaneye gitmekte fayda var, adli vaka diye kan örneği almış ve atmamışlarsa gerisi tereyağından kıl çeker gibi gelir."

"Zeki adamsın be ortak!"

"Teşekkür ederiz Sermin, DNA olayı doğrularsa, aslında davayı çözmüş sayılırsınız."

"Aslında ilk aklıma gelen ihtimaldi ama hep öteledim. Haluk'un ölümü inanın beni çok etkiledi, ama bu şekilde olmasını hiç kabullenmek istemedim, sizin bu süre zarfında başka ipuçları ve katili bulamamanız beni daha da yıprattı, izindeydim ama nerdeyse her gün Cahit Bey'le konuşuyorduk. Çok üzgünüm beyler sonuç bu da olsa kabul etmekten başka yapacak bir şey yok."

"Haklısın hele bir de katil olma ihtimali olan birisiyle aynı ortamı paylaşıp hiçbir şey yokmuş gibi davranmak ne kadar acı değil mi?"

"Öyle Altan, şimdi ne yapacaksınız?"

"Önce savcıya gidip, eğer atmamışlarsa kan örneklerini almak için izin kâğıdını alıp hastaneye gideriz, sonra da Adli Tıp Kurumu'na."

* * *

"Aynı başhekimle mi görüşeceğiz Faruk, eğlenceli birisine benziyor, neydi adı?"

"Özer'di galiba."

"Evet, haklısın Özer'di."

Geçen seferki gibi acilden girdiler, başhekimin odasını bildikleri için kimseye bir şey sormadan sekreterliğe geldiler.

"Merhaba hanımefendi, ben komiser Faruk, cinayet masasından."

"Aaaa merhaba anımsadım. Nasılsınız?"

"İyiyim teşekkür ederim, başhekim yok mu?"

"Kendisi bugün izinli."

Faruk cebinden savcılıktan aldığı izin kâğıdını çıkardı.

"Geçenlerde acile bir kurşunlanma vakası gelmişti, eğer kan alınmışsa ve halen daha duruyorsa örnekleri almamız gerekli."

"Başhekimin olmaması sorun değil, zaten laboratuvarda Emre Bey var, kendisi aynı zamanda mesul müdür, her durumda ondan izin alacağımız için bir kaybımız yok, isterseniz size eşlik edeyim."

"Olur seviniriz."

Birlikte kapının önüne çıktılar. Altan sabırsızlıkla Faruk'u bekliyordu.

"Evet sonuç?"

"Başhekimle direkt bir işimiz yokmuş zaten laboratuvara gidiyoruz."

Birlikte laboratuvara gittiler.

"Hocam, beyler cinayet masasından, bize gelen bir hastanın kan örneğini soruyorlar."

"Hoş geldiniz, tabii tabii yardımcı oluruz."

"Ben gidebilir miyim hocam?"

"Çay iç, bak taze çay var, beyler siz de içersiniz değil mi?"

"Hocam ben başka sefere içerim."

"Bak teklif var ısrar yok, peki hadi git bakalım."

"Kızım, bize üç tane çay getiriver. Sizi dinliyorum beyler."

Faruk cebinden savcılık iznini çıkardı, Emre Bey'e uzattı. Emre Bey yakın gözlüğünü taktı, yazıyı dikkatlice okudu.

"Bu kolay canım, adli vakaları altı ay saklıyoruz biz."

Faruk ve Altan'ın gözleri ışıldadı. Ama bir taraftan da bu iki haftalık bekleyişti. Ya sonuç doğruysa Cahit Baba yıkılacak, Nesrin bir kez daha yıkılacak, belki Özlem bile yıkılacaktı. Gerçi Özlem'in kişiliği pek gidenin arkasından ağlayan cinsten değildi ama belli de olmazdı.

O arada çaylar geldi.

"Getir kızım, hah şöyle koy, sağ ol kızım."

"Afiyet olsun hocam."

"Kızım bana Özge'yi çağırır mısın?"

"Çağırayım hocam."

Onlar çaylarını yudumlarken, içeriye formalı bir kadın girdi.

"Hocam beni çağırmışsınız."

"Hah gel kızım, çay içer misin?"

"Şimdi içtim hocam sağ olun."

"Şimdi bak kızım, bu beyler cinayet masasından tamam mı? Şimdi bak, geçenlerde bir adli vaka gelmişti, tamam mı? Şu dolaptaki tüplere bir bak bakalım. Adı Sinan Uzunoğlu."

"Tamam hocam."

Odadan çıkıp, yan taraftaki büyük kapısı olan dolabı açtı, kapak açıldığında dışarıya bir miktar soğuk buhar çıktı. İçerisi büyük bir buzdolabı gibiydi. Özge sağ tarafta üst rafta duran kilitli bir çantayı aldı, orta rafa koydu. Anahtar ve şifreli olan çantayı açtı, içerisindeki tüpleri tek tek kontrol edip, içeri girerken yanına aldığı ağzı açık başka bir çantanın içine koymaya başladı. Tüplerin yarısına geldiğinde bir tane tüp buldu, onu cebine koydu, kontrol etmeye devam etti.

Biraz sonra başka bir tüp daha buldu. Diğer tüpleri tekrar çantanın içine koyup kilitledi. Çantayı tekrar eski yerine koydu ve kapıyı kapattı.

Doktorun yanına gitti

"İki tüp alınmıştır diye düşünmüştüm, her iki tüpü de buldum hocam."

"Hah sağ ol kızım, beyler çayları tazeleyelim mi?"

"Yok sağ olun, tüpleri Adli Tıp Kurumu'na götürmemiz lazım," dedi Altan.

"Savcılıktan aldığınız izin kâğıdından biz bir nüsha alalım, bir de yazı hazırlatayım tüpleri teslim aldığınıza dair tamam mı? Ondan sonra şey yaparız, veririz tüpleri tamam mı?"

"Tamam Doktor Bey"

Telefonla bir yeri aradı.

"İki dakika gelsene. Tıbbi sekreterlikte çalışan arkadaş gelsin de ondan şey yapalım, tamam mı?"

"Tamam Doktor Bey."

İçeri uzun boylu, alımlı bir kadın girdi.

"Hah, Beyza kızım, Polis Bey'in elindeki izin kâğıdından bir örnekleme yapalım. Bir de bak bu isimli hastaya ait mor ve sarı kapaklı iki tane kan tüpü işte şeye, isim neydi Memur Bey?"

"Faruk Ertaş, arkadaşınki de Altan Kınık."

"Hah işte bu isimli kişilere teslim edilmiştir diye bir tutanak…"

"Tamam hocam anladım, bir doğum raporu ile ilgileniyorum, ondan sonra hazırlarım."

"Tamam kızım, bekliyoruz, çay içer misin, bak taze çay var, istersen bardağa al git, orada içersin."

"Hocam hazırlayayım, evrakları teslim ettikten sonra alırım hocam."

"İyi, hadi bekliyoruz."

Sekreter odadan çıktı.

"Görüyorsunuz değil mi? Manken gibi kız ama aile tıbbi sekreterliği okutmuş. Kız da ne yapsın, bir iki farklı iş yapmaya çalışmış. Şirketlerde falan çalışmış, güzel de kız tamam mı ama gel gör ki rahat bırakmamışlar. Kız en sonunda bakmış ki olmuyor, gene kendi işini yapmak için geldi, şimdi rahat rahat çalışıyor."

"İtiraf etmeliyim ki etkilenmedim desem yalan olur, umarım talihi iyi olur, ne derler Allah sahibine bağışlasın," dedi Altan.

"Haklısınız Doktor Bey maalesef ülkemizde iş yerinde taciz azımsanmayacak düzeyde," diye ilave etti Faruk.

"He canım, orası öyle, yok değil, ama geçenlerde biz bir olay yaşadık, gene bir hanım birisini şikâyet etti tamam mı? Çocuk bunu rahatsız ediyormuş, ha bire mesaj atıyormuş falan. Daha sonra işin aslını öğrendik ama iş işten geçmişti. Malum hastane ortamında yöneticilerin büyük bir kısmı da kadın, sen bir iki feminist hatun kafa kafaya ver, adam akıllı soruşturmadan, incelemeden, genel müdürle konuş, çocuğu işten çıkarttır."

"Ciddi mi?" dedi Faruk.

"Vallahi ciddi, ama oldu bir kere, gitti çocukcağız!"

"Maalesef, haklısınız Doktor Bey, öylesi de var böylesi de var."

"Ya ben şeyi merak ettim, siz bu tüpleri Adli Tıbba götüreceğiz dediniz ya, cinayet şüphelisi mi arkadaş?

"Evet öyle."

"İşiniz zor vallahi, gerçi bizimki de zor, düşünsenize hastaları karıştırıyorsun, tam bir facia!"

"Haklısınız Doktor Bey, biz daha çok bekler miyiz?"

"Yok yok şimdi gelir."

Cümleyi bitirmişti ki sekreter içeri girdi.

"Hah, gel kızım."

"Hocam şu savcılığın izin kâğıdının örneklemesi, şu da tüpleri teslim aldıklarına dair tutanak."

"Tamam olmuş, beyler ben imzalayayım."

İki nüsha hazırlanmış kâğıtları imzaladıktan sonra, komiserlere uzattı, sırayla imzaladılar. Tüpleri küçük bir kutuya koydurdu doktor ve öyle teslim etti. Teşekkür edip ayrıldılar. Her ikisi de heyecanlanmıştı. Kendilerini katile götürecek kanıt ellerinde olabilirdi.

Akşama doğru Cahit Baba aradı.

"Nasılsın Faruk? Siz gittikten sonra benim için zor da olsa Sermin'le konuştum. Siz ne yaptınız?"

"Kan örneklerine ulaştık Cahit Baba, Adli Tıp'tan, Adil Hoca'ya bizzat teslim ettik, iki hafta beklemek zorundayız."

"Desenize zor iki hafta olacak."

"Öyle Cahit Baba, hepimiz için zor olacak."

"Sağ olun çocuklar, bu arada Sinan'ı ne yapacağımı şaşırdım, izne çık desem olmaz, davaları var, zaten o da huzursuz, öyle olunca ben de huzursuz oluyorum."

"Hiçbir şey yokmuş gibi davranmanız tabii ki mümkün değil ama yapacak başka bir şey de yok."

"Haklısın evlat."

"Bir isteğin var mı Cahit Baba?"

"Yok evlat, dikkatli olun."

"Hoşça kal Cahit Baba."

"Hoşça kal evlat, Altan'a selam söyle."

"Cahit Baba'nın selamı var."

"Aleyküm selam"

"Ne yapıyoruz Altan?"

"Bence bugünlük mesaiyi bitirdik, yarın Müdür Bey'e raporu sunarız ve beklemeye başlarız."

"O zaman beni eve bırak, yarın görüşürüz."

Altan, Faruk'u eve bırakıp, hemen hemen aynı kaderi paylaştığı evine doğru yol aldı. Eve giderken bir taraftan Adli Tıp'tan gelecek raporlarla davayı çözmeyi ve katili yakalamayı düşünüyor, bir taraftan da Cahit Baba'yı, Sinan'ın karısını...

* * *

Özgür yoğun bir gün geçirmişti. Bütün gün Aylin'le son kontrolleri yapmış, mesai bitimine bir iki saat kala, fotoğrafları göndermişti. Yoğun çalışmadan dolayı öğle yemeğine çıkmamışlar, büroda bir şeyler atıştırmışlardı. İş çıkışı yemek teklifi Aylin'den geldi.

"Evde yemek var mı Özgür?"

"Var, neden sordun?"

"Eğer yoksa akşam yemeğini dışarıda yiyelim mi diyecektim de, ben ısmarlayacağım."

"Olur, mevcut yemekleri yarın akşam yerim, nereye gidiyoruz?"

"İster bu tarafta, ister karşıda?"

"Trafik tam yoğunlaşmamıştır, yemekten sonraya kalırsak kamyon ve tırlar köprüyü kapatıyor, bence şimdiden karşıya geçelim, Göksu Deresi'ne gidelim mi?"

"Olur, güzel fikir."

Otoparka inip arabalarına bindiler. Köprü trafiği ağırlaşmamıştı. Zaten mesafe kısaydı, kısa süre sonra köprüyü geçip Anadolu Hisarı'na doğru indiler. Göksu Deresi'nde sıra sıra lokantalar vardı. Özgür lokantaların olduğu yol boyuna girip, uygun olan bir yere arabayı park etti. Hemen ilerisine de Aylin.

Aylin arabadan inip Özgür'ün yanına geldi.

"Hangisine gidelim?"

"Benim için fark etmez."

"Şu ileridekine daha önce gittin mi?"

"Burada hepsi birbirine benziyor, gittim galiba, sen?"

"Ben gittim, balık da et menüsü de güzel."

"Tamam, o zaman gidelim."

Kapıda duran delikanlı her ikisini hürmetli bir şekilde karşıladı.

"Hoş geldiniz efendim, buyurun."

Özgür ve Aylin aynı kibarlıkta cevap verdiler.

"Çok teşekkür ederiz."

"Dışarıda mı yoksa içeride mi yemek istersiniz?"

"Ne dersin Özgür?"

"Bence dışarısı biraz serin olur, içeride oturalım."

"Tabii efendim, bu taraftan buyurun"

Birlikte kapalı alana girdiler, Özgür Aylin'e ısıtıcıyı işaret etti.

"Şu masaya oturalım, hava daha da soğursa, ısıtıcıyı açtırırız."

"Olur, oraya oturalım."

Mekân sakindi, kendilerinin dışında üç masa daha doluydu. Sandalyelere oturdular. Kendilerine eşlik eden delikanlı gitti, onun yerine garson geldi.

"Hoş geldiniz efendim, ne arzu edersiniz, balık mı, Et mi?"

"Ne istersin Aylin?"

"Hamsi var mı?"

"Hamsi mi, nerden çıktı şimdi?"

"Aklıma geldi birden, diğerinde çatal bıçak uğraşmak istemiyorum bu akşam, şöyle iyice kızarınca çıtır çıtır yerim diye düşündüm."

"Var tabii hanımefendi, av yasağı bitti biliyorsunuz, gerçi kışın ortasındakiler gibi leziz olmaz ama Karadeniz hamsisi, isterseniz bir tava yaptırayım. Yanına söğüş mü yoksa salata mı istersiniz?"

"Salata olsun ama ben soğan istiyorum, sen Özgür?"

"Kulağa hoş geliyor, ben de aynından istiyorum."

"Helva ister misiniz efendim, Rize'den çok güzel Üçel helvam var."

"Güzel midir?"

"Kesinlikle garanti veririm, bizim bir çalışanımız Rizeli, onun vasıtasıyla tanıdık ürünü. Evden eksik etmem."

"Tamam, helva da olsun."

"Mısır ekmeğim de var, yanına da süzme yoğurt getirebilirim."

"O da mı Karadeniz?"

"Evet efendim."

"Desenize balık lokantası, Karadeniz lokantasına dönmüş."

"Bazı sabit müşterilerimiz var efendim, mesela şu ilerideki masa, her geldiklerinde bu söylediklerimden yerler."

Özgür İdris Dayı ve Asiye Hala'dan dolayı bu tatlara alışıktı ama burada hepsini bulabileceğini tahmin etmemişti.

"Peki, tavsiyenizi dikkate alıyoruz."

"Tamam efendim on beş dakikaya hazır olur."

Aylin çantasından cep telefonunu çıkardı.

"Annemi arayayım, meraklanmasın."

"İyi aklına geldi."

"Merhaba anne nasılsın? Yok, bir şey yok, ben akşam yemeğini Özgür'le birlikte dışarıda yiyorum, beni beklemeyin diye aradım. Buse ne yapıyor? Çok geç kalmam merak etmeyin, tamam anne selamını söylerim."

"Sen de selam söyle."

"Özgür'ün de selamı var."

"Tamam anne, görüşürüz, selamı var Özgür." Telefonu kapattı. "Sen hâlâ eve geç gideceğin veya gitmeyeceğin zaman Hüseyin Amca'yı arıyor musun?"

"Arıyorum, meraklanıyor, geçen sefer aklı çıktı biliyorsun."

"Evet biliyorum, sen evlensen de gene seni merak eder."

"Bence de."

Özgür, önceden garsonun gösterdiği tarafa dikkat etmemişti. Önünde bir direk olduğu için sandalyeyi biraz yan tarafa kaydırarak daha net görebileceği bir açı yakaladı. Masada iki erkek oturuyordu. Hemen yanlarındaki masada da bir kadın ve erkek vardı. Sırt sırta oturuyorlardı. Garsonun söylediği yemekleri söyleyen bu masaydı.

"Ne oldu Özgür, yerini mi beğenmedin?"

"Şu direk tam önüme geliyor da o yüzden."

"İstersen buraya gel."

"Yok yok iyi böyle."

Karşı masada oturan iki kişi yemeklerini yiyor ama bir taraftan da Özgür'e bakıyorlardı. Özgür her ikisine de dikkatli dikkatli baktı ama o bölgedeki ortamın ışığı yeterli değildi. Yüzlerini tam seçemiyordu.

"Bir şey mi oldu Özgür, neden o tarafa bakıyorsun?"

"Tanıdık zannettim de o yüzden…"

Hamsilerden önce, normal ve kepek ekmek, salata, mısır ekmeğiyle yanında süzme yoğurt geldi. Önceden servis açılmış olan masaya atıştırmalıklar gelmişti.

"Hamsiler gelene kadar cimtinelim Özgür."

"Evet, cimtinelim Aylin."

Her ikisi de ekmeğin ucundan biraz koparıp, salatanın suyuna batırdılar. Özgür çaktırmadan ilerideki masayı kontrol ediyordu.

Hamsiler geldi, halen daha cızırdıyordu. Her ikisinin de bu güzel manzara karşısında ağızlarının suyu akmıştı. Büyük bir iştahla kendilerini, hamsileri ve diğerlerini yemeye adadılar.

Özgür bir dönem sonra karşı masadakilerin kalkmış olduğunu fark etti. Oysa gidecekleri zaman mutlaka onların önünden geçmeleri gerekiyordu. Gittiklerini görmemişti.

"Aylin karşı masadakiler ne zaman kalktı?"

"Hangi masadakiler?"

"Şu karşımızda oturanlar."

"Onlar oturuyor zaten Özgür!"

Özgür bir anda toparladı, karşıda oturan çiftin, bitişiğindeki iki erkeğin olduğu masanın servisleri kapalıydı. Bir anda kafasında şimşekler çaktı, onları sadece Özgür görmüştü.

"Haklısın, yanlış masaya bakmışım bir an, ben de bir anda ne zaman kalktılar diye düşündüm."

"Sen bayağı acıkmışsın, masaları çift gördün herhâlde."

"Galiba, hamsi şimdi beni kendime getirir."

Az kalsın Aylin'in delirdi herhâlde halüsinasyon görüyor diye düşünmesine neden olacaktı. Ama oradaydılar, kendileri gibi kanlı canlı yemek yiyorlardı. Gerçi diğer masadakiler gibi yüzlerini çok net görememişti, ama oradaydılar. Düşüncelerini dağıtıp tekrar yemeğe odaklandı.

Hamsiyi bitirmiş sıra mısır ekmeği ve süzme yoğurda gelmişti. Yoğurdu biraz yumuşatmak için kâsenin içine su koydu. Aylin onu takip ediyordu. Aynısını o da yaptı, yoğurdu biraz açtı, sonra mısır ekmeğini içine doğradı, çorba karıştırır gibi karıştırdı ve ilk kaşığı ağzına attığı sırada gözü tekrar ilerideki masaya takıldı. Oradaydılar, pıskırmamak için kendini zor tuttu.

"Yavaş, boğulacaksın, önünden alan yok!"

"Evet haklısın, ne yapayım özlemişim."

Karşı masadakiler kendisine bakıyordu ve yüzleri gene seçilmiyordu. Kararını vermişti, onlardı...

Yemekler bitmişti. Garson çayları getirdi. Özgür, Aylin şüphelenmesin diye artık karşı tarafa dikkatli bakmıyordu. Bugünkü iş yoğunluğundan konuşup çaylarını yudumladılar. Çay o kadar güzel olmuştu ki birer bardak daha istediler, saat dokuzu geçmişti.

"Kalkalım istersen Aylin, bugün çok yorulduk, sen de geç kalma, gerçi yarın çok bir işimiz yok ama gene de erken yatsak iyi olur."

"Evet haklısın."

Garsona hesabı getirmesi için işaret etti. Kredi kartını uzattı.

Özgür'ün yolu yakındı.

"Trafik ağırdır şimdi, istersen Çavuşbaşı tarafını kullan."

"Ben de aynısını düşündüm."

"Yolu karıştırmazsın değil mi?"

"Karıştırmam merak etme."

"Yemek için teşekkür ederim, bir de ne yapacaksın?"

"Eve ulaşınca seni çaldıracağım."

"Aynen öyle, iyi akşamlar, Buse'yi öp."

Kendisindeki tuhaflığa bir anlam verememişti. Banyoya gidip dişlerini fırçaladı. Bu akşam kendini tuhaf hissediyordu. Salondaki kanepeye uzanmadan önce yatak odasındaki dolaptan üzerine ince bir battaniye aldı. Ola ki televizyon seyrederken uyuyakalırsam üşümeyeyim diye düşündü. Kanepeye uzanıp başının altındaki yastığı düzeltti, kumandayı önünde duran sehpadan aldı, televizyonu açtı.

Bir iki haber kanalına bakındı, ara haberlere daha vardı. Belgesel kanallarını taradı. Bir tanesinde Madagaskar Adası anlatılıyordu, seyre koyuldu. Bir dönem sonra içinin geçtiğini hissetti. Uyanık kalmak için kendisini zorlamadı. Yavaş yavaş uykuya daldığını hissetti.

Vücudu hafiflemişti, battaniye yere düştü, yavaşça yukarı süzüldüğünü gördü, bir anda uyandı. Televizyon açıktı, saate baktı, gözlerini kapatalı on dakika olmamıştı. Sanki sabaha kadar uyumuş gibiydi. Tekrar uyuştu, gözleri kapandı, televizyonun sesini duyuyordu ama algılayamıyordu. Aynı şey gene olmaya başlıyordu. Vücudu hafiflemişti. Salonun tavanına doğru süzülüyordu. Kendi kendine konuşuyordu: "Uçuyor muyum ben?" Havada ayakta durduğunu fark etti, bir anda kendisini kanepede yatıyorken gördü, panikleyip çırpınmaya başladı, nefes almada zorladı, kanepeden kendisine bakıyor, salonun tavanından da kendisini izliyordu. Elini uzatıp kendisini tutmaya çalıştı. Oksijensizlik zorlamaya başlamıştı.

Kanepede boşluğa düşüş yapan vücutla bir anda uyanıp derin bir nefes aldı. Doğruldu, kesik kesik nefes almaya devam etti, kanepeden ayaklarını sarkıttı, battaniyeyi kenara koydu. Banyoya gidip elini yüzünü yıkadı, geri geldi, terasa çıktı. Herhâlde böyle oluyor dedi. Hava soğumuştu, fazla kalmadı içeri girdi. Televizyonu kapattı, yatak odasına geçti. Üzerini değiştirip yatağa uzandı ama uykusu kaçmıştı. Acaba kontrol altına alınabilir miyim diye düşündü?

* * *

Alper, "Ben yatmaya gidiyorum, çok geç kalma hayatım," diyerek yatak odasına çıktı.

"Tamam hayatım, sen uykuya dalmadan ben gelmiş olurum."

Filiz, geçen gün Özgür'ün söylediği Beyaz Piramitleri inceliyordu. Konu hakkında çok fazla bilgi yoktu. Özgür'ün anlattıklarına yakın bir iki farklı yazı vardı. Çin Hükümeti gerçekten bu bölgeye girişi yasaklamıştı. Çok ilginçti oldukça düz bir arazide muntazam tepeler vardı, üzerlerinin toprakla örtüldüğü çok bariz belli oluyordu, tepelerin şekli hep aynıydı. Buradaki bulgularla Keops piramidinin özellikleri neredeyse aynıydı. Başka bir sekme açarak Keops piramidi hakkında yazılanlara şöyle bir göz attı:

Keops piramidi 12 ton ağırlığında iki buçuk milyon bloktan oluşuyordu. Günde on blok yerleştirilmesi hâlinde bile yapımının 664 yıl sürmesi gerekirdi. Piramidin üstünden geçen meridyen, karaları ve denizleri tam eşit iki parçaya bölüyor ve piramit dünyanın ağırlık merkezinin tam ortasında bulunuyordu.

Yüksekliğinin (164 metre) bir milyarla çarpımının güneşle dünyamız arasındaki uzaklığını, taban alanının yüksekliğinin iki katına bölünmesi ise pi sayısını veriyordu. Piramitlerin içerisinde "ultrasound," radar, sonar gibi cihazlar çalışmıyordu. Kirletilmiş su piramidin içinde birkaç gün bırakıldığında arıtılıyor, süt birkaç gün süreyle taze kalıyor ve sonunda bozulmadan yoğurt hâline geliyordu.

Bitkilerin piramit içerisinde daha hızlı büyüyor, çöp bidonu içindeki yemek artıkları hiç koku yaymadan mumyalaşıyordu.

Kesik, yanık, sıyrık ve yaralar piramidin içinde daha çabuk iyileşiyordu. Piramidin içi yazın soğuk, kışın sıcaktı. Piramit kimin adına yapıldıysa onun bulunduğu odaya yılda 2 kez güneş giriyordu. Bugünler ise doğduğu ve tahta çıktığı günlerdi.

"Bunlar sıradan şeyler değil, Özgür'le aynı düşüncedeyim, kesinlikle bizi ziyarete gelen varlıklarla bu işlerin bir bağlantısı var. Çin'deki piramitler de aynı özellikte, demek ki bu işler tâ o zamanlardan başlıyor. Offf kafam karıştı yatsam iyi olacak!"

Bilgisayarı kapatıp yukarı çıktı. Alper daha uyumamıştı.

"Uyumamışsın hayatım?"

"Seni bekledim."

"Neden?"

"Aklıma takılan bir şey var, daha doğrusu bir soru da değil aslında, belirleme."

"Neymiş?"

"Özgür'ün durumu, hep aynı şeyleri konuşuyoruz ama çok kısa zamanda samimi olduk, Ceyda da ayrı bir konu tabii ki. Şu cinayetin aydınlanamaması beni hâlâ tedirgin ediyor. Bu durumda birdenbire samimiyeti kesemeyiz, umarım düşüncemiz tamamen bir hayalden ibarettir. Aksi çıkması hâlinde kendimi çok aptal hissederim."

"Kaygılarını anlıyorum Alper, ben de aynı düşüncedeyim. Bir taraftan da Ceyda'nın heyecanını görünce, yanılmak istiyorum."

"Ben Özgür'ün bir katil olduğunu düşünmüyorum Filiz!"

"Ben de Alper, görüşmeyi devam ettirmekte bir sakınca görmüyorum, hem onunla sohbet etmek çok zevkli, ayrıca ortak ilgi alanımızın olması beni mutlu ediyor."

"Haklısın hayatım, alarmı biraz erkene kurdum, güzel bir kahvaltı hazırlayalım. Ceyda'ya mesaj atmak ister misin? Özgür gelecekse sabahın köründe gelir."

"Gıcık şey, uyu hadi!"

"İyi geceler hayatım."

"İyi geceler bir tanem..."

* * *

Altan, kapıyı hafifçe vurup kafayı uzattı.

"Gelsene Altan."

"Ne yapıyorsun diye bakmaya geldim."

"Gel gel otur, ne içersin?"

"Kahve içerim."

"Süt tozu istemiyordun değil mi?"

"Hayır istemem, midem ağrıyor sonra, hazırladın mı raporu?"

"Rapor hazır, bir kontrol et istersen."

Raporu Altan'a verdi. Altan üç sayfa olan raporu okumaya başladı, bu arada Faruk kahveleri hazırlıyordu.

"Gayet güzel, her şeyi yazmışsın, düşündüğümüz gibi ise ne yapacağız Faruk?"

"Önce Cahit Baba'nın yüreğine indirmemek lazım ama bana kalırsa Cahit Baba kafasında bazı şeyleri netleştirmiş."

"Bu arada, Sinan'ı da ürkütmemek lazım..."

Kahveleri yudumlarken sohbete devam ettiler. Daha sonra raporu vermek için müdürün odasına gittiler.

"Çocuklar şayet Adli Tıp düşündüklerinizi doğrularsa işiniz kolay, paketi alırsınız ama dikkatli olun paket uçmasın."

"Merak etmeyin efendim, sabit noktadaki arkadaşlar yirmi dört saat gözetliyor."

"Birazdan Cahit Baba'nın yanına uğrayacağız, geçen sefer sadece Sermin'le konuştuk, bu defa Özlem'le konuşmayı düşünüyoruz. Belki Adli Tıbbı beklemeden başka bilgilere ulaşırız."

"Siz dikkatli olun yeter, biliyorsunuz katiller yakalanmamak için başka bir cinayet işlemekten çekinmezler."

"Sağ olun efendim, bize müsaade."

Her ikisi de odadan çıkarken, Müdür Bey onları uğurlamak için koltuğundan kalktı ve kapıya kadar eşlik etti.

"Ne ilginç adam, ne zaman içeri girsek, dışarı çıksak hep aynı şeyi yapıyor."

"Böyle insanlar kalmadı Faruk, yeni yetmeler hep bir kasıntı, küçük dağları ben yarattım havaları..."

Cahit Baba, bu sabah Sinan'ın işe gelmediğini, telefonunun da kapalı olduğunu söylediğinde her ikisinin yüzünde aptalca bir bakış vardı. Altan müsaade isteyip dışarı çıktı, Özlem'le göz göze geldi.

"Lavabo ilerideydi, değil mi?"

"Evet efendim, koridorun sonunda."

"Eşini aradınız mı Cahit Baba?"

"Aramadım, durup dururken ortalığı telaşa vermek istemedim, biraz zaman geçsin ararım."

Altan lavaboya gitti, telefonu çıkarıp Müjdat'ı aradı.

"Müjdat paket nerede?"

"Sizden yaklaşık bir saat önce Hukuk bürosuna gitti amirim."

"Biz Hukuk bürosundayız, burada değil."

"Nasıl olur efendim, arabayla giriş yaptı, çapraz köşede Ergün var, simit tezgâhında."

"İyi de gerçekten yok, tamam peki siz gene ortalığa göz kulak olun, ararım tekrar."

Altan tekrar odaya geldi.

"Ne oldu Altan?"

"Bir saat önce arabayla giriş yapmış."

"Nasıl giriş yapmış, nerede o zaman bu herif?"

"Cahit Baba biz bugün Özlem Hanım'la görüşecektik ama işin rengi değişti."

Birlikte odadan çıkıp Özlem'in yanına geldiler. Özlem üçünün kendisine doğru geldiğini görünce irkildi.

"Buyurun Cahit Bey."

"Kızım Sinan nerede?"

"Arabasını servise götürecekmiş efendim, en fazla bir saate gelirim dedi."

"Bana neden söylemedin kızım!" dedi ama şimdiye kadar kim nerede diye sormak pek alışkanlığı değildi, kendisi de şaşırdı

"Bir şey mi oldu efendim?"

"Hayır olmadı, tamam kızım sağ ol."

"Otoparkta da kamera var değil mi Cahit Baba?"

"Evet, var."

"O zaman güvenliğe gidelim, gerçekten giriş yapmışsa, nasıl ortadan kayboldu anlarız."

Özlem büroda kaldı, üçü birden güvenliğe gidip kayıtları incelediler, resmen tufaya düşmüşlerdi. Sinan aracını park ettikten sonra, daha önce ayarlandığı belli olan bir taksiyle otoparktan çıkıyordu. Doğal olarak gözetleme ekibini çok rahat atlatmıştı. Binanın dışındaki kameradan taksinin hangi durağa ait olduğu görülüyordu.

Faruk ve Altan taksi durağına giderken, Cahit Baba da büroya çıktı. Tahminlerinin doğru çıkma ihtimali artmış ve bu da canını iyice sıkmaya başlamıştı. İki sokak ötedeki taksi durağına gittiler ve plakayı söyleyip aracın durakta olup olmadığını sordular.

"Araç durakta komiserim, arka tarafta, İsmet abiyi çağırsana Cihan."

"Tamam abi."

Az sonra içeri altmış yaş civarı beyaz saçlı bir adam girdi.

"Hoş geldiniz beyler, ne vardı?"

"Arkadaşlar polis, şu iki sokak ötedeki iş merkezi var ya, bir adam almışsın otoparktan, onu soruyorlar"

"Haa o mu? Sarıyer'e bıraktım."

Faruk, "Giderken dikkatini çeken bir şey oldu mu? Birisiyle görüştü veya bir yere uğradınız mı?" diye sordu.

"Yooo hayır, sadece bir kere telefonla konuştu, geç gelicem arabayı servise bırakıyorum falan dedi, o kadar."

"Peki Sarıyer'de nereye bıraktınız?"

"Tam Sarıyer'e girmeden indi, şu askeri bir yer var, gazino gibi bir yer, o tarafa çok gitmediğim için dikkat etmedim."

"İndikten sonra ne yaptı?"

"Ben dönüş yapmak için biraz ilerledim, geri gelirken yolun karşısına geçmiş yürüyordu, hatta selamlaştık."

"Başka bir şey oldu mu?"

"Hayır, olmadı."

"Tamam, teşekkür ederiz, aklınıza bir şey gelirse ararsınız," deyip kartı uzattı.

Faruk taksi durağından ayrılırken, Müdür'ü arayıp durumu izah etti.

"Tamam, çocuklar telaş etmeyin, ben Sarıyer Emniyet Müdürlüğü ile konuşur eşkâli gönderirim."

"Sağ olun Müdür'üm."

"Şimdi ne yapalım Faruk?"

"Büroya gidelim ve ben Özlem'i arayıp yarın akşam için durumu sorayım, eğer bağlantıları devam ediyorsa iletişime geçebilir. Ertuğrul'u arayıp Özlem'in telefonunu takibe almasını söyleyelim. Bu kız ya gerçekten çok saf ya da her şeyin başı."

"Hadi o zaman gidelim."

Özlem, Cahit Baba odasına girdikten sonra mutfağa geçip Sinan'ı aradı, telefon kapalıydı.

Canı sıkıldı, ne döndüğünü anlamaya çalışıyordu. Tam içeri gidecekti ki telefonu çaldı. Sinan herhâlde deyip baktı. Faruk arıyordu, bir anda gergin hâli ortadan kalkmıştı.

"Efendim Faruk."

"Nasılsın Özlem?"

"İyiyim canım, bir anda ortadan kayboldunuz, neler oluyor, Sinan'ı neden arıyorsunuz?"

"Boş ver sen bunları, önemli şeyler değil, yarın akşam işin var mı?"

"Hayır yok, yoksa bir planın mı var?"

"Evet, yemek yiyelim mi?"

"Dışarı da mı?"

"Yani."

"Peki, evde yesek, senin için uygun mu?"

"Sende mi, bende mi?"

"Bende."

"Bana uyar."

"Kaç gibi gelebilirsin?"

"Gene akşam sekiz gibi olur mu?"

"Tamam, bekliyorum o zaman, özel olarak istediğin bir yemek var mı?"

"Hayır, yok."

"Peki, heyecanlandım, görüşmek üzere."

"Hoşça kal."

* * *

Ertesi gün olmuştu ve Sinan'dan haber yoktu. Sinan'ın eşi Cahit Baba'nın odasındaydı ve Cahit Baba'nın gözüne bakıyordu. Yılların avukatı neyi, nasıl anlatması gerektiğini bilemiyordu. Adli Tıp raporunun çıkmasına daha vardı, elde kesin kanıt olmadan cinayetle ilgili bir şeyler söyleyemezdi. Fakat bu anlamsız ortadan kayboluşun bir açıklaması olmalı diye bakan Nesrin'e de bir şeyler söylemeliydi.

"Kızım hiç aranızda tartışma falan oldu mu?"

"Hayır Cahit Amca, aramızda ne ufak bir tartışma ne de başka bir şey..."

"İyi de kızım, kamera kayıtlarını sen de izledin, arabasıyla geliyor, taksiye biniyor ve gidiyor, yanında iki tane de valiz, hiç fark etmedin mi?"

"Valizleri hazırladığını görmedim, muhtemelen ben uyuduktan sonra hazırlamıştır."

Nesrin'in gözleri dolmuştu, dudakları titriyordu.

"Cahit Amca ne oluyor, neden böyle bir şey yapmış olabilir?"

Kelimeler boğazında düğümlenmeye başlamıştı, boğazında kocaman bir taş vardı, yutkunamıyordu. Gözlerinden yaşlar süzülmeye başlamıştı.

"Kızım dur hele, yapma böyle!"

"İyi de Cahit Amca, neden ama neden?"

Özlem, dışarıdan Nesrin'in sesini duyup kapıyı hafif araladı.

"Cahit Bey, yapabileceğim bir şey var mı?"

"Yok kızım, sağ ol, rahatlarız birazdan, sen bize iki bardak su getiriver."

"Tamam, Cahit Bey."

Nesrin'in ağlaması hafiflemişti. Sesi kısık hâlde devam etti.

"İki haftadır, zamanı çok fazla paylaşamadık, bir kez sebebini sordum, bana her zamanki gibi sımsıkı sarıldı, çok yoğunum hayatım, seninle ilgilenemediğimin farkındayım, bunu en kısa sürede telafi edeceğim dedi, ben de daha bir şey sormadım."

Özlem iki bardak su getirdi, umarım Nesrin, Sinan'la aramızdakileri öğrenmemiştir, gerçi öğrenmiş olsaydı bana karşı bu kadar soğukkanlı olmazdı diye düşündü. Dışarı çıkarken kapıyı kapattı.

Nesrin kısa süre sonra bürodan ayrıldı.

Akşam çıkışta markete uğrayıp akşam için alış veriş yaptı. Yemek sadece bir bahaneydi aslında, önemli olan Faruk'la beraber olmaktı. Sokağın köşesine geldiğinde telefonu çaldı. Bilinmeyen bir numaraydı, telefonu açmadı. Biraz daha ilerledi, telefon tekrar çaldı, telefonu gene açmadı.

Apartmana girdi, posta kutusuna baktı, faturalar otomatik ödemede idi ama gene de dokümanlar geliyordu. Eve girip elindekileri mutfak masasının üzerine bıraktı. Yatak odasına gitti, üzerini değiştirdi. Yemekleri hazırlamaya koyuldu.

Faruk özellikle biraz oyalandı. Sekize çeyrek vardı, çıktı. Çiçekçiye uğradı, ne sevdiğini bilmiyordu ama güller her zaman etkileyicidir deyip bir demet gül aldı.

Özlem yemekleri hazırlamış ve masayı düzenlemişti. Romantik bir akşam geçirmek istiyordu, içmek ve pek çok şeyi unutmak. Çok fazla zamanı kalmamıştı. Hemen banyoya gitti, duşa girdi.

Üzerinde bornoz yatak odasına geçti, kırmızı rengi severdi, vücuduna oturan kısa bir elbise giydi. Çok ağır olmayan bir makyaj ve parfüm. Daha seksi görünmeliyim diye düşünerek ayakkabılığı açtı ve siyah topuklu ayakkabısını ayağına geçirdi. Hangi erkek bu güzelliğe karşı koyabilirdi ki.

Saat sekizi dört dakika geçiyordu, sokağın iki başında arabalar hazır durumdaydı. Faruk merdivenlerden çıktı, kapıya geldi, telefonunu kontrol etti, az önce gelen iki mesajı silmişti.

"Her şey yolunda."

Zili çaldı, beklemeye başladı. Kapı açıldığında nefesi kesilmişti. Bu kadın her gördüğünde güzelleşiyordu. Getirdiği çiçeklerin Özlem'in yanında hükmü olabilir miydi?

"Hoş geldin hayatım, gel ayakkabılarını çıkarma."

"Çok güzel olmuşsun."

Özlem, çiçekleri aldı, mutfağa bıraktı o sıra Faruk bekledi. Birlikte salona geçtiler. Karşılıklı oturdular.

"Hemen yemek ister misin?"

"Çok aç değilim desem yalan olur, sen ne durumdasın?"

"Orta halli, istersen yemeğe geçebiliriz ama."

"Tamam, hazırlanması gereken bir şey var mı, yardım edeyim?"

"Her şey hazır, sadece mutfaktan buraya gelecekler."

"O zaman taşıyalım."

"Tamam."

Birlikte mutfağa geçtiler, yemekleri taşıdılar, masa bir anda doldu. Özlem çiçekleri vazoya koyup masanın kenarına iliştirdi. Ortada duran mumu yaktı, kırmızı şarapları kadehlere Faruk doldurdu.

"Geçen seferki gibi olmaz değil mi?"

"Bu sefer olsa da fark etmez, çünkü yanımdasın, beni yalnız bırakmazsın herhâlde?"

Yemek yarılanmıştı ki Özlem'in telefonu çaldı. Baktı, yine o bilinmeyen numara. Faruk meraklı görünmek istemediği için bir şey sormadı.

"Tanımadığım bir numara, bu üçüncü olacak."

"Neden açmıyorsun ki?"

"Numarayı tanımıyorum, bir kez öyle bir hata yaptım, başımı zor kurtardım, sürekli arayıp buluşmak istedi, numaranı savcılığa veririm deyip korkuttum ancak öyle vazgeçti."

"Sen bilirsin, bence de bilmediğin numarayı açmamak en iyisi."

Özlem üçüncü kadehi de devirmişti. Her kadehten sonra daha da rahatlıyordu, artık Faruk'a aşkım, hayatım diye hitap etmeye başlamıştı. Faruk temkinli gitmek zorundaydı. Geçen seferki gibi burada kalmaya niyeti yoktu ama Özlem çok zorlarsa ne yapmalı bilemiyordu.

Özlem dördüncü kadehi de bitirmişti.

Yemek masasında sohbete devam ediyorlardı. Özlem'in telefonu bir kez daha çaldı.

"Sıktı ama bu da!" diyerek telefonu bir hışımla açtı.

"Evet, buyurun kime bakmıştınız, sabahtan beri arıyorsunuz, kimsiniz?"

Yüzündeki ifade değişti.

"Ki... Ki... Kim, anlamadım, yanlış numara beyefendi. Burada Ayten diye birisi yok!"

Kopya çekerken yakalanmış öğrenci gibi mahcubiyeti ve yüzünün kızarıklığı arttı.

"Yanlış numara beyefendi, bir daha aramayın lütfen!"

Telefonu kapatırken elleri titriyordu

"Ay ne ısrarcı adam, tutturdu Ayten diye!"

"Benim buyurun deseydin?"

"Ay dur, zor defettim umarım bir daha aramaz."

"Ararsa ver ben konuşayım, bir de benim sesimi duysun."

"Yok yok zannetmem bir daha aramaz."

Sakinleşmeye çalıştı ama tedirginliği her hâlinden belli oluyordu. Oysa bu akşam başka şeyler planlamıştı, nereden çıkmıştı bu lüzumsuz telefon!

Faruk:

"Lavaboya gitmeliyim, ne tarafta?"

"Koridorda, yatak odasının karşısındaki kapı."

Tuvalete girdi. Telefonunu çıkardı. Mesajları yolladı:

"Bir sorun var mı?"

Biraz sonra cevaplar geldi.

"Her şey yolunda."

Mesajları tekrar sildi. Sifonu çekti. Salona geldiğinde Özlem yemek masasından kalkmış ikili koltuğa oturmuştu. Bacak bacak üstüne atmıştı, Faruk içinden: "Kazasız belasız bir kurtulaydık!" diye geçirdi.

"Yanıma gelsene hayatım."

Özlem niyeti net olarak ortaya koymuştu. Faruk karşıdaki tekli koltuğa oturdu.

"Neden yanıma gelmiyorsun, yoksa benden hoşlanmıyor musun?"

"Hayır, tabii ki hoşlanıyorum, hatta aklımı başımdan alıyorsun, muhteşem görünüyorsun."

"O zaman?"

"Alkol almışken, ne bileyim sanki fırsatçılık gibi geliyor bana."

"Saçmalama lütfen, yanıma gelir misin?"

Faruk kurtuluş olmadığını anlamıştı. Yerinden kalktı ve Özlem'in yanına oturdu. Özlem biraz daha yaklaştı ve elini Faruk'un omzuna doladı. Yüzünü yaklaştırdı. Faruk nefesini yüzünde hissediyordu artık, gözlerini kapatıp karşı konulması mümkün olmayan gerçekliği yaşaması gerekiyordu.

Özlem üzerindeki elbiseyi çıkarmak için ayağa kalktığında sendeledi. Faruk ayağa kalkıp kolundan tuttu.

"İyi misin?"

"Biraz başım döndü sanki."

"Bir lavaboya git istersen."

"Evet, haklısın, gitsem iyi olacak."

Salondan çıkarken sendelemeye devam etti, ama Faruk herhangi bir şey söylemedi sadece arkasından baktı.

Lavabonun kapısı kapandığında Faruk masada duran telefonu aldı. Arama kaydına girdi. Kendi telefonunu çıkarıp mesaj bölümüne numarayı yazdı:

"Numarayı araştırın, yerini belirleyin."

Numarayı rehbere kaydedip, mesajları sildi. Lavabonun kapısı açıldı. Özlem'in ayak sesleri salona doğru yaklaştı. Faruk koltuğa geçti. Özlem gelip tekrar yanına oturdu, geçen seferki gibi sarhoş olmuştu. Faruk'a yaklaşmaya çalışıyordu ama hareketleri yavaşlamıştı.

"Tüh bu akşam da sevişemeyeceğiz…" diye düşündü Faruk ama gülümsemesi yüzüne vurdu.

"Ne oldu Faruk, neden güldün aşkım?"

"Yok bir şey canım, geçen gün bizim çocuklar GBT kontrolü yaparken, hani benzetmek gibi olmasın ama bir sarhoşla karşılaşmışlardı da anlattıkları aklıma geldi, ona güldüm."

"Ne yani sen şimdi bana sarhoş mu diyorsun?"

"Yok canım, sen sadece çakır keyifsin."

"Evet öyleyim, ama sarhoş değilim."

Az sonra Faruk'un telefonuna mesaj geldi.

"Bu defa seninki galiba?" dedi Özlem.

"Evet, hayatım benimki. "

"Numara üç gün önce alınmış. İsim alamadık, savcılık izni gerekli, Sarıyer'den aranmış."

"Kimmiş?"

"Bankalar canım, gecenin kaçı olursa olsun veya sabahın körü fark etmiyor, ha bire kredi verelim diye mesaj atıyorlar."

Bu arada gelen mesajı sildi.

Özlem'in gözleri kaymaya başlamıştı.

"Benim uykum geldi, hadi yatak odasına gidelim."

Sanki yatak odasında ayılacak diye düşündü. Özlem yavaş yavaş uyuklamaya başlamıştı. "Ben bu sahneyi hatırlıyorum…" diye mırıldandı Faruk. Ayağa kalkıp Özlem'in yanına geldi, kollarını beline dolayıp, kalkmasına yardım etti. Özlem de kollarını Faruk'un boynuna dolayıp sendeleyerek yürüdü. Yatak odasına geldiklerinde Özlem iyice uyku moduna geçmişti.

"Şu yaşadıklarımı erkekler kahvesinde anlatsam, beni kahveden kovarlar herhâlde!"

"Ne oldu aşkım, ne dedin?"

"Bir şey demedim canım."

Özlem'i yatağa yatırdı, ayakkabılarını çıkardı ve üzerini örttü. Geçen seferki gibi kapıyı kilitleyip evden çıktı.

* * *

Daha önce kumsalın bu kadar güzel olduğunu fark etmemişti. Kumlar ayağını gıdıklıyordu. Biraz yürüdükten sonra, ormandan gelen billur gibi suyun denize karıştığı yere geldi. Dikkatle baktı bir sorun var diye düşündü: "Neden denizin suyu dereye doğru gidiyor?"

Suyun içindeki balıklar bir denize, bir dereye doğru gidiyorlardı. Balıklar şimdiye kadar görmediği bir renkteydi, zümrüt yeşili gibi ama değil, narçiçeği karışımı gibi ama o da değil, çömeldi, daha dikkatli baktı: "Bunlar balık değil ki!" diye mırıldandı. Bunlar sadece renkti, şekilden şekle giren daha önce hiç görmediği ilginç renkler. Sanki kendisine bakan ama gözleri olmayan nesneler.

Ormandan gelen sesler dikkatini çekti, bir mırıldanma ya da inceden bir ney sesi, silik ama belirgin. Sesin geldiği yere yöneldi. Önündeki manzara muhteşemdi, ağaçlar hiç bu kadar canlı olmamıştı, akan suyun bile şarkısı vardı. Deredeki büyük taşların rengi tanıdıktı, zümrüt yeşili, kehribar sarısı. Normal taş gibi sert değildi. Saydam ve yumuşak, yürüdükçe önünde sıralanıveriyorlardı.

Derenin içindeki küçük taşlar altın sarısı rengindeydi. Eğilip elini suya daldırdı. Su elinin etrafını sardı ve bütün vücuduna doğru yayılmaya başladı. Vücudundaki suyu hissedebiliyordu ama ıslanmamıştı. Çok farklı bir duygu idi suyla temas etmek, ama ıslanmamak. Avucunun içine bir miktar çakıl taşı aldı. Suyun dışına çıkarıp baktı. Jelibon gibi duruyorlardı. Taşlar bir dönem sonra yumuşadı ve avucunun içinde sıvılaştı, parmaklarının arasından suya aktı ve tekrar şekle girdi.

Tekrar yürümeye başladı. Derenin içindeki renkler müzik eşliğinde kendisini takip ediyordu. Her şey mantıklıymış gibi derenin suyunun yukarı akmasına kafayı takmıştı. Ağaçların arasında yürümeye devam etti, yukarıda bir düzlük var gibiydi.

Yürürken neden adım atmıyordu acaba? Taşlara basarak gidiyordu ama dizlerini kırmadan. Geyşalar gibi, yürüdüğü belli olmayacak şekilde, ufak ufak ilerliyordu. Düzlüğe yaklaştığında önünde kristal merdivenler belirdi. Merdivenler, ama onlar da renk değiştirmeye başlamıştı. Fakat asıl hayranlığı başını kaldırdığında fark etti.

Gökyüzü, şimdiye kadar böyle bir maviyle karşılaşmamıştı. Birisi gökyüzünü yıkamıştı. Ortalıkta güneş yoktu, sıcak değildi, ama her yer aydınlıktı ve ısı hissedilmiyordu. Derenin akıntısı yön değiştirmişti, şimdi olması gerektiği gibi akıyordu. Tekrar gökyüzüne baktı, arabaların metalik boyasını andırıyordu. Hafif bir esinti hissetti, yüzüne vuran bu esinti, beraberinde damağında sevdiği tatları bıraktı. Güzel aromalı meyve kokteyli yemiş gibi doydu, karnı şişmedi ama bayağı doydu işte.

"Beğendin mi?"

Arkasına baktı ama bunun için kafasını döndürmemişti, arkası bir anda önü oluvermişti.

"Neyi beğendim mi?"

"Burayı."

"Burası neresi?"

"Bir tahmin et."

"Ne bileyim kumsalda yürüdüm, sonra buraya çıktım, sahil çok tanıdık gelmedi ama."

"Deniz aşağıda kalmış olmalı, değil mi?"

"Evet, öyle olmalı."

"Peki, nerede?"

Aşağıya baktı, deniz yok olmuştu, her yer maviydi ama gökyüzü aynı zamanda yerdeydi. Aklı karışmıştı.

"Neredeyim ben?"

"Bizim yanımızda, sizin deyiminizle bizim memlekettesin, hizmetkârların yanındasın."

"Hizmetkârların mı?"

"Neden benim gibisin peki?"

"Bu defa sana, senin gibi görünmek istedim, lokantadaki gibi."

"Biliyordum, sizdiniz, neden peki?"

"Bizden korkmamayı öğrenmen lazım, o yüzden bu aralar çok sık karşılaşacağız."

"Diğeri nerede peki?"

"Burada."

"Nasıl burada, göremiyorum?"

"O da benim."

"Ama onun görünüşü daha kötüydü?"

"O sadece senin içinde barındırdığın kötülüğün dışa yansımasıydı hepsi o."

"Başkaları var mı? Onlar nerede?"

"Hepsi burada, aynı zamanda diğer tarafta."

"Nasıl yani?"

"Bayağı, biz enerjiyiz, daha önce söylemiştim, aynı anda pek çok yerde olabiliriz."

"Yani hem burada, hem görevli olduğunuz yerde... Mesela dünyada, yani dünyada dedim ama gerçekten burası dünya değilse, ben nasıl buradayım, bir dakika kafam karıştı!.."

"Kafa karışacak bir şey yok, aşağıya bak ama heyecanlanma."

"Aman Allah'ım, nasıl yani?.."

"Heyecanlanmamanı söyledim."

"Bu nasıl olabilir?"

"Bütün kâinat bir enerjidir, fakat güzelce tanzim edilmiş bir enerji, zaman ve mekân aslında yoktur, bu sadece sizlerin yaşadığı yer için geçerlidir."

"Yani dünya için."

"Evet, dünya için, aşağıda gördüğünse, ruhun yaşaması için dünyada bulunan enerjiden ya da maddelerden oluşturulan bedenin."

"Peki nasıl oluyor, bedenim oradayken ve onu yani beni görebiliyorken, nasıl burada olabiliyorum?"

"Tabii ki bir de zaman ve mekânın dışında ayrıca boyutlar var, siz dünyada çok kısıtlı bir yaşam alanında yaşıyorsunuz, burada zaman ve mekân yok sadece senin algıların ve düşlerin var."

"Peki, dünyadaki bedensel enerji nasıl oluşuyor?"

"Onun cevabı bize bile kapalı, ama kısaca şunu söyleyebilirim..."

Ortalığı farklı bir ses kapladı, bir uğultu gibi, büyüyü bozacak bir güç. O esnada ayaklarının altındaki zemin erimeye başladı, aşağıya doğru baktı, yataktaydı ve gitgide yıkanmış gökyüzü, ışıltılı merdivenler ve ters akan dere yerini karanlığa bırakmaya başladı.

Gözlerini açtı, perdenin aralığından mesaisini bitirmek üzere olan ayın ışığı, kendisini engellemeye çalışan bulutları kandırarak oda duvarını aydınlatmaya çalışıyordu. Yatakta doğruldu, avucunun içinde bir şeyler vardı.

* * *

Evden sokağa çıktı ve hiçbir yere bakmadan ilerledi. Sokağın başında bulunan arabanın yanından geçti ama kafasını çevirip bakmadı. Taş sokaktan sola kıvrılıp sahile doğru yürümeye başladı.

Sokağın iki başında duran arabalar yavaşça kendisini izlemeye başladı. Arkasına bakmadan devam ediyordu. Geçenlerde Özlem'le gittiği lokantaya girdi. Araçlar durmadan devam edip, lokantanın arka tarafındaki park yerine girdiler.

"Her şey yolunda mı Altan?"

"Her şey yolunda."

"Gelen giden olmadı galiba?"

O arada, arabalarda bulunan ikişerli ekip lokantadan içeri girdi.

"Nasılsınız amirim?"

"Bir sorun var mı çocuklar?"

"Bir sorun yok amirim, bizden gerideki ekipleri gönderdik, onlarda da bir vukuat olmamış."

"Sarıyer'den ne haber?"

"Ekipler telefon sinyalinden mekânı bulmuşlar, şu an takipteler, şansımıza evin çaprazında tekel bayii var. Arkadaşlardan birisi orada, araç bulundurmak zorunda olmadığımız için şanslı sayılırız."

"Kendimize pek güvenmeyelim, adam sonuçta avukat ve bu işleri en az bizim kadar iyi biliyor, bir şeylerden şüphelenmiş olmasaydı, hepimizi atlatıp bir anda sırra kadem basmazdı, şu kadın olmasaydı, İstanbul kazan, biz kepçe arar dururduk."

"Haklısınız amirim, arkadaşları daha dikkatli olmaları konusunda uyarırım."

"Adli Tıp'tan sonuç çıkmadan hiçbir şekilde dikkat çekmek yok, sadece takip, sonrası kolay."

Ekip arkadaşları dağıldıktan sonra Altan ve Faruk baş başa kaldılar. Lokanta çoktan kapatmıştı aslında içeride müşteri yoktu.

"Çayı yeni demledik, getireyim mi amirim?"

"İyi olur Fahri."

"Hemen geliyor amirim."

Yanlarından ayrılıp, mutfağa gitti, biraz sonra iki çayla döndü.

"Buyurun amirim."

"Sağ ol be Fahri, böyle günlerde hep kahrımızı çekiyorsun."

"Ne demek amirim, siz isteyin, ben mekânı sabaha kadar açık tutarım, müsaadenizle amirim."

"Eee koca oğlan, ne yaptınız bakalım?" diye sordu Altan.

"Gene ucuz kurtulduk, iki kadeh atınca kavak gibi sallanmaya başlıyor hatun."

"Yırttın yani?"

"Hoş hatun ama şu dava bir neticelensin hele, hoşlanmıyor değilim ama durup dururken lades olmayalım."

Altan'ı, senden sır çıkmaz diye uyarma gereği bile duymadı. Biliyordu ağzı sıkıydı ve iş arkadaşıydı ama dosttu.

"Bence de hoş hatun."

Çaylarını içip kalktılar.

"İyi geceler Fahri, iyi geceler arkadaşlar."

Öne doğru hafifçe eğilen lokanta çalışanları hep bir ağızdan,

"Sizlere de iyi geceler efendim..." dediler.

Lokantanın arkasındaki otoparka gidip arabalarına bindiler ve peş peşe köprüye doğru ilerlediler.

* * *

Avucunu açamıyordu. Parmaklarının arasındaki ışıltılar onu korkutmuştu. Ama her durumda avucunu açacaktı. Yumuşak bir his... Yavaşça parmaklarını araladı. Rengârenk küçük taşlar. Sürekli renk değiştiriyorlardı. Bir süre öyle kaldı. Algılamaya çalıştı: "Geçen gün nasıl yattığımı anımsamadım, şimdi de bu, nereden aldım, nasıl aldım... Rüya mı gördüm ben?" Az önce gördüklerini anımsamaya çalıştı, zihninde ufak tefek görüntüler oluşmaya başlamıştı. En belirgini gökyüzü idi, sonra taşlar, merdiven ve yüzünü bir türlü hatırlayamadığı o şey: "Amma ilginç rüya..." diye düşündü.

Sonra tekrar avucuna baktı: "Eeee gördüğüm rüya ise, bunlar ne peki, Allah'ım deliriyor muyum ben?"

Yataktan indi, odanın ışığını yaktı, avucunun içindekilerin ışıltıları daha da arttı, ışığı kapattı, ışıltılar da azaltı, tekrar yaktı, gene aynı, ışıltılar gene arttı.

Yatak odasından çıkıp çalışma odasına geçti. Şifreyi girip kapıyı açtı. İçeri girdikten sonra kapı kapandı ve ortam aydınlandı. Aynı şey burada da oldu. Avucundakiler her neyse aydınlık yerde daha da ışıldıyordu. Usulca çalışma masasının üzerine bıraktı.

Dikkatlice baktı, baktı...

İşaret parmağıyla dokundu, kadife gibiydi ve sürekli renk değiştirip ışıldıyorlardı. Saat sabahın dördü olmuştu, belki de yarım saatten fazla buradaydı, sadece bakıyor ve dokunuyordu. Onlarsa renk değiştiriyor ve ışıldıyorlardı. Esnemeye başladı.

"Gidip yatsam iyi olacak, sizleri burada bıraksam üzülmezsiniz değil mi?"

Işıltı arttı: "Duyuyor mu bunlar beni?"

Işıltı gene arttı.

"Siz benimle konuşuyor musunuz?"

Işıltı gene arttı:

"Gidip yatsam iyi olacak!"

Arkasına bakmadan odadan çıktı.

"Herhâlde kendiliğinden yürüyüp odanın içinde dağılmazlar?"

Mutfağa geçti, bir bardak su içmek için buzdolabının kapağını açtı, biraz soğuk su alıp, üzerini masadaki sürahide duran suyla tamamladı. İçi yanmıştı. Ama garip bir şey oldu. Suyu içtikten sonra ağzında karışık meyve suyu tadı hissetti. Damağında kalan bu tat neredendi? Rüyayı hatırladı veya gerçeği, bir şey düşünmemeye çalıştı. Yatak odasına geçti, yatağa girdi ve battaniyeyi üstüne çekti. Derin bir nefes alıp, gözlerini kapattı.

Uyandığında alarm henüz çalmamıştı. Mutfağa geçip kahvaltısını hazırlamaya koyuldu. Bir an aklına çalışma odasına bıraktığı o garip taşlar geldi. Hızlı adımlarla odaya gitti. İçeri girdiğinde gözlerine inanamadı. Taşlar bıraktığı yerde değildi. Raflarda duran fotoğraf makinalarının yanındaydılar. Müzeye gelmiş, yapıtları inceleyen ziyaretçilere benziyorlardı.

Hepsini masanın üzerine koyduğundan emindi. Peki, nasıl oralara gitmişlerdi? Hepsini tek tek topladı. Mutfağa geçti ve raftan küçük bir kavanoz aldı, içine koyup kapağını kapattı.

"Bugün sizinle küçük bir gezintiye çıkıyoruz..." Kavanozu sırt çantasının içine koydu. Kahvaltısını bitirip evden çıktı: "Bugün Ağabey'e uğrasam iyi olacak!"

Mekândan içeri girdiğinde adaçayı kokusu hemen hissediliyordu.

"Merhaba Ağabey"

"Hoş geldin evlat, gel."

Devam etmekte olduğu tuvalin kenarına fırçaları bırakarak Özgür'ü karşıladı. İlerlemiş yaşına rağmen tokalaştığında eğer siz tedbirinizi almamışsanız, bir hayli canınız yanabilirdi.

"Resmi bağayı bitirmişsin."

"Evet, az kaldı, çay hazır, bardakları hazırla istersen."

Özgür, lavaboya gidip, bardakları kontrol etti, bardaklar yeni yıkanmıştı, suları daha yeni süzülüyordu.

"Misafirin vardı galiba?"

"Evet vardı, yandaki baharatçı ile geçen gün senin simit aldığın fırıncı geldi. Karnın aç mı, masanın çekmecesinde bir tane bütün var."

"Sen yedin mi Ağabey?"

"Ben onlarla yedim, o da senin kısmetinmiş."

Bardakları masaya koyup, çayları doldurdu. Simidi poşetten çıkarıp masanın üzerindeki gazetenin üzerine koydu.

"Erken geldin bu sefer, hayırdır yeni gelişmeler var galiba?"

"Evet Ağabey, rüya mı gerçek mi anlayamıyorum?"

"Ya burası rüya, orası gerçekse?"

"Orası doğru tabii ki, son zamanlarda iyice karışmaya başladı."

Çayından bir yudum aldı, simitten bir parça kopartıp ağzına attı.

Yaşlı adam, Özgür'ü izliyordu.

"Yanımda bir şeyler getirdim, görsen iyi olacak."

Sırt çantasına koyduğu kavanozu çıkardı, kavanozun içi boştu.

"Ama bu nasıl olur, sabah kavanozun içine koymuştum!"

Sanki kavanozun içi görülmüyormuş gibi havaya kaldırıp tekrar baktı.

"Ne oldu Özgür, ne arıyorsun?"

"Buradaydılar Ağabey, gece rüyada veya gerçekte elimdeydiler, sonra onları çalışma odama koymuştum, gerçi sabah baktığımda masanın üzerinden, fotoğraf makinalarının yanına gitmişlerdi ama kapalı kavanozdan nereye giderler, yani kavanozdan nasıl çıkarlar?"

"Ya hepsi rüyaysa..."

"Ya hepsi gerçekse Ağabey, ya burası rüyaysa, o kadar gerçek gibiydi ki ama bir tek şey hariç hepsi çok netti."

"Net olmayan neydi?"

"Hizmetkâr, gerçi onunla da konuştum. Hatta o an yüzünü gördüğümü anımsıyorum ama sabah katlığımda yüzü ile ilgili hiçbir şey anımsamıyorum."

"Başka ne gördün?"

"Gökyüzü mesela, güneş yoktu ama sıcaktı, çok canlı bir maviydi, sanki yıkanmıştı. Dere bir ara ters akıyordu sonra düzeldi, derenin içinde bir şeyler vardı ve beni takip ediyorlar gibiydi."

"Başka ne gördün?"

"Merdivenler çok parlaktı şey gibi, kristal gibi, parlak ve rengârenk."

"Asıl duymak istediğimi henüz söylemedin."

"Her şeyi tam anımsamıyorum, bölük pörçük anımsıyorum."

"Bir şeyler yedin mi?"

Özgür biraz durakladı. Bardağıyla oynadı bir yudum alıp düşündü. Çay boğazından geçerken o tat gene damağındaydı.

"Evet evet şimdi hatırladım, bir şeyler yedim, aslında yemedim ama yemiş gibi oldum ve ne oldu biliyor musun? Karnım doydu, bu nasıl olabildi peki?"

"Orada her şey var, isteyebileceğin her şey, sen neyi nasıl hayal edersen öyle olur."

"Her şeyi mi?"

"Evet her şey."

Bu arada Özgür küçük renkli şeyleri unutmuştu. Aklına başka sorular gelmişti.

"Ağabey, hani geçen sefer göl kenarında annemi ve babamı görmüştüm, onları görme şansım var mı?"

"Var tabii ki, hatta onlar da oradaydılar ama sen onları henüz o boyutta görme yeteneğine sahip değilsin. Ama onlar sana bu tarafta senin görebileceğin şekilde görünme yeteneğine sahipler."

"Peki nasıl olacak bu söylediğin?"

"Bu biraz zaman alabilir, sana bağlı aslında. Her şeyin saf enerji olduğunu kavrayabildiğinde, kendinde bulunan enerjiyi de kontrol etme yeteneğine sahip olacaksın."

"Peki, sen bunu bana öğretemez misin?"

"Ben ancak sana anlatabilirim, nasıl olduğunu sen fark edeceksin, zamanı geldiğinde de yardımcı olmam istenirse yardımcı da olurum tabii ki."

"Anlatmak da bir işe yaramaz diyorsun yani, ama bazı şeyleri gene de anlatırsan belki anlayabilirim."

"Peki bir deneyelim o zaman, hani damağında hissettiğin tat. Normalde yemek borunda veya midende tat alma duyusu yoktur, öyle mi?"

"Evet öyle."

"Yediğin yemekler de beynine gitmiyor, doğru mu?"

"Evet, o da doğru."

"Peki, nasıl oluyor da yediğin şeyin tadını sanki beynindeymiş gibi hissediyorsun?"

"Nasıl?"

"Çünkü senin tat alma duyunda, yediğin gıdanın içindeki molekül yapısını algılayacak sistem kayıtlı. Sonuçta ne yersen ye mutlaka bir tat alıyorsun, şimdiye kadar hiç tadı olmayan bir şey yedin mi?"

"Hayır yemedim? Saman gibi deriz ama onun da bir tadı vardır mutlaka."

"Var tabii, senin hiç yemediğin zararlı diye düşündüğün gıdaların da diğer canlılar için bir tadı var, ama farkındaysan bu ancak beyninde şekilleniyor, yani aslında bir ileti bir belirleme."

"Biraz karışık geldi."

"Daha uygun olarak şöyle açabiliriz, daha yoğun olan maddesel kısmı, bedeninin ihtiyacı olduğu için yani organizmanın ihtiyacını karşılamak için farklı şekillenmiştir. Bundan zevk almak içinse başka şekilde yani zevk almak için farklı şekillendirilmiş."

"Beden ve ruh gibi mi yani?"

"Hemen hemen öyle de diyebiliriz. Bizler topraktan meydana gelen, yani topraktan şekillenen gıdaları tüketiyoruz. Aynı zamanda büyüyen bedenimiz o gıdaları farklı molekül yapılarında depoluyor ama aslında hepsi toprak. Bir de su ve hava var. Onlar olmadan da organizmanın gelişmesi mümkün değil, değil mi?"

"Anladığım kadarıyla hani şu halk ozanı var Âşık Veysel, Benim sadık yârim kara topraktır eserinde konuyu farklı bir boyutta anlatmış."

"Aynen öyle, anlayabilene o eserde çok ciddi mesajlar var."

Yaşlı adam konuşurken, Özgür bardaktaki çayı bitirmişti.

"Peki, nasıl oluyor da orası ile burası bu kadar hem yakın hem de uzak, bu arada benim taşlar hâlâ kayıp."

Ağabey, masanın çekmecesini çekip avucunun içine bir şeyler aldı. Avucunun içindeki parlaklıktan dolayı Özgür bir anda heyecanlandı.

"Yoksa orada mıydılar? Peki, bu nasıl olabilir?"

"Çok basit, sen nasıl hem burada hem orada olabildiysen, bunlar da yer değiştirdiler."

"Ağabey inan bana kavramakta zorlanıyorum."

"Kendini çok yorma, zamanı gelince gözünün önündeki perdeler tek tek açılacak."

Avucunun içinde ışıldayan nesneleri göstererek,

"Peki, onlar ne?" dedi.

"Bunlar mı?"

"Evet."

"Bunlar..."

Ağabey tam cümleye başlayacaktı ki kapı açıldı. Elinde kafes olan küçük bir kız ve genç bir hanım içeriye girdi.

"İyi günler."

"Hoş geldiniz, buyurun kızım."

"Şey... Biz bir ay önce bu muhabbet kuşunu almıştık da önceleri yem yiyordu ve hareketliydi, şimdi ise çok az yiyor ve neredeyse kafesin içinde hiç hareket etmeden duruyor."

"Nereden aldınız?"

"Kadıköy'e gezmeye gitmiştik, kızım görünce çok hoşuna gitti ve almak istedi, aslında ben pek sıcak bakmadım ama ısrar edince almak zorunda kaldım."

"Bunu tek mi aldınız yoksa yanında eşi var mıydı?"

"Yanında bir kuş daha vardı ama biz bir tane isteyince dükkân sahibi birini ayırıp verdi. Peki, ne yapıcaz şimdi?"

"Bence tekrar Kadıköy'e gidip eşini alacaksınız, adı üstünde muhabbet kuşu. Muhtemelen ayrılan eşidir, bunlar eşlerinden ayrıldıktan sonra biz insanlar gibi hasretlik çekerler ve hatta ölebilirler de."

"Aaaa hiç bilmiyordum!"

"Çok zaman kaybetmiş sayılmazsınız, eşini yanına koyun normal hâline döner."

"Çok teşekkür ederiz, iyi günler."

"İyi günler kızım."

Özgür büyük bir sabırsızlıkla gitmelerini bekliyordu. Kapıdan çıktıklarında nefessiz kalan ve bir anda nefes almaya başlayan dalgıçlar gibi rahatladı.

"Evet, Ağabey bunlar dedin?"

"Evet, haklısın bunlar saf enerji."

"Saf enerji mi?"

"Evet, saf enerji. Her şey yani, senin orada gördüğün deniz, gökyüzü, merdiven, ağaçlar hepsinin ana maddesi. Bizi düşün, belli bir dönem sonra tekrar toprağa dönüşüyoruz değil mi? Kemiklerimiz iyi korunursa binlerce yıl bile kalabiliyor ama sonuçta onların da bir yok olma zamanı var. Bizler bu duruma bakıldığında şekil değiştiriyoruz, fakat uzun sürüyor. Elimde tuttuklarım ise istedikleri an başka bir şeye dönüşebiliyorlar."

"Şimdi de dönüşebilirler mi?"

"Hem evet, hem hayır, bunlar sana verilmiş hediyeler aslında, gördüklerinin bir rüya olmadığını ama henüz daha bunu kontrol edemeyeceğin gerçeğinin de farkında olmanı sağlamak."

"Peki ben güzel bir yer gördüğümü düşünüyorum, peki kötü bir yer de var mı?"

"Tabii ki var."

"Peki orada olanlar yani görünenler de bunlardan mı?"

"Oradaki ortamı yaratanlar da bunlar, önemli olan gece yatarkenki huzurun. Yatmadan önce bir kâse turşu yersen, rüyanda su içmek için kuyu ararsın veya mutlu bir gün geçirmişsen, rüyanda da çayırlar, çiçekler, güzel meyveler, hoş kokular algılaman normal."

"Çok ilginç!"

"Her şey beyninde oluşturulmuş algı merkezlerinde gerçekleşiyor, ister burası, ister orası, fark etmez."

Elindeki parıltıları masanın üzerine bıraktı, sürekli renk değiştiren nesneler bir anda gözden kayboldu.

Özgür'ün gözleri büyüdü. Hayretler içinde,

"Nereye gittiler?" diye sordu.

"Ait oldukları yere, hem çok uzağa, hem çok yakına."

"Eğer siz olmasaydınız Ağabey, bu yaşadıklarımı kabullenemezdim ve büyük bir ihtimalle çoktan tımarhaneyi boylamıştım."

"Biz bunun için buradayız evlat."

"Asıl amaç ne Ağabey?"

"Bireysel aydınlanmayı gerçekleştirmek, toplu hâlde başarıya ulaşmak mümkün olsaydı bu şimdiye kadar çoktan gerçekleşmişti."

"Demek ki bir şeyler eksik?"

"Evet bir şeyler eksik evlat, hem de çok önemli şeyler..."

* * *

Büfenin önündeki kepengi kaldırıyordu. Arkasından gelen sesle irkildi.

"Günaydın."

"Size de günaydın efendim, nasıl yardımcı olabilirim?"

"Bugün geç kalmışsınız"

"Haklısınız efendim, trafik yoğundu da."

"Yardım ister misin?"

"Teşekkür ederim, hallettim."

Kepenkleri açtıktan sonra, yan taraftaki kapıyı açmak için hareket etti, kendisini izlediğinden emindi: "Allah kahretsin, umarım görmemiştir."

"Biraz beklerseniz efendim, şu gazeteleri yerleştireyim de büfenin önü açılsın."

"Sorun değil, istersen yardım edebilirim."

"Teşekkür ederim, şunları da aldığımız zaman halloldu."

Alelacele gazeteleri düzenleyip, içerinin ışığını yaktı.

O sırada iki gazeteyi eline almıştı ve:

"Bir tane de Parliament istiyorum." dedi.

"15 lira efendim."

"Mahmut yok mu?"

"Mahmut ağabey mi, o memlekete gitti, Muğla'ya."

"Siz de yerine bakıyorsunuz yani?"

"Evet, öyle oldu."

"Sizi daha önce görmemiştim, genel de Mahmut gidince, yeğenini bırakırdı yerine."

Soruların kendisini köşeye sıkıştırmak için sorulduğunu anlamıştı. Uygun cevaplar bulunmalıydı yoksa çuvallamak işten bile değildi.

"Doğrudur efendim, ben pek Mahmut ağabeyin ailesini tanımam."

Bu cevap mantıklıydı çünkü Mahmut'un büfeye bakacak kadar yetişkin yeğeni yoktu.

"Siz nereden tanışıyorsunuz?"

"Mahmut ağabey bizden suları alır efendim, benden rica etti. Kendisi üç dört güne gelecek galiba."

"Anladım, peki teşekkür ederim, kolay gelsin."

"Sağ olun efendim, iyi günler."

Arkasına bakmadan hızlı adımlarla apartmana girdi, ikinci kata çıktı. Sigara paketinden bir sigara çıkarıp yaktı, derin bir nefes çekti. Gözleri valizi aradı, buraya gelirken getirdiği birkaç parça eşyayı valizin içine yerleştirdi. Telefonu çıkardı, numarayı çevirdi, bir anda durdu telefonu kapatıp cebine koydu. Tekrar dışarı çıktı.

"Alo amirim, fark edilmiş olabilirim."

"Ciddi misin? Nasıl oldu peki?"

"Bir anda arkamda belirdi. Silahı fark etmiş olabilir."

"Şu an nerede?"

"Az önce eve girdi. Bir dakika efendim, binadan çıktı, kapatmam lazım."

Büfenin karşısındaki telefon kulübesine gitti. Arkasına bakmadı, numarayı çevirdi:

"Bana temiz bir telefon gönder, acil, büyük bir ihtimalle takip ediliyorum."

"Tamam, pizzayla gönderirim."

"Acele et!"

Kulübeden çıkıp, ilerideki markete girdi. Reyonlar arsında dolaşıp, bir şey aldı, daha çok küçük ama enerji veren şeyler. Kasaya gittiğinde kalp atışlarını hisseder olmuştu. Eve döndü valizi hazırlayıp kapattı. On beş dakika sonra kapı çaldı.

"Kim o?"

"Pizzacı efendim."

Kapıyı araladı, parayı uzattı.

"Üstü kalsın."

"Teşekkür ederim efendim."

"Alo, amirim, az önce bir pizzacı geldi."

"Evde mi?"

"Evet amirim, markete gidip bir şeyler aldı ve eve döndü."

"Takibe devam et, sokağın köşesine ekip gönderiyorum, ters köşede kalacaklar, görüş açısında değil, fark edemez. Bir gün daha sabretmeliyiz, yarın sonuçlar çıkacak."

"Peki amirim, kapatıyorum."

"Akşam saat 19:30'da arabayı arka sokağa gönder, bizim sokağa o zaman çöp kamyonu giriyor. Çöp kamyonu sokağa girdikten sonra araba diğer tarafa geçsin. Sabahki planı buluştuğumuzda anlatırım."

"Tamam."

* * *

"Durum iyice karıştı Altan."

"Son durum ne?"

"Muhtemelen takibi fark etti, ama farkında değilmiş gibi davranıyor, şu an çarşıda bir şey yokmuş gibi geziniyormuş, biliyorsun sonuçlar yarın çıkacak, Cahit Baba'yla konuşalım, eğer sonuçlar düşündüğümüz gibi olursa, eşiyle konuşmak lazım."

"Ya değilse Faruk, Sinan başka bir nedenden dolayı saklanıyorsa?"

"Orasını daha düşünemedim Altan."

"Ben de düşünmedim, ben Cahit Baba'yı ararım, kahve almaya gidiyor. İçersin değil mi?"

"Olur."

Altan kahveleri hazırlamadan önce Cahit Baba'yı aradı.

"Cahit Baba, uygun musun?"

"Uygunum evlat, buyur."

"Baba biliyorsun yarın sonuçlar çıkacak, eğer iş tahmin ettiğimiz gibi sonuçlanırsa Sinan'ın eşiyle uygun bir konuşma yapmak lazım. Gerçi siz bunu çoktan düşünmüşsünüzdür bile ama biz Faruk'la gene bir anımsatalım dedik."

"Biliyorum evladım, belki de bu konuşmayı sizin yapmanız gerekebilir, ben kendimi hiç iyi hissetmiyorum. Adil Hoca beni aradığında sonuç tahmin ettiğimiz gibi ise ben Özlem'e bir hafta izin vereceğim. Buralarda olmaması lazım. Konuşurken Sermin'i de yanınıza alın, ister burada ister emniyette konuşun, bir an önce bitsin istiyorum, geceleri uykularım kaçıyor artık."

"Haklısınız Cahit Baba, yarın zor bir gün olacak!"

Yeni gelen telefonun pilini çıkarıp parçaladı. Kendi telefonunu masanın üzerinde bıraktı.

Faruk'un telefonu çaldı.

"Sokağın köşesindeyiz amirim, bir emriniz var mı?"

"Hayır yok, dikkatli olun yeter."

Bütün gün evin içinde dolanıp durdu, aracın gelmesi özgürlük olabilirdi ya da esaret...

* * *

Ceyda, Filiz'in odasına geldi. Filiz elindeki dergileri inceliyordu.

"Hoş geldin Ceyda."

"Merhaba canım nasılsın, bir şey sorucam, Özgür'den haber var mı?"

"Bilmem, ben konuşmadım, Alper'i de aramış olsaydı haberim olurdu."

"Arasak mı?"

"Sen aramak istersen ara veya Alper'e söyleyeyim o arasın."

"Söylesene arasın."

"Tamam, gel odasına gidelim."

Birlikte odadan çıktılar, koridoru dönmüşlerdi ki Alper'le karşılaştılar.

"Ne haber Alper, biz de Filiz'le sana geliyorduk, nereden böyle?"

"Patronun yanından geliyorum, ufak tefek işler işte."

"Ceyda bu aralar Özgür'le görüştünüz mü diye sordu da."

"Ha yok ben aramadım, o da aramadı."

"Bir arayalım mı Alper?"

"Sen ara Ceyda, sende telefon numarası var."

"Ne bileyim, ne diyeceğim şimdi, geçen de aradım, utandım sonra."

"Vallahi Ceyda seni tanımasam rahibe oldun zannedeceğim."

"Sorma Filiz, kendimi çok tuhaf hissediyorum, galiba âşık oldum, diğer ilişkilerimden farklı, onun yanında mutlu oluyorum ama utanıyorum."

"Tamam, dert etme ben öğleden sonra ararım."

Yemek saati gelmişti, Alper elindekileri odasına bıraktı, birlikte yemeğe gittiler.

Özgür öğle yemeğini yalnız yemek için dışarı çıktı, düşünmeye ihtiyacı vardı. Artık sorgulama dönemi başlamıştı. "Neden?.."

Beyninin kıvrımlarında bu soru dolanıyordu: "Neden?.."

Sonra yerini başka sorular alıyordu, peki nasıl, niçin, anlamı ne ve daha pek çok soru.

Önündeki yemeği bitirmişti ama nasıl yediğinin ne lezzet aldığının farkında bile değildi.

Karşı masadaki güzel kadını fark etmedi bile. Bir ara öylesine kafasını kaldırdığında karşı masadaki hatunun kendisine baktığını fark etti. Güzel hatun, Özgür'ün bakışını yakaladığında hafifçe gülümsedi. Özgür de belli belirsiz hafif bir gülümsemeyle karşılık verdi, tekrar tabağına baktı. Ama bakışın devam ettiğini hissediyordu. Az sonra garson geldi.

"Çay alır mısınız efendim?"

"İyi olur."

"Hemen getiriyorum."

"Çok dalgınsınız."

"Efendim, anlamadım?"

"Şey, kusura bakmayın, istemeden de olsa sizi izliyordum, çok dalgınsınız, önemli bir şey yok değil mi?"

Hangisini anlatayım ki sana, hem anlatsam anlayabilir misin ki dedi içinden.

"Önemli bir şey yok, ilginiz için teşekkür ederim."

"Hava çok güzel değil mi? Yazdan kalma bir gün, fotoğraf mı çekiyorsunuz?"

Hatunun sohbeti bırakmaya hiç niyeti yoktu. Özgür dışarı çıkarken bir şeyler yakalarım diye fotoğraf makinasını yanına almıştı. Ama hatun hatırlatana kadar, makinayı aldığının farkında bile değildi: "Off amma dağılmışım be, kadın hatırlatmasa, makinayı bırakıp gideceğim!" diye mırıldandı.

"Bir şey mi söylediniz?"

"Kendi kendime mırıldanıyordum, size bir şey söylemedim."

O arada Özgür'ün telefonu çaldı. Alper arıyordu.

"Selam Alper."

"İyidir Özgür, merak ettik seni, tabii ki Ceyda daha çok merak etmiş ki o sordu, görüşüyor musunuz bu aralar diye."

Ceyda, Alper'in koluna bir çimdik attı.

"Yapma Alper, of ya!.."

"Dur be kızım!" dedi Filiz'e, sonra telefona döndü. "Sahi aramadın, her şey yolunda mı?"

"Merak etmeyin, bir sorun yok, işler güçler işte. Siz neler yapıyorsunuz?"

"Bizden de bir yaramazlık yok, gelsene bir akşam."

"Olur, siz ne zaman uygun olursanız, bir gün önce haber verin, selamlar herkese."

"Onların da sana selamı var, ararım seni."

"Tamam, hoşça kal."

Telefonu kapattıktan sonra, Alper kızlara döndü.

"Bir sıkıntısı var, çok donuk konuştu."

"Israr etseydin ya bu akşam için, bakalım derdi neymiş, konuşmasa bile kafası dağılır, isterseniz güzel bir rakı balık sofrası da kurarım size," dedi Filiz.

"Bu akşam olmaz Filiz, yarın dışarıda bir iki yerde görüşmem var, ayık olmam lazım, akşama doğru tekrar arar, yarın akşam için gel derim."

"Tamam bana uyar diye atladı Ceyda."

"Tabii canım kambersiz düğün olur mu hiç?"

* * *

Sokağa akşam karanlığı çökmeye başlamıştı. Valizi kontrol etti. "Bu ağır olur!" dedi, sırt çantasını dolaptan çıkardı. Kendisine birkaç günlük yetecek malzemeleri aldı. Silahına baktı. "Ne olur ne olmaz?" dedi, onu da sırt çantasının ortalarına yerleştirdi. Saat akşam yedi olmuştu. Çöp poşetini aldı, dışarı çıktı. Poşeti apartmanın önünde duran diğer poşetlerin yanına bıraktı, büfeye yöneldi.

"Merhaba, bir Parliament lütfen."

"Buyurun efendim."

Kısa bir gülümsemeden sonra parayı uzattı, üstünü alıp, arkasına bakmadan içeri girdi.

Üzerini giydi, sırt çantasını aldı. Arka taraftaki mutfak balkonuna gitti. Vakit gelmişti. Çöp kamyonu sokağa girdi. Köşede duran ekip arabası çöp kamyonunun gelmesiyle camları kapattı. Daha önce hiç izlememişler gibi çöpçüleri izlemeye koyuldular. Kamyonun hemen arkasından araba arka sokağa ilerledi.

Mutfak balkonunun kapısını açtı. Dışarı çıkıp kilitledi. Telefonu evde bıraktı, salonun ışığına gece yarısı kapanması için basit bir düzenek yapmıştı. Balkondan aşağıya sarkarak bir alt kattaki pencerenin demirlerine ayaklarını uzattı. Boyu uzun olmasaydı neredeyse ayakuçları ile dokunamayacaktı bile. Kendisini duvara yapıştırıp, hafifçe eğildi. Yan dönüp demirlerden tutundu ve yavaşça aşağıya süzüldü. Apartmanın arkasındaki küçük bahçeden diğer apartmanın bahçesine geçti.

Yan tarafta küçük bir kömürlük vardı ama ulaşabileceği kadar da küçük değildi. Sokakta çöp kamyonu ilerleyişini devam ettiriyordu. Etrafa bakındı, yükselmesini sağlayacak bir şeyler aradı. Ortalık hiç bu kadar temiz olmamıştı. Ayaklarının altına koyacak bir sigara kâğıdı bile yoktu.

"Allah kahretsin!"

Çöp kamyonunun sesi azalmaya başlamıştı. Görüş alanlarından çıktığı için ekip de göz takibini bırakmışlardı. Bir çözüm bulmalı diye düşündü. Gözü bir an kendi balkonunda duran tabureye ilişti. Bu tabureyle bile ancak kömürlüğün çatısını tutabilirdi. Sırt çantasını çıkarıp iki bahçeyi ayıran duvardan tekrar kendi tarafına geçti. Az önce indiği demirlere tekrar tırmandı. Yavaşça dikeldi, kendi balkonunun demirlerinden tutunup kendisini yukarı çekti, tam o esnada penceresi açıldı.

"Kız Ayten, huuu, Ayten!"

Biraz sonra karşı dairenin perdesi açıldı sonra da pencere.

"Ne oldu Hayriye Abla?"

"Ne yapıyorsun?"

Bir şeyi hesaba katmamıştı. Alttaki komşu her akşam pencereyi açar, karşıdaki ile dakikalarca sohbet ederdi: "Tam da sırası şimdi, girin içeri be kadınlar, umarım sırt çantasını görmezler!" diye mırıldandı.

"Yemekleri hazırladım abla, birazdan gelir bizimkisi."

"Ne yemek yaptın?"

"Türlü yaptım abla, şimdi de pilav yapıyorum, bir de turşu çıkarıcam şimdi."

"Ben daha bir şey yapmadım, bizimki geç gelecekmiş."

"Abla dur, pilav dibine yapışmasın birazdan seslenirim."

"Tamam."

Karşılıklı pencereleri kapatıp perdeleri çektiler. Derin bir oh çekti. Balkondaki tabureyi balkon demirine öylesine bağlanmış bir iple beline bağladı, bu defa daha dikkatli olmalıydı çünkü az önce karanlık olan mutfağın ışıkları artık açıktı. Hele alt kattaki en ufak bir tıkırtıya bile uyanırdı. Bazı geceler kocasını dürtükleyip, "Mehmet kalk, bir ses duydum!" dediğini işitirdi.

Uzun boylu olmak avantajdı ama kilo işleri zorlaştırıyordu. Zor da olsa zemine indi, o sırada alt kattakinin mutfak ışığı kapandı rahatladı. Bir anda karşı tarafın perdesi açıldı, iyi ki duvardan atlamamıştı. Hemen bu tarafta duvarın dibine sindi. Perdeden sonra pencere de açıldı.

"Aaaa ayol gitmiş, neyse sonra seslenirim!" deyip, camı ve perdeyi kapatıp ışığı söndürdü.

Duvardan atlayıp beline bağladığı tabureyi çıkardı. Sırt çantasını tekrar omuzlarına aldı, tabureye basıp yükseldi. Elleriyle zar zor kavradığı kömürlüğün betonuna kendini çekti. İki hamleyle üstüne çıktı, eğilerek ilerleyip binan ön tarafına doğru ilerledi. Tabureyi ipinden çekip yanına almıştı. Bu tarafta iniş daha basitti. Bir hamlede aşağıya atladı, daha önce ipini sarkıttığı tabureyi çekti.

İlerde duran büyük çöp bidonuna tabureyi bıraktı. Arabanın içindekine işaret etti. Açılan bagaj kapısından içeri çantasını bıraktı. Arabaya bindi.

"Bir aksilik mi oldu ağabey, sen geç kalınca mecburen tur atmak zorunda kaldık."

"Hiç sorma, en mükemmel planda bile aksilikler oluyor işte!"

"Gidelim mi ağabey?"

"Gidelim."

* * *

"Merhaba Özgür."

"Selam Alper, nasılsın?"

"İyidir sağ ol, işin yoksa yarın akşam seni bekliyoruz, hem ertesi gün cumartesi, sohbetin de tadı olur."

"Tamam, bir aksilik olmazsa gelirim."

"Olur bekliyoruz."

* * *

Gece kimseyi uyku tutmamıştı. Cahit Baba, Faruk, Altan hepsi sabahı zor etti. Faruk ve Altan erkenden Cahit Baba'nın yanına geldiler.

"Adil Hoca'yı arayalım mı?"

"Biraz daha bekleyelim çocuklar."

Özlem ya çok iyi rol yapıyordu ya da gerçekten hiçbir şeyde haberi yoktu. Kahvelerle birlikte içeri girdi. Sırasıyla kahveleri dağıttı. Odadaki kasvet daha fazla içeride kalmasını engelledi. Yalnız çıkarken Faruk'a bir kez daha baktı, sonra kapıyı kapattı.

Az sonra içeri Sermin girdi.

"Bir haber var mı?"

"Hayır yok, bekliyoruz."

"Burada durmamda bir sakınca var mı?"

"Yok kızım, gel," dedi Cahit Baba.

Az sonra Özlem kapıyı araladı.

"Siz de kahve ister misiniz Sermin Hanım?"

"Zahmet olacak, iyi olur," dedi Sermin.

Gergin bekleyiş devam ettikçe sinirler iyice gerildi. Herkes önüne, sağına soluna bakıyordu. Kimse konuşmuyordu.

"Daha fazla dayanamayacağım çocuklar, ben arıyorum Adil Hoca'yı" dedi Cahit Baba.

"Alo hocam, nasılsın?"

"İyiyim, sağ ol, beklediğinizi biliyorum, son karşılaştırmaları yapıyoruz."

"Sence ne olur?"

"Ben bilim adamıyım, son anda her şey değişebilir."

"Haklısın hoca, bekliyoruz."

Ne içilen kahvenin tadı vardı ne de solunan havanın, Altan dışarı çıkmak için izin istedi. Faruk da onu takip etti. Salonda birlikte ayakta beklediler.

Özlem bir şey sormaya çekiniyordu. Ama Sinan'ın bir anda ortadan kaybolması, Haluk'un ölümü, ortada bir şeyler vardı ama ne?

Zaman geçmek bilmiyordu. Altan ve Faruk salonda biraz kaldıktan sonra tekrar odaya girdiler. Cahit Baba'nın gözü masanın üzerinde duran telefondaydı. Bir anda hepsi birden irkildi. Telefon sanki acı bir haber verecekmiş gibi çaldı. Cahit Baba telefonu açmaya cesaret edemiyordu. Sermin telefona uzanıyordu ki,

"Dur kızım, gerçekle yüzleşsem iyi olur!" dedi.

"Efendim Adil Hocam."

"Çok üzgünüm Cahit Baba, ama tahminler doğru, avukatın katili yine başka bir avukat!"

Cahit Baba'nın elinden telefon bir anda düştü. Yüzü bembeyaz olmuştu. Çocuklar yerlerinden fırladılar.

"Cahit Baba... Cahit Baba..."

Kafasını öne eğdi, ağlamaya başladı, annesinden koparılan küçük bir çocuk gibi hıçkıra hıçkıra ağlıyordu. Faruk ve Altan'ın gözleri dolmuştu, Sermin ise iç çeke çeke ağlıyordu. Korkulan şey olmuştu.

Özlem bu defa kapıyı vurmadan içeri daldı.

"Cahit Bey, ne oldu aman Allah'ım ne oldu, niye kimse bana bir şey söylemiyor!.."

Ne olduğunun bilincinde değildi ama ortamın havası o kadar ağırdı ki onun da gözleri dolmuş ve ağlamaya başlamıştı. Özlem burnunu çeke çeke dışarı çıktı.

"Cahit Baba, doktor falan çağıralım mı veya hastaneye gitmek ister misin?"

Cahit Baba kelimeleri toplamakta zorlanıyordu.

"Yok çocuklar, demek ki bunu da görecek, yaşayacakmışım. Hadi çocuklar siz gidin, artık bu işi tamamlayalım. Sermin kızım, sen de Nesrin'i ara, gelmesini söyle. Nesrin gelmeden de Özlem'i gönder, bir şey sorarsa benim sonra kendisini arayacağımı söyle."

"Tamam Cahit Bey."

"Cahit Baba sen kendini iyi hissediyorsan gidelim, biz rahat değiliz çünkü?"

"İyiyim çocuklar, hadi gidin."

Faruk ve Altan odadan çıktılar. Özlem'e, "İyi günler," deyip bürodan ayrıldılar.

Biraz sonra Sermin, Özlem'in yanına geldi.

"Özlem şu an ortalık çok gergin, sebebini belki tahmin ediyorsun, belki edemiyorsun ama biz seni arayana kadar izinlisin, Cahit Bey de seni sonra arayacakmış, şimdi gidebilirsin. Lütfen cümlelerimin sertliği seni şaşırtmasın, üzerine alınma, gerçekten çok gerginiz!"

Özlem aptal aptal, Sermin'e baktı, gözlerinden yaşlar süzülmeye devam ediyordu.

"Bir şey mi yaptım, ne oldu, lütfen söyler misiniz?"

"Aslında bir şey yaptın ama aynı zamanda da yapmadın, bir süreliğine buralarda olmasan gerçekten senin için iyi olacak!"

"Nasıl yani kovuldum mu?"

"Hayır Özlem, kovulmadın, sadece burada olmaman gerekiyor hepsi bu, tamam mı tatlım."

"Cahit Bey'le görüşebilir miyim?"

"Şu an değil, gerçekten tatlım şu an değil."

Özlem ısrarların bir işe yaramayacağını anlamıştı.

Masadan kalkıp lavaboya yöneldi.

"Tamam, elimi yüzümü yıkayayım, sonra çıkarım."

* * *

"Hazır mısınız çocuklar?"

"Hazırız amirim."

"Çelik yeleklerinizi giydiniz değil mi? İçeride neyle karşılaşacağımızı bilmiyoruz."

Evet, içeride neyle karşılaşacaklarını bilmiyorlardı. Yavaşça apartmandan içeri girdiler. Dairenin kapısına gelip, zile bastı Altan. İçeriden ses yoktu. Bir kez daha bastı, beklediler...

Faruk, tamam anlamında başını salladı. Büfede duran polis memuru seslendi:

"Kapıyı açın polis!"

İçeriden ses gelmedi. Tekrarladı:

"Kapıyı açın polis!"

Kapıyı açan yoktu.

"Hadi arkadaşlar iş başa düştü!" dedi Altan.

Koçla kapıya iki defa vurdular. Kapı ardına kadar açıldı. Ellerinde silahları, yan yan içeri girdiler. O sırada alt kat ve bir üst kat komşu dışarı çıktılar.

"Neler oluyor!.."

"Polis, içeri girin lütfen!"

"Ayyy polis mi?"

İki kapı da bir anda kapandı. Odaları tek tek kontrol ettiler, asıl sürpriz oturma odasındaydı. Faruk ve Altan anahtara bağlı düzeneği görünce başlarından aşağıya kaynar sular dökülmüştü. Her ikisi de olduğu yere diz çöktü. Meslek hayatları boyunca hiç bu kadar kötü tufaya düşmemişlerdi.

"Amirim balkon kapısı dışarıdan kilitlenmiş, anahtar dışarıda kalmış."

"Of be, işin yoksa sıfırdan..."

Telefonu çaldı, arayan Cahit Baba'ydı.

"Ne oldu çocuklar?"

"Sorma Cahit Baba!" dedi Faruk. "Evde yok, ne olmuşsa dün akşam veya gece olmuş."

"Evyah eyvah! Adil Hoca sonuçları gönderdi, Nesrin de birazdan burada olur, ben bürodan çıksam iyi olacak. Sermin onunla konuşurken sizlerin de burada olması iyi olur diye düşündüm."

"Tamam Cahit Baba, zaten paketi teslim alamadık bari oradaki fırtınayı yatıştıralım."

"Sermin sizi bekliyor çocuklar."

Altan ve Faruk delileri toplamak üzere ekibi geride bırakıp büroya doğru yola çıktılar.

Nesrin yeni gelmişti. İçeride bihaber bekliyordu. Sermin yanındaydı ama bir şey söylemiyordu.

"Ne oldu Sermin, Sinan'a bir şey mi oldu yoksa?"

"Sabırlı ol, birazdan iki komiser gelecek, onlar sana durumu daha net anlatır."

"Sermin, bari içimi rahatlatacak bir şeyler söyle!"

"Az daha sabret canım olur mu? Bir şey içmek ister misin? Getireyim."

"Hayır istemem!"

Az sonra nasıl bir fırtına kopacağını kestiremiyordu. Durum gerçekten karışıktı. Umarım diyordu Özlem'le Sinan'ın aralarında olan en azından şu an ortaya çıkmaz, ilk dalga bir geçsin. Gerçi Sinan'ın Haluk'u öldürme sebebinin ne olduğu henüz belli değildi ama olay gene de sinir bozucuydu. Çok geçmeden Faruk ve Altan geldi.

"Hoş geldiniz beyler, bu Nesrin, Sinan'ın eşi."

"Merhaba hanım efendi," dedi Altan.

"Merhaba, bana açıklamayı sizler yapacakmışsınız, söyler misiniz neler oluyor?"

Faruk derin bir nefes aldı, olayları kafasında topladı, pat diye kocanız katil diyecek değildi ya.

"Nesrin Hanım, ben Komiser Faruk, öncelikle şunu söylemek istiyorum, birazdan size anlatacaklarımızın sizi çok sarsacağımızın farkındayız. Ama emin olun içinden çıkılmaz bir hâl alan bu davanın çözülmesi için elimizden geldiği kadar uğraşıyoruz..."

Nesrin sözünü kesti

"Ne davası Allah aşkına lafı gevelemeden söylesenize!"

"Sakin olun hanımefendi, sadece olayı anlaşılabilir bir kıvama getirmeye çalışıyorum."

Nesrin'in bakışları değişmişti, kızgınlığın yerini korku ve endişe almıştı.

"Yoksa Sinan'a bir şey mi oldu, öldü mü yoksa?"

"Hayır Sinan yaşıyor, en azında dün akşama kadar öyleydi."

"Nasıl yani dün akşama kadar öyleydi?"

"Cümlelerimi sorularınızla kesmezseniz anlatacağım."

"Tamam, özür dilerim."

Altan ve Sermin soğukkanlılıklarını korumaya çalışıyorlardı.

"Kocanız bir süredir kayıp değil mi?"

"Evet kayıp."

"Peki neden olduğunu biliyor musunuz?"

"Hayır, bilmiyorum."

"Birazdan duyacaklarınızın size çok saçma geleceğini biliyorum ama bir şeylerden emin olmadan sizinle konuşmak istemedik. En azından şu ana kadar yani dün geceye kadar. Sinan'ın yaşadığını biliyoruz. Fakat bu sabah kaldığı eve gittiğimizde evde yoktu."

"Nasıl yani başka bir evde mi kalıyordu, madem biliyordunuz daha önce neden yanına gitmediniz ki?"

"Sebebi şu, kocanız bir cinayette şüpheli konumundaydı."

Nesrin'den kocaman bir, "Neeee!.." çıktı.

"Sakin olun ama bundan sonra duyacaklarınız maalesef sizi daha fazla sarsacak."

"Neler oluyor Sermin, sen bari bir şeyler söyle?"

"Tamam tatlım az sabret Faruk Komiser'im her şeyi anlatacak."

Nesrin biraz duraksadı, eksikliği fark etmişti.

"Cahit Bey'le, Özlem nerede?"

"Onlar bir dosya takibi için birlikte çıktılar canım, birazdan burada olurlar."

Nesrin pek inanmışa benzemiyordu. Faruk devam etti:

"Evet bu sabaha kadar şüpheliydi ve biz elimizde kesin kanıt olmadan harekete geçemedik sadece takipteydik ama kendisini takip ettiğimizi fark etmiş olacak ki bizi atlattı. Eldeki deliller yani geçen ay öldürülen kişinin tırnak aralarından alınan doku örnekleriyle kocanızın DNA'sı uyuşuyor."

İlk dalga gelmişti, Nesrin'in yüzü değişti, matlaştı, dudaklarında anlamsız bir mırıldanma olmuştu, sanki bir şeyleri sezinlemiş gibiydi. Bu onların işini elbette kolaylaştıracaktı ama ya sonrası, dayısının oğlunun, kocası tarafından öldürülmesini kim kabullenebilirdi ki?

Odadaki kasvet iyice artmıştı, Nesrin derin bir nefes alıp sırayla her üçüne baktı.

"Galiba daha kötüsü geride, gerçek bu kadar acı olabilir mi? Duymak çok acı verecek, buna hazır olmam mümkün değil ama evet dinliyorum!"

Bu defa Altan konuşmaya devam etti:

"Bizim için de ve özellikle Cahit Baba için de hiç kolay olmadı, nedeni biz de bilemiyoruz ta ki Sinan'ı yakalayana kadar. Şu an tek bildiğimiz bu cinayeti Sinan'ın işlediği. Üzücü olansa maktulün kim olduğu?"

Nesrin artık düşündüklerinden tamamen emindi. Soğukkanlı olmaya çalışıyordu. Olayların içinde değil de dışındaymış gibi davranmaya çalışıyordu.

"Peki neden olduğuna dair hiçbir delil yok mu elinizde?"

"Bunu belki sizin anlatacaklarınız belirleyebilir."

Faruk, artık Haluk'un adının telaffuz edilmesi gerektiğini düşündü.

"Maktulün kim olduğunu tahmin ediyorsundur herhâlde?"

"Evet artık tahmin edebiliyorum, Haluk değil mi?"

"Maalesef Nesrin!" dedi Sermin. "Maalesef!"

Nesrin ilginç bir şekilde sakinlemişti. Bu durum oldukça ilginçti.

"Yıllarca annemle yalnız yaşadık, Haluk benim için bir ışıltı olmuştu, galiba artık bu durumu kabullenmemden başka çarem yok!"

Tahmin ettiklerinden de kolay olmuştu. Nesrin feryat figan kendini sağa sola atmamıştı, göz pınarlarından yaşlar da süzülmüyordu, gayet sakindi.

Sermin ayağa kalkıp Nesrin'in yanına gidip öne doğru eğildi.

"Gerçekten iyi misin tatlım?"

"Gerçekten iyiyim, ama yanımda kal olur mu, şu an yalnız kalmak istemiyorum."

"Tamam tatlım, yanında olacağım."

"Galiba şimdi, Sinan'ı yakalamak için benden yardım isteyeceksiniz?"

"Anladığım kadarıyla Sinan'ın bir süredir kaldığı evden sizin haberiniz yok."

"Hangi evden, nerede bu ev?"

"Sarıyer'de."

"Hayır haberim yok."

"Oradan ayrıldığına göre başka yerde olmalı. Sarıyer veya başka noktada birlikte gittiğiniz bir yerler var mı?"

"Özellikle bir yer yok, herkes gibi bir iki günlük tatillerde kaldığımız pansiyon veya moteller var."

"Peki, durum netleştiğine göre, biz raporlama için merkeze girmeliyiz. Sermin siz de uygun olduğunuzda hanımefendiyle birlikte bir uğrayın, ifadeleri resmileştirelim."

"Tamam Faruk Komiser'im."

Faruk ve Altan bürodan ayrılıp Emniyet Müdürlüğüne doğru yola koyuldular.

"Ne dersin Faruk, sence cinayetin sebebi, Özlem mi?"

"Sebebin kıskançlık olduğunu düşünmüyorum, her şey Sinan'ı yakalayınca açığa çıkar."

"Evet haklısın, Sinan'ı bir an önce bulsak iyi olacak, yoksa amir ikimizi de trafik kontrol memuru yapar."

"Evet haklısın!"

* * *

"Zor çıkmışsın kafesten."

"Hiç sorma, polisleri atlattık, az kalsın iki kadının çenesi yüzünden, paçayı kaptırıyorduk."

"Şimdi ne yapmayı düşünüyorsun, bütün çıkışlarda tedbirler alınmıştır."

"Yurtdışına çıkmanın kolay bir yolunu bulmak lazım, senin şu tırlar ne âlemde?"

"Şu an sevkiyatlar az, hem tır tehlikeli olur, uzun yola dayanabilir misin?"

"Nereye mesela, neyle?"

"Japonya'ya, gemiyle..."

* * *

Sakin geçen günün ardından eve gelip duşa girdi, duştan sonra üzerini giyip, akşam yemeğini yemek için mutfağa geçti. Yemeğini yemeye başlamadan önce bitki çaylarından bir karışım hazırlayıp demlenmeye bıraktı. Yarın evdeydi ve misafirleri vardı. Çayını alıp terasa çıktı, şehir ışıl ışıldı. Bir ara dışarı çıkıp sahile insem mi diye düşündü, sonra tembellik yapmak daha iyi diye kararını pekiştirdi. Üşüdüğünü hissedip içeride her zaman durdukları yerdeki şalın birini aldı, tekrar dışarı çıktı. Terastaki bitkilerde bir değişiklik vardı, havada esinti olmamasına rağmen ufak ufak bir sağa bir sola sallanıyorlardı. Ben mi sallanıyorum acaba diye düşündü, terasın geneline bir göz attı, evet sallanıyorlardı.

"Artık hiçbir şeye şaşırmamalıyım, bakalım bunun arkasından ne gelecek?" dedi.

Bitkilerin sallantısı durdu, bu defa ısı artmaya başlamıştı ama belli belirsiz. Geçenki gördüğü rüya gibiydi, ortalıkta güneş yoktu ama hava sıcaktı ama terlemiyordu da. Bitkilerin dalları ve yaprakları yukarı doğru inip kalkmaya başlamıştı. Bardağından bir yumdum çay aldı ama gözlerini bitkilerden ayırmadı. Esinti tekrar başlamıştı.

"Rahmetin önünden rüzgâr gelirmiş, şimdi de yağmur yağmaya başlarsa şaşırmam!" demeye kalmadan alnının ortasında bir ıslaklık hissetti. Kafasını kaldırıp gökyüzüne baktı, ara ara bulut vardı ama yağmur yağma ihtimali yoktu. Bulutlar küçük kümeler hâlinde ayın önünden geçip yolculuklarına devam ediyordu.

Kendi kendine yüksek sesle konuşmaya başlamıştı

"Bu akşam ziyaret var mı usta?"

Ortalıkta en ufak bir değişiklik olmamıştı, sonra rüzgâr da ısı da kayboldu. Her şey normale döndü. Bardağındaki çayı bitirip, salona geçti. Ortalığa bir bakındı, sonra bardağı bırakmak için mutfağa yöneldi. Bir şeyler daha atıştırdı. Oradan çalışma odasına geçti, bilgisayarları açıp NASA'ya bağlandı ve evrenin muhteşem görüntülerinin olduğu fotoğraf sayfasını incelemeye koyuldu.

"Ne muhteşem bir şey, nasıl böyle bir şey olabilir ki!.."

Saat gece yarısını çoktan geçmişti. Yüzlerce fotoğraf incelemişti, kalkıp yatma hazırlıklarını tamamladı ve uyudu.

Filiz ve Alper cumartesilerini verimli kullanmak için erken kalkmışlar, kahvaltıyı sonra yapmak düşüncesiyle sadece birer bardak sıkma meyve suyu içip yürüyüşe çıkmışlardı.

Gidiş geliş iki saatten fazla sürmüştü. Duştan sonra kahvaltı hazırlıklarına başladılar, zamanın kısıtlı olmayışı işi daha da keyifli bir hâle getiriyordu.

Güzel bir kahvaltıdan sonra Filiz ev işlerine koyuldu, akşama misafir vardı. Üst kattan silip süpürmeye başladı. Alper ise arabayı temizlemek için dışarı çıktı. Hayret bu saate kadar Ceyda aramamıştı. Genelde daha erken arar bir yoklardı. Kahvaltı bitmemişse de gelirdi.

* * *

Özgür her zamanki gibi sporunu yapmış duşunu almıştı. Hava güzel olduğu için kahvaltılıklar terastaki masaya dizilmişti.

"Hadi çocuklar, nerede kaldınız?"

"Geldik az kaldı, sen çayı demledin mi?"

"Çoktan neredeyse bayatlayacak."

Az sonra fırından yeni çıkmış mis gibi kokan ekmeklerle kapıda beliriverdiler.

Çocukların geldiklerini gören Hüseyin Efendi apartman giriş kapısını açmıştı, Pınar, Ahmet, Seda ve Tuncay.

"Gelin arkadaşlar, masayı terasta kurdum, oooo ekmekler de mis."

"Şu senin terasa bayılıyorum Özgür," dedi Tuncay.

Seda atladı hemen:

"Kıskanma ne olur, çalış senin de olur canım."

"Nerede o günler senin makyaj malzemelerin her ay bir ev taksiti öder ya neyse..."

"Hadi oradan ödermiş, makyaj yapmayınca da git suratına bir badana boya yap diyorsun."

"Bir bardak çay içmeden başladınız gene!" dedi Ahmet.

"Bu hep böyle biliyorsun Ahmet."

Özgür, Ahmet ve Tuncay'la terasa geçti kızlar ise mutfağa, ne yapmaları gerektiğini biliyorlardı. Pınar buzdolabından yumurtaları çıkardı, Seda da kaşar peynirini çıkarıp küçük küçük doğramaya başladı.

Daha sonra omlet malzemeleri derince bir kabın içine koyulup çırpıldı. Pınar ocağın üzerine genişçe bir tava koydu ve altını yakıp mis gibi kokan tereyağının azıcık yanmasını bekledi.

"Eveeet beyler açılın bakalım..."

Seda tavayla, Pınar da tabaklarla terasa geldiler. Seda tekrar mutfağa dönüp çaydanlığı alıp geldi. Herkes açıkmış olduğu için etrafa bakmıyordu. Önceleri Özgür de fark etmemişti ama dün akşam olduğu gibi bugün de bitkilerde bir tuhaflık vardı. Özgür'e yakın olan bitkiler daha canlı ve parlaktı. Diğerlerinin durumu da aynıydı ama Özgür'e yakın olanlarda bu parlaklık daha da fazla belli oluyordu.

Kahvaltı hız kesmişti. Ancak kafalarını kaldırıp etrafa bakınmaya başlamışlardı.

Durumu ilk dile getiren Pınar oldu.

"Özgür, çiçeklerin yaprakları neden bu kadar parlak?"

Özgür kafasını kaldırıp etrafa baktı, baktığı bitkiler hafiften sallanıyordu. Şaşkınlığını gizlemesi gerekiyordu. Gerçi artık hiçbir şeye şaşırmamalıydı ama bir şey uydurması gerekiyordu.

"Haaa onlar mı, geçen gün yeni toprak almak için çiçekçiye gittim, çok özel bir karışım olduğunu söyledi. Biraz toprağa atıyormuşsun, biraz da yapraklarına püskürtüyorsun daha canlı oluyorlarmış, dün akşam yapmıştım. Demek ki işe yarıyor, sen söyleyene kadar fark etmemiştim." İçinden de: "Ancak bu kadar uydurulurdu herhâlde..." dedi.

Kahvaltı bitmiş sıra çaylarla devam eden sohbete gelmişti.

Seda,

"Arkadaşlar çay bitti, yeniden demleyeyim mi?" dedi.

"İyi olur," dedi Özgür.

Pınar sen otur diye işaret edip demliği alıp mutfağa geçti, iki dakika geçti geldi.

"İyi ki şu su ısıtıcılar icat edilmiş, yoksa bekle ki demlemek için önce su kaynasın."

"Doğru söylüyorsun, büyük kolaylık ve zamandan tasarruf."

Tuncay dayanamadı.

"Orası öyle de elektriği çok çekiyor meret!"

"Her güzelin bir kusuru vardır," dedi Ahmet.

Öğleden sonra olmuştu, kızlar masayı toplamış, yeniden demlenen çayla okey masası kurulmuştu. Ahmet okeye alınmazdı, çünkü o her oyunda mutlaka iki üç defa yanlışlıkla ortaya okey atardı. Onun yerine Özgür oynardı.

Gün neredeyse bitmek üzereydi. İki tur oynamışlar ama çok çekişmeli geçmişti. Her zamanki gibi bol kahkahalı bir kahvaltı ve sonrası yaşanmıştı.

Pınar:

"Hadi arkadaşlar kalkalım, biz hanımların evde yapması gereken işleri var."

Özgür ne işiniz var diye sormadı bile. Tuncay ve Ahmet de itiraz etmediler. Kızlar ortalığı toparlayıp bulaşıkları yıkadılar, o sırada erkekler salonda mevcut antika eserler üzerine Özgür'ün anlatımlarını dinliyorlardı. Fakat Özgür can sıkmamak için ertesi gün öğrencilerine ders anlatacak öğretmenler gibi iyi hazırlanır ve her defasında farklı bir objeyi seçerdi.

"Biz hazırız, çıkabiliriz," dedi Pınar.

Ortamda tam anlam veremediği bir tuhaflık vardı. Terasta yürürken bütün bitkiler kendisini takip ediyordu. Ufak bir fısıltı vardı ortada parıltılar daha da artmıştı. Akşamın serinliği de artmıştı. Misafirleri atlatmak için bir yalan uydurmuştu ama gerçeği bir türlü algılayamıyordu. Beyninin kıvrımlarındaki fikirler, denizde birbirleriyle dans eden yunuslar gibiydiler.

Yukarıdaki dalları görmek için yükseldi. Bu arada terasın üzerinde uçan martılarla aynı seviyeye gelmişti. Şimdi bitkilerin dalları onunla birlikte yukarı doğru yükselmeye başlamıştı. Fısıltı kendini küçük seslenişlere bırakmıştı. Farklı tonlarda ismini söylüyorlardı:

"Özgür?.. Özgür!.. Özgür..."

Sesler bir azalıp bir çoğalıyordu. Binanın çatısına doğru ilerledi. İçinde bulunduğu durumu garipsemiyordu. Artık havada süzüldüğünden emindi. Batan güneşin gökyüzünde oluşturduğu kızıllık muhteşemdi. Sanki daha yükseğe çıksa daha çok şey görecek gibiydi. Fazla yükselmek istemedi. Aşağıya bakarak yavaş yavaş terasa doğru indi. Fakat ayakları tam olarak terasın kalebodurları üzerinde değildi. Havada asılı durumdaydı. Terastaki bütün bitkilerin adını fısıldamaları ise devam ediyordu. Hep bir ağızdan, "İyi ki doğdun Özgür..." der gibi belli bir melodiyle ziyafet devam ediyordu. İçindeki his muhteşemdi. Âdeta bir enerji patlaması yaşamaktaydı. Bu kadar ilginç bir deneyim nasıl anlatılabilirdi ki? Hemen ileride duran küpe çiçeğine yaklaştı. O yaklaştıkça çiçeğin canlılığı iki katına çıkmıştı. Bir sağa bir sola sallanıyordu.

"Merhaba..." dedi Özgür. Küpe çiçeğinin yeni açılmış çiçekleri kendilerini Özgür'e sabitlediler. Ortalıkta var olmayan ama Özgür'ün beyin kıvrımlarında dolaşan o ses:

"Merhaba..." dedi.

Özgür kalp atışlarını hisseder olmuştu.

"İnanamıyorum bir bitkiyle konuşuyorum ve o da benimle konuşuyor!"

Dokunmak için elini uzattı, çiçekler hafifçe geri çekildi, sonra çiçekler ona doğru yaklaştılar. Parmak uçlarına dokunduklarında sanki bütün vücudunu sarmışlar gibi hissetti Özgür. İnanılmaz bir şeydi. Âdeta binlerce küçük tüycük kendisini gıdıklıyordu.

Diğer taraftan tanıdık bir melodi daha duymaya başlamıştı. Küpe çiçeğiyle olan muhabbetini azaltıp sesin geldiği yöne doğru dikkat kesildi. Arkasından tanıdık melodi tekrarladı.

Yüksekten hızla düşme hissi ile bir anda irkildi. Terastan kanepeye gelişi saniye bile sürmemişti. O an kanepenin sarsıldığını hissetti. Bir anda gözlerini açtı, yanında duran sehpanın üzerindeki telefon çalmaya devam ediyordu. Terasa baktı, âdeta küpe çiçeğiyle göz göze geldi. Derin bir nefes alma ihtiyacı duydu ve aldığı nefesi aynı süreden daha uzun olacak şekilde verdi.

Telefonun ısrarı devam ediyordu. Alper arıyordu. Kendine gelmeye çalıştı. Kanepede doğruldu, uyku hâli devam ediyordu. Biraz bekledi o arada arama kesildi.

"Neydi bu?"

Banyoya gidip elini yüzünü yıkadı, tekrar terasa gelip küpe çiçeğine baktı, çiçek sanki içten bir tebessümle kendisine gülümsüyordu.

Neredeyse aklından çıkmıştı, bu akşam Alperlere sözü vardı. Bu defa da geçenlerdeki gibi ne zaman kanepeye yattığını anımsayamadı. Orada bir kopma vardı. "Ama yavaş yavaş rüya içindeki kontrolü ele geçiriyorum galiba?" diye düşündü. "Bir de o kopmayı birleştirebilsem."

Uykusu iyice açılınca Alper'i aradı, lavaboda olduğunu, birazdan evden çıkacağını söyledi.

Biraz geç kalmıştı, yemek için Özgür'ü bekliyorlardı. Ama bu akşam hepsini bekleyen başka bir sürpriz daha vardı.

Her zamanki gibi kurabiye ve çiçek almayı ihmal etmedi.

İyi ki evleri yakındı, bir de karşıda veya Kadıköy tarafında olsaydı, vay hâline.

Alperlere gelmesi on dakika sürmemişti. Kapıda hoş bir karşılamadan sonra salona geçen Özgür, Ceyda'yı görünce keyfi daha bir yerine gelmişti. Her ikisi de aynı koltuğa oturdular. Alper ve Filiz de karşı koltuklara.

"Yemek hazır, mutfağa geçelim mi?" dedi Filiz.

"Keşke hiç oturmasaydık, koltuklar da pek rahatmış," dedi Özgür.

Birlikte mutfağa geçip her zamanki gibi özenle hazırlanmış masaya oturdular ve yemeklerini afiyetle yediler. Yemeğin yarısından sonra Filiz çayı demlemişti. Ceyda bardakları masaya yerleştirmeden önce fazlalıkları aldı, masa biraz rahatladı. Çay da tam tavşankanı olmuştu hani. Kurabiyeler ise yemeğin üstüne biraz fazla gelmişti ama tatları çok güzeldi. Lokum gibi ağızda dağılıyordu. Ceyda neredeyse her on saniyede bir Özgür'e bakıyordu.

"Bu ara şehir dışı gezi var mı Özgür?" diye sordu.

Özgür ağzındaki lokmayı yutmak için bir yudum çay almak üzereydi. Ağzındakini yutunca cevap verdi.

"Önümüzdeki hafta belki olabilir."

"Neresi?"

"Hayırdır sen de mi geleceksin?"

"Davet edersen tabii ki gelirim."

"Benim ve ekip için sorun yok da sen dayanabilir misin bilemem?"

"Nasıl yani?"

"Şöyle ki bazen kilometrelerce yürüyoruz, dakikalarca aynı yerin fotoğrafını çekiyoruz, tulumlarda, çadırda yatıyoruz, her türü ihtiyacımızı doğada karşılıyoruz falan."

"Eğlenceli görünüyor."

"Sorun da burada zaten, eğlenceli görünür ama birinci günden sonra eziyet hâline gelebilir, bazen biz bile zorlanıyoruz."

"Her zaman aynı ekiple mi gidiyorsunuz?"

"Çoğunlukla evet, çok nadir ekibe bir başkası dâhil olur, ama şimdiye kadar senin gibi birisinden teklif gelmemişti."

"Bak ben gerçek söylüyorum, istersem beni götürür müsünüz?"

"Bence sorun yok, Aylin ve Tolga'ya da bir sorayım, onlar için de bir sorun olacağını sanmam ama gene de izin almak iyi olur."

"Ayyy gerçekten çok mutlu olurum!.."

"Tamam söz vermiyorum, ekipten biri bile itiraz etse, durum onaylanmaz haberin olsun."

Alper ve Filiz, Ceyda'nın neden bu konuda ısrarcı olduğunu biliyordu. Gerçi Özgür de biliyordu ama bilmiyormuş gibi davrandı.

"Bana da eşya taşıtacak mısınız?"

"Tabii ki bedava yemek yok, ateş yakmak için Tolga'yla odun toplayacaksın, ateşi yakacaksın, yemekleri hazırlayacaksın, Aylin'in ve benim çantalarımı taşıyacaksın, biz işlerimizi bitirince onları tekrar toplayacaksın."

Aylin'in adını duyduğu zaman surat ifadesi biraz değişmişti ama şirin görünmeye çalıştı.

"Çok eğlenceli görünüyor."

"Dedim ya eğlenceli başlar, ikinci gün misafirliğe giden ve yarım saat sonra anne hadi eve gidelim diye mızıkçılık yapan çocuklar gibi başımın etini yeme de..."

"Hayır ya, vallahi yapmam, hadi sen söz ver."

"Benden tamam dedim ya!"

Filiz söze girdi.

"Pardon arkadaşlar, hani biz de varız burada!"

Alper, Filiz'in lafına hafif bir gülümseme ile karşılık verdi.

"Evet haklısınız," dedi Özgür.

"Bu akşam belgesel kanalında tam da bizim sevdiğimiz konuları anlatan bir belgesel var, hadi salona geçelim, çaylara da orada devam ederiz."

"Bana uyar," dedi Özgür.

Ceyda, Özgür'ün çay bardağını aldı. Peşinden gitti. Filiz ve Alper birbirlerine baktılar, Ceyda Özgür'ü sahiplenmişti. Filiz geride kalıp, kuruyemiş kâselerine, ceviz, badem, fındık ve kabak çekirdeği koydu. Alper kendisinin ve Filiz'in bardaklarını bıraktıktan sonra yardım için geri geldi.

Alper belgesel kanalını açtı ve hep birlikte az önce Özgür'ün methettiği koltuklara kuruldular. Belgeselin konusu "Antik Uzaylılar"dı. Her ne kadar hepsi bu konularda az çok bilgi sahibi ise de anlatılanları kaçırmamak için ağızlarına arada sırada bir şeyle atıyor, seyrek aralıklarla çaylarını yudumluyorlardı.

Ceyda eskiden hiç ilgisini çekmeyen hatta safsata dediği konu hakkında daha da bir meraklı olmuştu. Bir ara dayanamayıp,

"Bu akşam da gelirler mi acaba?" deyiverdi.

Alper az önce yudumladığı çayı halının üzerine pıskırdı, Filiz ve Özgür ise az daha boğulacaklardı. Kuruyemişler boğazlarına kaçmıştı. Ceyda masum bir kedi gibi hepsine bir göz gezdirdi.

"Korktum ama!.." dedi.

Hepsi birden kahkahayı patlatıverdi. Belgesel gerçekten güzel hazırlanmıştı.

"Bir ara Alper, alt yazılarda bir şey fark etti:
"HER YERDE ARANIYOR."

Cümlenin başını kaçırmıştı. Artık daha fazla alt yazıyı takip etmeye başlamıştı. Fakat sırasıyla siyaset, spor, ekonomi ve hava durumu haberleri geçiyordu. Az önce okuduğu haberin baş kısmını yakalamak için daha fazla dikkat kesilmek zorunda kalmıştı. O arada Filiz ve Ceyda çayları tazelemek için mutfağa gittiler.

Kendi dışında herkes pür dikkat belgeseli izliyordu. Beklediği haber neredeyse on beş dakika sonra yeniden geldi:

"AĞUSTOS AYINDA ÇAVUŞBAŞI, ELMALI BARAJI KIYISINDA CESEDİ BULUNAN AVUKAT HALUK TAN'IN KATİL ZANLISI, KENDİSİ GİBİ AYNI HUKUK BÜROSUNDA ÇALIŞAN, AVUKAT SİNAN ÇAMLI HER YERDE ARANIYOR..."

Heyecanlı ama belli etmemeye çalışıyordu. Bir dahaki seferi kaçırmamalı ve herkese okutmalıydı. Tekrar belgesele döndü.

Az önce Filiz seslenmiş ama duymamıştı, nasıl duyabilirdi ki, daha geçen haftalara kadar katil diye hakkında şüphe duydukları adam masumdu az kalsın önyargılarının esiri olup peşin hüküm vereceklerdi.

"Hayatım duymuyor musun?"

"Efendim canım belgesele dalmışım da."

"Çayını tazeleyeyim mi?"

"Ha, evet iyi olur."

"Ne oldu biz fark etmeden kaçırdılar mı seni?" diye takıldı Ceyda.

"Evet, bir gittim geldim."

Filiz içeriden çayı getirdi. Alper için zaman geçmek bilmiyordu. Ekrana bakıyor ama hiçbir şey algılamıyordu. Alt yazı tekrar haberleri vermeye başlamıştı.

"Arkadaşlar, belgeseli izlemeyi bırakın, alt yazıyı takip etmeye başlayın."

"Hayırdır?" dedi Özgür.

"Birazdan anlarsınız, galiba bu hepimizi ilgilendiriyor!"

Hep birlikte pür dikkat alt yazıyı takip etmeye başladılar. Çok geçmeden az önce Alper'in okuduğu yazıyı şimdi hepsi okuyordu.

Ellerinde çay bardakları kalakalmışlar, ağızlarına attıkları kuruyemişleri çiğnemeyi bırakmışlardı. Hepsi tedirgin bir ifadeyle birbirlerine baktılar, sanki az sonra katil gelecek hepsini kesecekti. Ceyda yarı şaka yarı ciddi espriyi patlattı.

"Amaaan bu daha korkunç!"

Şaka bir tarafa bu gerçekten daha korkunçtu. Bir bakıma Özgür temize çıkıyordu ama ortada yakalanamayan bir katil vardı. Alper soğukkanlı bir ifadeyle:

"Herkesi internetten haberin detayını öğrenmeye davet ediyorum…" dedi.

Birlikte kalkıp bilgisayar masasının yanına gittiler. Alper bilgisayarı açıp haber sayfalarını taramaya başladı. Filiz ellerini Alper'in omuzlarına koydu. Ceyda ise Özgür'e yaklaşıp yaslandı. Haberin detayını okuduklarında hem rahatlamış hem de akıllarında soru işaretleri oluşmuştu. Nasıl olur da bir avukat böyle bir şey yapar, böyle hunharca öldürmenin nedeni ne olabilir ve tabii ki katil nerede?

Ceyda, "Katili neden yakalayamadılar acaba?" diye sordu.

"Vallahi onu polislere sormak lazım!" diye cevapladı Özgür.

"Vay be, daha geçenlerde hepimiz bu olaydan dolayı sorgulanıyorduk, işe bakar mısın, aynı yerde çalıştığın arkadaşın tarafından öldürülmek, ilginç, neden acaba?"

"Neden acaba"yı merak eden bir tek onlar değildi.

***

"Ne zaman biter?"

"İki günde bitirmemiz gerekiyor."

"Her şey ayarlandı mı?"

"Yiyecek ve içecek konusunda bir sıkıntı yaşamazsın."

"Ya diğer ihtiyaçlar?"

"Şu an onlar için konteynerin içini yeniden yaptırıyorum. Banyo ve tuvalet ihtiyacın için su deposu ve atık su toplama tankı yapılıyor. Belli zamanlarda belli miktarda kullanman gerekecek. Gece ve gündüzü ayırman için yüksek miktarda enerji tutabilen özel piller getirttiriyorum, yarın sabah burada olur. Televizyon ve sayısız film arşivi hazırladım, sevdiğin kitapları söyle, hazırlatayım."

"Bu iyiliğini nasıl öderim bilemiyorum."

"Sen bu iyiliği, zamanında ödedin, beni kötü bir beladan kurtardın, yoksa şimdi hapislerde çürüyor olacaktım."

"Her şey karşılıklı bir yerde."

"Şimdi gelelim diğer konulara, zor bir yolculuk olacağı kesin, her ne kadar ısı ve ses için özel yalıtım yaptırıyorsam sen gene de dikkatli ol. Koca gemide nereye konulacağını bilemiyorum. En önemlisi geminin bir fırtınada alabora olması, onun da tedbiri alındı. Özel bir botun var. Onun içinde de kullanımın için ayrılanların dışında erzakın var ve diğer kurtarma malzemeleri. Koca konteyner iki özel kilitle tamamen parçalanabiliyor. Japonya'ya vardığında önce gemiden indirileceksin. Ama bizim çocuklar seni ne zaman limandan alabilir emin değilim. Gerçi bu kadar uzun yolculuktan sonra bir iki gün daha sabredersin herhâlde."

"Hele oraya bir gidelim de iş limandan alınmaya kalsın."

"Evet orası öyle, vay be, işe bak, nereden nereye, keşke şu talihsiz iş başa gelmeseydi, şimdi ise başka yerde farklı insanlarla yeni bir hayatın olacak!"

"Bir anlık öfke işte, gerçi o iş olmasaydı da gidecektim, tek fark o yasal olacaktı."

"Acıktın mı, yemek söyleyelim."

"İyi olur, acıktım."

* * *

Gece ilerlemiş, sohbet koyulaşmıştı. Özgür ve Ceyda'nın birbirlerine olan yakınlaşması iyice artmıştı. Alper dayanamayıp, bir ara kendisinden şüphelendiklerini Özgür'e itiraf etmişti.

"Sizin yerinizde kim olsa aynı şeyi düşünür," demişti Özgür. "Düşünsenize eli kanayan, üstü başı çamur içinde birisi ve çok geçmeden o bölgede bulunan bir ceset..."

"Senden bu denli şüphelendiğimiz için kendimizden çok utandık ama bir türlü içimiz rahat etmedi, umarım bizi affedersin?" demişti Filiz.

Televizyon kapatılmıştı ve gözlerde yavaş yavaş kapanmak üzereydi.

"Kalksam iyi olacak arkadaşlar."

Ceyda da aynı talebi tekrarladı. Alper her ikisinin de kalabileceğini, sabah da birlikte kahvaltı yapmayı önerdi.

"Gerçekten sağ ol Alper, belki başka sefere, hem hiçbir hazırlığım da yok."

"Ben de öyleyim, eve gitmek daha mantıklı duruyor," diye ekledi Ceyda.

Alper de Filiz de ısrar etmedi. Güzel akşam için teşekkür edip kapıdan birlikte çıktılar.

Abralarına binip, hareket edene kadar her ikisi de kapıda bekledi. İlerideki sokaktan biri sağa, biri sola saptı.

Ceyda, Özgür'den küçük bir davet beklemişti ama beklediği davet gelmedi. "Ben arasam mı?" dedi kendi kendine ama sonra iyi bir fikir olmayabilir diye düşündü. Çünkü geçen sefer çok utanmıştı. Aynı duruma düşmek istemiyordu. Deliksiz bir uyku çekmek için devam etti.

O gece rüyasında Ceyda, Özgür'ü görmüştü, kanatları vardı ve havada süzülüyordu. Kendisini de kucağına almıştı. Yemyeşil çimenlerin üzerindeydiler.

Sabah uyandığında inanılmaz derecede hafiflemişti ve mutluydu. Kalktığında dayanamadı ve biraz da sıkılarak Özgür'ü aradı, bir kez çaldırıp telefonu kapattı. "Belki uyuyordur, uyandırmayayım..." diye düşündü.

Biraz sonra Özgür aradı

"Günaydın Ceyda."

"Günaydın."

"Hayırdır, rüyanda beni mi gördün?"

Ceyda bir az durakladı.

"Nereden bildin, seni gördüm gerçekten."

"Merak ettim şimdi, nasıl gördün, bak kötü gördüysen söyleme."

"Hayır hayır, kötü değil, çok güzel gördüm, kanatların vardı, uçuyordun ve beni de kucağına almıştın, birlikte uçuyorduk."

"Vay vay ne güzel rüyaymış, başka?"

"Yemyeşil çimenlerin üzerindeydik, muhteşemdi, gerçek gibiydi."

"Bütün rüyalar gerçek gibidir biliyorsun."

Aslında gerçekti, Ceyda sadece o kadarını anımsıyordu. Eve geldiğinde salonda küçük bir seans yapmaya karar verdi. Yolda gelirken hep bunu düşündü: "Acaba başarabilir miyim?" Hayatında normal olarak her şeyi yaşıyordu ama beyninin bir kısmı hep oradaydı. Astral çıkışla ilgili birkaç kaynak karıştırmıştı. Biraz uykuluydu ama belki faydası da olur diye düşündü. Daha önceki yaşadıklarının da bu defa faydası olabilirdi. İster astral çıkış ister yoğun meditasyon adı ne olursa olsun artık bunun kontrollü yapılması gerektiğini düşünüyordu. Korkmuyor da değildi. Neyle karşılaşacağından emin değildi. Dikkatli olması gerektiği konusunda uyarılmıştı.

Derinleşti, derinleşti, önce nefesini kontrol etmeye çalıştı, sonra bedeninin her hücresini, sonuçta bir arada duran ruh ve bedeni kontrollü bir şekilde birbirinden ayırmalıydı. Bir taraftan da korkuyordu, ama içindeki inanç kendisine yol gösterecekti, bundan emindi. Yarı uyur uyanık vaziyette ne kadar kaldığını bilememişti. Gene arada bir kopukluk vardı ama hafiflediğini hissetti. Yavaş yavaş salonun tavanına doğru yükselmeye başladı. Artık aşağıda bedenini görebiliyordu. Gözlerini iyice açtı, bu ilk oluyordu, katı cisimlerin içinden geçebiliyordu. Cızırtı gibi sesler duymaya başladı. Apartmanın çatısı geride kalmıştı. Yükseliyordu. Nefes alışını duymaya başladı, kalp atışlarını da. İçinden ileriye doğru gitmeliyim diye düşündü. Şu an sokağın üzerinde duruyordu. Aşağıdan bir arabanın geçtiğini gördü. Gecenin karanlığında iki tane kedi birbirleriyle konuşarak ilerledi. Sanki ne dediklerini duyar gibiydi.

"Çok yorulduk bugün!"

"Evet, çok yorulduk, bütün gün yemek bulmak için gezindik durduk!"

"Neyse şu ilerideki çöp bidonuna da bakalım, sonra da uyuruz."

"Hayda ben bunların ne dediklerini anlıyorum!.." dedi. Niye şaşırıyordu ki havada asılı durmak normal mi idi sanki.

"Hoş geldin."

Birden irkildi, az kalsın düşecekti, odaklanmasını neredeyse kaybedecekti.

"Aşağıya bak!"

Çatının üstünden kendisini görüyordu. Yerinden kalktı, mutfağa doğru yöneldi. Sürahiden bir bardak su doldurup içti. Kendisini kontrol edemiyordu ama içtiği suyu hissedebiliyordu.

"Nasıl oluyor bu?"

"Hep aklına takılan sorulardan birisi de bu değil mi, nasıl oluyor da aynı anda iki tarafta birden olabiliyorsunuz diye, sen daha başlangıçtasın, zamanla hem orayı hem de burayı algılayabileceksin."

Hizmetkârın arkasında daha önce fotoğrafını çektiği kanadı anımsatan şeylerden vardı. Tamamen kanat gibi de değildi ama o böyle diyordu.

"Sırtıma mı bakıyorsun?"

"Evet, onlar kanat mı?"

"Hem evet hem hayır, bunlar derecelendirilmemize göre değişir."

"Nasıl yani dahası da mı var?"

"Bizler, size en yakın olanlarız, yani en alt yetki seviyesi."

"Sizlerin en altı böyleyse, üstünüz kim bilir nasıldır?"

"Karşılaşmak bile istemezsin, zaten böyle bir ihtimal de yok, çünkü onların yani bizim de efendimiz olanların, o kadar yüksek enerjileri vardır ki biz bile bazen karşılarında sersemleriz, sizin deyiminizle, sarhoş gibi oluruz."

"Peki onlar nerede?"

"Çok farklı bir boyutta, sadece onlar istedikleri zaman bizler çağırılırız ve emirler verilir."

"Ne gibi emirler?"

"Kimlerin aydınlığa ulaştırılması gerektiği emirleri."

"Ben de onlardan birisi miyim?"

"Hemen hemen, sen asıl annem ve babanın çok iyi insan olmalarından ve onların kaybını yaşadığın dönemdeki sabrından dolayı seçildin."

"Onlar mı bunu talep etti?"

"Bir yerde öyle, bizim büyüklerimiz öyle uygun gördüler, bizler bunu sorgulamayız bile."

"Bu muhteşem bir şey, hem aklım almıyor hem de bu gizeme kabul edilmiş olmam beni heyecanlandırıyor."

"Şunu hatırlatayım bu işin sorumlulukları ağır, diğer seçilmişlerin dışında bu yaşadıklarını paylaşman yasak, biliyorsun, zaten paylaşsan da sana deli gözüyle bakarlar, ancak senin kaldırabileceğin kadarı sana verilir, daha fazlasını düşün ama çok istekli olma."

"Hep böyle havada asılı mı duracağım, başka bir şey yapamıyor muyum?"

"Elbette yapabilirsin, kentin üzerinde bir tur atabilirsin mesela, en önemli konu şu, bu verilenleri asla ama asla özel hiçbir işinde kullanamazsın, yoksa cezalandırılırsın!"

"Ne gibi ceza?"

"Bir süreliğine bu özelliklerden mahrum kalabilirsin, bir ay da olabilir, beş ayda, buna yaptığın yanlışa göre, yetkili olanlar karar verir."

"Peki ya sizler?"

"Bizler yol göstericileriz, hizmetkârlarız, seni gerçeği görmeye hazır hâle getirmek için eğitecek olanlarız ama şunu unutma hepimiz büyük bir parçanın tozlarıyız."

"Biraz üşüdüm galiba!"

"Evet salonun ortasındasın ve üzerine koruyucu bir şey almamışsın, bu iyi aslında bedeninin hissettiklerini algılıyorsun, bu güzel... Aşağıya insen iyi olacak, yoksa atomların yörüngeden ayrılır ve hasta olabilirsin."

"Evet haklısın, artık aşağıya insem iyi olacak."

Aşağıya doğru indi, salonda duran bedeninin üzerine koltukta duran şalı örttü. "Garip, beden oturuyor ama ben de beden gibi iş yapabiliyorum."

Tekrar yukarı çıktı bu sefer oldukça kolay olmuştu. Hava aydınlanmış gibiydi oysa güneşin doğmasına daha vardı. Kendisinden başka kişiler de vardı. Biraz şaşırdı ve korktu da ama uyarılmıştı, artık büyük bir oluşumun parçasıydı. Ortamda bu defa farklı bir boyut vardı. Kendisinin dışında olanlar önlerinde bir şeyler oluyormuş gibi izliyor, bazen hareket ile karşılık veriyor ve bir anda ortadan kayboluyorlardı. Herkesin önündeki veya yanındaki ışık veya her neyse işte onu kuşatan şeyler farklılık gösteriyordu. Anlam vermekte zorlanıyordu. Burası neresiydi böyle?

Yanına birisinin yaklaştığını fark etti.

"Merhaba."

Aman Allah'ım Ceyda'nın burada ne işi vardı?

"Merhaba da senin burada ne işin var?"

"Seni görmeye geldim, yürüyelim mi?"

Uçalım mı dese daha iyi olacaktı.

"Tabii yürüyelim..."

Ne saçma, birlikte yürüdüler, yani uçtular.

"Şurası, oraya bir türlü gidemiyorum, hep burada kalıyorum."

"Şu ilerideki çimenliği mi diyorsun?"

"Evet orası, sen beni götürebilir misin?"

"Bilmem ben de daha önce hiç gitmedim ama gel bir deneyelim."

Ceyda'yı kollarına aldı, sanki ortada bir sınır varmış gibi gerçekten kimse o tarafa geçmiyordu. Ama Özgür, yanında Ceyda ile birlikte ilerideki yeşilliklere doğru süzüldü. Altlarında uçsuz bucaksız bir alan vardı, aşağıya doğru indiler, ortalık meyve ağaçları ile doluydu, hepsi olgunlaşmıştı ama bu mevsimde çilek olmaz ki diye düşündü Özgür. Ne fark ederdi ki; ha çilek ha armut ha da ağaçta büyüyen karpuz, her şey birbirine karışmıştı zaten. Az ileride küçük pınarlardan çıkan sular akıyordu, meyve suları gibi rengârenk sular. Özgür o tarafa doğru yöneldi. Pınarların gözelerine yakın yerlerde kristal bardaklar vardı.

Pınardan biraz alıp Ceyda'ya uzattı.

"İçmek ister misin?"

"Ne ki bu?"

"Meyve suyu gibi bir şey herhâlde, istersen önce ben bakayım."

Özgür bir iki yudum aldı. Enfes bir şeydi. Yudumladığı şey her neyse aklından geçen şey oluveriyordu. Süt, elma, kivi, portakal, arada bir bilmediği lezzetleri de algılıyordu. Bir ara ilkokuldaki silgilerin kokusunu anımsadı. Öyle güzel kokuları vardı ki silgiyi yemek isterdi insan. Sudan biraz da Ceyda'ya tattırdı. Ceyda'nın gözleri büyümüştü.

"Aman Allah'ım bu ne muhteşem bir şey!"

Biraz daha gezindiler.

"Çok mutluyum Özgür, seninle birlikte olmak çok güzel…"

"Ben de öyle, hadi gidelim artık."

"Kalalım biraz daha…"

"Bence gitsek iyi olur."

"Tamam, sen nasıl istersen."

Ceyda'yı tekrar kollarına aldı ve diğer tarafa geçti. Şimdi yavaş yavaş idrak etmeye başlamıştı. Bu insanlar rüya görüyorlardı. O yüzden bir şeylerle uğraşıyormuş gibiydiler ve sonra bir anda kayboluyorlardı.

Ceyda bir anda ortadan kayboldu ve diğerleri de bir gelip bir gidiyordu.

"Bence bu kadar yeter, dönsem iyi olacak..." diye düşündü.

Tekrar apartmanın çatısının üzerindeydi ve bedeni aşağıda kendisini bekliyordu. Süzüldü ve salonun ortasında gözlerini açtı. Yavaşça kalktı, dizleri ağrımıştı, hafif sendeleyerek yatak odasına gitti. Derin bir nefesin arkasından uykuya daldı.

* * *

Sonbaharın kasvetli sabahları artık kendisini daha fazla gösterir olmuştu. Pencereye vuran yağmurun sesiyle uyandı. Evi ısıtmanın zamanı gelmişti. Sabah sporundan sonra hafif bir kahvaltı yaptı ve Ceyda ile yapmış olduğu kısa konuşmadan sonra yağmur da olsa dışarı çıkmaya karar verdi. Belki bana eşlik eder diye Aylin'e mesaj attı.

"Günaydın, hava yağmurlu ama ben dışarı çıkmak istiyorum, bana eşlik eder misin?"

Cevap geldi.

"Çok sevinirim, ne zaman geleyim."

"En kısa sürede, ben hazırım çünkü."

"Tamam geliyorum."

Çok geçmeden Aylin geldi, yağmurun şiddeti biraz hafiflemişti ama devam ediyordu. Aylin, Özgür'ün telefonunu bir kez çaldırdı, Özgür yağmurluğunu alıp evden çıktı. Benim arabayla gidelim diye işaret etti ama Aylin camı biraz açıp,

"Senin araba soğuktur, bu hazır ısınmış hadi gel!" dedi.

Özgür arabaya doğru yöneldi. Camlar buğulanmasın diye klimayı açmıştı, gerçekten de arabanın içi fırın gibiydi.

"Dün akşam ararsın diye bekledim."

"Dün Alperlere davetliydim."

"Nasıldı? Eğlendin mi?"

"Fena sayılmaz."

Ceyda'dan bahsetmedi. Biliyordu ki kadınlar mutlaka birbirlerini kıskanırdı.

"Nereye gidiyoruz?"

"Sen kahvaltı yaptın mı?"

"Çok değil, erken kalktım bu sabah öylesine biraz atıştırdım. Polonezköy'e gidelim, az kalsın sana söyleyeceğim şeyi unutuyordum."

Bu arada Aylin yavaşça arabayı hareket ettirmeye başlamıştı. Gidecekleri yer zaten yakın sayılırdı.

"Neyi unuttun?"

"Hani şu sorgulandığımız cinayet olayı vardı ya..."

"Eee ne olmuş ona?"

"Katil tespit edilmiş."

"Ciddi misin, kimmiş?"

"Birlikte çalıştığı avukat arkadaşı!"

"Yok artık!"

"Aynen öyle, yok artık, ama maalesef öyle, katil ortalıkta yok, muhtemelen adam bir şeyleri sezdi ki sırra kadem bastı."

"Peki sonra?"

"Sonrasını bilmiyoruz, katil nerede belli değil."

"Neden böyle bir şey yaptı acaba?"

"Bilmem ama çok ilginç değil mi, avukatsın ve de bakmışsın katil olmuşsun."

Yağmurun yıkadığı ağaçlar, temizlenmiş, daha canlı görünüyordu. Burası sanki İstanbul'un dışında bir köy gibiydi. Asfalt yollar olmasaydı kendinizi Anadolu'nun ücra bir köşesinde, ormanda geziniyor hissedebilirdiniz. Arabanın silecekleri cama düşen yağmur damlalarını bir o tarafa bir bu tarafa savurup duruyordu. Yağan yağmur her zamanki gibi asfalttaki çukurları doldurmuş, küçük gölcükler oluşturmuştu. Aylin arada bir bu çukurlardan kurtulmak için manevralar yapıyordu. Kahvaltı yapacakları yere geldiklerinde yağmur neredeyse kesilmişti. Arabadan indiklerinde yıkanmış toprağın kokusunu içlerine çektiler.

"Ne güzel değil mi Özgür? Bayılıyorum bu kokuya!"

"Ben de öyle Aylin."

"Hava çok soğuk değil dersen dışarıda yapalım kahvaltıyı."

"Bana uyar, daha soğuklarını da gördük."

"Evet, haklısın."

Dışarıda ki verandaya geçtiler, birazdan yanlarına garson geldi.

"Hoş geldiniz."

"Hoş bulduk," dedi Aylin.

"Kahvaltılıklarımız içeride efendim, self servis, onun dışında menemen veya omlet isterseniz ayrıca yaparız, çayı demlik mi hazırlatayım yoksa semaver mi istersiniz?"

"Ne dersin Aylin?"

"Ben menemen yerim, çayı da semaver alalım lütfen, hem soğumaz değil mi Özgür?"

"Bence de. Ben de menemen alayım o zaman."

"Tamam efendim, ben semaveri hazırlatıyorum on beş dakika sonra hazır olur, sizler de isterseniz bu arada kahvaltılıklarınızı alırsınız."

"Teşekkür ederiz, sağ olun."

Garson yanlarında ayrılırken Aylin:

"İstersen biraz dolaşalım, çayın demlenme zamanına geliriz ne dersin?"

"Olur, hadi kalk, fotoğraf makinen yanında mı?"

"Yanımda, dur alalım arabadan."

O arada garsona seslendi Aylin:

"Biz on beş, yirmi dakikaya döneriz!"

"Tamam efendim, sorun değil."

Birlikte patikadan ilerlediler, Aylin fotoğraf makinasını ayarlayarak etrafa bakınmaya başladı. Güneş hemen bulutların arkasındaydı. Önündeki sis perdesi bir aralansa ışıldamaya başlayacaktı, ama sis perdesinin gökyüzünü terk etmeye hiç niyeti yoktu.

"Güneş olsa daha iyi olurdu ama neyse..." dedi Aylin.

Yağmur damlaları daha doyurucu oluyordu o zaman. O an Özgür'ün de beklemediği bir şey oldu. Yaprakların üzerinde kalmış yağmur damlaları ardı ardına Özgür'ün ensesinden içeri dökülüverdiler. Bir anda irkildi ve olduğu yerde donakaldı. O gece aklına gelmişti. Karanlık ve korkunç gece, gerçekle yüzleştiği o gece. Bütün vücudu titredi, tüyleri diken diken olmuştu.

"İyi misin Özgür?"

"Evet, iyiyim, ensemden aşağıda yağmur damlaları aktı, soğukmuş."

"Haklısın, soğuktur, anlatsana dün akşam neler yaptınız, seninki de var mıydı?"

"Benimki kim?"

"Hadi ama Özgür, çocuk mu kandırıyorsun?"

"Seni kandırmak mümkün mü? Sadece duymak seni huzursuz eder diye düşündüm o yüzden konuyu açmadım."

"Hiç sorun değil Özgür, güzel kız, tabii ki de ondan hoşlanabilirsin, hatta ciddi bile düşünebilirsin."

"Henüz o kadar değil, ayrıca sana bir haberim var, duyunca şaşıracaksın."

"Neymiş?"

"Ceyda bizimle birlikte çekime gelmek istiyor."

"Bu işin çocuk oyuncağı olmadığının farkında mı acaba?"

"Ben her şeyi anlattım, mızmızlanmayacağını söyledi."

"Sen ne dedin?"

"Sadece benim değil, ekibin kararı da önemli dedim, bir kişi bile kabul etmezse gelemezsin dedim."

"Kesin benim kabul etmeyeceğimi düşünmüştür."

"Öyle düşündüyse de bir şey söylemedi."

Aylin bu arada hem Özgür'le konuşuyor hem de pozlama yapıyordu. Ağaçların yıkanmış yaprakları az önce sis perdesinin ardından çıkan güneşle birlikte ışıl ışıl parlamaya başlamıştı. Yaklaşık on dakikadır yürüyorlardı, çok uzaklaşmamışlardı.

"Dönelim mi Aylin, biz gidene kadar çayın demi de oturur."

"Tamam dönelim."

Aylin bir şey söylememişti ama Ceyda'nın adının geçmesi onu rahatsız etmişti. Ya bir de Özgür'ü kıramayacağı için bir seyahatlerinde kendileri ile gelmelerine izin verirse? "Aman Allah'ım ne kötü bir durum!" diye geçirdi içinden. Dönüş yolunda bir şey konuşmadılar. Aylin fotoğraf çekmeye devam etti, arada bir Özgür, "Şurayı da al!" dedi hepsi o.

Masaya geldiklerinde semaver kaynamaya devam ediyordu. Havanın sertliği devam ediyordu. Semaverden vuran ısı her ikisinin de yüzünü ısıtmıştı. Geldiklerini gören garson dışarı fırladı.

"Menemenleri yaptırıyorum efendim."

"İyi olur," dedi Özgür.

"Hadi gidip, kahvaltılıkları alalım," dedi Aylin.

İçeride oldukça zengin bir açık büfe vardı. Menemeni de hesaba katarak tabaklarına yiyecekleri kadar kahvaltılık aldılar. Ne de olsa arazi deneyimine sahiptiler, çok yemek sadece midelerinin şişmesine neden olurdu.

Dışarı çıktıklarında aralarındaki hava yumuşamıştı. Özgür, Ceyda'dan bahsedince Aylin'in moralinin bozulacağını bildiği için arabaya bindiğinde konuyu açmak istememişti. Ama tekrar sorulunca biraz da özellikle, Aylin'in, Ceyda'yı kabul etmesini istercesine kendileri ile gelmek istediğini söylemişti. Oysa Aylin aralarında bir şey olmasına pek ihtimal vermezdi ama gene de kıskanmıştı. Peş peşe içilen çaylar içlerini ısıtmış kahvaltılıklar afiyetle yenmişti.

İş yeri dedikoduları her zaman olmasa da bu sabahın genel konusu olmuştu; yeni evli çiftlerin birbirleriyle olan kavgaları, patronun arada bir çocuk gibi onlara küsmesi, sonra gidip onlara hediye alması, barışmak için kaplarının önünde dört dönmesi...

Az ileride bir araba durdu. Araba tanıdıktı. Onları görünce çok şaşırdı. Kendisine doğru yaklaştıklarında ayağa kalktı.

"Sizin burada ne işiniz var?"

"Canım biz de insanız, karnımızı doyurmaya geldik."

Samimi konuşma Aylin'in de ayağa kalkmasına neden olmuştu.

"Hoş geldiniz ben Aylin."

"Hoş bulduk kızım. Arkadaşın mı Özgür?"

"İş yerinden Ağabey, hem arkadaşım hem asistanım."

"Güzel güzel, biz sizi rahatsız etmeyelim, hem benim biraz soğuk algınlığım var, içeride oturmayı düşünüyoruz."

"Siz bilirsiniz, iyi olurdu ama madem hastasınız bir şey diyemem."

Sırdaş'la da tokalaştıktan sonra yerine oturdu, tam bir sürprizdi. İçeri gittikten sonra da arkalarından baktı. Aslında yanlarına otursalar ne iyi olacaktı. Gerçi yanlarında Aylin olduğu için gene konuşamayacaklardı. Şu an onların yanında olmak için neler vermezdi ki.

Aylin'le havadan sudan konuşuyorlardı ama aklı hep içerideydi. Koca bir semaverdeki çayı bitirmişlerdi. Garson yanlarına geldi.

"Küçük bir demlik daha ister misiniz efendim?"

"Ne dersin Aylin?"

"Olur, hem hava da ısınmaya başladı, otururuz biraz daha."

Çok geçmeden demlik geldi ve yanında yeni bardaklar. Bu arada semaverin suyu da takviye edilmişti. Özgür bu defa su bardağı istemişti. Daha bardakların yarısına gelmemişlerdi ki Aylin'in telefonu çaldı.

"Efendim anne, kahvaltı mı, bitti anne. Tamam, gelirim tabii ki, tamam anne söylerim."

"Ne oldu bir şey mi var?"

"Bizim kız uyanmış beni göremeyince sormuş."

"Eeee?"

"Annem de Özgür amcanla kahvaltı yapmaya gittiler deyince kıyamet kopmuş tabii ki."

"Vay kerata vay!"

"Anneme, Özgür amca gelsin burada kahvaltı yapalım demiş, gidelim mi?"

"Bu güzel bir fikir ama tıka basa doyduk, şöyle yapsak olur mu? Tabii ki sana da biraz ayıp olacak. Ben seni uğurlasam az önce gelen arkadaşlarla biraz takılsam, akşam gelip, yemeği birlikte yesek?"

Aylin biraz düşündü.

"Bizim kız biraz bozulur ama akşam kesin gelirsen idare edebiliriz."

"Bir aksilik olmazsa söz..."

Özgür, Aylin'i uğurlamadan önce birlikte içeri girdiler. Aylin az önce tanıştıkları iki insana nezaketen de olsa hoşça kal demek istemişti. Arabasına binip yavaşça uzaklaştı.

"Gel bakalım Özgür, duyduk ki az zamanda bayağı ilerleme göstermişsin," dedi Sırdaş.

"Sizin buraya gelmeniz rastlantı değil, değil mi?"

Sırdaş, onay almak ister gibi Ağabey'e baktı. Ağabey olur anlamında kafasını hafifçe salladı.

Sırdaş sözüne devam etti.

"Haklısın rastlantı değil, burada olduğunu öğrendik ve geldik."

"Nasıl öğrendiniz ki?"

"Sence?" diye söze girdi Ağabey.

"Haklısınız artık bazı şeyleri fazla irdelememek lazım, hizmetkârlar mı?"

"Evet, hizmetkârlar, sen henüz eğitim aşamasında olduğun için sanki onlar seni yönetiyormuş gibi yaşıyorsun, aslında ilmi tam olarak öğrendiğinde onları sen yöneteceksin."

"Nasıl olacak bu diye sormam bile saçma olacak galiba?"

"Pek değil," dedi Sırdaş.

"Daha geçen sene sadece bir takım sanrılar gören ben, şimdi havada uçabiliyor, insanların rüyalarına girebiliyor ve hizmetkârım olduğunu söyleyen bir takım varlıklarla konuşabiliyorum, bugün özel bir şey var mı?"

"Evet var," dedi Ağabey.

"Neymiş?"

"Hem de öyle bir şey ki aslında bir kez yaşadın, iyi ve kötüyle karşılaştığın o gecede."

"Anlamadım?"

"Şöyle anlatayım, her zaman yapamayacaksın ama gene de bir kez bizim eşliğimizde yapmana izin verildi, çok ilerleyince kendi başına yapabileceksin."

"İyice merak ettim şimdi?"

"Zamanda pencere açma!"

"O nasıl bir şey öyle?"

"Bayağı işte zamanda pencere açıp diğer yerleri görecek ve de duyacaksın, o mekânda yaşıyor gibi olacaksın ama müdahale edemeyeceksin, yani şimdilik."

"Vay, sıkı görünüyor."

"Oldukça serttir, çok fazla enerjini sömürür, o yüzden ilk kez yaşayacağın için bizim enerjimize ihtiyacın olacak," dedi Sırdaş.

"Ne zaman yapacağız?"

"Kahvaltıdan hemen sonra."

Özgür sabırla kahvaltılarını bitirmelerini bekledi. Arada bir yapılan teklifleri geri çevirmek zorunda kaldı, çünkü karnını iyice doyurmuştu ki sabah da spordan sonra atıştırmıştı.

Kahvaltı bittikten sonra birlikte kalktılar, Özgür ve Sırdaş büyüklerin yanında ellerini ceplerine atmayacaklarını biliyorlardı. O yüzden herhangi bir hamlede bulunmadılar. Hesabı Ağabey ödedi.

Birlikte Aylin'le yürüdükleri yoldan ilerlediler, güneş kendisini gösterdiği için yaprakların üzerindeki damlalar kurumaya başlamıştı. Yoldaki ıslaklık da güneşten nasibini alıyordu. Güneş ışığının direkt vurduğu yere dikkatli bakınca topraktan çıkan buhar görülebiliyordu.

Bu süre zarfında Sırdaş uçuşlardaki yoğunluktan, Ağabey ise dükkânda geçen birkaç olaydan bahsetti. Özgür her ikisini de tek kulağıyla dinlemiş gibiydi. Kelimeleri duyuyordu ama zihninde oturtamıyordu. Aklında sürekli, "Nasıl olacak acaba?" sorusu vardı.

Bu pencereyi evet, daha önce görmüştü ama bu defa o pencereyi açmaktan bahsediyorlardı. Yaklaşık yarım saat yürüdüler. Ağabey durunca ikisi de durdu.

"Pencereyi burada açacağız Özgür."

"Bir şey sorabilir miyim?"

"Elbette."

"Neden burası?"

"Onu pencereyi açınca öğreneceksin."

"Peki, ne yapmam gerekiyor?"

"Sadece düşün Özgür, seni ve her şeyi var eden o büyük gücün varlığını düşün, böyle bir şeyin olma ihtimalini ve gerçekliliğini düşün."

"Gözlerim açık mı, kapalı mı? Çok tuhaf oldum şimdi."

Sınava giren küçük bir çocuk gibi heyecanlanmış ve bir bilinmezliğe doğru giden yolcu gibi yalnız kalmıştı. Ağabey ve Sırdaş birer adım geriye çekilmişlerdi. Ağabey sağ tarafında duruyordu.

"Düşün evlat, her hücrenle, beyninin her kıvrımıyla düşün, aldığın nefesin yoğunluğunu, her şeyin varlığını ve hiçliğini düşün..."

Ağabey'in sözleri bitince, Sırdaş daha kısık bir ses tonuyla devam etti:

"Gözlerini kapatma, göreceklerin karşısında heyecana kapılma, biz senin yanındayız."

Aslında Özgür ne yapması gerektiğini hâlâ anlayamamıştı. Bu iş evde astral çıkış yapmaya benzemiyordu. Sadece düşünmek bir işe yaramıyordu, başka bir şey olmalıydı ama ne?

Hep gözlerin algıladığı ışık beyninde görüntü olarak görünürdü bu defa bunun belki de tam tersi olmalıydı. Gözlerinden ışıklar çıkmalı ve önündeki perdeye yansımalıydı. Ama ortada ne ışık vardı ne de perde. Arkadan Ağabey'in sesiyle irkildi.

"Nefesini kontrol etmeye çalış, gözlerinle sadece boşluğa bak, bu defa senin kontrolünde olmayacak, biz yapacağız, heyecanlanma."

Her ikisinin tarafından bir titreşim hissetti. Sanki çalışan bir makinaya sırtını dayamış gibi hissediyordu. Bu titreşim sırtından yavaş yavaş enseye ve başına doğru çıkmaya başlamıştı. Beyin kıvrımları kendi aralarında konuşuyorlardı.

"Neden böyle bir şey yaptın?"

"Sana hesap vermek zorunda değilim!"

"Bu yaptığın tehlikeli, hem gerçekten olmaz, lütfen kendine çeki düzen ver!"

"Benim hayatım kimseyi ilgilendirmez!"

"Böyle konuşman doğru değil, senin hayatın sadece senin hayatın değil."

"Kim demiş, istediğimi yaparım, sana veya bir başkasına hesap vermek zorunda değilim!"

"Bence zorundasın."

"Beni kıskandığın için böyle yapıyorsun."

"Seni kıskanmıyorum, ben o takıntılardan çoktan kurtuldum, böyle gidersen kendine ve başkalarına da zarar vermeye başlayacaksın."

"İşime karışma!"

"Bu durumda bana işime karışma diyemezsin!"

"Bak, giderek sinirlenmeye başlıyorum artık bu tartışmayı bitirelim!"

"Bu tartışma ancak sen yaptıklarından vazgeçersen biter."

"Ne yaparsın vazgeçmezsem?"

"Ne mi yaparım görürsün o zaman ne yapacağımı, bak sana güzellikle söylüyorum, istersen bir de yalvarayım. Lütfen vazgeç, bu yol iyi bir yol değil..."

"İstediğimi yaparım ve bir daha bu konu için benimle konuşma."

"Anlaşılan sen akıllanmayacaksın ve bana başka seçenek bırakmadın."

"Ne yaparsın söyle, ne yaparsın?"

"Ne mi yaparım, her şeyi babaya anlatırım ve tabii ki eşine de."

"Bunu yapamazsın!"

"Yaparım, vazgeç bu işten, bu işin sonu yok, bu kadınla senin bir geleceğin olamaz, en kötüsü de aldattığın kişi benim halamın kızı!"

"Olabilir, ne yapayım yani, mutlu değilim, ben de mutluluğu dışarı da arıyorum."

"Nasıl böyle konuşabiliyorsun? Onunla evlenebilmek için bana ne diller dökmüştün!"

"Karışma işime diyorum!"

"Karışırım, anlaşılan bana başka çare bırakmayacaksın..."

Özgür duymuş olduklarına hiçbir anlam veremiyordu. Beyninin içinde de dolaşan bu cümleler tanıdık değildi. Önündeki boşluktaki alanda renk değişiklikleri oluşmaya başlamıştı. Bunların hiçbiri kendi isteği ile olmuyordu. Sanki beyninin içindeki görüntü dışarı çıkmaya başlamıştı. Arabanın içinde iki kişi itişip kakışıyordu. Şoför tarafında olan bir anda dışarı çıktı, aracın arkasından dolanarak diğer tarafa geçti kapıyı açıp içerideki kişiyi dışarı çekti. Ortada kıyasıya bir kavga başlamıştı. Her ikisinin de boyları birbirine denkti. Ama şoför tarafında olan daha baskındı gözü dönmüş bir şekilde diğerine vuruyordu, o arada yerde bulduğu odun parçasını diğerinin kafasına vurmaya başladı.

Özgür bir anda tansiyonunun düştüğünü hissetti, gözleri kararmaya başlamıştı. Olduğu yere yığılıverdi. Gözlerini açtığında Ağabey ve Sırdaş ona bakıyordu.

"Ne oldu bana?"

"Bayıldın!" dedi Sırdaş.

"O neydi öyle?"

"Hayattan bir kesit, göl kenarında bulunan cesedin ölüm anı."

"Çok korkunçtu ama!"

"Ölümler filmlerdeki gibi olmuyor," dedi Ağabey.

"Gerçekten çok feciydi bu, neden bunu gösterdiniz?"

"Emir büyük yerden, gördüğün gibi duyabildin ve izleyebildin. Zamanda hiçbir şey kaybolmaz, kayıt edilir, sadece gizlenir, ama sen o zamanda kayıt yapılan boyutu yakalarsan o görüntüleri film izler gibi izleyebilirsin."

"İstediğin her şeyi mi?"

"Evet, istediğin her şeyi, ama unutma sana bu ilim verilirse, yoksa öyle canının her istediğinde her şeyi izleyemezsin."

"Bu inanılmaz, yani, ben şimdi yüzyıllar öncesinde yaşanmış olayları ve kişileri izleyebilir miyim?"

"Evet izleyebilirsin."

"Bu bizim sorgulandığımız olay değil mi?"

"Evet o."

"Peki, siz bunu baştan beri biliyor muydunuz?"

"Hayır, bilmiyorduk, bak Özgür bizlere sadece bilmemiz gerektiği kadarı açıklanır, yoksa düşünsene herkesin ne yaptığını bilebiliyor olsaydık bu kadar rahat olabilir miydik?"

"Haklısınız Ağabey, insan kafayı yer o zaman."

"Yiyenler de var," dedi Sırdaş.

"Gerçekten mi?"

"Ne zannediyorsun, Bakırköy'de yatanların bir kısmı öyle, bu yükü kaldıramayanların sonu orası unutma!"

"Peki, hep böyle korkutucu şeyler mi var?"

"Tabii ki değil, bu sadece kötü durumlarla da karşılaşabileceğinin örneğiydi. Sadece sen değil biz de sana enerji verdiğimiz için yorulduk, aslında sadece kendimiz yapsak bu kadar yorulmuyoruz, seni takviye ve kontrol etmek ikisi bir arada yorucu oluyor."

Özgür konuşurken doğrulmuştu, Sırdaş elinden tutarak ayağa kalkmasına yardım etti. Hafif sendeleyerek yürüdü kafasının içini suyla doldurulmuş gibiydi.

"Birkaç gün kendini yorgun hissedeceksin o yüzden yemeğini aksatma, hatta istersen vitamin takviyesi bile alabilirsin. Her ne kadar bu beden ve ruhun birleşimi olan başka bir enerji kaynağı ile gerçekleştirilen bir işlem de olsa yine de bedeni takviyesiz bırakmamak lazım."

Özgür birden durdu.

"Nasıl yani beden ve ruhun birleşimi ayrı bir enerji mi?"

Konuşmaya Sırdaş devam etti:

"Ruh kendi başına bir enerjidir ama bedenin de kendi içinde başka bir enerjisi vardır. Yani şöyle izah edeyim; derimizin altında binlerce sinir ucu var ve bunlar dışarıdan gelen her türlü uyarıyı, -sıcak, soğuk bunun en anlaşılabilir örneğidir- algılar ve işte gerisini biliyorsun, beyne gider falan. İşte bedeninde kendi içindeki mevcut bu enerji ağları da birleştiğinde bazen televizyonlardaki programlarda da tanık olduğun havada asılı kalabilme, bir metali eğebilme gibi olguları gerçekleştirebilir. Aslında o yapılanlar bu işin en basit olanlarıdır. Senin yaşadıklarını ise ancak seçilmiş olanlar yapabilir. Astral çıkış, rüya kontrolü, hayvanların dilinden anlamak, diğer taraf diye tarif edilen mekânlara gidebilmek, hizmetkârları görebilmek, onlarla konuşabilmek ancak seçilmişlerin yapabildiği şeylerdir."

"Bir taraftan da korkmaya başladım şimdi, peki neden?"

Bu soru karşısında Sırdaş sözü Ağabey'e verircesine ona baktı.

"Artık yaşadığımız şu zaman diliminde insanların topluca insanı kâmil olma devri çoktan geçmiştir. Aslına bakacak olursan bundan altı yüz, yedi yüz yıl önce Anadolu erenleri diye tabir ettiğimiz, o büyük insanlar devri hariç hemen hemen hiçbir devirde o kadar yaygın olmamıştır. Ancak bireysel olarak insanlar eğitilebilir ve insanı kâmil olma yolunda ilerletilebilir bir hâl aldık. Senin gibi tek tük bazı insanlar, iyi insan olma özelliğine sahiptir. Yaşadığı bu zamanı sadece yaşamış olmak için yaşarlar. Gerçeğin farkında değillerdir."

Yürüye yürüye aracın yanına gelmişlerdi, Özgür'ün kafasının içindeki su o kadar fazlaydı ki içine balık atsanız yüzerlerdi. Özgür arka koltuğa binip başını geriye yasladı. Sırdaş aracı çalıştırıp yola revan oldu. Özgür'ün evine gelmişlerdi ama Özgür uyumuştu.

"Özgür, uyan eve geldik!" diye seslendi Sırdaş.

Özgür göz kapaklarını araladı. Apartmanın girişindeydiler. Araba rölantide çalışıyordu.

"Eve gidince duş al ve uzan, hiçbir şey düşünme ve sorgulamaya çalışma, tamam mı?"

"Tamam Ağabey, görüşürüz Sırdaş."

Arabadan inerken akşam için Aylin'e verdiği söz aklına geldi. Merdivenden çıkarken geri dönüp güle güle diyerek elini kaldırdı. Sırdaş sokaktan ilerleyip devam etti. Küçük adımlarla apartmanın merdivenlerini çıktı, asansörün önüne kadar geldiğinde tekrar Aylin aklına geldi: "Sonra seni düşünmeye devam ederim, çık şimdi beynimden!" diye kendi kendine konuştu.

Eve gelip bir duş aldı ve uykusunu alamayan insanlar gibi esneye esneye yatağa girdi.

Telefonun sesiyle irkildi. Aylin arıyordu, telefonun saatine baktı, ne kadar çok uyumuştu. Kafasının içindeki suyu hissetti. Yayığın içindeki ayran gibi bir o yana bir bu yana sallanıyordu.

"Efendim Aylin?"

"Bekliyoruz seni, unutmadın değil mi, kız saat başı sorup duruyor, Özgür amcam gelecek değil mi diye?"

"Birazdan yola çıkarım, arkadaşlarla sohbet uzun sürdü, eve gelince uzandım biraz, içim geçmiş."

"Tamam, unutma da dilinden kurtulamayız sonra."

"Merak etme."

"Görüşürüz o zaman."

"Görüşürüz Aylin."

Aklına gördüğü görüntüler geldi. Polise gitse ne anlatacaktı ki, zamanda kapı açtım, cinayeti oradan izledim mi diyecekti?

"Nasıldı ilk deneyim?"

Biraz irkildi ama artık eskisi kadar korkmuyordu.

"Oldukça iyiydi, fakat oldukça yordu."

"Zaten arkadaşlar olmasaydı en az bir hafta kendine gelemezdin."

"Haklısın galiba, kafamın içinde bir balinanın yüzeceği kadar su var gibi geliyor, neden bu kadar şişti?"

"Bu fiziki bir şişme değil, sadece sen böyle hissediyorsun, bir düşün günlük hayattaki bütün iletişimlerde beyin zaten mükemmel bir hızla çalışıyor. Şimdi bunun bir tık ötesine geçmiş durumdasın, dünyada ve diğer boyutlarda yaşanılan ve hiçbir zaman kaybolmayan zaman tozlarını aktif hâle geçirdin, bu da beynin daha fazla yorulmasına neden oluyor. Aslında her şey ama her şey bu kemiğin içindeki et parçasında mevcut. Neyse kafanı fazla karıştırmayayım, hadi randevuna geç kalma."

Hologram gibi yavaşça silikleşip kayboldu, aslında kaybolmamıştı sadece kendi bulunduğu boyuta dönmüştü yani hiçlik âlemine.

**

Yoğun çalışma devam ediyordu, günler sürecek olan yolculuk için en ince ayrıntıyı bile düşünüyordu. Çıkan çöplerin koku yapmaması için küçük bir emici motoru bile ayarlanmıştı. Çöp poşetlerinin havasını alacak ve daha az yer kaplamasını sağlayacaktı. Konteynerin etrafında deli gibi dolanıyordu.

"Yetişir mi?"

"Tabii ki yetişir, sakinleş biraz, çok fazla bir şey kalmadı. Önemli olan senin bu zaman diliminde sakinliğini koruman, kapalı mekân fobin yoktu değil mi?"

"Yok canım, bir an önce bitsin hepsi bu."

"Yarın sabaha biter merak etme."

Özgür, Aylinlerde akşam yemeğini yedikten sonra kafasındaki bir sürü soruyla birlikte eve geldi. Çok yoğun günler geçiriyordu. Kafasının içi kazan gibiydi. Biraz dinlensem iyi olacak deyip patronu aradı.

"Merhaba Levent Bey, nasılsınız?"

"İyiyim Özgür, hayırdır, bir sıkıntı yok değil mi?"

"Merak etmeyin bir sıkıntı yok, biraz yorgunum uygun görürseniz birkaç gün dinlenmek istiyorum."

"Sorduğun şeye bak, Aylin'e söyle, kendini iyi hissettiğinde gel."

"Teşekkür ederim Levent Bey."

"Hoşça kal Özgür."

Aylin'i arayıp bilgi verdi.

"İyi değilsen geleyim mi Özgür, dikkatimden kaçtı sanma, biraz yorgun ve dalgındın."

"Yok yok iyiyim, belki soğuk algınlığı olabilir, ihtiyaç olursa mutlaka ararım."

"Tamam, fakat yarın sabah kahvaltını hazırlamaya gelirim oradan işe geçerim."

"Cidden gerek yok Aylin, ihtiyacım olunca her zaman arıyorum biliyorsun."

"Ben anlamam, yarın sabah oradayım."

Ceyda ile olan yakınlaşmasından sonra, Aylin'in kendisine olan ilgisi artmıştı. Gelme demenin faydası yoktu. Biliyordu ki Aylin kafasına koyduğu şeyi yapardı.

"Peki gel o zaman, ama gelirken sıcak ekmek getirmeni rica ediyorum."

"Tamam getiririm, hadi iyi uykular."

"Sana da."

* * *

Yakın bir yerlerde...

"Günaydın Altan, nasılsın?"

"İyi sayılır, Sinan'ın kaldığı evin yakınlarındaki kameraları inceledim, yan sokağın köşesinde banka olması işimizi ayrıca kolaylaştırıyor, bir iki araç var şüphelendiğim, çocuklar araştırıyor, belki bir şey çıkar."

"Çok kötü oldu bu, umarım bir şeyler buluruz."

"Umarım."

"Cahit Baba'ya karşı çok mahcup oldum. Bunca yıllık meslek hayatımda ilk defa bu kadar kötü çuvalladım, düşünsene adam avucumuzun içinde ve bir anda puf..."

Zaman daralıyordu yirmi dört saatten az vakitleri vardı aslında, bugün bulacakları bir iki ipucu onları Sinan'a götürebilirdi, ya da Sinan'ı Japonya'ya.

Kapı çaldı.

"Gel!"

"Faruk Komiser'im, Altan Komiser'im, üç araç tespit ettik, diğerleri o civarda oturanlar."

"Muhtemelen çöp kamyonunun geçtiği sırada çıkmış evden bu da işimizi kolaylaştırıyor."

"Aynen öyle Altan, adresler tamam mı?"

"Hepsi tamam komiserim, başka bir emriniz var mı?"

"Yok teşekkür ederim."

"Sağ olun komiserim, kolay gelsin."

"Ne yapıyoruz Faruk?"

"Kahvelerimizi elimize alıp gidiyoruz ve şu herifi buluyoruz."

"Hadi o zaman."

Polis memurunun masaya bıraktığı adresleri aldılar ve yola çıktılar.

"İlk nereye gidiyoruz?" dedi Faruk

"İstinye'ye, araç o sokakta bir iki tur atmış. İçindekiler seçilmiyor çünkü cam film kaplı sadece karartı var."

İstinye sahile kadar indiler. Sıralı duran binalardan birinin önüne geldiler. Binanın önünde kaldırıma kadar gelen araç ve yanındaki patika yol bir demir kapı ile son buluyordu. Demir kapıyı açan Faruk seslendi.

"Kimse yok mu?"

Az sonra binanın yan tarafından orta boylu, saçları dağınık birisi çıktı.

"Buyurun kime bakmıştınız?"

"Kenan Bey'i arıyorduk, emniyetten geliyoruz, cinayet masası."

"Kenan Bey işte, akşama gelir, önemliyse arayıp haber vereyim."

Faruk cebinden önce kimliğini beraberinde de arabanın plakasının olduğu kâğıdı çıkardı. Kimliğini ileriye doğru uzatıp adamın görmesini sağladı. Sonrasında da plakayı söyleyip, aracın kendilerine ait olup olmadığını sordu.

"Doğru araba Kenan Bey'in, ne oldu ki?"

"İş yeri nerede?" diye sordu Altan.

"Tuzla'da."

"Tuzla'da mı? Ne iş yapıyor Kenan Bey?"

"Bir arkadaşıyla ticaret yapıyorlar, nakliye işleri."

"Tam adresi nedir?"

"Tam adres bilmem ama isterseniz arayayım, siz kendisiyle konuşun."

"Olur arayın."

Cebinden telefonu çıkarıp numarayı cevirdi

"Alo Kenan Bey, uygun musunuz? Şey... Yanımda iki bey var da emniyetten, sizin aracı sordular, görüşmek ister misiniz? Tamam efendim veriyorum."

Telefonu Altan Komiser'e uzattı.

"İyi günler ben Komiser Altan, nasılsınız?"

Telefondaki boğuk ses cevap verdi.

"İyiyim teşekkür ederim, size nasıl yardımcı olabilirim?"

"Bir soruşturma yürütüyoruz, uygunsanız size birkaç soru sormak istiyoruz."

"Tabii ki iş yeri adresimi vereyim."

Altan cebinden çıkardığı not defterine Kenan'ın verdiği adresi yazdı.

"Tamam iyi günler."

Telefonu uzattı.

"Teşekkür ederiz, iyi günler. Hadi Faruk gidelim."

Birlikte demir kapıdan çıkıp arabanın yanına geldiler.

"Ses tonu nasıldı?"

"Sakindi diyebilirim, oraya gitmeden yolumuzun üzeri, Levent Oto Sanayi'nde bir adres daha var."

"Oto sanayi mi?"

"Evet, niye şaşırdın ki, oto sanayi, adres orası işte, önce oraya uğrayalım sonra Tuzla'ya geçeriz."

Oto Sanayi Sitesi'ne geldiklerinde aracı bulmak pek zor olmamıştı, girişteki ilk dükkân aradıkları kişinin soyadını taşıyordu. Araç ise dükkânın önündeydi. "Kuru Çay Oto Yedek Parça."

Birlikte içeri girdiler, raflar her çeşit oto yedek parçasıyla doluydu. İlerideki lavabonun üzerinde yeni içildiği belli olan çay bardakları duruyordu. Tezgâhtaki bıyıkları yeni terlemiş delikanlı ayağa kalktı.

"Buyurun abi ne bakmıştınız?"

"Dükkân sahibi yok mu delikanlı?"

"Yok abi biraz işim var deyip çıktı ama önemliyse arayayım. Ne lazımdı abi ben vereyim?"

"Yedek parça lazım değil delikanlı patronla bir görüşsek iyi olur. Şu dükkânın önünde duran araç onun mu?" diye sordu Faruk.

"He onun abi, müşteri mi olacaksınız, satalım abi."

"Nerelisin sen?"

"Kayseriliyim abi."

"Anlaşıldı, sen şu patronu bir ara da gelsin!"

"Hemen arıyorum abi."

"Alooo, Rıfat abi, iki abi geldi seni istiyorlar, bilmiyorum abi, sormadım abi, tamam abi vereyim, seni istiyor abi…"

Telefonu Faruk Komiser'e uzattı.

"İyi günler, biz arkadaşla geziyorduk da, şu sizin araba gözümüze temiz göründü bir soralım dedik."

"Benim işlerim biraz yoğun bu aralar, parça siparişi vermek için arkadaşla İkitelli'ye gelmiştik, satmayı da pek düşünmüyorum ama gene de görüşürüz tabii."

"Biz sizi ne zaman arayalım?"

"İki gün sonra arayabilirsiniz, çocuğa söyleyin kartımı versin."

"Tamam, biz ararız iki gün sonra, iyi günler."

"Delikanlı sana zahmet bir tane kart verir misin?"

"Tabii abi, alıyor musunuz arabayı?"

"Alıcaz delikanlı, patronla bir görüşelim, hadi iyi günler."

Birlikte dükkândan çıktılar.

"Hayırdır Faruk nereden çıktı araba muhabbeti."

"Boş ver, hadi Tuzla'ya gidelim."

* * *

Aylin, patronu aramış işe gelmeden önce Özgür'e uğrayacağını söylemişti. Zili çalmıştı ama kapıyı açan olmamıştı. Biraz bekledi. Zili ikinci kez çaldı, kapı gene açılmadı. Bu defa Hüseyin Efendi'nin kaldığı dairenin ziline bastı. Biraz sonra bir karartı kapıya doğru yanaştı, cama yaklaşınca Hüseyin Efendi'nin karısı Gülsüm olduğunu fark etti. Gülsüm Hanım kapıyı açtı.

"Hoş geldin kızım, hayırdır, açmadı mı, bizim oğlan kapıyı?"

"Bilmiyorum Gülsüm Teyze iki kez zile bastım ama dün akşam biraz yorgundu, uyuyakaldı herhâlde. Hüseyin Amca nerede?"

"Markete kadar gitti kızım, gelir birazdan, bizim oğlan uyanmazsa bana haber ver, evin yedek anahtarı bizde bakarız bir."

"Tamam açmazsa anahtar almaya gelirim ben."

"İyi kızım hadi kolay gelsin."

Asansörle en üst kata çıktı. Ortalık çok sessizdi. Kulağını kapıya yaklaştırdı. Kötü bir sürprizle karşılaşmak istemiyordu. Biraz dinledi, içeriden hiç ses gelmiyordu. Zile bir kez daha dokundu. Bekledi, gene ses seda yoktu. Bu defa telefonu çıkardı numarayı çevirdi.

İkinci çalmada telefon açıldı.

"Aylin, geldin mi?"

"Geldim Özgür, kapıdayım üç defa zili çaldım, iki defa da telefonu."

"Kusura bakma, açıyorum şimdi kapıyı."

Yataktan doğrulurken, kafasının içindeki daha da arttığını düşündüğü akvaryumun suyu şöyle bir çalkalandı. Gözaltlarının şişkin olduğunu hissediyordu. Kapıyı araladı, Aylin şaşkın şaşkın ona bakıyordu.

"Bu ne hâl Özgür, neyin var?"

"Dünkü soğuk beni etkiledi herhâlde."

"O kadar soğuk değildi ki canım, sende başka bir şey var galiba, canın bir şeye mi sıkıldı senin?

"Yok be canım, hadi gel."

Birlikte mutfağa geçtiler, Aylin elindeki ekmekleri mutfak tezgâhına bıraktı. Özgür fazla hareket etmek istemediği için sandalyeye oturuvermişti. Aylin yan gözle ona baktı. Mutfak tezgâhında duran demliği aldı su doldurup ocağın üzerine koydu, altını yaktı. Normalde Özgür ona yardım ederdi ama bu defa kılını bile kıpırdatmıyordu. Buzdolabından kahvaltılıkları çıkardı, masaya yerleştirdi. Özgür'ü tanımasa kendisine küsmüş olduğunu düşünürdü. Üzerine gitmedi. Küçük küçük kurulan cümlelerle kahvaltılarını yaptılar. Aylin kendisine iyi bakmasını söyleyerek, yanağına bir öpücük kondurup evden ayrıldı. Aylin'in gitmesiyle Özgür kendisini tekrar yatağa attı.

"Umarım uyandığımda akvaryumun suyu biraz azalmış olur!"

* * *

Öğle yemeği saati gelmişti. Ceyda önce kafasını sonra bedenini Filiz'in odasına sokuvermişti.

"Nasılsın tatlım?"

"İyiyim Ceyda, acıktın galiba?"

"Aynen öyle, bir plan var mı?"

"Alper'e sormadım, arayayım mı?"

"Arasana..."

Filiz, Alper'i arayıp, bir plan yapıp yapmadığını sordu.

"Yok tatlım yapmadım, önce bir kafeye bakalım, hoşumuza gitmezse dışarı çıkarız."

"Tamam tatlım," dedi Filiz.

"Ne dedi?"

"Önce bir kafeye bakalım dedi, gerçi o önce kafeye bakalım dediyse yemeklerden şikâyet etmez, ne varsa onu yiyelim diyebilir."

"Sorun değil."

"Hadi gel gidip Alper'i alalım."

Birlikte Alper'in odasına doğru yürüdüler

"Özgür'le görüştünüz mü Filiz?"

"Hayır görüşmedik, sen arasana, o kadar yakınlaştınız."

"Ne bileyim halen daha sebebini bilmediğim bir çekincem var, ona yaklaşana kadar tedirginliğim devam ediyor ama sonra kendimi onun yanında inanılmaz huzurlu hissediyorum. Daha önce görüştüğüm insanlardan çok farklı, yaşantısı, düşünceleri, merak ettikleri, evi bile farklı sen de gördün Filiz, ben onun normal birisi olduğunu düşünmüyorum."

Filiz onaylar gibi başını salladı ama en az o da Ceyda kadar Özgür'ü merak ediyordu. En başta Alper'le ortak noktalarına kendilerinden daha fazla vakıftı. Hele o akşam evde yaşadıkları sıradan şeyler değildi. Ceyda'nın olmadığı bir ortamda onun da merak ettiği konuları konuşmayı ne kadar çok isterdi. Fakat Ceyda'yı ayrı tutmak olmuyordu. Gerçi Ceyda da artık onlara katılmıştı. Eskisi gibi olayları tiye almıyordu, hatta merakı bile artmıştı.

Bir anda aklına Özgür'ü gördükleri o akşam gelmişti. Yağmur, kanayan bir el, karanlık, cinayet, kuşku, ışık ve şaraplar, evet evet şaraplar. Birden yüzünde bir tebessüm belirdi. Sonrasında geçirilen güzel zamanlar. Ceyda, Filiz'in gülümsemesine anlam vermeye çalıştı.

Odanın önüne gelmişlerdi ki kapı açıldı. Filiz ve Ceyda'yı bir anda karşısında gören Alper bakakaldı.

"Karanlıkta ikinizi birden görsem korkardım herhâlde."

"Hadi canım, o kadar korkunç muyuz?" dedi Ceyda.

"Uyma şuna canım, dalga geçiyor."

"Biliyorum canım."

"Hadi kızlar, karnım zil çalıyor bir an önce şu fâni bedeni doyuralım."

"Başladı gene fâni mani!" dedi Ceyda

Birlikte kafeteryaya gidip yemeğe başladılar.

"Özgür'le görüştün mü Alper?"

"Aramadım, yemekten sonra arayalım."

"Evet, arayalım iyi olur," dedi Filiz.

Telefonu üst üste tam üç kez çaldırdı ama açan olmamıştı.

"Açmıyor, meşgul herhâlde, sonra bize döner."

Özgür telefonun sesini hayal meyal duymuştu ama kendini toparlayıp cevap verememişti. Ne kadar uyuduğunu bilmiyordu.

"Kalksam iyi olacak!.." deyip yataktan doğruldu. Biraz rahatlamıştı, kafasının içindeki akvaryumun suyu azalmıştı. Gerçi daha ilk gündü. Öğleden sonra iki olmuştu.

* * *

"Hoş geldiniz, buyurun."

"Merhaba ben Komiser Altan."

"Merhaba ben de Faruk, cinayet masasından."

"Kusura bakmayın biraz beklettim, malum işler yoğun bu aralar, bir sevkiyat öncesine denk geldiniz, işlerle bizzat ilgilenmediğinizde mutlaka bir aksaklık oluyor."

"Önemli değil, biz de bu arada etrafı dolandık, çok büyük bir yermiş, gerçekten işlerle bizzat ilgilenmek lazım," dedi Altan.

"Size nasıl yardımcı olabilirim?"

Faruk konuyu dolandırmak niyetinde değildi.

"Bir cinayeti soruşturuyoruz, malum cinayet masası. Sinan adında birisini tanıyor musunuz?"

"Hiç tanıdık gelmedi, necidir, kimlerdendir, ne iş yapar?"

"Kendisi avukat, bir cinayette sanık olarak, en son kaldığı yerde sizin şu anda evinizin önünde duran aracınız görülmüş, Sarıyer de."

"Ne zaman oluyor bu?"

"Geçen hafta."

"Normalde oralarda işim olmaz, çok nadiren bir balıkçı lokantam vardır, sahilde, eşimle birlikte yemeğe gideriz ama geçen hafta gitmedik."

"Peki aracı sizin dışımızda kullanan olur mu?"

"Evet yardımcım bazen alır arabayı, ona da nereye gittiğini sormam, neredeyse on beş yıldır benimle birliktedir, sağlam adamdır."

"Kaç yıldır bu işi yapıyorsunuz?"

"Otuz yılı geçti, babamdan devraldım. Babam üç yıl önce vefat etti. Akciğer kanserinden, önceleri küçük bir işletmeydik, zamanla büyüdük."

"Aracı firmasınız yani"

"Aynen öyle, konteynerler bizim, mallar başkasının, gemiler de başkasının, herkes bir ekmek yiyecek tabii ki bu sektörde."

"Konteynerlerin imalatını da siz yapıyorsunuz galiba?"

"Evet biz yapıyoruz, komiserim."

"Genelde hep aynı ebatta mı oluyor?"

"Genelde hep aynıdır, Altan'dı değil mi komiserim?"

"Evet Altan, peki farklı istekler geliyor mu?"

"Nasıl yani?"

"Ne bileyim farklı ölçüler, farklı iç bölmeler falan?"

"Dış ebat değişmez komiserim, kusura bakmayın unuttuk ne içersiniz?"

"Zahmet olmazsa kahve olsun, Türk kahvesi."

"Tabii hemen."

Telefonu kaldırıp iki tuşa bastı.

"Lütfü, Canan yok mu? Tamam gelince söyle üç Türk kahvesi, pardon şekerler nasıldı?"

"İkisi de orta olsun," dedi Faruk.

"Üç tane orta şekerli Türk kahvesi." Telefonu kapattı. "Nerde kalmıştık, hah dış ebat hep aynı olmak zorunda zaten, içi ise çok nadir, gidecek malzemenin durumuna göre, içindeki raf ölçüleri, bazen bölme farklılıkları falan."

"Onun dışında başka özel istek falan?"

"Nasıl yani özel istek?"

"Ticaret amaçlı değil de, mesela yaşamak için veya bir yere prefabrik amaçlı kullanmak amacıyla falan?"

"Çok nadirdir, geçenlerde bir müşterim istedi. Ben ana hatlarıyla yapıp teslim ettim. Bir inşaatta mı kullanacakmış neymiş..."

"Müşterinin kayıtları vardır umarım?"

"Elbette var, kahveler gelsin, Canan hanımdan isteriz."

Kenan'ın rahat tavırları her ikisinin de gözünden kaçmamıştı. Ya gerçekten bir şeyden haberi yoktu ya da her şeyin içindeydi. Birazdan kahvelerle birlikte genç bir hanım içeri girdi. Yavaşça kahveleri masanın üzerine bıraktı.

"Başka bir emriniz var mı efendim?"

"Geçenlerde özel sipariş veren birisi vardı. Hani inşaat için yaptırıyorum diyen?"

"Tam anımsayamadım efendim ama bir bakayım geçen hafta ya da evvelki haftaydı değil mi?"

"Yanılmıyorsam öyleydi, adres ve telefonunu çıkar olur mu?"

"Tamam Kenan Bey, birazdan bildiririm."

Dışarı çıkarken Faruk ve Altan'a baktı. Her üçü de kahveleri önlerine doğru çekti ve eş zamanlı içmeye başladılar. Kenan göz ucuyla her ikisini de takip ediyordu.

Biraz sonra küçük bir not kâğıdında isim ve adres geldi. Kenan kontrol ettikten sonra kâğıdı komiser Faruk'a uzattı.

"Anımsıyor musunuz?" diye sordu Faruk.

"Hiç tanıdık gelmedi."

"Ne kadar özel bir siparişti peki?"

"Ev gibi kullanacağını söylemişti, her zamankinden daha detaylı istedi, biz de yapıp teslim ettik."

"Anladım, bir şu verilen adrese bir bakalım."

Bir süre devam eden sessizliği çalan telefonun sesi bozdu. Kenan telefonu cevaplamak için hamle yaparken Altan'a baktı. Az önce yudumladığı kahveyi boğazından aşağıya gönderdikten sonra konuştu.

"Efendim... Ooo ne haber Musa... İyiyim, sağ ol.... İşler fena değil, senin işi iki gün sonraya teslim etmiş oluruz. Tamam canım, hadi sen de selam söyle yengeye, saygılar sağ ol."

Kısa süren bir konuşmadan sonra telefonu kapattı.

"Bizim işler hep böyle işte, hatır gönül, eş dost yönlendirmesiyle, geçinip gidiyoruz işte."

Bu arada kahveler bitmişti. Altan ve Faruk müsaade isteyip ayrıldılar. Şantiyenin demir merdiveninden inerken başka birisinin kendilerini izlediklerini her ikisi de fark etmişti ama hiçbir şey olmamış gibi arabaya kadar ilerlediler.

"Ne diyorsun Altan?"

"Her zaman telefonda karşıdan gelen ses duyulmaz ama bunda sadece başta bir alo vardı, sonrasında ise bizim ki yaylım ateşi gibi laflar sıralayıp kapattı."

"O zaman bizimkilere söyleyelim, telefonun son bir aylık görüşmelerini belirlesinler, son görüşmelerin de dökümlerini çıkarsınlar."

Yarın akşama çok fazla bir şey kalmamıştı. Haydarpaşa Limanı'nda yükleme başlamıştı bile. Tekrar büroya döndüklerinde gerçekten de verilen adreste bir inşaat şantiyesinde kullanılmak üzere hazırlanmış bir konteynerden başka bir şey bulamamışlardı. Ama kayıtlar masalarındaydı.

Şaşılacak bir durum yoktu aslında ortada. Sinan kaybolana kadar yaptığı bütün konuşmaları Kenan'la yapmıştı. Demek ki bütün detaylar çok iyi hesaplanmıştı. Sekreterin getirdiği telefon numarası ve adres önceden ayarlanmıştı. Bir tek onlar odadayken gelen telefon işi bozmuştu. Ya hemen harekete geçecekler ya da son ana kadar bekleyeceklerdi. Kenan'ı veya başka birini tutuklamak bütün her şeyden haberdar olunduğunu gösterir ve Sinan'ın tekrar ortadan kaybolmasına neden olurdu.

Az sonra amir çağırdı. Her ikisi de kafalarında tam olarak cevaplayamadıkları sorularla amirin odasına gittiler.

"Evet çocuklar elde ne var?"

"Tuzla Sanayi'deki Kenan ile Sinan'ın görüştüğü kesin, ama Sinan'ın ne yapmaya çalıştığı pek belli değil, çünkü neredesin, ne yapıyorsun, her şey yolunda mı sorularına karşılık, basit cevaplar verilmiş, hatta bizi atlattığı gece ile ilgili bir detay da yok."

"Bence bu tür bağlantıları başkaları aracığı ile yapıyorlar," diye ekledi Altan.

"Sizin düşünceniz nedir?"

"Ben ülkeden kaçmak için bir şeyler tertipliyor diye düşünüyorum," dedi Faruk.

"Aynı düşüncedeyim amirim, bütün çıkış yolları tutulmuş durumda, geriye bir tek seçenek kalıyor. Gizlenmiş bir hâlde ülkeyi terk etmek. Bu Kenan'la olan bağlantısını daha da netleştiriyor bence. Adam konteyner imalatı yapıyor. Pekâlâ, onun için de bir şeyler yapabilir."

"Peki, siz olsanız nasıl bir yol denerdiniz?"

"Bence iki alternatifi var, karayolu veya deniz yolu, karayolu daha riskli, çünkü her tırın durdurulma ihtimali var, ama deniz yolu daha güvenli, tahmin ettiğim gibi bir konteynerde yolculuk etmeyi düşünüyorsa, bu bizim için hem iyi hem kötü. Hedef netleşiyor ama şu anda nerede olduğunu bilmiyoruz ve bu pek çok limandan binlerce konteynerin içinde olabilme ihtimali demek."

Altan, Faruk sözüne devam ederken kafasını kaşımaya başlamıştı.

"İşimiz gene şansa kaldı desenize?" dedi Amir.

"Bizimkiler Kenan'ı yakın takibe aldılar amirim."

"Sence bu aşamadan sonra hata yaparlar mı?"

"Haklısınız amirim yapmazlar, sizin düşünceniz nedir?"

"Kenan'ı içeri alın ve konuşturun, nasıl olsa elde yeterli delil var, istediğinizi elde edene kadar da bırakmayın ben savcıdan gerekli izinleri alırım."

Savcıdan tutuklama kâğıtları gelene kadar bekleyip harekete geçtiler ama gene geç kalmışlardı. Kendilerinden önce şantiyeye giden ekipten kötü haber gelmesi gecikmemişti. Kenan çoktan sırra kadem basmıştı ve cep telefonundan da sinyal alınamıyordu.

Faruk çıldırmak üzereydi.

"Nasıl oluyor abi, herif bir saat içinde nasıl ortadan kaybolabilir ki?"

"Sakin ol abi, en azından şunu düşün Sinan'a bir adım daha yaklaştık, muhtemelen onlar da paniğe kapılmışlardır ve bu da onları hata yapmaya iter."

"Sen sakin ol diyorsun da gel onu bana sor, aklım almıyor!"

"Hatırlasana karısını öldüren adamı biz kovalıyorduk o kaçıyordu, bir kovalıyorduk o kaçıyordu bizi tam sekiz ay peşinden koşturmuştu."

"Yani daha vaktimiz var diyorsun?"

"Evet vaktimiz var."

"Eğer şimdiye kadar topuklamamışsa..."

"Hah sağ ol içime su serptin yani."

Yorgunluğunu tam olarak üzerinden atamamıştı ama gene de düne göre çok daha iyi durumdaydı. Alper'i aradı.

"Alo Özgür, ne yapıyorsun? İyi misin?"

"Sağ ol Alper iyiyim sizden ne var ne yok?"

"Biz iyiyiz seni merak ettik, var mı bir işin yemek yedin mi?"

"Henüz yemedim, bu akşam dışarıdan yerim diye düşünmüştüm."

"Bize gelebilirsin, Filiz henüz daha yemeği hazırlamış değil, hem Ceyda da seni merak ediyor, başka bir planın yoksa bekliyoruz. Dur, bak Filiz'e de söyleyeyim. Filiz masaya bir tabak daha koy hayatım Özgür'de gelecek."

İçerden Filiz'in sesi duyuldu.

"Çok iyi olur bekliyorum"

"Alper neden emrivaki yaptın, Filiz'e ayıp oldu."

"Olur mu öyle şey? Hadi gel bekliyoruz."

"Tamam, hazırlanayım gelirim, bir şey lazım mı?"

"Kendin gel yeter."

"Peki, hoşça kal."

Alper telefonu kapattıktan sonra mutfağa Filiz'in yanına gitti.

"Ceyda'yı arayayım mı yoksa sen mi ararsın?"

"İşim bitmek üzere ben ararım."

"Tamam canım, yardıma ihtiyacın var mı?"

"Yok hayatım ama yanımda oturabilirsin."

Ocakta fokurdayan türlü ve yanında kuş üzümlü pilav, her zamanki gibi salata, gelirken aldıkları burma kadayıf ve kaymak. Bu akşam sağlıklı beslenmenin biraz dışına çıkacaklardı. Filiz masayı dört kişilik hazırlamadan önce Ceyda'yı arayıp çağırmıştı. Ceyda dünden hazır olduğu için ikiletmedi bile. Aradan 15 dakika geçmemişti ki kapıda beliriverdi.

Hava artık iyiden iyiye soğumuştu. Ceyda'nın burnu pancar gibi kızarmıştı. Açılan kapı hatırı sayılır bir soğuğun da içeri girmesine neden olmuştu. Filiz bile kapı aralığından giren soğuktan dolayı bir anda titreyivermişti. Salona girerken koltukta oturan Alper ayağa kalkıp Ceyda'yı karşıladı. Hani şaka bir tarafa derler ya her ikisi de Ceyda'yı gerçekten çok severlerdi.

"Özgür gelmedi mi daha?"

"Geldi de biz sakladık," dedi Alper

"Aman pis şey, hemen de lafını söyleyecek yani!"

"İyi de gelse burada olur."

"Ne bileyim, hani tuvalete gitmiş olur belki diye sordum."

"Ayakkabılığa da mı dikkat etmedin?"

"Gelme kızın üstüne, Özgür deyince heyecanlanıyor işte!" dedi Filiz.

"Tamam, hadi geç otur"

"Yapılacak bir şey var mı Filiz?"

"Yok tatlım ben her şeyi hazırladım, bir tek Özgür'ün gelmesini bekliyoruz..." demeye kalmadan kapı çaldı.

Ceyda bir anda yeni oturduğu koltuktan kapıya doğru fırladı.

"Ben açarıııııım..."

Kapıyı büyük bir sevinç açtı.

"Hoş geldin Özgür."

Bir hamlede Özgür'ü içeri çekip sarıldı. Ayakkabılarını çıkarmaya fırsat bulamadan kendisini iki kol arasında bulan Özgür'ün akvaryumundaki su şöyle bir sallandı. Bir anlık hareketle dibine oturmuş küçük taşlar ve yosunlar suyu bulandırmıştı. O arada kapıya Filiz ve Alper de gelmişti.

"Yavaş kızım yavaş boğacaksın adamı!" dedi Alper

"Sana sarılmıyoruz diye kıskanma hemen."

"Hoş geldin Özgür," diye elini uzattı Filiz

"Hoş bulduk Filiz, nasılsın?"

"Teşekkür ederim, deli kızla uğraşıyoruz işte."

"Bu da lazım canım."

"Alacağın olsun Özgür!" deyip omzuna sertçe bir yumruk attı.

"Gel gel kurtarayım seni bunun elinden," deyip Özgür'ü kendisine doğru çekti Alper.

Kapı önündeki curcuna bittikten sonra salonda oturmadan mutfağa geçtiler. Ceyda artık aşkını ilan etmişçesine sürekli Özgür'ün elini tutuyor ve şirinlikler yapıyordu. Özgür'ün küçük akvaryumundaki tıpa neredeydi acaba, şu tıpayı çekse de sohbetten daha bir zevk alır durumda olsa iyi olurdu. Ayrıca yemekler lezzetliydi ama neresine yediğini bilmiyordu. Sohbet akıyordu ama Özgür tam anlamıyla katılamıyordu tabii ki bu durum Filiz'in gözünden kaçmamıştı.

"Sen iyi misin Özgür?"

"İyiyim Filiz, sadece biraz yorgunum, dün akşam ateşim yükseldi biraz, virütik bir şey olsa gerek, herhâlde onun sersemliği devam ediyor."

"Aman başka bir şey olmasın da..." dedi Alper.

"Yok yok gerçekten iyiyim."

Ceyda bir süredir Özgür'ün elini tutmaya devam ediyordu. Alper, yanında oturan Ceyda'yı dürttü.

"Kızım bıraksana adamın elini, rahat rahat yemeğini yesin!"

"Sana ne oluyor ki, değil mi aşkım?"

Filiz bu lafın üzerine kocaman bir, "Oooooo..." çekti.

Özgür bu güzel sözünü karşılıksız bırakmadı.

"Tabii aşkım, ben iyiyim böyle, sen tutmaya devam et."

"Bakıyorum da anında satışa geldik yani."

"İdare et Alper, elim elinde yapacak bir şey yok."

"İnanmıyorum sana Özgür, nasıl bir anda yelkenleri şişiren rüzgâr gibi yön değiştiriyorsun!" dedi Filiz.

Bu arada Ceyda gücü yettiği kadar Özgür'ün parmaklarını sıkmıştı bile.

Yemekten sonra, mutfaktaki masa başı sohbeti devam ediyordu. Özgür bir ara lavaboya gitti.

"Ben gerçekten âşık oldum galiba, size söylemedim ama her gece onu düşünmeden uyuyamıyorum."

"Bu senin için ilk değil Ceyda ama bence de bu defa farklı galiba?"

"Haklısın Alper bu defa farklı galiba?"

"Biz senin mutlu olmanı en az senin kadar istiyoruz tatlım, geçenki travmadan sonra Özgür'ün senin için uygun kişi olduğunu düşünmüyor değiliz."

Özgür yüzünü yıkamak için hafifçe lavaboya doğru eğildi. Avucundaki suyu yüzüne doğru götürdüğü sırada akvaryumun suyunun yeniden dolmaya başladığını hissetti. Uğultular netleşmeye başlamıştı.

"Tamam abi, yirmi dakikaya oradayız."

"Ağır bir demir ve halat getirin."

Gözlerini kapattı. Akvaryumun suyu gittikçe artıyordu. Klozetin kapağını kapatıp üzerine oturdu. Bu defa yalnızdı ve korkuyordu. Gözlerini açtı, geçenkine göre daha küçük bir pencere açıldı. Gecenin karanlığından bir sandal kendisine doğru içinde iki kişi olduğu hâlde yaklaşıyordu. Sandal ağırca bir şey taşıyormuş gibi yavaş hareket ediyordu. Sandal iyice yaklaştı, kıyıya geldiğinde orta boylu, saçları dağınık olan suya atladı. Sandalı biraz daha çekti. Kıyıda sırtüstü hareketsiz duran adamın yanında onları bekleyen her nefeste dumanlar çıkaran başka birisi vardı. Özgür sanki yüzünü tam seçemediği bu adamı görecekmiş gibi gözlerini kıstı. Ama karanlık bunu engelliyordu. Geceyi biraz olsun aydınlatan ay, bulutlarla dans edercesine bir görünüyor bir kayboluyordu. Birlikte yerdeki cesedi kaldırmaya çalıştılar ama derler ya, insan eti ağırdır diye, tek hamlede sandala atamadılar.

Koltuk altından ve ayaklarından bir kez daha kavrayıp biraz zorlanarak da olsa sandala koymayı başardılar. Hiç konuşmuyorlardı, sanki daha önceden bu işi yapmış gibi hareket ediyorlardı. Sandaldaki adamlar göz göze gelme gereği bile duymadan küreklere asıldılar.

Çok ilginçti sinemada izler gibi kamera yön değiştiriyordu. Kıyıda duran ellerini beline atmış sandalın gidişini izliyordu. Ayın bulutlarla dansı devam ediyordu. Sandal neredeyse göletin ortasına kadar gitmişti. Belli belirsiz görünüyordu. Artık onları gözlerini kısarak görebiliyordu.

Kamera tekrar yön değiştirdi. Sandaldaki iki kişiden saçları dağınık olan halatı yanlarında getirdikleri demire ortasındaki delikten geçirerek bağladı. Atmış olduğu gemici düğümünü sıkı sıkıya kontrol etti. Sıra cesede gelmişti. Cesedi bütünüyle sardı ve düğüm attı. Daha sonra sandalın içinde oturup nefeslendi.

"Bu kaçıncı?"

"Ne sen sor ne ben söyleyeyim?"

"Hiç vicdan azabı çekmiyor musun?"

"Sen?"

"Benim için sadece bir sevkiyat."

"Benim için de öyle, sonuçta bir cellat değilim. Şimdiye kadar kimseyi öldürmedim, sadece senin de dediğin gibi sevkiyatı yaptım."

Önce cesedi suya attılar. Zaten kendi ağırlığı ile yavaş yavaş gözden kaybolmaya başlamıştı bile, halat özelikle kısa tutulmuştu. Ceset mümkün olduğu kadar tabana yakın olmalıydı. Demir parçasını zor bela kaldırıp sandalın kenarına koymuşlardı ki birkaç metre aşağıda duran ceset bir anda ipi gerdi, istemsiz bir şekilde demir ellerinin arasından kayıp suya düştü.

Sandal alabora olacakmış gibi sallandı. Her ikisi de demir parçasının aşağıya inişini görmek istercesine bakındılar ama bir şey görmek imkânsızdı.

Ceset demirin ağırlığıyla hızla gölün dibine doğru iniyordu. Kıyıda duran, sandaldan tamam anlamına gelen işareti gördükten sonra yüzündeki hissiz ifadeyle arabaya bindi ve uzaklaştı, sandal da yavaş yavaş görünmez olmuştu.

Bunları neden görüyordu, kimdi bu insanlar, neden çiçek böcek değil de kan ve ölüm vardı her yerde.

Pencere kayboldu ve yerini banyonun ışığı aldı. İçeriden Alper'in sesiyle irkildi.

"İyi misin Özgür?"

"İyiyim, geliyorum birazdan."

Klozetin üzerinden doğruldu, aynaya baktı, travma üstüne travma yaşıyordu sanki, içinden alışmalıyım diye geçirdi. Yüzünü yıkayıp, mutfağa yanlarına gitti. Alper gibi aynı soruyu tekrarladı Ceyda,

"İyi misin Özgür, solgun görünüyorsun?"

"İyiyim, iyiyim biraz başım ağrıyor." Biraz mı diye kendi kendine konuştu. Sanki Karadeniz'in tüm suyu şu anda kafamın içinde.

"Epeydir UFO sohbeti yapamadık," dedi Filiz.

"Evet Özgür, yeni bilgiler var mı?" diye soruyu tamamladı Alper.

Özgür biraz düşündü geçen gün okuduğu bir makale aklına geldi.

"Evet var, geçen gün bir makale okumuştum. Bu uzaylılarla ilgili değil aslında ama ona yakın bir konu sayılır bence, siz de duymuş olmalısınız."

"Hangisi?" diye sordu Filiz.

"Dropa taşları"

"Ha duydum ben onları!" diye atıldı Alper. "Hani şu Tibet tarafında bulunan taşlar."

"Evet aynen onlar," diye devam etti Özgür.

"Bu taşlara yapılan testlerde 10.000 ile 12.000 bin yıllık bir geçmişten bahsediliyor. Üzerlerindeki yazı ve işaretler ise bir taş devri insanın yapamayacağı mükemmellikte. Çinli bir profesör, yanlış hatırlamıyorsam 1938 yılında arkeolojik bir keşif yolculuğunda, dağ mağarasında buluyor. Aynı zamanda boyları 1.50 santimetreyi geçmeyen iskelet kalıntıları da buluyor. 700 civarında taş diskler buluyor. İşin ilginç tarafı bulunan taşların çapı 22.7 santimetre kalınlıkları da 2 santimetre, her diskin ortasında da yine 2 santimetrelik bir delik var."

"Aynı bugünkü CD'ler gibi yani!" diye atıldı Ceyda.

"Aynen öyle canım, tabii ki Çin Hükümeti'nin her zamanki gibi olayları örtbas etme çabası sonuç veriyor ve taşlar belli bir dönem sonra ortadan kayboluyor. Bu dönem içerisinde taşlarda ne yazılmak istendiği veya ne anlatılmak istendiği ise bir türlü anlaşılamıyor."

Alper konuyu daha önce okuduğu için meraktan öte Özgür'e fikrini sormak istemişti.

"Sence Özgür, bahsedildiği gibi gemileriyle kaza yapan uzaylılardan mı kaldı taşlar?"

"Bence mümkün, çünkü hepsi aynı ebatta, uzay gemileri bir daha uçamadı belki ama geminin içerisindeki teknik cihazların çalışır durumda olma ihtimali yüksek. Nereden geldiklerini ve ellerindeki teknik imkânlar bitene kadar yaşamış oldukları her şeyi kayıt etmiş olduklarını düşünüyorum."

"Çok ilginç, belki de her zaman yanımızdalar ve biz onları hep normalmiş gibi algılıyor olabiliriz değil mi Özgür?"

"İnsanlığın yaradılışının bir tarihi yok Filiz ve tabii ki bu zaman diliminde de ne gibi kaynaşmalar oldu bilmiyoruz. Baksanıza şu an dünya üzerinde çok farklı ırklar var. Afrika'da yaşayan insanlarla Polonya'da yaşayan insanlar neden birbirinden bu kadar farklı. Eğer insanlar tek ırk üzerinden gelmişlerse bu farklılığın olmaması lazım, yok tek ırktan geldiysek o zaman bulunduğumuz yere göre değişiyoruz demektir. Bu da beraberinde evrim teorisini haklı çıkarır."

Anlatılanlardan Ceyda'nın kafası karışmıştı.

"Nasıl yani, biz şimdi Âdem ve Havva'dan gelmiyor muyuz?"

"Aslında evet ama aynı zamanda da hayır..."

"Ay durun heyecanlandım ben şimdi, anlatsana Özgür?"

"İzah etmeye çalışayım, evet biz Âdem ve Havva'dan geliyoruz ama sadece iki insandan değil, kökenlerimiz çok farklı bir grafik çiziyor, kutsal kitabı biraz incele bence, o zaman ne demek istediğimi anlarsın."

"Hazır bilgi yok diyorsun yani."

"Aynen öyle."

Sohbetin ilerlemesiyle Özgür'ün kafasındaki su da dağılmaya başlamıştı. Sanki tahmin edilenden daha hızlı bir alışma gösteriyordu. Saat gece yarısını geçmişti. Ufak ufak esnemeler başlamıştı. Ama konular daldan dala atlıyor arada bir hayret verici cümlelerin sonunu kahkahalar alıyordu. Ceyda artık iyice Özgür'e sokulmuş durumdaydı. Özgür de onu âdeta kanatlarının altına almıştı.

Özgür kalkmak için müsaade istedi, ikiletmediler. Ceyda da onunla birlikte kapıdan çıktı. Özgür, Ceyda'ya arabasına kadar eşlik etti. Arabanın önünde Ceyda, Özgür'e sokuldu. Sadece gözlerinin içine bakıyordu. Ellerini Özgür'ün boynunda birleştirdi. Özgür de Ceyda'nın belinde.

"Şey... İyi geceler öpücüğü alabilecek miyim acaba Özgür Bey?"

"Sen istedikten sonra neden olmasın."

Dudaklarını yaklaştırdıklarında göz kapakları kapanıverdi. Sonra büyü bozulmasın diye küçük bir dokunuş.

* * *

"Bütün hazırlıklar tamam mı?"

"Bütün hazırlıklar tamam, önemli olan sen hazır mısın?"

"Gerçekten bilemiyorum. Daha düne kadar hazırdım, fakat şimdi vicdanım beni âdeta boğuyor, kolay değil, bir anlık öfke ve kıskançlık hayatımı altüst etti. Çok sevdiğim eşimi, çocuğumu, arkadaşlarımı, ülkemi, hayallerimi, her şeyimi bırakıp gidiyorum."

"Haklısın Sinan, hiç kolay değil, ya gidip teslim olacaksın ve sonuçlarına katlanacaksın ya da ayarladığımız gibi yeni bir hayata merhaba diyeceksin. Japonya'daki arkadaşlar güvenilir insanlardır."

"Her şeyi anlattın mı?"

"Anlatmak zorundaydım, yaptığımız işler her zaman hukuka uygun olmuyor Sinan, öyle de olsa herkes her şeyi bilmeli, aksi takdirde güven kalmaz. Unutma hiçbirimiz sütten çıkmış ak kaşık değiliz."

"Peki sen ne yapacaksın, sonuçta polis aramızdaki bağı çoktan tespit etmiştir?"

"Sen orasını bana bırak. Sen yakalanmadığın sürece en fazla yardımdan yargılanırım, ondan da çok bir şey çıkmaz. Bak dostum, belki de yıllar boyunca birbirimizi görme şansımız olmayacak, şunu unutma çok iyi biliyorum ki sen böyle olmasını istemezdin ama bilemeyiz, belki de kader bu olsa gerek."

"Sabaha az kaldı, hadi biraz dinlenelim, uyuyabileceğimi sanmıyorum ama..."

"Ben de sanmıyorum ama biraz uzanalım."

* * *

Ceset gölün dibine inmeye devam ediyordu. Demir kütlesi dibe doğru inerken daha önceki cesetlerin bağlanıp atıldığı demirlerin birinin hemen yanına doğru yerleşti. Bir önceki demir bıçak gibi keskin alt kenarına denk gelen ip hatırı sayılır oranda kesilmişti. Ceset de birazdan demir kütleri yanında yerini alacaktı. Ama öyle olmadı. Ceset biraz daha ileri, ipin müsaade ettiği ölçüde uzağa doğru zeminde bulunan bir yarığa indi. İp kasıldı, kasıldı ve bir anda darbe aldığı yerden koptu. Ceset yarığın tabanına indi ve orada kaldı. Karanlık ve sessizlik...

Çok geçmemişti ceset şiştikten sonra gölün yüzeyine çıkmıştı, fakat açıkta olduğu için kimse fark etmemişti. O gece yağmurdan önceki rüzgârın gölün üzerinde yapmış olduğu dalgalanma gece boyunca cesedi kıyıya taşımıştı.

* * *

Sabahın ilk ışıkları pencereden içeri süzülmüştü bile. Sinan derin bir nefes alarak yataktan fırladı. Kapıda Kenan'ın sesi duyuldu.

"İyi misin Sinan?"

Sinan derin derin nefes almaya devam ediyordu. Bocuk boncuk terlemişti. Nefes alışına engel olamıyordu.

Kenan kapıyı açıp içeri girdi, sorusunu tekrarladı.

"İyi misin?"

"Hayır değilim, Allah kahretsin değilim, Haluk, rüyamda gölün dibinden gözlerini açmış bana bakıyordu. Vicdanım artık beni rahat bırakmayacak Kenan!"

"Bunları düşünme artık, yüzdük yüzdük kuyruğuna geldik."

Sinan lavaboya gidip yüzünü yıkadı, sonra birlikte konteynerin yanına geldiler, artık geriye dönüş yoktu, bir tek yol hariç.

* * *

Bu sabah daha güzel uyanmıştı. Her şey normal görünüyordu. Ne olur ne olmaz spor yapmayayım diye düşündü. Yataktan kalkıp duşa girdi. Duştan sonra kahvaltısını hazırladı: "Evde biraz oyalandıktan sonra öğleden sonra işe giderim, iyi olur."

Çalışma odasına doğru gitti. Kapıyı açıp içeri girdi. Bilgisayarı açtı. NASA'dan gelen verileri inceledi. Her zamanki gibi birkaç video ve fotoğraf vardı. Bir iki dakika daha oyalandı. Bir video dikkatini çekti. Tekrar izledi, video Meksika'dandı. Gözlem yapması için dağ yamacına yerleştirilmiş harekete duyarlı kamera çok ilginç bir kayıt yapmıştı.

UFO hareket ettikçe şekil değiştiriyordu. Bunu daha önce hiç görmemişti. Çözünürlüğü arttırıp tekrar izledi. Aracın üzerinde bir pencere vardı ve ara ara pencerede bir şey beliriyordu. Çözünürlüğü arttırdıkça bulanıklaşıyordu ama merakı da iyiden iyiye artmıştı.

Gördüklerine hem şaşırmış hem de normal karşılamıştı. Bunlar bildiği ve kabullendiği şeylerdi artık. Pencerenin önünde klasik uzaylı gibi değil daha çok insana benzeyen bir canlı vardı ve kendisini çeken kameraya bakıyordu yani kendisine, âdeta odada gibiydi.

Özgür'ün bilinci artmıştı, hizmetkârın geleceğini artık hissedebiliyordu. Odanın içinde farklı bir elektriklenme oluyordu. Yoğunluk artıyordu, âdeta bir ışık hüzmesi odanın ortasına ekranın tam karşısına indi.

"Hoş geldin."

"Bakıyorum artık korkmuyorsun ve algılıyorsun."

"Evet artık algılayabiliyorum, gündelik koşuşturmalar olmasa daha güzel şeyler yaşayacağımı zannediyorum. Fakat bunun şu an nasıl yapılacağını bilmiyorum."

"Sende iki ayrı benlik var; bir tanesi burası, bir tanesi ise hepimizi yaratan yüce gücün bizlere verdiği ve daha güçlü olan diğer benlik. Hani sizlerin veli dediği bir kul var: 'Bir ben var bende, benden içeri.' diyen, işte o bu olayı fark edenlerden."

"Yunus Emre'yi diyorsun?"

"Sizde adı öyle."

"Nasıl yani sizde adı öyle, başka bir adı mı var ki?"

"Tam olarak değil, siz birbirinizi, tanımak ve anımsamak için bu bedene bir takım isimler koyarsınız, oysa bizleri yaratan o büyük gücün bizlere bakış açısı farklıdır."

"Nasıl yani?"

"Daha değil acele etme. Biz gelelim sizin Yunus'a, işte bu özel insanlar veya görevliler tekâmüllerini tamamlayınca yani asıl benliklerine ulaşınca, kendilerine verilen yetkiler doğrultusunda her şeyi görür ve duyar olurlar. Hem burada hem başka yerde başka bir görevi yerine getirirler. Zaman kapılarından geçerler başka bedenlere bürünürler."

"Vay, bu çok ilginç!"

"Evet öyle, küçük bir seyahate ne dersin?"

"Uçacak mıyız?"

"Sayılır, ama bu defa sizin astral çıkış dediğiniz şekilde olacak yani az önce konuştuğumuz şekilde olacak."

"Korkmalı mıyım?"

"Hayır, sadece bana güven yeter."

"Tamam ne yapmalıyım?"

"Sandalyeden kalk, dışarı çıkıyoruz ve her zaman bizleri yaratan o büyük gücün varlığını düşün, geçen sefer pencere açıldığındaki gibi zor olmayacak bu defa, aynanın karşısında bekle ve kendi gözlerinin içine bak."

"Tamam, ne kadar süre bakmam gerekiyor?"

"Asıl kendini görene kadar."

Özgür aynanın karşısında gözlerine bakmaya başladı zaman geçtikçe birisinin kendine bakıyor hissi artmaya başlamıştı. Yoğunluk gittikçe artıyordu. Gözler kendisini seyrediyordu. İrkildi ve kendisini geri çekti.

"Bu çok ürkütücü!"

"İlk başlarda hep böyle olur, korkma tekrar dene."

Özgür tekrar aynanın karşısında yerini aldı. Kendisini tekrar seyretmeye başladı. Gözler gittikçe daha çok bütün bedenini esir almaya başlamıştı. İçindeki ben, dışına çıkmaya başlamıştı. Çok tuhaftı. Kendisini hem içerden hem de dışarıdan görebiliyordu. İki kişi gibiydi. Hizmetkârın yanındaki ben ışık hâlini almıştı, onunla beraber kendisini görebiliyordu. Montunu giydi kapıyı açtı ve kilitledi. Kendisi olan asansöre yöneldi. Asansörün gelmesini bekledi, az sonra asansör geldi kapısını açtı, bindi. Sıfıra basıp aşağıya indi. Asıl ben boşlukta asansörle birlikte hizmetkâr da yanlarında devam ettiler.

Kapıda Hüseyin Efendi'yle karşılaştılar.

"Geç kalmışsın bugün."

"Yok Hüseyin Amca, geç kalmadım, evde işlerim vardı, şimdi gidiyorum."

"İyi iyi, hadi hayırlı işler."

"Sağ ol."

Arabaya doğru yöneldi. Asıl ben ve hizmetkâr yanında duruyorlardı. Özgür arabaya bindi ve arabayı çalıştırıp hareket etti. Onlar da havada âdeta sörf yaparak devam ettiler.

"Hadi şimdi onu bırakalım, o kendi başının çaresine bakar."

"Biz nereye gidiyoruz?"

"Seveceğin bir yere."

Gökyüzüne doğru yükselmeye başladılar. Araba ve etrafındakiler küçülmeye başladı. Özgür köprü yoluna girip iş yerine doğru devam etti.

"Korkma önceleri nefes alamıyorum gibi hissedeceksin, çünkü hâlâ kendini cismani bedeninde gibi hissediyorsun. Değil mi?"

"Evet aynen öyle."

"Dünyada en çok nereyi görmek isterdin?"

"Meksika olabilir, Aztek kalıntılarını merak ediyorum."

"Tamam, ilk defa olacağı için, asıl hızımıza çıkmıyorum, yavaş gideceğiz."

Onun yavaş dediği inanılmaz bir şeydi Özgür'ün hesaplarına göre on saniye içinde Meksika'nın dağlarında ıssız bir yere gelmişlerdi. Uzakta Aztek piramitleri görünüyordu.

"Neden oraya gitmedik?"

"Birazdan anlarsın."

Az sonra yanlarında geniş bir salon büyüklüğünde Özgür'ün NASA videosunda gördüğü gibi bir araç belirdi, bir yerden gelmemişti, bir anda yanlarında belirivermişti.

"Nasıl oldu bu?"

"Bizim asıl hızımız bu, sizin göz açıp kapayıncaya kadar dediğiniz şey, hadi gidiyoruz."

"Neden böyle bir araca ihtiyaç duyuyoruz ki?"

"Gideceğimiz yer bu atmosferin dışında, o yüzden senin bu ışık bedenini korumamız gerekir."

Karşılarında duran aracın açılan kapısından girdiler. Özgür artık tüm tedirginliğini üzerinden atmıştı. Yanlarına az sonra kendileri gibi hem bedensel hem de ışık hüzmesi olan birisi geldi. Özgür'ün anlamadığı dilde bir şey söyledi.

"Seni selamlıyor."

"Neden anlayacağım gibi konuşmadı?"

"Bu bizim aramızda konuştuğumuz özel bir dil."

"Uzaylı dili gibi mi?"

"Evet öyle ama sadece bir tane değil, tıpkı dünyada olduğu gibi, dünya dışında da pek çok uygarlık var ve hepsi ayrı diller kullanır."

"Çok gizemli..."

Yanlarındaki diğer beden de Özgür'e yaklaştı.

"Hoş geldin."

"Sizlerin bir adı var mı?"

"Hayır yok, bizler bir bütünün parçalarıyız ve isimlerimiz yok, sadece konuşmak istediğimizle konuşuruz ve karşımızdaki de bunu anlar."

Bu arada bindikleri nesne daha önce dışarıdan göründüğü gibi metal veya ona benzer bir şey değildi. İçeriden, dışarısı her taraftan net olarak görünüyordu. Her şey saydamdı. Ayaklarının altında yerküre kaybolmaya başlamıştı. Ev sahibi sadece ufak hareketlerle âdeta gemiyi yönetiyordu. Az sonra atmosferin dışına çıktılar. Hizmetkâr ve ev sahibi koltuk gibi bir şeye oturmuş gibi yaptılar, gemideki eşyalar hem var hem de yoktu... Ama karşılarındaki şey gerçekti; Ay.

* * *

Özlem karşısında Faruk ve Altan'ı görünce çok heyecanlandı. Kekeleyerek,

"Hoş geldiniz," dedi.

Her ikisi de, "Hoş bulduk," diye karşılık verdi.

"Cahit Baba içeride mi?" diye sordu Faruk.

Neden hiç aramadın dercesine gözlerinin içine baktı.

"İçeride, geldiğinizi haber vereyim," dedikten sonra Cahit Bey'in odasına doğru yöneldi. Cahit Bey, her zamanki gibi gelenlerin seslerini duymuş ve kapıyı Özlem'den önce açmıştı.

"Hoş geldiniz çocuklar, gelin."

Misafirleri odaya alırken Özlem'e baktı.

"Kızım sen kahveleri hazırlayıver, hadi."

"Tamam Cahit Bey."

"Gelin çocuklar, oturun ve de anlatın bakalım ne durumdasınız?"

Altan söz alan öğrenciler gibiydi:

"Sinan ile Tuzla da konteyner işi yapan Kenan diye birisinin bağlantısını netleştirdik. Fakat sıkı takipte olduklarının her ikisi de farkında ve her ikisiyle de olan bağlantıyı kaybettik. Bizim tahminimiz şudur ki; büyük bir olasılıkla bu Kenan denen adamın, Sinan için bir konteyner yaptığını düşünüyoruz. Deniz aşırı bir kaçış planladığını söyleyebilirim."

"Elinizde bu konuda somut bir delil var mı?"

"Tam olarak değil..." diye devam etti Faruk, "Elimizde somut deliller yok ama mesleki hisler işte."

Cahit Bey elini çenesine koyup Faruk'a doğru bakışlarını kenetledi. Faruk suç işlemiş bir öğrenci gibi mahcup olmuştu.

"Başka bir şey?" diye bir soru daha yöneltti Cahit Bey.

O arada kapı hafif aralandı ve Özlem ilk bakışını Faruk'a atarak içeri girdi. İyi ki şu yeni çıkan kahve makinaları vardı. İki dakikada kahveler hazır oluyordu. Altan hafifçe boğazını temizledi. Kahveleri masanın üzerine bıraktı ve odadan çıkıp kapıyı kapattı.

Faruk devam etti:

"Elimizde bir bilgi daha mevcut; Kenan'ın son bir ayda iki firmaya sipariş yaptığını biliyoruz, bu iki firmadan bir tanesi almış olduğu konteynerlerle iki gün içerisinde deniz aşırı iki ayrı ülkeye sevkiyat yapacak."

"Diğer firma?"

Altan devam etti:

"Diğer firma elinde bulunan eski konteynerleri yenilemek amacıyla sipariş vermiş, önümüzdeki üç ay boyunca firmanın herhangi bir hareketi yok."

"İyi çalışmışsınız. Eğer doğru tahmin ve iz üzerinde gidiyorsanız, çember biraz daha daralmış durumda yani."

"Öyle Cahit Baba."

Konuşma yerini kahve yudumlamalarına bırakmıştı. Özlem kahvenin yanında çifte kavrulmuş lokum da getirmişti. Kahveler bitene kadar kimse konuşmadı.

"Hangi ülkeler bunlar?"

"Bir tanesi İtalya, diğeri ise Japonya," dedi Faruk.

"Siz olsanız hangi ülkeyi tercih ederdiniz?"

"Japonya da olur İtalya da ama daha çok İtalya olur diye tahmin ediyorum."

"Sen Altan?"

"Karar vermek güç. İtalya daha yakın ama bu bir şaşırtma durumu yaratabilir, bizler de bu kadar uzun yolculuğa dayanamaz düşüncesi yaratıp Japonya'yı da tercih etmiş olabilir. Türkiye, Avrupa'da çok yaygın bir istihbarat ağına sahip, o yüzden bu ihtimali ben biraz daha göz ardı ediyorum Cahit Baba. Adamlar kutu gibi uzay mekiklerinde günlerce kalıyorlar. Eğer Kenan ve birlikte çalıştığı ekip kafaya koyarsa bence buradan Japonya ya gidecek sürede tüm ihtiyaçları görecek bir teşkilat hazırlamış olabilirler."

"Sevkiyat nereden? Dur söylemeyin ben tahmin edeyim, Haydarpaşa Liman işletmelerinden değil mi?"

"Evet Cahit Baba, Haydarpaşa'dan..."

* * *

Sinan bir ileri bir geri gidip geliyordu. Kenan ve diğerleri yapmış oldukları muazzam iş karşısında övünüyorlardı ama Sinan'ın son anda bu kadar kararsızlık göstermesi hepsinin canını sıkmıştı.

"Öyle anlaşılıyor ki biraz tedirginsin, aslında biraz da fazla galiba?"

"Kendimi hazırlıyorum Kenan, malum bu gidişin dönüşü yok."

"Farkındayım, o yüzden seni kendinle baş başa bırakıyoruz. Bir saat sonra görüşürüz."

Sinan kendisini nasıl bu duruma soktuğunu belki bin defa düşünmüş, kendi kendine binlerce kez konuşmuştu: "Ah Özlem! Ah Özlem!.. Ben nasıl böyle bir yanlış yaptım, ben nasıl bunların olmasına izin verdim!.."

Ama sonuç hiçbir zaman değişmeyecekti. Hukuk fakültesini bitirmiş bir katil. Eşini, işini kaybetmiş bir insan. Başarılı olursa ömrünün sonuna kadar kendisine çizilen yeni hayatla yoluna devam edecekti. Asla ülkesine dönemeyecekti. Ne Peribacaları, ne İshak Paşa Sarayı, ne Galata'daki bira, ne höşmerim ne de kışın çıtırdayan kestane...

Küçük adımlarla konteynerin kapısına kadar ilerledi, içeriye göz attı, daha önceden konuşulduğu gibi her şey düşünülmüştü. İçerisi orta ölçekli bir oda konforundaydı. Kendisini korkutan yolculuk değildi. Son zamanlarda sıklaşan Haluk'un gölün dibinden bakan o buz gibi donuk gözleriydi.

"Ya kâbuslar hiç bitmezse, aman canım ölüm yok ya ucunda, hafifletici sebep, iyi hâl, bir de genel af derken yedi sekiz yıla kalmaz çıkarız. Ya sonrası, avukatlık yapamam, olsun acımdan ölecek değilim ya, çalışacak bir iş bulurum. Hiç olmazsa Kenan'ın yanına gelirim. Gerçi Kenan da yardım ve yataklıktan biraz yer ama olsun, nasıl olsa o benden önce çıkar, toparlarız sonuçta."

Yatağa uzandı. Gözlerini kapattı.

* * *

Özgür ağzı açık bakıyordu. Ay gittikçe büyüyordu. Bir an kendine geldi ve aklına gelen soruyu sordu.

"Geçenlerde evimde arkadaşlar vardı ve teleskopun olduğu odada ilginç bir olayla karşılaşmıştık, ortalığı bir anda mavi bir ışık kaplamıştı, o zaman da gelen sen miydin?"

"Evet bendim, arkadaşların çok korkmuştu ama sen tahminimden de sakindin."

Ses direkt beyninin içindeydi. Sanki telefonun ucundan gelen metalik bir ses gibi ama sonraları netleşiyordu. Özgür yanlarında başka gemilerin olduğunu fark etti.

"Bunlar nereden çıktı?"

"Onlar hep burada, sadece sizler görmüyorsunuz ya da biz istediğimiz zaman sizlere görünüyoruz."

Bu arada hizmetkâr ortadan kaybolmuştu. Özgür sağ tarafındaki gemiye baktığında bir an şaşırdı, hizmetkâr oradaydı. Kendini toparladı, artık hiçbir şeye şaşırmaması gerekiyordu. Şu anda uzayda bir uzay gemisinin içindeydi. Asıl bedeni dünyada işe gitmişti. Bir anda hizmetkârın yan taraftaki gemiye geçişi mi şaşılacak şey olmalıydı. Aya iyice yaklaşmışlardı, yeryüzünden görülen o ufak kraterler devasa bir hâl almaya başlamıştı. Bütün gemiler bir anda durdu.

Hizmetkâr tekrar yanlarına gelmişti.

"Nasıl buldun?"

"Tek kelime ile muhteşem, ben ne yapacağımı veya ne düşüneceğimi bilmiyorum. Belki başka bir zaman olsa hakikaten kafayı sıyırırım. Fakat şu anda her şeyi normal karşılıyorum ama gene de ürpermiyor değilim!"

"Biraz sonra göreceklerin oldukça farklı daha doğrusu sen böyle olduğunu bilmiyordun."

"Başka bir sürpriz daha mı?"

"Sürpriz değil, aslında var olan gerçekler ama dünyada kimse bunun farkında değil, çünkü buna hazır değiller."

Gemi tekrar hareket etmeye başladı. Ay'ın görünen yüzünün arkasına doğru ilerlemeye başladılar. Özgür'ün bedeni dünyadaydı ama sanki kalp atışlarını duyar gibiydi. Gerçekten tuhaf bir duyguydu. Acaba dünyadaki bedeni ne yapıyordu. Şu an patronla mı konuşuyordu ya da Aylin'le mi? Zaman nasıl geçmekteydi. Mesela Alper kendisini aramış olabilir miydi?

Ortalık biraz daha kararmaya başlamıştı. Fakat Ay yüzeyinde bir aydınlık belirmeye başlamıştı. Karanlık yolun ilerisindeki sokak lambasına yaklaşır gibi aydınlık artmaya başlamıştı. Özgür'ün dünyadaki kalbi gelmiş, göğüs boşluğuna oturmuştu. Ciddi ciddi atıyordu. Ay'ın karanlık yüzeyi karanlık değildi, ışıl ışıldı. Sürekli yanıp sönen ışıklar, yüzeye inen ve kalkan gemiler...

"Aman Allah'ım bu... Bu... Nasıl bir şey, bu imkânsız, burası kocaman bir yaşam alanı, böyle bir şey nasıl olabilir?"

Altlarında uzayıp giden bir ışık denizi vardı. Daha önce burası onun için kraterlerle dolu fakat Ay'ın dönüşünden kaynaklanan ve hiçbir zaman gözlemlenemeyen bir yerdi. Fakat şu anda nutku tutulmuştu. Pek çok şeye şaşırmaz olmuştu ama bu kadarını da beklemiyordu.

"Bu nasıl bir şey?"

Hizmetkâr, Özgür'e biraz daha yaklaştı.

"Burası hep vardı Özgür, dünya var edilmeden önce de ay vardı."

"Nasıl yani?"

"Bu şimdilik cevapsız kalacak sorulardan biri ama yakında öğreneceksin, hem de çok yakında. Şu an başka bir işimiz daha var."

"Başka iş mi?"

"Evet başka iş, hani şu göl kenarında işlenen bir cinayet vardı. Sizin deyiminizle, onun faili yurt dışına kaçmak için bu gece harekete geçecek."

"Bir anda bu konuya nasıl geldik anlamadım?"

"Sen zaten bu konunun hiç dışında kalmadın ki!"

"Ne yapacağım peki ben şimdi?"

Özgür bir yandan da ışık denizini izlemeye devam ediyordu.

"Merak etme aklın sana yardımcı olur."

Özgür bir anda tarif edilemez bir hızla hareket etmeye başladı. Kendi başına bir ışık hüzmesinin içinden geçmeye başladı. Etrafında yarı saydam bedenini kaplayan bir kılıf vardı. Önce biraz ısındığını hissetti. Sonra normale döndü.

"Özgür, Özgür telefonun çalıyor duymuyor musun?"

Asansörün bir anda düşüş yapması gibi bir durumdu ve asansör kuvvetli bir kasılmayla durdu.

Özgür etrafına baktı, fakat etrafındakiler onunla pek ilgilenmiyordu. Aylin'in sesini tekrar duydu.

"Sağır mı oldun Özgür? Telefonun çalıyor!"

Telefonunu açtı.

"Efendim, tamam patron, ... Anladım... Tekrar kontrol ederim."

"Ne oldu, ne diyor?"

"Bir iki fotoğrafa yeniden bakmamı istiyor."

Sesler biraz daha netleşmişti. Aylin'in yüzünü daha net seçebiliyordu. Bir anda nasıl oldu da buraya gelmişti. Az önce Ay'ın karanlık yüzeyindeki ışık denizini hayranlıkla seyrediyordu. Her şey yolundaydı. Şimdi ise dünyada olması gereken yerdeydi ama nasıl olmuştu.

Susadığını hissetti. Sebile doğru gitti. Peş peşe üç bardak su içti, aslında kanmamıştı. Dördüncü bardağı aldı, odasına gitti. Bu arada Aylin bir anlam veremeden onu izliyordu. Sanki burada değildi, başka bir yörüngedeydi.

***

Akşam karanlığı çökmeye başlamıştı. Sinan, Kenan'ın kendisine doğru geldiğini fark etmedi. Kenan uzun uzun konteynerin içine baktı.

"Gerçekten zor karar, ben de ne yapacağımı bilemezdim..." diye mırıldandı.

Sinan sanki çok uzaklardan geliyormuşçasına yatakta hafif bir sallantıdan sonra gözlerini açtı.

"Kaç saat uyudum ben?"

"Dört saattir uyuyorsun"

"Ciddi misin sen?"

"Evet, ciddiyim. Defalarca geldim ama uyanmadın ben de dokunmadım."

"Ne zaman gidiyoruz?"

"Daha var, gece yarısına doğru tır gelecek. Haydarpaşa'ya gittikten sonrası kolay, umarım liman girişinde sorunla karşılaşmayız."

"Neden sorun yaşayalım ki?"

"Kontrol memurları hep tanıdık ama prosedür gereği birkaç tanesini kontrol edebiliyorlar. Umarım bize denk gelmez."

"Böyle bir riskin olması beni tedirgin etti."

"Maalesef yapacak bir şey yok, gerçi biz onun önlemini de aldık. Ön tarafa bir yığıntı yapacağız, geri kalan senin şansına artık."

"Neyse şurada beş altı saat içinde her şey bitmiş olacak."

"Evet, hadi gel güzel bir akşam yemeği yiyelim, biraz da parlatırız. Uzun bir dönem böyle şeylerden mahrum kalacaksın."

Birlikte hangardan çıkıp yan taraftaki odaya geçtiler. Kenan, sofrayı hazırlatmıştı. Önceden de kederlenip içerlerdi ama bu defa farklıydı. Artık son pişmanlığın fayda etmeyeceği, şişenin dibini de bulsalar hiçbir şeyin değişmeyeceğini biliyorlardı. Kadehler ilk çarpıştığında Sinan'ın onca zamandan sonra ilk defa gözlerinde yaş birikmişti. Onun bu hâline Kenan da çok üzülüyordu ama artık yapacak bir şey kalmamıştı. Oysa bu durumu devam ettirmemesini, o kadından hevesini aldıktan sonra artık ilgilenmemesini defalarca söylemişti.

Gözlerindeki yaş âdeta içine akıyordu, her yudumda boğazındaki yumru gittikçe büyümeye başlamıştı. Hiçbir şey konuşmuyorlardı. Sadece içiyorlardı. Arda bir kavuna, arada bir beyaz peynire çatal batırıyorlardı.

Sinan'ın dudaklarının arasından bir şeyler dökülüyordu ama anlamak güçtü. Belki de son pişmanlığın geride kalan kelimeleriydi. Okyanusun ortasında pusulası bozulmuş ve fırtınaya yakalanmış bir gemi gibiyi. Alkol etkisini iyiden iyiye göstermeye başlamıştı.

"Ben onu çok sevmiştim ama..."

"Ooohooo gene başa mı döndük, geçti artık Sinan, seni yeni bir hayat bekliyor. Burası senin için bir kâbus, yakalanırsan duruşmalar, hapishaneler, utanç, meslekten men. Belki yıllar sonra serbest kalacaksın ama hayatının geri kalan kısmında bir sabıkalı olarak devam edeceksin. Sonuçta karar senin, her an vazgeçme özgürlüğüne de sahipsin."

"Biliyorum, ama gitmeliyim, yeni bir hayata başlamalıyım."

Sessizlik uzunca bir süre devam etti. Kadehler bir boşalıp bir doldu ve zaman da... Artık son yudumlarım yutulacağı, son sözlerin söyleneceği anlar yaklaşıyordu. Her ikisinin de gözlerine buğu perdeleri oturmuştu. Şayet Kenan bu işten sıyrılabilirse, belki arkadaşını görmeye gidebilirdi. Ama sonuçta bir anda ortadan kaybolmasını şahitler göstererek mantıklı mazeretlerle açıklamalıydı. Mutlaka bir soruşturma geçirecekti.

* * *

Özgür arabasını bırakıp apartmana yöneldi. Gündüz işte yaşadıkları, flaş bellekle bir anda bilgisayara aktarılanlar gibi zihninde belirmişti. Demek ki böyle oluyor diye düşündü. İki yerde birden olabiliyormuş insan. İlk deneyim biraz sarsıcı olmuştu. Peki ya şu katil hakkında ne yapmalıydı bir türlü kestiremiyordu. Hizmetkâr neden böyle bir şey söylemişti ki. Bunları düşünürken dairenin kapısına gelmişti bile. Anahtarı çıkarıp kapıyı açtı. Elindekileri salona bıraktı. Mutfağa geçti. Buzdolabının kapağını açıp bir göz gezdirdi. Duşa girmek için yatak odasına gidip, hazırlıklarını yaptı. Sürekli ne yapmalıyım diye düşünüyordu. Cüzdanından komiserin kartını çıkarıp baktı: "Ne diyeceğim ki: Merhaba ben Özgür, şu katil var ya... Eee sonra, adam niye aradın derse, neyse dur bakalım, hizmetkârın bir bildiği vardır herhâlde."

Duşunu aldıktan sonra yatakta üzerini giymeden bornozlu hâliyle biraz uzandı. Gözleri yavaşça kapanmaya başlamıştı.

"Neyse kalkıp üzerimi giysem iyi olacak, uyur kalırım sonra."

Üzerini giymeye koyuldu. Daha sonra mutfağa geçti akşam yemeğini hazırlamaya başladı. Ortamın enerjisi değişmeye başlamıştı. Hizmetkâr geliyordu. Mutfak kapısının önündeki ışık hüzmesi netleşti.

"Hoş geldin."

"Hoş bulduk, bakıyorum da iyiden iyiye alıştın."

"Eee ne yaparsın hoca iyi olunca, yemek yer misin diye soracağım ama sonra da gülmeye başlarım diye sormuyorum."

"Evet bir hayli komik olur."

"Geldiğine göre gene bir işimiz var, bu defa sürpriz nedir?"

"Bu defa düşündüğün şeyi nasıl elde edeceğini göreceğiz."

"Yani?"

"Yani, nerede veya kiminle olmak istiyorsan onun küçük bir provası."

"Nasıl bir şey bu?"

Özgür bu arada yemekleri ısıtmakla meşgul idi, bir yandan da masayı hazırlıyordu.

"Bizler büyük gücün, küçük uzantılarıyız, bir nevi ağacın dalları veya tam tersi kökleri gibi düşün. Bu uzantılar ana gövdenin yaşaması için gerekli olan oksijeni ve mineralleri toplar. Ama aynı zamanda bu karşılıklı bir faydalanmadır. Gövde olmaz ise dallar, dallar olmaz ise kökler olmaz."

"Buradan nereye geliyoruz?"

"Ana kaynağın gücüne ve bize yüklediği görevlere."

Özgür bir yandan yemeğini tabağa doldurmuş yemeğe başlamıştı.

"Bugünkü deneyim sana iki yerde birden olmanın ilk aşamasını yaşattı. Bundan sonraki olaylarda daha kontrollü olacaksın, iki ayrı noktayı bir anda görüp kontrol edebileceksin, yani bu sana ikinci bir hayatın kapılarını açacak."

"Peki, bu bana ne sağlayacak?"

"Pek çok şey, en basiti, çok sevdiğin annen ve babanla onların olduğu yere gidip, onları görebilecek ve istediğin kadar kalabileceksin, ama bu süre bu zaman diliminde 3-5 saniyeyi geçmemiş olacak."

"Nasıl yani? Buradaki zamanla, o taraftaki zaman nasıl bu kadar farklı olabilir ki?"

"Zaman normalde olmayan bir şeydir, nasıl anlatayım, o akışkan bir şey, duruma göre uzayıp kısalan bir şey, yaratıcının bütün atom parçacıkları için belirlediği bir yaşam süresi. Hani sizlerin kuantum fiziği diye anlamaya çalıştığınız pek çok şeyin daha da karmaşık hâli."

Özgür yemeği bitirmek için acele etti.

"İnsan bedeni güneş sisteminin veya galaksilerin küçük ama aynı zamanda muazzam bir kopyasıdır. Bu dünya için tasarlanmış mükemmel bir derya, çivi, vida veya buna benzer şeyler olmadan birbirine tutturulmuş hücreler, dokular ve sistemler. Bunun dışında bütün canlılar da böyledir. Sadece insan ırkı farklı görevlendirilmiştir. Ağabey'in de söylediği gibi, kim nasıl yaşamak isterse, neye ulaşmaya çalışırsa onun için çabalar."

Yemeğini bitirdi masayı topladı. Birlikte salona geçtiler.

"Hazır mısın?"

"Galiba..."

"Ayrıl o zaman kendinden."

Artık Özgür için sonsuzluğun başlangıcının ilk serüveni başlamıştı. Gözlerini kapattı, içindeki sese odaklanmaya başladı; inler gibi derinden gelen beyaz bir ses, aydınlık ve davetkâr. Hücrelerinin titrediğini hissetmeye başladı, bu diğerlerinden daha yoğundu, hizmetkârın dışında başka yoğunluklar da hissetmeye başladı. Salonun ortası yavaş yavaş doluyordu. Hizmetkâr hemen karşısındaydı, sağında ve solunda başkaları vardı. Onlara odaklanmayı bıraktı, sadece kendisine yoğunlaştı. İçindeki ışık parlamaya başlamıştı. Gözleriyle içine bakıyordu. Kendisini görebiliyordu artık. Bir ışık hüzmesi vardı, berrak, sürekli ileti hâlinde bir ışık hüzmesi, insan bedenine benzeyen fakat organları olmayan ışık hüzmesi. Kendisini bir adım ileri attı, sanki havada yürüdü, diğer ışıkları fark etti. Ağabey ve Sırdaş yanındaydı.

"Böyle özel bir günde seni yalınız bırakmak olmaz," dedi Sırdaş.

Hepsinin vücudu, bir ışık demetinden oluşan çiçek gibiydi. Renkler ara ara beyazdan farklı tonlara bürünüyordu. Bedensel Özgür onları izliyordu, anlamlı bir bakıştan sonra.

"Hadi gidin!" dedi. Özgür kendisiyle konuşuyordu.

Kanepeye doğru yürüdü, oturdu tekrar baktı.

"Hadi gitsenize!.."

Ortalık bir anda karardı, ama uzun sürmedi, zaten zaman da yoktu ki göz açıp kapayıncaya kadar derler ya onun gibi...

Sanki bir kapıya gelmişlerdi, giriş için izin ister gibi, kapıdaki parlak nesneye Ağabey yaklaştı ve henüz anlayamadığı bir dilde, bir şeyler söyledi. Özgür'e döndü:

"Merak etme yakında bu dili de öğreneceksin."

Önlerindeki perde kalktı. Hemen önlerinde iki güzel insan duruyordu. Özgür ileri doğru atıldı: "Annem, babam!.."
Boyunlarına sarılırcasına bir hareket yaptı, fakat onları kollarıyla sarmak değil de sanki hücreleri birleşmişti. Geri çekildi tekrar baktı, evet onlardı. İnanılmaz bir akım vardı. Sırdaş ve Ağabey Özgür'ü seyrediyorlardı. Her şey şeffaftı. Her şeyin arkasını görmek mümkündü. Burada bedenler biraz daha belirgindi. Etraf düz gibiydi herhangi bir yükselti yoktu.

Belki de yüzlerce binlerce insan etrafta dolanıyordu. Herkes gülümsüyor ve birbirlerine bir şeyler anlatıyordu. Yürünen merdivenler, ağaçlar, küçük pınarlar, meyveler, kristalden yapılmış gibiydi. Bir şeyleri almak için uzanmıyorlardı, sadece olmasını istiyorlar ve o şey elinde oluveriyordu. Dünyada binlerce insanın çalıştığı ve zaman zaman uğruna canlar verilen o değerli taşlar, burada kaldırım taşı olarak kullanılmıştı.

"Burası neresi?"

"Tahmin etmek çok zor olmasa gerek Özgür?" dedi Sırdaş.

Özgür etrafında olanlar ve etrafındakilere baktı evet dercesine kafasını salladı. Zamanın ve mekânın olmadığı, dünyada değer verilen ama burada sıradan olan şeyler. Hepsi ayaklarının altındaydı. Yaşlısı, genci, kadını, erkeği herkes birbiriyle akışkan enerjinin ortasında birlikteydi. Nasıl izah edilebilirdi ki; yüzler ve beden parlak ve berrak ama bir o kadar da netti. Anne ve babasıyla saatlerce konuştu. Tabii ki kendi zaman dilimine göre öyle hesaplanabilirdi. Fakat burada geçirdiği zamana göre yaşadığı zaman diliminde belki de on, on beş dakikaydı. Çaresizliklerini, umutlarını, Hüseyin Efendi'yi, patronunu, anlattıkça anlattı.

Zamanın kendisinde yarattığı zamansızlığı yaşamıyordu ki. İsteyen istediğine hemen sahip oluyordu. Ortada inanılmaz bir sakinlik mevcuttu.

* * *

Biraz canı sıkılmaya başlamıştı, ne yapsam diye düşünürken telefon çaldı.

"Merhaba Özgür, nasılsın?"

"İyiyim Alper, sen nasılsın?"

"Yemek yedin mi?"

"Evet, yedim."

"Biz bu akşam biraz geç kaldık, Ceyda da birazdan bizde olur, işin yoksa gel istersen, gene de bir şeyler atıştırırsın."

"Bu aralar neredeyse her akşam sizdeyim. Siz bana gelseniz utanmaya başladım ama."

"Saçmalama lütfen, hadi kalk gel."

"Tamam birazdan çıkarım."

Bu arada kendisinin başka bir kendisi tarafından kontrol edildiğini fark etti. İçindeki ben şu an başka bir yerdeydi. Kendisi başka bir yere gidecekti ama göremediği başka bir güç sanki tepeden her şeyi kontrol ediyordu. Hazırlıklarını tamamlayıp apartmandan çıktı, araca doğru ilerledi. Vücudunda bir elektriklenme olmaya başladı. Sanki içinde ışık hüzmesi artmaya başladı. Galiba geri geliyorum diye düşünmesiyle, yüksekten düşer gibi bir hareketle kendisini fark etti. Orta benlik birleşti, Güneş'in ve Ay'ın olmadığı yerde saatlerce kalmış gibiydi ama saatine baktığında çok da zaman geçmediğini fark etti. Ortalama on beş, yirmi dakika geçmişti. Aracın yanına gözü takıldı. Hizmetkâr, Ağabey ve Sırdaş oradaydı. Camı indirdi.

"İlk kez için fena sayılmaz, sonraları bu zaman dilimi daha da azalacak," dedi Ağabey.

"Şimdi komiseri ara, üç gündür büyük bir yük gemisinin içinde bir tabut gördüğünü ve bu kâbusla da uyandığını söyle."

"İşe yarar mı?"

"Sen orasını bize bırak."

* * *

Ortam iyice gerilmişti. Her ihtimale karşı diğer limanlara da bilgi verilmiş, şüpheli bir durumda bilgi aktarılması istenmişti. Merkezden henüz çıkmamışlardı ki komiser Altan'ın telefonu çaldı.

"Efendim."

"İyi akşamlar, Altan Bey'le mi görüşüyorum?"

"Evet benim, kim arar?"

"Şey, ben Özgür, şimdi söyleyeceklerim size deli saçması gibi gelebilir ama..."

"Buyurun sizi dinliyorum."

"Beni anımsadınız mı bilmiyorum? Hani bir cinayet vardı, göl kıyısında işlenen."

"Evet hatırladım, hani şu fotoğrafçı olan, konu neydi?"

"Dedim ya şimdi söyleyeceklerim deli saçması gibi gelebilir ama ben üç gecedir aynı rüyayı görüyorum. İlk gördüğümde pek önemsemedim ama ikinci ve üçüncüde bunu tuhaf karşıladım."

"Nasıl bir rüya imiş bu?"

"Büyük bir yük gemisi görüyorum ve yük gemisinin içinde de bir tabut..."

Altan bir an durakladı, birazdan harekete geçeceklerdi ve hemen öncesinde böyle bir telefon hiç beklemiyordu. Bir iki kelimeyi kafasında toparlayıp bir cümle kurdu.

"İlginç, altıncı hissiniz kuvvetli midir?"

"Pek sayılmaz ama içimden bir ses bunu size anlatmam gerektiğini söyledi. Akşamın bu vakti biraz saçma oldu ama kusura bakmayın, umarım rahatsızlık vermemişimdir."

"Önemli değil Özgür Bey, bu konu ister istemez sizi de kapsadı belki oralardan bilinçaltına yerleşmiştir."

"Galiba öyle olacak, tekrar kusura bakmayın lütfen, az kalsın unutuyorum, bu hafta sonu fotoğraf çekimi için şehir dışında olmamız gerekli. Tokat'a gideceğiz. Yazılı bildirmem gerekliyse onu da yaparım."

Altan; "Sorun değil haberimiz olması yeterli." deyip telefonu kapattı.

Altan telefonu kapattıktan sonra, amire ve Faruk'a baktı, her ikisi de ne oldu der gibi ona.

"Vallahi sizi bilmem ama ben bu hâlden tırstım."

"Ne oldu Altan?"

"Hani şu fotoğrafçı vardı ya."

"Evet ne olmuş?"

"Üç gecedir aynı rüyayı görüyormuş, bir yük gemisi ve içinde bir tabut."

"Hadi canım!" diye çıkıştı Faruk.

"Aynen öyle, kim bilir, bu bir işaret olabilir mi sizce?"

"Orasını bilmem de harekete geçsek iyi olur!"

Bu son şansları olabilirdi ve herkes bunun bilincindeydi. O gece üç büyük yükleme vardı ve muhtemelen sabaha kadar sürecekti. Onlarca konteyner demekti. Hepsine tek tek bakma imkânı yoktu, sadece şüphelendiklerine bile baksalar bu hem dikkat çeker hem de çok zaman alırdı.

Tırlar peş peşe gümrük kapısından girmeye başlamıştı. Çok nadir konteynerlerin içi açılıyordu. Çoğu formaliteden birkaç bakış atılıp kapatılıyordu. Öyle ya onlarca konteyner nasıl tek tek kontrol edilebilirdi ki.

"Bizim ki nerede abi?"

"3 numaralı yoldan devam et."

"Tamam abi."

Yüzündeki sakalları ağarmış şoförler, kapıda duran çocukları yaşındaki görevli memurlara kibar davranmak durumundaydılar. Yoksa bir kez zıt düşseler her defasında incik cincik aranırlardı. Tırlar esnek ama yavaş hareketlerle annesini arayıp bulan kuzular gibi kendi vinçlerine doğru gidiyordu. Aralıksız çalışan vinç operatörleri metrelerce yüksekten ellerinin altındaki kumanda panelleriyle konteynerleri, küçük Lego parçalarını yerleştirir gibi gemilerin üzerlerini yerleştiriyorlardı.

"Şu ana kadar farklı bir şey var mı?"

"Şu ana kadar yok, bunların hepsi birbirine benzer, ne bakıyoruz efendim?"

"Orasını boş ver, sadece farklı bir şey hissedersen ve algılarsan bana söyle, eksik bilgilendirme başına iş açar."

"Merak etmeyin efendim, en ufak bir şüphe durumunda sizi bilgilendiririm."

Bu konuşma her üç gemiye yükleme yapan diğer vinçlerde de geçmişti. Yerde bağlantıyı sağlayan diğer operatör yardımcılarının da yanında birer eleman vardı. Tırların şoförleri görülmeye değerdi. Hapishane avlusunda volta atıp tespih çeken yeni yetme tır şoförleri, işini bitirdikten sonra tırlarını uygun yere çekip beş on dakika çene çalanlar, akşamın serinliği ortalığı kaplamış olsa dahi, ortamdaki boğucu havadan kurtulmak için birbirine soğuk bir şeyler ikram edenler. Etrafta her firmanın kendi adamları şoförlerin fazla gevşemesine meydan vermeden onları: "Hadi beyler oyalanmayın sabaha kadar daha çok iş var!" diye uyarırlardı.

* * *

Alperlerin evinin sokağına girmeden pastanenin önünde arabayı durdurdu. Yol boyunca yaşadığı o güzel anları düşündü. İnanılmaz bir deneyimdi, bu kadar kısa sürede, bu kadar ilerleyeceğini tahmin bile edemezdi. Gerçi olaylar çok eskiden beri vardı ama şimdi yeni yeni idrak edebiliyordu. Kendisinin biri tarafından izleniyor hissi, bazı olayları olmadan önce hissetmesi, anne ve babasıyla olan ve hiç kopmayan o ilginç bağ. Dünya dışı varlıklara merak salması da boşuna değildi. Yaşanılan zamanın tek zaman olmadığı, mutlaka başka şeylerin de var olduğuna inanması da boşuna değildi. Bazen hayal, bazen gerçek gibi gördüğü pek çok olay aslında onu bu zamana hazırlıyordu.

Daha ne yapmalıydı bilmiyordu ama bu olayların birden kesilmesini istemezdi herhâlde. Her zamanki gibi incirli, cevizli, portakallı kurabiyelerden aldı. Kendisine yüklenecek olan görevin ne olacağından da habersizdi. Bu kadar şey boşuna olmuyordu. Elbette bunda büyük gücün bir bildiği vardı. Ona ulaşma hissi belirdi birden. Sonra hizmetkârın, biz bile bizden üst kademelerdekilerin yanında olduğumuzda enerjileri bizi çok yoruyor dediği aklına geldi: "Şimdi bunları düşünme, güzel bir akşam geçirmeye odakla kendini!" dedi.

Arabayı çalıştırıp, aynadan sokağı kontrol ederek hareket etti. Az sonra Alperlerin evinin önündeydi. Kapıda her zamanki gibi sıcak bir karşılama oldu. Filiz ve Ceyda, Özgür'ün elinden kurabiyeleri alıp mutfağa geçtiler.

"Yemek birazdan hazır olur Özgür. Alper söyledi gerçi sen yemişsin ama süzme mercimek ve geçen öğrendiğim karalahana sarmasına hayır demezsin, yanında da mısır ekmeği ve turşu var. Dün akşam vaktim vardı, İdris Dayı ve Asiye Hala'ya uğradım, malzemeleri onlardan aldım."

"Bu durumda tıka basa yemiş bile olsam gene yerim."

Koltuklara yeni oturmuşlardı, Alper'in dikkatli bir şekilde kendisine baktığını fark etti.

"Ne oldu, bir yerimde bir şey mi var?"

"Sende bir değişiklik var, ne bileyim, tuhaf bir şey, en son görüştüğümüze göre daha bir canlısın, özel bir şey kullanıyorsan bize de söyle?"

"Yok be canım, kısacası spor diyelim, sigara da olmayınca daha iyi oluyor."

"Filiz de bende tembellik yapıyoruz diyebilirim, gerçi Filiz benden daha iyi, sonuçta geçmişi de sağlam, yıllarca yüzmüş, bu aydan sonra ikimiz de yeniden yüzmeye başlıyoruz."

"Nereye?"

O arada Filiz ve Ceyda salona girdiler. Alper cevap verecekti ki Ceyda, Özgür'ün yanına oturup az önceki öpücük yetmemiş gibi sol yanağından bir daha öptü.

"Oh be kızım, yaladın resmen herifi, yavaş!" diye lafı yapıştırdı Alper.

"Karışma işime, sen kendine bak, Filiz böyle öpmüyor seni, kıskanıyorsun değil mi?"

"Aman neyini kıskanayım!"

"Nasılsın Özgür?"

"İyidir Filiz, koşuşturma işte, güya bekâr adamız, vaktimiz çok olur diye düşünülüyor ama hiç de öyle değil."

"Haklısın, bizi ihmal ediyorsun ama Ceyda'yı ihmal etme bari."

"İşlerim sakinledi, hem ona bir sözüm var."

"Yaşasın, fotoğraf çekimine mi gidiyoruz?"

"Evet bu hafta sonu, ben sana hazırlayacağın malzemeleri söylerim, hazırlanırsın."

"Ay çok sevindim."

"Uyarmadı deme, cıvımak yok. Bize ayak bağı olursan anında postalarım."

"Merak etme senin yanında olduktan sonra, sesimi bile çıkarmam."

Fakat bu arada aklına o kadın geldi, neydi adı Ha... Aylin... Yüzü biraz ekşidi. Gerçi Özgür seçimini yapmıştı. Hem kendisinden önce o vardı. Aralarında bir şey olsaydı şimdiye kadar olurdu. Düşünce âleminde gezerken Filiz'in sesiyle irkildi.

"Hadi çocuklar, yemekleri soğutmayalım."

Birlikte mutfağa geçip masaya kuruldular. Özgür'ün gözleri parlamıştı, uzun süredir İdris Dayı'nın yanına gidemiyordu, masadaki her şeyi yiyebilirdi. Bu Karadeniz mutfağı bir başkaydı be kardeşim. Uzun süre kimse birbiriyle konuşmadı. Özgür özlediğinden, diğerleri ise çok acıktıklarından sadece tabaktakilerle ilgilendiler.

Karınları doyunca birbirlerinin yüzüne bakmaya başladılar. Filiz bir ara kalkıp çayı demlemişti. Yemeğin sonuna doğru hepsi ağırlaşmıştı ama değmişti.

Yemek bittikten sonra Filiz,

"Ne dersiniz, masa başı sohbeti mi yoksa salona mı geçelim?" diye sordu.

"Bana her ikisi de uyar," dedi Özgür.

"Bence burası iyi," dedi Alper.

"Tamam o zaman ama müsaadenizle önce şu camı bir açayım, patlamak üzereyim."

Gerçekten mutfağın sıcaklığı da yanan ocaktan dolayı bayağı artmıştı. Pencereden giren temiz ve soğuk hava canlanmalarını sağladı. Ceyda Filiz'in masayı toplamasına yardım ediyordu.

Özgür aklından: "Fena değil, ev işini de beceriyor," diye geçirmişti ki Alper düşüncelerini okur gibi ona baktı. Özgür ne der gibi bir bakış attı.

Ceyda bir yandan tabakları yıkayıp, bulaşık makinasına yerleştiriyor, bir yandan da Karadeniz yemekleri ruhuna işlemiş olmalı ki "Oy Asiye" türküsünü mırıldanıyordu.

"Nereye gidiyoruz Özgür?"

"Duyunca çok şaşıracaksın?"

"Çatlatma adamı, söylesene!"

"Tokat'a..."

"Aaaa, ne işimiz var orada?"

"Ne işimiz var olur mu? Geçenlerde bizim ekipten birisi oradaki arkadaşıyla sohbet ediyormuş. Tokat ve çevresi çok sayıda tarihi eser barındırır, son yıllarda inanılmaz derecede restorasyon çalışması yapmışlar, mutlaka gelin demiş. Ben yıllar önce ekibimle gitmiştim, elimde eski fotoğraflar var, çok güzel bir çalışma olacak."

Bu arada Filiz masaya bardakları yerleştirmeye başlamıştı. Ceyda da yerinden kalkıp çay bardaklarının olduğu çekmeceden süzgeci alıp Filiz'e yardım etti.

Alper bir ara Filiz'e baktı, bu bakışı Filiz yakalamış hatta ne demek istediğini de anlamıştı.

"Yok canım ne işimiz var?"

"Ciddi misiniz?" diye atladı Ceyda.

"Neye ciddi misiniz?" diye anlamsız bir soru sordu Özgür ama sorar sormaz ne demek istendiğini anlamıştı. Cümleyi hemen bağlayıverdi. "Vallahi arkadaşlar, biz çalışmaya gidiyoruz, bize pek ayak uyduramazsınız."

"Siz gündüz çalışın biz size ayak bağı olmayız, akşam işiniz bittiğinde hep beraber eğleniriz olmaz mı?" dedi Alper.

"Siz bilirsiniz arkadaşlar, sevindiğimi saklamayacağım. Hem bu arada Ceyda yorulursa sizinle beraber kalır, bu şekilde benim de içim rahat olur."

"Araçla mı? Uçakla mı gidiyorsunuz?"

"Bizim malzemeler çok, indir bindir zahmetli olduğu için çoğu yere Jeep'le gidiyoruz. Çok uzak mesafelerde uçak kullanıyoruz orada da araç kiralıyoruz Alper."

Filiz heyecanlanmıştı ve bunu belli ediyordu.

"Daha önce hiç gitmedim, çok güzel bir yer olduğunu hep duyardım, çok güzel bir seyahat olacak."

Alper bardağından bir yudum alarak Özgür'e,

"Nerede konaklayacağız?" diye sordu.

"Bizim yerler ayrıldı, kalacağımız otelde sizin için de bir yer buluruz diye tahmin ediyorum, Tokat, azımsanacak kadar olmasa da çok fazla turist çeken bir yer değildir. Daha çok uğrak yeridir desek, daha uygun olur. Fakat size bir tavsiyem var. Kitapçıları biraz dolaşıp Tokat hakkında bir şeyler öğrenin, bilgiye önceden ulaşmış olun ki gezinirken aklınız karışmasın."

"Güzel fikir," dedi Ceyda. "Yarın iş çıkışı ilk işim doğru Kadıköy, birlikte gidelim mi Filiz?"

"Güzel olur, gideriz."

Masa başındaki sohbet Özgür'e yaşadığı ilginç deneyimleri unutturmuş gibiydi. Fakat içindeki diğer ben ara ara onu dışarıdan gözetliyordu, nasıl olduğunu bilmiyordu ama bunu fark ediyordu. Bedeni ve kişiliği ikiye bölünüyor gibiydi. Yörüngeye giren uydular gibi görüntü ve ses tekrar birleşip tek kişi hâline geliyordu. Onlar kendi aralarında sohbet ederken Özgür bu ayrışmayı birkaç kez daha denedi. Başarılıydı. Karşısındakiler bir şey fark etmiyordu. Sohbete dâhil olup hem Ceyda'ya hem de Alperlere neler hazırlamaları gerektiğini söyleyip yazdırdı. Belki onlar da kendilerine katılırlardı. İyi de kaç gün kalacaklarını sormuşlardı, sonuçta üçü birden uzun süreli izin alamazdı. Bu soru bir anda hepsinin aklına gelmişti ama Filiz erken davrandı.

"Kaç gün kalmayı düşünüyorsunuz Özgür?"

"Hafta sonu belki pazartesiyi de dâhil edebiliriz, duruma göre değişebilir. Gece araba kullanabilir misiniz?"

"Neden?" diye sordu Alper.

"Bizimle birlikte gelecekseniz zaman kaybetmemek için Cuma öğleden sonra yola çıkarız biz gece yarısından sonra Tokat'ta olalım diye hesaplıyoruz çünkü."

"Bize uyar, Filiz de ben de uzun yola alışığız, sorun olmaz. İzin konusunu da yarın konuşuruz. Biz pazar geceden yola çıkar, sabahı burada oluruz, sen geziye devam edersin, Ceyda sorun olmaz."

"Olmaz değil mi, hallederiz?"

"Merak etme hallederiz." dedi Filiz.

Gece bayağı ilerlemişti. Kalkma vakti gelmişti, uyku alınmalıydı ki ertesi gün zinde olunmalıydı. Kapıdaki kısa vedalaşmadan sonra Özgür, Ceyda'yı az ilerideki arabasına kadar götürdü.

"Seni görmek bana çok iyi gelmeye başladı..." dedi Ceyda.

Bakışlarını Özgür'ün gözlerine sabitleyip yüzünü biraz daha yaklaştırdı. Özgür'den geri kalan hamleyi bekliyordu. Bu güzel beklentiye cevap vermemek saygısızlık olur diye düşündü. Kendisinden çok az kısa olan Ceyda'ya yaklaşıp beklentiye çok naif bir şekilde karşılık verdi. Bu Ceyda'yı ziyadesiyle memnun etmişti. Kendilerini seyreden gözlerden habersiz bu sıcak teması bir kez daha tekrarladılar.

* * *

Son iki gün Ceyda için geçmek bilmemişti. Aylin, Ceyda'nın gelişinden pek memnun değildi ama bir şey söylemesi kendisini alenen ele verecekti. Tolga son hazırlıkları yapıyordu. Elindeki listede yazılı olan malzemeleri çanta ve kutu olarak numaralandırmıştı. Bu defa her ne kadar şehir içi bir çekim olsa dahi az da olsa mutlaka yiyecek ve içecek alırdı. Ceyda Alperlerle buluşma noktasına gelecek orada isterse Özgürlerle devam edecekti.

Saat öğleden sonra ikiyi gösteriyordu. Güneş tam tepedeydi, yaz günleri geri gelmişti. Alperler biraz erken gelmiş Dudullu gişelerinden geçiş yapmış kenara çekmiş bekliyorlardı. Çok geçmeden diğer ekip de geldi. Diğer aracın az önünde durdular. Herkes arabalardan inip merhabalaştı.

"Evet arkadaşlar, bizim önceliğimiz iş, gün ışıkken ne kadar yol alabilirsek kârdır o yüzden ilk molayı Ankara'ya girmeden vereceğiz ondan önce durmak yok ona göre. Bir sorusu olan?"

Özgür'ün işinde disiplinli olduğu belliydi. Karşılarında üç gün önceki Özgür yoktu çünkü.

"Benim yok," dedi Filiz, Ceyda ve Alper de durumu onaylar gibi başlarını salladılar.

Arabalara binildi ve her zamanki gibi hız limitlerine uyarak başka bir serüvene doğru yola çıktılar.

Her iki arabadaki ekip de şoför değiştirmeden ilk mola yerine vardılar. Dinlenme tesisinde gerektiği kadar bir şeyler atıştırdılar. Her iki ekip de dinlenme yerinde rica edip termoslarına sıcak su aldılar. Asıl iş bundan sonra başlıyordu.

Saat akşam yedi civarıydı ve Ankara gerilerinde kalmıştı. Sungurlu - Zile üzerinden gitmeyi daha uygun görmüştü Özgür. Alper onları takip ediyordu. Yol yapım ve genişletme dolayısıyla hızlarını ara ara azaltmışlardı ama gene de iyi yol almışlardı.

Turhal'a geldiklerinde kısa bir mola vermeyi uygun gördüler, şehir sessizliğe bürünmüştü. Özgür hızı biraz daha azalttı. En fazla bir saatleri kalmıştı. Gece yarısı 01:00 gibi otele ayak basmış oluruz diye hesaplıyordu.

Ceyda, Turhal'da Özgürlerin arabasına geçmişti. Arabayı Aylin devraldı. Tolga ön tarafta olduğu için her ikisi de arka koltuktaydı fakat uyku namına bir belirti yoktu. Tokat'ın ışıkları görünmeye başlamıştı. Sol tarafta havaalanının ışıkları vardı. Şehir merkezine girmeden terminale yakın bir yerdeki otelden yer ayırtılmıştı. Araçları yan yana park ettiler. Girişteki görevli geleceklerinden haberdar olduğu için yanında başka bir elemanla gelenleri karşılamak için otelden dışarı çıktılar.

Delikanlının yanında bagajları taşımak için dört tekerlekli bir araç vardı.

Giriş görevlisi araçtan önce inen Alper'e elini uzatarak

"Hoş geldiniz efendim, Özgür Bey siz misin?" diye sordu.

"Ben Alper, Özgür diğer arabada."

Bu arada Özgür ve Ceyda da arka taraftan inmişlerdi. Aylin ve Tolga da inip bagaja yöneldiler.

Kısa saçlı uzun boylu delikanlı Özgür'e yöneldi, az önceki kibar şivesi bir anda değişti.

"Hoş geldigin Özgür Bey, olum yardım et ablaya, bağajdakileri içerü taşu bakayım."

Anında değişen şive herkeste ufak bir tebessüme neden olmuştu.

Resepsiyonda koltukta sızmış diğer görevli de uykulu gözlerle gelenleri karşılamak için ayağa kalktı ama iki tek atmış gibi sendeledi.

"Mustafa, iki tane bavul galdı, onları getü hele!"

"Tamam getürüyüm."

"Ben Osman, bir bakalım, Filiz Hanım ve Alper Bey'e 201 numara, Aylin ve Ceyda Hanımlara 302 numara, Özgür ve Tolga Beylere de 206 numara, kusura bakmayın ancak böyle ayarlayabildim."

"Sorun değil Osman Bey, gayet güzel olmuş."

O sırada görevli çocuklar, hangi çantanın hangi odaya çıkacağını öğrenmek için bekliyorlardı.

Aylin ve Tolga önemli olan çantaları zaten yanlarına almışlardı. Filiz kendi çantalarını işaret etti, görevliler kendi aralarında ufak bir çanta değişikliği yaptı. Diğerleri de belirlendikten sonra herkes odasına yönelmişti ki:

"Özgür Bey, az kalsın unutuyordum geliş saatinize göre tahminen çay demletmiştim ama... Hemen yatmak istemezseniz, çantaları bıraktıktan sonra gelin de birer bardak çay için."

Yatmadan önce bu fikir herkesi memnun etmişti ki bir anda gözleri ışıldadı. Özgür'e baktılar.

"Tamam Osman Bey, beş dakikaya ineriz aşağıya."

Girişteki sehpanın üzerine küçük bir hazırlık yapıldı. Çay demini tam almıştı. Osman çayın yanına katmer koymuştu.

"Bu nedir?" diye sordu Ceyda.

"Bizim bu yörenin meşhur bir yiyeceğidir. Sac üzerinde yapılır, isterseniz içine başka şeyler koyarak da yapabilirsiniz, o zaman da ayrı bir lezzette olur."

Herkes dilimlenmiş katmerden birer ikişer parça aldı keyifle yudumlanan çayla birlikte az önceki yorgunluk ortadan kayboldu.

Özgür telefonun alarmını yediye kurmuştu. Onunla birlikte Tolga da uyandı. Girişe indiklerinde Aylin onları bekliyordu.

"Günaydın Aylin, rahat uydun mu?"

"Gayet iyi uyudum."

"Ceyda nerede?"

"En son bıraktığımda kendini yataktan kazımaya çalışıyordu, duş alıp inerim dedi."

Girişin yan tarafında etrafı camekânlı bir yer vardı, yemekhane burası olmalıydı. Gece fark etmemişlerdi. Şanslarına hava açıktı, yoksa bu mevsimde Tokat kışa hazırlık yapmaya başlar soğuk olurdu. Az sonra Osman geldi.

"Günaydınlar efendim, rahat uyudunuz mu?"

"Gayet güzel uyuduk."

"Sizleri yemekhaneye doğru alayım, kahvaltı hazır, sahanda yumurtalar geliyor."

Yemekhane kot farkından dolayı Yeşil Irmak'a hafif yukarıdan bakıyordu. Az sonra bakır tavalarda yumurtalar geldi üzerinde bir parmak kalınlığında tereyağı vardı. Mahmurluğunu üzerinden atamayan Ceyda kapıda belirdi.

"Günaydın arkadaşlar, ay nasıl tutulmuş her tarafım!"

Görevli çocuklar semaveri getirip yan masaya bıraktılar. Özgür böyle çalışan gençlere hep üzülürdü. Kendi aldıkları maaşların yanında devede kulak olan paralar için sabahtan akşama kadar çalışır, haftalıklarımızı ne zaman verecek diye patronun gözlerinin içine bakarlardı.

Gece çantaları odalara bıraktıktan sonra Özgür her ikisine de yirmişer lira vermişti. Bu onları memnun etmişti ve bu sabah da gelen konuklara daha sıcak davranıyorlardı.

Özgür'ün bu düşüncesini bilen Aylin,

"Siz gidebilirsiniz çocuklar, bir gerisini hallederiz," dedi.

"Yok abla patron böyle görse gızar."

"Biz söyleriz, hadi siz gidip dinlenin, bir şeye ihtiyaç olursa biz sizi çağırırız."

Tamam dercesine yemekhaneden çıkıp girişe geldiler, onları uzaktan izleyen Osman duyulabilecek bir tonla,

"Niye geldiğiniz lan, çayları doldursağına!"

"Abla istemedi Osman Abi, bir şey olursa biz çağıruruk dedi."

O ara konuşmaları dinleyen Özgür, Osman'la göz göze geldi. Özgür tamam anlamında elini kaldırdı. Yanlarına gitmek için hamle yapan Osman duraksadı.

Sahanlardaki yumurtalar silip süpürüldü. Domates, salatalık, biber İstanbul'daki gibi değildi be kardeşim, onların kokuları olmazdı. Belki son mahsullerdi ama hâlâ kendileriydiler.

Bugün onlara rehberlik etmek için Bülent adında birisi gelecekti. Asıl rehber olan Veysel'in bir yakını rahatsızlandığı için Sivas'a gitmişti. Aylin, Ceyda ile birlikte çantalarını almak için odalarına çıktılar, Tolga ise aşağıya inerken getirmişti. Girişteki bekleyiş çok uzun sürmedi.

"Merhaba, ben Bülent."

"Merhaba, ben de Özgür."

Elini uzattı. Özgür'e doğru gelen elde bir tuhaflık vardı. Sağ elin parmakları kısaydı, önce hafif bir şaşkınlık yaşayan Özgür'ün elini Bülent sol eliyle de destekleyerek sıktı. Diğerleri de hemen hemen aynı tepkiyi gösterince Bülent,

"Doğuştan, iki ameliyat geçirdim çocukken, ancak bu kadar düzeldi, önceden hepsi yapışıkmış."

"Nereden başlıyoruz Bülent Bey?"

"Beylik bizim işimiz değil, direkt Bülent deyin daha iyidir."

"Peki, öyle deriz."

"Önce Gıjgıj Tepesi'ne gidiyoruz, sonra eski yerleşim yerlerine doğru ineriz. Öğle yemeğini yedikten sonra Behçet Deresi'nin üst tarafına doğru devam eder, sonra da Sulu Sokak'a gideriz. Burası İstanbul kadar büyük bir şehir değil, ama sizlerin fotoğraf işi ne kadar sürer orasını bilemem."

"Orası belli olmaz işte, bazen on dakika da bitiririz bazen de saatler sürebilir."

Çantaları bagaja attıktan sonra arabaya bindiler, Arabayı Özgür kullanıyordu. Bülent öne oturmuştu. Tokat'tan Almus ve Niksar'a giden yoldan devam ettiler az sonra Gıjgıj Tepesi'nin yol ayrımına saptılar. Tepenin sırtından çok kısa bir yolculuk sonunda yol bitmişti bile.

Ceyda, Aylin'in talimatlarını uyguluyordu. İstediği malzemeleri veriyor, Aylin'in tarifine göre de hazırlıyordu. Birbirlerine ısınmış gibiydiler, küçük gülüşmeler havayı ısıtıyordu. Ama Gıjgıj Tepesi'nin sabahın bu saatindeki havası öyle değildi. Hafif ama insanın içine işleyen bir rüzgâr vardı.

Güneş henüz daha kendisini bile ısıtamamıştı. Tolga arabanın arkasından yelekleri getirdi. Üç ayakları kurduktan sonra dikkatli bir şekilde fotoğraf makinalarını yerleştirdiler. Daha sonra Ceyda kendi makinasını hazırladı.

Çok güzel bir saatte gelmişlerdi. Cömertliği ile Tokat - Samsun yoluna doğru uzanan toprakları sulayan Yeşil Irmak'ın üzerinde güneşin vurmaya başladığı alanlarda oluşan sis perdeleri bağların, bahçelerin üzerine doğru yayılmaya başlamıştı.

Küçük bulut kümelerinin güneşin önünden geçişleri sırasında ovanın bir, bir tarafı, bir diğer tarafı aydınlanıp kararıyordu. Tolga otelden çıkmadan önce, büyük termosa çay doldurtmuştu. Özgür pozlamaları yaparken o demir fincanlara çayları doldurmuştu. Ceyda'nın biraz şaşırdığını gören Aylin,

"Çay hemen soğumuyor Ceydacığım," dedi

Ceyda da bir dönem fotoğrafçılık kursuna gitmişti ama şu an kendisini Özgür'ün yanında çömez olarak görmekten başka yapacak bir şey yoktu. Tolga da Aylin de ne zaman ne yapacakların çok iyi bilen bir asistanlardı. Özgür söylemeden objektifleri değiştirdiler. Özgür kendisini bu kadar şımartmalarını istemezdi ama her ikisi de işlerini yaparken Özgür'e inanılmaz bir saygı duyarlardı.

Güneş yükselmeye devam edip, ortamı ısıtınca Yeşil Irmak'ın üzerindeki sis perdesi azalmaya başlamıştı. Asıl heybet karşılarındaydı, Tokat Kalesi. Yenilendiği belli olan kale buradan muhteşem görülüyordu.

" Kimler ve ne zaman yapıldığı bilinmiyor. 5. ve 6. yüzyıla ait kayıtlar var. İlk yerleşimcilerin kim olduğu da bilinmiyor. MÖ 5000 yıllarından başlayan tarihi, MÖ 2500 yıllarından başlayarak da Hititler, Persler, Büyük İskender'in istilası derken Tokat ve çevresi çok farklı uygarlıklara ev sahipliği yapmış. Bölgeye daha sonraları Komana Pontika'dan gelen Hristiyan gruplar yerleşmiş. Sezar'ın, "Geldim, gördüm, yendim" sözü Zile'de Pontus Kralı ile yapılan ve kazanılan savaştan sonra söylenmiş. Uzun süre Doğu Roma İmparatorluğu'nun elinde kalmış kent. 1074 yılında, Danişmend Gazi tarafından ele geçirilip, Büyük Selçuklu Devleti'nin himayesine girmiş Fakat sular yıllar boyunca durulmamış, Tokat ve çevresi yıllarca el değiştiriyor. Sabah cami olan yerler akşama kilise oluyormuş. Sonrasında Moğol istilaları devam ediyor. Hacı Bektaş Veli'nin bir kehaneti söylenirmiş buralarda. 12. yüzyılda Horasan'dan gelip Söğüt'te Ertuğrul ve Osman Bey'e giderken Tokat Kalesi'nin kâfirler tarafından yeniden zapt olduğunu görmüş ve sümbüllü denen bağda oturarak, "İnşallah yakında yıldırım gibi bir er çıkıp Tokat'ı fetheder!" demiş. Sümbül bağında bir halifesini seccade sahibi ederek bırakmış. O zat hâlâ "ŞÜMBÜLLÜ BABA" adıyla meşhur bir kutup olup orada gömülüdür. Hacı Bektaş'ın kehaneti 175 yıl sonra doğrulanmış. 1392 de Yıldırım Beyazıt tüm Tokat ve çevresine hâkim olmuş."

Bülent ilk çekimleri bitiren Özgür'e Tokat hakkında kısa bir bilgi verdikten sonra kalenin kendilerine göre sol tarafını göstererek,

"Orası Sulu Sokak, yenileme çalışmaları hâlâ devam eden yapılar var. Buradan çok belli olmayan pek çok irili ufaklı yapılar var. Çalışmalara son yıllarda hız verildi."

"Gerçekten söylendiği kadar varmış," dedi Aylin.

Tolga bu arada arabanın arkasından katlamalı küçük tabureleri çıkarıp hazırladı. Aylin ekibin bitmiş olan demir bardaktaki çayları tazelemeye başlamıştı.

Özgür bir anda kalenin dibinde bir hareketlenme fark etti:

Büyük gülleler kalenin duvarlarını dövmeye başlamıştı. Ortalık toz duman hâldeydi. Kulaklarındaki uğultu ve gözlerindeki sis perdesi yerini üç boyutlu film sahnesine bırakmıştı. Hemen yanındaki çadırdan çıkan altın tolgalı, zırhlı ve altın kılıflı uzun boylu ve geniş omuzlu birisi etrafa sakin ama kararlı ifadelerle emirler veriyordu. Atların biri gidiyor biri geliyordu. Kalenin surlarında bir iki yerde gedikler açılmıştı ama içeri girmek henüz daha mümkün olmamıştı. Uzun boylu birisi miğferini çıkararak anına yanında bitivermişti.

"Efendim, birliğin büyük bir kısmını kalenin arka tarafına dolandırmayı başardık emirlerini bekliyoruz."

"Duvarlar dövülmeye devam edilsin, ikindi namazından sonra, ben de bizzat savaşa katılacağım, askere haber salın, imanlarını kaybetmesinler kale akşama bizimdir!"

"Derhâl efendim."

Uzun boylu adam yanından uzaklaşınca iki adım gerisinde duran biraz kısa boylu fakat iri yarı olan bir bey yanına yanaştı. Bıyıkları çenesine kadar inmiş, kartal bakışlarını kalenin üzerine dikti. Ses tonundaki itaat ve sadakat belli olacak bir tonda,

"Efendim, bize müsaade ediniz, sizi tehlikeye atmayı arzu etmediğimizi bilirsiniz," dedi.

Azarlanacağını düşünerek bir adım geri çekilip başını öne eğdi.

"Beni düşündüğünü bilirim, fakat bir ordunun başında kumandan olursa o ordu muvaffak olur, kumandan olursa başarı onundur. Hem Peygamber Efendimiz her savaşta ordunun başında yer almışken ben kim olurum ki geri durabilirim!"

Böyle bir cevap alacağını bileceğinden başını yere eğmeye devam etti. Fakat gözlerinde biriken iki damla yaş toprakla buluştu. Onun bu hâlini bilen kumandan geri dönüp elini omzuna attı.

"Sana şaşarım, ne zaman Efendimizden bahsetsem ağlarsın, lakin savaştığın zaman da ben bile senden korkarım."

Tekrar kaleye bakmak için geri döndüğünde başka bir atlı daha geldi. Kan ter içinde atından inen yiğit kumandanın önünde diz çöküp bir şeyler mırıldandı. Belli ki nefes nefese kalmıştı.

"Hele bir ayağa kalk ve soluklan, su verin cengâvere!"

"Sultan'ım, siz de görüyorsunuz ki kalenin ön burçları çok sağlam, direnişi kıramıyoruz, duydum ki ikindi namazından sonra ordunun başında arka taraftan saldıracakmışsınız, müsaadeniz olursa beni de yanınıza alınız."

Bu arada gelen suyu içmek için müsaade bekler gibi Sultan'ın yüzüne baktı. Sultan gözleriyle içmesini işaret etti. Geri dönüp arkada duran Bey'ine baktı.

"Ne dersin Bey?"

"Emir sizin Sultan'ım, benim yanımda durur bana emanet ederseniz, Bey'imi korurum."

Sultan biraz düşündü.

"Peki, gel bakalım bizimle, sancak sana emanet olacak düşeceksin ama sancağı düşürmeyeceksin, şehitliğe hazır mısın?"

Daha bıyıkları yeni terlemiş olan Bey, kendi oğluydu. Arkada duran Gök Bey'in elinde büyümüştü. Kendi evladı gibi severdi ve her zaman uzaktan uzağa koruduğu Bey'i gene korumak için yanında durmasını istemişti.

Uzaktan gelen bağrış çağırışların ardı arkası kesilmiyordu. Kale burçlarında aşağıya bir insanın kucaklamaya dahi imkânı olmayacak büyüklükte gülleler yuvarlanıyordu. Kalenin ön yüzünden aşağıya doğru önündeki taş ve kaya parçalarını sürükleyerek inen bu gülleler çarptığı yerdeki kayaları da parçalıyor selin önünde sürüklenen kütük parçaları gibi her şeyi toz duman ediyordu. Oyuntulara giren askerler bu selden ancak bu şekilde kurtuluyordu. Bazense oyuntulara girmekte geç kalan cengâverler taş ve toz selinin içine karışıp aşağıdaki düzlüğe kadar iniyorlar ve bir daha yerlerinden kalkamıyorlardı...

Bir anda Özgür'ün önündeki sinema perdesi kayboldu. Tazelenen çaydan daha bir yudum bile almamıştı. Dahası Aylin bardağa çayı doldurup yan tarafa Bülent'e yeni yönelmişti. Çok kısa süren çay servisinde Özgür savaş filminin ilk yarısını seyretmişti bile. Yüzlerce yıl öncesine hiçbir çaba sarf etmeden gitmiş ve o zamanı olayın kahramanlarının yanında izlemişti. Bir an kalp atışlarını hissetti. Kulaklarında "Danişmend Gazi" adı uğuldadı...

Ağabey ve Sırdaş'ın dediği olmuştu. Kendi zaman diliminde bir iki saniye geçmişti ama o en az yarım saat savaş izlemiş, konuşulanlara tanık olmuş olayı, o anı ile yaşamıştı. Ne müthiş bir şeydi. Şayet bu mümkün olabiliyorsa istediği zaman dilimine gidebilirdi.

Bardaktaki çaylar bittiğinde Özgür tekrar kameranın başına geçti.

Güneş biraz daha yükselmişti. Kalenin yamacındaki gölgeler yer değiştirmişti. Özgür her baktığında kalenin önündeki savaşı görmek istiyordu ama bu sefer bir şey yoktu. Az önceki tesadüf olmamalıydı ama zamana nasıl hükmedeceğini henüz bilmiyordu, mutlaka sihirli bir kelime olmalıydı.

"Açıl susam açıl!"

Çekimlerden sonra etrafı toplama işine Ceyda da yardım etmişti. Basit gibi görünse de dikkat gerektiren işlerdi. Neyi nereye nasıl koyacağını bilmek gerekiyordu. Öğle yemeği için özel bir istekleri olup olmadığını sordu Bülent.

"Bizim için önemli değil. Ceyda, Alperleri arar mısın?"

"Tabii ki."

"Sor bakalım, ne durumdalar, eğer yememişlerse bize katılsınlar."

Ceyda tam telefonu cebinden çıkarmıştı ki, Filiz ondan önce davranmıştı.

"Efendim Filiz, ben de tam seni arayacaktım, yemek için evet, siz neredesiniz? Hükümet konağının orada, tamam bir dakika, Özgür Hükümet konağının oralarmış daha yemek yememişler."

"Beklesinler geliyoruz."

"Bekleyin geliyoruz, tamam söylerim."

"Ne diyor?"

"Çok açıkmışlar, çabuk gelin diyor."

"Tamam, nereye gidelim Bülent?"

"Tokat'ın çıkışında kebabı güzel olan bir yer var, arkadaşımızdır, temizdir de. Oraya gidebiliriz."

"Konağa yaklaşınca sizi arayacağız. Tamam görüşürüz."

Ceyda telefonu kapattı. Özgür,

"Tamam, hadi devam edelim," dedi.

Yavaş yavaş Gıjgış Tepesi'nden aşağıya inmeye başladılar. Bu defa arabayı Bülent kullanıyordu. Tolga yanında, diğerleri arkadaydı. Hükümet konağına yanaşınca Bülent, Alperleri arattırdı. Daha önce ana cadde üzerine çıkan ekip onları takip etmeye başladı, çok fazla gitmemişlerdi ki sağa, ağaçlık alana yöneldiler. Girişteki park yerine arabaları bırakıp kendilerine eşlik eden delikanlılarla masalara yöneldiler. Gelenlerin içinde Bülent'i gören işletme sahibi Orhan oturduğu yerden bir anda fırlayıp yanlarında bitiverdi.

"Hoş geldin Bülent, arkadaşlar kim?"

"Arkadaşlar İstanbul'dan fotoğraf çekimi için geldiler, Veysel'in işi vardı o yüzden ben refakat ediyorum."

Hoş geldiniz diyerek hepsiyle tek tek tokalaşıp oturmalarını bekledi. Bülent'e dönerek,

"Herhâlde Tokat Kebabı yersiniz değil mi?"

"Başka fikir yoksa evet, var mı içinizde başka bir şey yemek isteyen?"

Kimseden başka bir fikir çıkmadı herkes onaylar gibi kafasını sallamıştı.

"Ne yaptınız Ceyda?" diye sordu Filiz.

"Biz çok bir şey yapmadık, daha çok Özgür çalışıyor, zor olan onun işi, biz alet edevat işleri, gerçi ekip bana bir iş bırakmıyor."

"Sen daha stajyersin canım!" diye ilave etti Aylin.

"Siz ne yaptınız?"

Alper masada üzeri terlemiş olan testiden bir bardak su içerek konuşmayı devraldı.

"Müze ile Taşhan'ı gezdik. Daha sonra Tokat yazması yapan bir atölye bulduk. Yakın zamana kadar, beş büyük han varmış, neydi Alper, Hacı Musa Oğlu, Beypazarı, Gazi Oğlu hanları, diğerlerini unuttum. Çok zahmetli bir iş. Genelde tabiata ait motifler kullanılıyormuş. Kalıplar özellikle ıhlamur ağacından oyularak yapılırmış. Kumaşlar ilk önce bir havuz içinde yıkanır sonra kurutulurmuş. Kökboyasıyla baskıları yapıldıktan sonra 40 derece sıcaklığı olan bir odada, 12 saat bekletilirmiş. Biz tam baskı aşamasını izledik, zamanın nasıl geçtiğini anlamadık bile. Yalnız bir şey dikkatimi çekti benim. Neden iki ayrı Hükümet konağı var."

Bülent'in yüzünde hem ufak bir gülümseme hem de hüzün belirdi. Gözler Bülent'e çevrildi. Derin bir nefes aldı, hem hüzünlü hem de mağrur ifade takınarak konuşmaya başladı.

"Hükümet konağı yazın çok sıcak oluyor, bu yüzden arka tarafa yazın kullanmak üzere bir benzeri inşa edildi. Bu şekilde enerji tasarrufu sağlanmış oldu, kışın da ön taraf kullanılıyor."

"Hüzünlendi sanki?" dedi Ceyda.

"Vali Bey aklıma geldi..."

"Vali mi, hangi vali?"

"Recep Yazıcıoğlu, belki adını bile bilmiyorsunuz?"

"Kim, biz mi? Recep Bey unutulur mu hiç? Belki onun zamanında yaşımız küçüktü ama söylencelerini hatırlıyorum, yaşamış olsaydı bu ülkeye çok daha büyük hizmetleri olacağından eminim, ölümü ile ilgili hâlâ kuşkularım var benim!" dedi Özgür.

"Biz de öyle, hep aklımızın köşesinde bir acaba var, ülke üzerinden hiç ellerini çekmeyen birileri var, bak rahmetli Adnan Kahveci de öyle."

"Evet haklısın, çok üzücü şeyler bunlar ama zamanlamalar manidar."

Orhan içeriden seslendi:

"Kebaplar hazır sayılır Bülent, yanına ayran getireyim mi?"

"Başka fikri olan yoksa bence uyar. Var mı başka fikri olan?" diye yanındakilere döndü. Kimseden başka fikir çıkmayınca az sonra masalara, bakır maşrapalarda köpüklü ayranlar ve peşinden de Tokat Kebabı geldi. Bu güzellik herhâlde çoğu yerde yoktu, her şey kıvamında pişmişti. Ayransa anlatılmaz lezzetteydi, üstteki köpük herkeste ufak bir bıyık yapmıştı. Nefes almak için duranlar peçete ile bıyıklarını siliyordu. Kebaplar bitmeden herkes birer maşrapa daha ayran içmişti.

Ayrandan sonra hafif bir uyku hâli çökmüştü ki işletme sahibi olan Orhan çaylarla birlikte yanlarına geldi.

"Tekrar hoş geldiniz, belli ki uykunuz geldi, ben de çayları getireyim dedim. Oğlum dağıtın çayları!"

Yeni yetmelerin çayları dağıttığı sırada masanın yanından hızla atlar geçmeye başlamıştı. Öncü birlikler kalenin arkasına doğru atlarını dörtnala sürüyorlardı. Özgür ufak bir irkilmeden sonra durumu kavramış filmi kaldığı yerden seyretmeye başlamıştı:

Hemen arkadan yanında iki muhafız olduğu hâlde Sultan tüm ihtişamıyla biraz daha yavaş bir tempoda atını sürmekteydi. Arkasında Gök Bey ve oğlu onu izlemekteydi. Az geriden iki yüz kişilik seçme oldukları belli olan bir gurup onları takip ediyordu. Özgür'ün, özgür ruhu onları takip etmeye başlamıştı. Yanlarında at sırtında gider gibi aynı seviyede seyrediyordu. Bülent'in Sulu Sokak diye tarif ettiği alanın bir hayli doğusundan atlar kalenin arka tarafındaki sırta doğru devam ettiler. O bölümde yığınak yapıldığı açıkça belli oluyordu. Sultanlarının o yöne doğru gittiğini haber alan askerler sağlı sollu kale duvarlarının dibinden uzaklaşarak arkaya dolanmaya başlamışlardı. Kale içinde bu ani taarruz durumu fark etilmiş olacak ki savunma alanı değişmişti.

Sultan tepede ikindi namazı sonrası yaptığı konuşmada Yaradan'ın kendilerine ya zafer ya da şehitliği nasip etmelerini niyaz etmişti. Dua sonrası tepe hep bir ağızdan söylenen âmini dinleyip kabul etmiş gibi ufaktan sallanmıştı. Askerler bu sallantının kendilerine Allah'ın bir işareti olduğunu düşündüklerinden gözlerinde kesin bir zafer bakışıyla atlarını sürdüler. Atını yüz metre ilerideki kale duvarının önünde durduran Sultan bir elçi gönderdi.

"Allah'ın izniyle bu kaleyi almaya ve Peygamber Efendi'mizin sancağını surlara dikmeye ant içtik. Yok yere ölümü arttırma, biz ölümden korkmayız. Lakin sizi bilmem. Kılıcımız keskin lakin adaletimiz de tamdır."

Çok geçmeden cevap geldi.

"Onurumuz, korkaklığımızdan öndedir, yiğitliğine saygım vardır. Lakin savaşmadan ölmek ödleklerin işidir."

Bu sözlerle niyet açık bir şekilde belli edilmişti. Sultan da savaşmadan kalesini ve şehrini veren bir kumandana saygı duymazdı. Çok geçmeden savunma ve taarruz hattı belli olmuştu. Yamaçtan gelen askerler birliğe yetişmiş sayı artmıştı. Sultan'ın önündeki muhafız sayısı, o istememişti ama Gök Bey'in talimatıyla artmıştı. Bu gibi durumlarda Sultan itiraz etmezdi.

Sultan'ın hamle yapmasıyla bütün birlik hareket etmişti. Atların nalları âdeta toprağı yiyordu. Yer sallanmaya başlamıştı, kıvılcımlar toprağı yakıyordu. Gözlerdeki kararlılık netti. Kale alınacak, sancak dikilecekti. Gök Bey, emirin yanına da muhafızlar yerleştirmişti. Karşıdan yoğun bir ok atışı başlamıştı. Kalkanlar Sultan'ı koruyordu, ama kalkanlardan seken oklar atlar ve yiğitlere isabet ettikçe sağdan soldan toprağın üstüne birer birer savruluyorlardı.

Özgür kendisini delip geçen oklara alışmıştı.

Geride kalan elli metrenin üzerinde onlarca asker yerde yatıyordu. Yönünü değiştirmeyi başarmıştı. Sultan'ın yanındaydı, âdeta ata birlikte biniyorlardı. Sultan'ın önündeki muhafız, atılan büyük mızrakla birlikte Sultan'ın atının ayakları altında kaldı. Sultan'ın önü bir anda açıldı. Artık karşıdaki askerlerin göz bebeklerindeki ateş görülebiliyordu.

Karşıdaki savunmayı yöneten komutan durumu fark etmiş olacak ki parmağıyla Sultan'ı işaret etti. Bütün askerler okların yönünü Sultan'a çevirdiler. Unuttukları bir şey vardı, Gök Bey...

Mızrağın gelişini ve sonuçlarının ne olacağını önceden fark eden Gök Bey çoktan Sultan'ın önünde yerini almış kendisini ateşe atmıştı bile. Tek istediği atına ok gelmemesiydi. Kalkanını kaldırıp Sultan'ın önünde bir duvar ördü ama bacağına giren oka engel olamadı. Ok ön taraftan girip arkadan çıkmıştı. Kendilerinden atılan oklar da karşıda birer ikişer askerlerin savunma hattını zayıflatıyordu, tek isteği bir an önce kılıç kılıca savaşa başlamaktı.

Kalkanı indirmeden ayağını yukarı kaldırdı. Çizmenin üzerinden kemiği kontrol etti. Kemik sağlamdı. Gerisi önemli değildi. Lakin çizmenin içi kan dolmaya başlamıştı bile. Çizmenin ortadaki kayışını biraz daha sıktı, bu kanamayı biraz yavaşlatır diye düşündü. Bu arada kalkanı hep aynı hizada tutmaya devam etti.

Nihayet burun buruna gelmişlerdi. Arkadan gelen askerler daha önceden hazırlanan merdivenleri surlara dayayıp boş buldukları yerlerden kendilerini yüksekliğe bakmadan surlardan içeri atıyorlardı. Ortalık kan gölü olmaya başlamıştı bile. Sultan, yanındaki muhafızlarla ilerleyip, surlara tırmanmaya başlamıştı. Bir ara önündeki Gök Bey'in ayağına gözü takıldı, lakin Gök Bey de hiçbir sendeleme yoktu. Hemen arkasında oğlu vardı. O da hemen onlardan sonra surlara tırmanmaya başlamıştı. Askerler küçük bir alanı zapt etmişlerdi. Sırayla askerler bu alandan içeri giriyorlardı. Bir ara karşıdan başlayan yoğun ok atışı surlarda duran askerlerin kurt giren ağaç gibi delik deşik olmalarına neden olmuştu. Hat bir anda kayboldu. Sultan, Gök Bey, Emir ve yirmi kadar asker bir anda surların dibinde sıkıştı.

Özgür ilk defa korkuya kapılmıştı. Olayları seyretmekten başka yapacak bir şeyi yoktu. Diğer taraftan karşısında arkadaşları ile birlikte çay içmeye devam ediyordu. Orhan, Tokat kebabının yapılışını anlatıyordu. Artık iki tarafı rahatlıkla kontrol edebiliyordu. Burada kalmayı tercih edebilirdi ama diğer tarafı tercih etti. Bir tarihe tanıklık ediyordu:

Askerler canla başla Sultan'ı korumaya çalışıyorlardı. Kılıçların şangırtısına ve ışıltısına nefesin sıcaklığı karışıyordu. Etrafları iyice sarılmıştı. Emir ilk defa ölüme bu kadar yaklaştığını hissetmişti. Fakat babasına verdiği sözü hatırladı. Genç yaşta şehadet şerbeti içmek nasip olacaktı. Korkuyordu ama pes etmeyecekti, sancak yere düşmeyecekti. Gözü Gök Bey'i aradı, üç adam sağındaydı. O da yan gözle hem Sultan'ı hem de Emir'i gözlüyordu. Her üçü de iyi savaşçıydı ama Emir onlara göre daha toydu. Sultan, Alparslan'la birlikte Malazgirt savaşına katılmıştı. Onun bileğinin gücü henüz daha babasına ulaşamazdı. Karşılarındaki düşman da az değildi hani, yıllarca kaleyi korumak adına sayısız harbe girmişlerdi. Seçkin bir birlik olmalarına rağmen sayıları azalmaya başlamıştı.

Özgür büyük bir heyecanla ne olacağını izliyordu.

Düşmanın göz bebeklerindeki kıvılcım, derisini yakmaya başlamıştı. Artık sadece görüp duymuyordu, havayı, teri, tozu, okların ateşini de hisseder olmuştu. İyiden iyiye olayın içindeydi artık, elinden gelse yerde duran bir kılıcı alıp savurmaya başlayacaktı. Çünkü çember iyice daralmaya başlamıştı.

Surların üzerinden bir nara duyuldu.

"Ya Allah!.."

İki kişi surların üzerinden keferelerin üzerine atıldı. Bir anda ortalık toz duman olmuştu. Savrulan kılıçlarla kafalar bir tarafa kollar bir tarafa düşmeye başlamıştı. Sultan ve adamları öylece kalakaldılar. Nereden geldiği belli olmayan bu iki cengâver aralarına sur olmuştu.

Bir ara Özgür öne atılan cengâverle göz göze gelmişti. Sadece bakakaldı. Elinde koca bir kılıç ve kalkan taşıyan bu kişi Ağabey'den başkası değildi. Yanındaki de Sırdaş idi. Nasıl bu kadar heybetli olabiliyorlar diye düşündü. Normalin iki katı iriliğindeydiler. Öyle hızlı dövüşüyorlardı ki karşı taraf bir anda çil yavrusu gibi dağıldı. Bu anı fırsat bilen Sultan'ın askerleri bir anda kale duvarının içine doluverdiler. Sayı bir anda artmıştı, üstünlük el değiştirmeye başlamıştı. Az önce Sultan'ı sıkıştıran birlik gelen takviyelerle geri püskürtülmüş ve neredeyse onlar ablukaya alınmaya başlamıştı. Komutanları durma emri verdi. Herkes olduğu yere çivilenip kaldı. Uçlarından kan damlayan kılıçlar yere doğru eğildi. Komutan öne doğru çıktı, daha geride sol yanında kıyafetinden Kral olduğu anlaşılan kişi ile göz göze geldi.

Özgür ağzı açık kalmış vaziyette çivilenmiş gibi duruyordu.

İki cengâverin nefes alıp vermeleri kalenin duvarlarında yankılanıp onları daha da heybetli hâle getiriyordu. Kral öne doğru yürüdü. Onun da vücudunda kılıç izleri vardı. Belli ki yiğit birisiydi. Askerleriyle birlikteydi, kaçmamıştı, saklanmamıştı. Sultan'a doğru yaklaştı. Kan olmuş avuçlarında tuttuğu kılıcını dizleri üzerine çökerek uzattı. Kılıcı Sultan'ın yanında duran Gök Bey almak istedi. Olmaz anlamında geri çekip, tekrar Sultan'a uzattı. Sultan yavaşça kılıcı aldı. O arada kimsenin beklemediği bir şey yaptı. Dizleri üzerine çökükken miğferini ve boynunu koruyan zırhı çıkardı. Saçlarını sıyırıp sağ yanından aşağıya attı, ensesini temizledi. Kafasını kaldırıp, kendisi gibi gözleri kıpkırmızı olan Sultan'ın gözlerine baktı. Herkesin anlayabileceği net bir Türkçe ile:

"Savaşçıyı onurlandır!" dedi.

Sultan şaşkın bir ifadeyle anlamamış gibi etrafına baktı. Kararlı bir sesle bu defa emir verir bir tonda tekrarladı:

"Kral'ı onurlandır!"

Kralın etrafında duran askerler de onun gibi diz çöküp, kılıçlarını o arada surlardan inen ve etrafa dağılan askerlere uzattılar. Bu daha önce görmedikleri bir onurlandırma şekliydi. Ya bir katliam olacak ya da esir alınacaklardı. Herkes Sultan'a bakıyordu. Savaşırken adam öldürmek kolaydı ama şimdi iş değişmişti. Sultan derin bir nefes aldı, elindeki kılıcın kabzasını sıkıca kavradı, parmaklarının arasından kendi askerlerinin kabzadaki deri kılıfa bulaşmış kanları kızgın toprağın üzerine aktı. Gökyüzüne kaldırdığında parlayan kılıcı hızla yere indirdi.

Ayağının önünde duran kaya çıkıntısı parçalanmıştı.

"Ben Danişmend Gazi, Alparslan'ın sadık savaşçısı ve Peygamber Efendimizin sancağının emanetçisi. Benden aman dileyen kim olursa olsun, nefsime yenilip kan akıtmam. Bu andan itibaren herkesin canı benim güvencem altındadır. Kimse öldürülmeyecek, kimseye eziyet edilmeyecektir. Bize bağlılık yemini eden herkes işinde gücünde olacak kimsenin malına ve canına zarar gelmeyecektir. Ey Kral, ayağa kalk! Karşımda böyle mert ve ölümden korkmayan bir yiğit oldukça kendimi onurlandırılmış sayarım. Bağlılığın daim olduğu müddetçe canın da güvence altındadır."

Ölüme bu kadar yaklaşmış olan Kral önce başını kaldırıp Danişmend Gazi'nin gözlerine baktı, sonra da yavaşça doğruldu. Sultan'ın askerleri diğer askerlerin savaş araç gereçlerini toplamaya başlamışlardı.

Özgür bu sonu beklemiyordu. Gözleriyle Ağabey ve Sırdaşı aradı, Sultan her ikisini de karşısına almış konuşuyordu.

"Siz kimlerdensiniz, sizi hatırlamadım."

"Biz Horasandanız Sultan Danişmend Gazi."

Sultan'ın yüzü bembeyaz kesildi. Önlerinde diz çökmek için hamle yapacaktı ki Ağabey olmaz diye eliyle işaret etti. Gök Bey ve Emir az geride duruyorlardı o yüzden konuşulanları duymuyorlardı.

"Ben bunu hak edecek ne yaptım ki?"

"Sancak sende emanet, sen, oğlun ve diğer Bey onu yere düşürmemek için canınızı vermeye hazırdınız. Biliniz ki her zaman izlenir her niyetiniz bilir. Emir büyük yerden, 'Git!' dediler, biz de geldik."

Özgür onları duyabilecek yerde değildi ama her şeyi işitiyordu. Sultan bu iki zat karşısında oturduğu yerde küçüldükçe küçülmüştü.

"Biz dönüyoruz Sultan, sancak sana emanet, gönlün hoş, oban şen olsun."

Surların üzerine tırmanmadan önce Özgür'ün yanından geçerken kısa bir bakış attılar.

Sultan'ın rengi daha yerine gelmemişti.

"Yanımda durun iki rekât şükür namazı kılacağım!" dedi. Hayatında hiç olmadığı kadar mutluydu. Âdeta kutsanmıştı, onurlandırılmıştı. İmanı kuvvetli olmasaydı bu iki ermiş kendisine gönderilir miydi hiç?

"Allah'ım kibrimi elimden al, imanımı daha da kuvvetlendir..." diyerek namazını bitirdi.

Çaylardan sonra ekip araçlara yöneldi. Alper ve Filiz otele gitmeye kadar vermişlerdi.

Bülent gene direksiyona geçip arabayı Hükümet Konağı'nın karşısındaki otoparka bıraktı. Bu defa Ceyda da malzemelerden birkaçını yüklenmişti. Sulu Sokak gerçekten suluydu. Sürekli oluklu kaldırımlardan su akıyordu. Arka sokaklardan kalenin yenilenmiş burçları muhteşem görünüyordu. Kâgir binalar, medreseler, camiler, hanlar, hamamlar restore ediyordu. Pek çoğu bitmiş halkın ziyaretine açılmıştı. Orijinal olan her parça onarımı yapılarak yeniden kullanılmıştı. Özellikle ahşap oymacılığı muhteşemdi. Taş işçiliğinin de ondan aşağı kalır yanı yoktu. Orijinal olmayan bölümler ise çok büyük titizlikle yeniden yapılmıştı. Binaların sağlamlığını arttırmak için kullanılan çelik konstrüksiyonlar büyük bir ustalıkla duvarlar içine gizlenmişti.

Akşama kadar çekimi tek başına yetiştiremeyeceğini anlayan Özgür, Aylin ve Ceyda'ya da çekim yapmalarını söylemişti. Tolga ise onlara yardım için dört dönüyordu. Özgür artık zamanda sıçrama yapabiliyordu, bulunduğu alandaki yaşanmış olayları şu an tam tarih belirleme konusunda netlik sağlayamasa da başarabiliyordu. Ara ara belirip kaybolan hizmetkârın yönlendirmeleriyle hem çekime devam ediyor hem de görsel bir şölen yaşıyordu. Artık hem bu zamanda hem de diğer zamanda olabiliyordu. Bu iş kendisini yormuyor değildi. O yüzden çekimi bir an önce bitirip otele gitmek ve uyumak istiyordu. Güneş kalenin arkasından aşmış, gün ışığı azalmaya başlamıştı. Sulu Sokak'ın neredeyse sonuna geliyorlardı. Pozlamaktan parmakları ağrımıştı. Biraz daha yürüseler kalenin arka duvarlarına varacaklardı.

"Kaleyi yarına bırakıyoruz arkadaşlar, toparlanın!"

Ceyda ve Aylin kendi fotoğraf makinalarını ve üç ayakları toplamaya başladılar. Tolga da Özgür'ün araçlarını toplamaya başladı. Bülent ise bir anda ekibin parçası olmuştu. Çantaları taşıyor o da diğerleri gibi emirlere uyuyordu. Arabaya geldiklerinde saat altı olmuştu, yorulmuşlardı. Otele ulaşıp odalarına çıkıp duş aldılar, hepsinin akşam yemeği için girişte buluştuklarında saçları ıslaktı. Kimse yazdan kalan bu sıcakta saç kurutma makinasını kullanmayı düşünmemişti bile. Yemek sırasında herkes karşılaştığı güzelliği dilleri döndüğünce anlatmaya çalıştı. Burada gerçekten çok güzel bir tarih vardı ve son zamanlarda sahip çıkılmıştı. Bülent bir Tokatlı olarak bu durumdan gurur duymakta haklıydı.

Yemekten sonra herkes odasına çekildi. Yorulmuşlardı. Aylin, Ceyda'dan hoşlanmıştı ama pek belli etmek istemiyordu, sonuçta kendisinden daha çok Özgür'e yakışıyordu.

"Tatlım benim biraz işim var, bugün çekilen fotoğrafları bilgisayara yüklemem lazım, yoksa yarın patron kızar, ışık seni rahatsız etmez umarım."

"Hiç sorun değil Aylin, öyle yorgunum ki kafamı yastığa koyar koymaz uyurum ben."

"Tamam o zaman eğer rahatsız olursan söyle, aşağıya iner orada devam ederim."

"Tamam canım."

Ceyda lavaboya gidip dişlerini fırçaladı. Üzerine değiştirip kendisini yatağa atmasıyla uyuması bir olmuştu. Alper ve Filiz de neredeyse hiç sohbet etmeden gözlerini kapatmışlardı. Tolga'nın durumu da aynıydı. Özgür ise gözlerini tavana dikmişti. Uyku onu terk etmişti. Herkesin derin uykuya doğru yelken açtığı zamanlarda o odadan çıkıp aşağıya indi.

Görevli çocuk bir şey isteyip istemediğini sordu. Sadece su dedi, çocuk mutfaktan büyük şişe Niksar'ın Ayvaz suyunu getirmişti.

Düşündükçe daha çok etkilenmeye başlamıştı. Tarihe birebir tanıklık yapmıştı. Hele son muhteşemdi, gerçeğin kendisini izlemişti ama bir film tadındaydı. Bir ara irkildi, o insanlar gerçekten de öyle ölmüşlerdi. Acı verici ve korkunç ama zaman onu gerektiriyordu. Gecenin sessizliğini kendisine doğru yürüyen iki kişinin ayak sesleri bozdu. Girişte duran çocuk onları fark etmemişti. Gelen Ağabey ve Sırdaş'tı. Çocuk daha bu dünyanın bile farkında değildi ki onları nasıl fark etsin. Onların gelişi ile ortamın havası da değişmişti. Otel bir anda ortadan kayboldu, yerde post üzerinde oturuyorlardı. Ağabey sağında, Sırdaş solundaydı. Bir meclisin ortasındaydılar. Önlerinde biraz yüksek bir yerde daha önce hiç görmediği tek bir kişi onun yanında ikişer kişi daha vardı.

"Hoş geldin can."

Özgür etrafına bakındı. Ağabey ve Sırdaş'la göz göze geldi. Karşısındaki kişi kendisine seslenmişti. Biraz ürkek bir ifadeyle,

"Hoş bulduk efendim..." dedi.

"Bugün gördüklerinle umarım geldiğin mertebeyi, yani yükseldiğin yeri kavramışsındır."

"Çok özel bir durum olduğunun farkındayım ama açıkçası hâlâ aklımdaki soruların netleşmemesi beni ürkütüyor."

"Ne gibi sorular?"

"Her şeyden önce neden ben, sonra nasıl oluyor da bu işler gerçekleşiyor. Görevim nedir?"

"Bu yol zahmetli bir yoldur. Seçildiysen dahi sorgulamayacaksın, bil ki bunda da bir hikmet vardır. Sen her zaman kendi dünyanda bir fotoğrafçı olarak işine devam edeceksin, evlenip çoluk çocuk sahibi olacaksın ama başka görevlerin de olacak. Bize ne gelirse sana o iletilecek. Bundan sonra yeni bir hayatın olacak."

Bir anda kendisini yatağında buluverdi. Bu nasıl bir şeydi, kimdi bu insan, daha geçen sene işinde gücünde bir adamdı. Son bir yılda nasıl olmuştu da bu hâle gelmişti. Bu dünyadaki gerçek görevini sorgulamaya başladı.

Tolga yatağında defalarca yön değiştirdi fakat onun gözüne bir gram uyku girmemişti. Bir ara dalmış olacak ki telefonun sesiyle irkildi. Gözlerini açtı, Aylin arıyordu. Ne kadar uyuduğunun farkında değildi ama kendisini dinlenmiş hissediyordu.

"Efendim Aylin?"

"Kahvaltıdayız, herkes seni bekliyor."

"Tamam, birazdan oradayım."

Kalkıp elini yüzünü yıkadı, üzerini giyip aşağıya indi. Gerçekten kahvaltı hazırdı ve kimse bir şeye dokunmamıştı. Onun hemen peşinden Bülent de geldi.

"Herkese günaydın, öğleden önce kaleyi bitirelim ki sonra sizi Ballıca Mağarası'na götüreceğim."

"Uzak mı?" diye sordu Ceyda.

Daha önceden yöre hakkında araştırma yapan Tolga söze dâhil oldu. Sonuçta onun görevi buydu, önceden gidilecek yerlerin özelliklerini araştırmalıydı. Konaklama, yeme içme, ulaşım her şey ondan sorulurdu. Bu yolculuk farklı şekilde planlandığı için bu defa çok yorulmamıştı.

"Çok uzak değil en fazla yarım saat, fotoğraflarda bayağı etkileyici görülüyor."

Kahvaltıdan sonra, Alper ve Filiz şehri gezmek için farklı yöne hareket ettiler, işleri bitince buluşacaklardı. Kaleye gitmeden önce tarihi saat kulesi de arşivdeki yerini aldı. Kalenin arka tarafına çıkan yol güzel tanzim edilmişti. Araçlarından inip malzemelerini sırtlanarak yürümeye başladılar. Özgür dün ayağının altında kanla sulanan topraklara baktı. Yüksek duvarın yeni düzenlenen taşlarının oyuklarına giren tohumlar, kendilerine yaşayacak alanlar üretmişlerdi bile. Geniş bir kapıdan geçip iç kısma girdiler. Kalenin uç kısmına kadar gidip fotoğraf makinalarını kurdular. Ceyda canla başla Aylin'in söylediklerini yerine getiriyordu. Buradan tüm Tokat görünüyordu. Karşılarında Gıj Gıj Tepesi, sol yanlarında Yeşilırmak'ın suladığı verimli topraklar, sağ taraflarında Sivas yolu. Sulu Sokak buradan bir başka güzeldi. Tam aşağıda önlerinde Taşhan vardı, hemen yanında müze.

Çekim iki saatten fazla sürdü, güneş ısıtmaya başlamıştı. Bülent öğle yemeği için kalalım mı diye sordu. Özgür, gerek olmadığını daha acıkmadıklarını söyledi.

Kaleden inip, Tokat'ın 26 km güneybatısına Pazar ilçesine doğru hareket ettiler. Mağara mı köye adını vermişti, yoksa köy mü mağaraya ama kendilerinden önce gelen ziyaretçiler vardı. Daha önce Ceyda Filiz'le konuştuğu için Tokat'ın çıkışında buluşmuşlardı. Bülent dün mağarada görevli arkadaşını arayıp kendileri için bir rehber ayarlamasını istemişti. Fotoğraf çekimi için de özel izin almaları gerekmişti. Girişte kırmızı yüzlü gürbüz delikanlı gelenleri karşıladı.

"Hoş geldin Bülent, Kazım gel la, abi Kazım iyidir. Sizler de hoş geldiğiz, taze çay var hazur, verim mi?"

"İşimiz bitsin sonra Mustafa."

"Tamam, işiğiz çok sürer mi altı da kapatıyahta."

"Bitürürüz elam Mustafa."

Bülent'in anında şive değiştirmesi herkesi gülümsetmişti.

Kazım biraz sıkılarak da olsa konuşmaya başlamıştı. Her ne kadar konuşurken kibarlaşmaya da çalışsa o da şivesini belli ediyordu.

"Şindi, ziyarete açılan 8 salonumuz var. Uzunluk 680 metre ve 95 metre yüksekliğinde. Ballıca Mağarası, dünyanın en büyük ve en görkemli mağaralarından biri. Henüz ziyarete açılmayan ve keşfedilmemiş bölümleri de var.

Sanki doğal bir müze gibidür. Yaşı yaklaşık 3.4 milyon yıl olarak tespit edilen Ballıca Mağarası, şimdiye gadar tespit edilen tüm mağara oluşumlarına sahip olmasıyınan birlikte, özgün Soğan Sarkıtları ile de dünya çapında önem taşıyor. Mağara gerçekten çoh iyi yani.

Ballıca Köyü, Pazar ilçesine bağlı onu biliyoğunuzdur. Denizden 1.085 metre yüksekdeyük. Pazar ilçesinden gelüken geçdüğünüz 8 km'lik yol, Kral Yolu'na bağlanan Selçuklu Dönemi'ne ait bir köprünün yanından geçiyor. Köprüyü gördüğünüz he mi? Yapımı 1238 olarak biliniyor. 2006 yılında resturasyonu yapıldı. Mahperi Sultan Kervansarayı'nı da gördüğüz o zaman."

"Hepsini gördük," diye cevap verdi Alper.

"1987 yılında başlayan araştırma ve haritalandırma çalışmaları başladı. Sona 1995 yılında yürüme yolları ve ışıklandırma çalışmaları. Ballıca Mağarası, kristalleşmiş kireçtaşlarından meydana gelmiştir ve ziyarete açılan bölümlerinde 8 salon gezilebilir. Ortalama sıcaklığı 18 ^{0}C ve ortalama nem oranı % 54 olan mağaranın bol oksijenli havası nefes almayı kolaylaşturur."

Özgür bu arada makinaları nerelere koyacağını hesaplıyordu. Kazım salonları anlatmaya başlamıştı.

"Burası havuzlu salon, harç kullanılarak yapılmış. Geçmiş dönemde insanlar tarafından kullanılmış. Havuzlu Salon'daki yüksek sıcaklık (20 ^{0}C) ve düşük nem oranı, damlataşları oluşturan kalsit kristalleri arasındaki bağı zayıflatduğundan, pul pul kabarmış bir görünüme büründürmüş."

Dar bir sütun ve sarkıtlardan oluşan geçitten geçip başka bir salona geldiler.

"Burası da mağaranın en geniş alanı olan Büyük Damlataşlar Salonu. Kırık hatlar boyunca oluşan sütunlar doğrusal bir yapı gösterür. Salondaki küçük havuzlar, mağara incileri ile kaplıdır. Salonda nem oranı yüksektür ve açık havaya oranla 4 kat daha fazla oksijen bulunmakdadur. Dev boyutlu sarkıt ve dikitler ve izlenen kırmızı, sarı, yeşil ve mavi renkleri görkemli bir görünüm oluşturmakdadur. Bu muhteşem salondan kuzey ve kuzey doğu yönünde ilerleyen yürüme yolu, Çamurlu Salon, Fosil Salon ve Yarasalar Salonu'na ulaşır."

Kazım iyi bir anlatıcıydı belli ki konusuna hâkimdi lakin şivesi bir anda ortamı değiştiriyordu. Yatay bir geçitle çamurlu salona ulaştılar. Burası, blok, sarkıt, dikit ve küçük havuzlardan oluşmaktaydı. Daha sonra Fosil salonuna geçtiler. Burada mağaranın en üst noktasında bulunan salondu. Salonda sıcaklık 24 ⁰C'ye kadar ulaşırmış. Mağaranın en yaşlı salonlarından olan bu salonda mutlak nem % 40'dı.

Kazım anlatmaya devam etti:

"Burada Cüce Yarasalar vardur. Yarasalı Salon'a ip kullanmadan inmek mümkün değildir. Uzunluğu 25- 35 m. genişliği ise 8-20 m'dür. Gelişim hâlindeki sarkıtları, mağara gülleri, mağara iğneleri ve damlataş havuzu ile mağaranın genç salonlarındandur.

A burası da Çöküntü Salonu, kuzey - güney yönünde bulunan, Muhteşem Galeri olarak da adlandırılan galeriye bağlanır. Salon, adını tabanında bulunan iri bloklardan alır. Bloklar arasında bulunan derin kuyular mağaranın alt katlarında bağlantuludur. Tavandan 3 metre yukarda bulunan kalsit oluşumların sınırları, yeraltı suyunun geçmişteki seviyesini gösterür."

Çöküntü Salon ve Bloklu Mahzen'den sonra, geçilen bir köprü ile Sütunlar Salonu'na ulaştılar. Mağaranın en büyük sütunu olan, 18 metre boyunda ve 8 metre çapındaki sütun bu salonda yer almaktaydı. Sütunlarla odalara ayrılmış büyük bir galeri görünümü veren salonun tavan yüksekliği yer yer 15 metreyi buluyordu.

İkiye ayrılan yürüme yolunun kuzey yönü, Mantarlı Salon'a, güney yönü ise Yeni Salon'a ulaşıyordu.

İri soğan sarkıtlar ve salona adını veren mantar şeklinde gelişmiş dikitler etkileyici bir görüntü yaratır. Bu yüzden buraya mantarlı salon denilmişti. Damlalık sarkıtların en güzel örnekleri bu salonda bulunmaktaydı.

Mağaranın en genç salonu olan Yeni Salon'da yer alan büyük sarkıt, dikit ve havuzların yanı sıra, yaprak, perde ve pırasa şeklindeki oluşumlar büyüleyici görüntüler oluşturmaktaydı. Salonun sonuna doğru, 65 metre derinlikte yer alan göle, mağara suyunun aktığı Sifon yer almaktaydı. Mağaranın gezilebilen son bölümünde ise renkleri ve oluşumlarıyla şaşırtan genç soğan sarkıtlar yer almaktaydı.

Kazım dersine çok iyi çalışmıştı. Özgür fark edilmeyecek şekilde Bülent'e bir miktar harçlık uzattı. Bülent hiç itiraz etmeden parayı aldı.

"Sağ ol Kazım, bizim işimiz daha uzun, sen gidebilirsin," diye onu yola koyarken Özgür'ün verdiği harçlığı cebine sıkıştırdı. Kazım bir anda kıpkırmızı oldu.

"Abi olur mu heç? İşimüzü yapduk."

"Hadi bakayım yürü hele," diye, sırtını sıvazlayarak gönderdi. Bu arada Özgür makinaların koyulacağı yerleri belirlemişti. Geri geri gelerek çekime devam ettiler. İçerisinin ısı ve nem oranı o kadar orantılıydı ki rahat bir çekim oluyordu. Sadece biraz dikkatli davranıp bastıkları yerlere dikkat etmeleri gerekiyordu. Bir ara Bülent dışarı çıkıp ekibe çay getirdi. Ekip biraz mola verip çekime devam etti. Çekim dört saatten fazla sürmüştü. Normalde kapanma saati geçmişti ama Mustafa durumu idare etti. Dışarı çıktıklarında güneş çoktan kendini dinlenmeye çekmişti bile. Gökyüzü kızıllığa bürünmüştü. Eşyaları topladıktan sonra araçlara yüklerken bir çocuk seerterek geldi.

"Mustafa abi, Mıhtar Emmi çaarıyo!"

"Beni mi lan, netcemiş?"

"Herkesi çaarıyo..."

Arkasına bakmadan koşup gitti. Köye davet edilmişlerdi. Davete uymak gerekirdi. Hep birlikte yollandılar. Muhtar nasıl haber aldığı bilinmez ama geldiklerini öğrenmişti. Kümesteki tavuklardan birisi kesilmiş, bol yağlı bulgur pilavı yapılmış, taslara ayranlar dökülmüştü. Yanında da tarladan yeşil soğan koparılmıştı. Yer sofrası hazırlanmıştı. Yemek tek çeşitti ama muhteşem görünüyordu. Tolga ve Özgür için biçilmiş kaftandı. Aylin de çıktıkları yolculuklardan alışıktı ama sosyete gülü Ceyda için belki de ilkti. Nasıl oturacağını merak ediyorlardı. Muhtar hepsiyle tek tek tokalaştı, sofraya buyur etti.

"Yorulmuşuğuzdur, biz de aç acına yola misafir gönderilmez."

Kimi bağdaş kurarak kimi dizinin üstünde yere oturdu, sıra Ceyda'daydı, Ceyda kimsenin beklemediği bir kıvraklıkla tek hareketle bağdaş kurup oturdu. Herkes onu sosyete gülü zannediyordu ama kimse çocukluğunda yaz tatillerinde dedesini görmeye köye gidip, tarlada çalıştığını, yer sofrasında yemek yediğini, ahırda inekleri yemleyip, altlarını temizlediğini bilmiyordu.

Bulgur pilavı o kadar muhteşemdi ki, hiçbir otelin yemeği bu zamana kadar damaklarına bu tadı bırakamamıştı. Geçmişten, işlerden, memleketlerden derken üzerine içilen demli çayla birlikte saat gece on olmuştu. Hizmeti evdeki iki kadın yapmıştı. Birisi muhtarın karısıydı, diğeri de kızıydı. Hizmet sırasında genç kız mahcup bakışlarla Özgür'e bakmayı ihmal etmemişti. Özgür de bu bakışları yakalamıştı. Ceyda da birkaç kez durumu fark etmiş, çok yorulduklarını belirtip Özgür kalkalım mı demişti, ama her şeyin bir yolu yordamı vardı.

Alper ve Filiz'in de çapları düşmüştü, gözleri kısılmaya başlamıştı. Müsaade istediler, güzel ağırlama için teşekkür üstüne teşekkür edildi. Muhtar her zaman bekleriz sözlerini peş peşe sıraladı ve yola koyuldular.

Dinlenmeleri gerekiyordu. Yarın yolculuk Niksar'aydı.

Sabah kahvaltı daha erken yapıldı. Bülent'e her şey için teşekkür edildi. Rehberlik ücreti önceden ödenmişti. Otel görevlilerine de teşekkür edilip Niksar'a doğru yola çıkıldı. Yol boyunca yaz hasadı toplanmış tarlalar, sıralı sıralı kavak ağaçları vardı. Halkı çalışkandı. Sabahın o saatinde dahi kışlıklar için çalışan erkekli kadınlı topluluklar kafalarını kaldırıp hiç tanımadıkları bu insanlara selam veriyorlardı. Niksar'a on beş kilometre kala bir çeşme başında kısa bir mola verdikleri sırada inekleri suya getiren Halil Emmi, çeşmenin üst başındaki evine seslenmiş, evin gelinine ayran getirtmişti. Hatta onunla da kalmayıp eve buyur etmişlerdi ama zaman darlığından dolayı kabul edememişlerdi. İstanbul'da değil ayran, susuzluktan kurusan, kimse bir damla su vermezdi.

İstanbul, insanı insanlığından çıkarmıştı. Sadece Tokat'ta değil, Anadolu'nun her yeri böyleydi. Herkes ekmeğini, suyunu paylaşır, seni misafir eder, yemezsen darılır, hatta hakaret sayardı. Evinde konaklatır, eksiğini gediğini tamamlar seni öyle yola koyardı. Bu yüzdendir ki bu bereketli topraklarda aç kalmak, yolda biçare kalmak yoktu.

Niksar'a son yaklaşma noktasına geldiklerinde manzara muhteşemdi. Yamacın aşağısı, Kelkit Çayı'nın suladığı bereketli topraklardı. Tarlalar içindeki evlerden başka her yer yemyeşildi. Artık kışa girmeye hazırlanan Anadolu her zamanki gibi cömertliğini gösteriyordu. Tarlalara kış mahsulleri ekilmişti. Çalışkan Anadolu halkı, tarlalarda öbek öbek yerlerini almıştı. Her yerden rızık fışkırıyordu. Niksar karşı yamaçta tuvale serpiştirilmiş bir tablo gibi görünüyordu. Kalenin surları dahi belli oluyordu. Bulutlar arasından ışık hüzmeleriyle Niksar'ı sulayan güneş, Özgür'e torpil geçmişti. Araçlar sağa çekildi. Fotoğraf makineleri hazırlandı. Özgür'ün çok uğraşması gerekmedi. Her şey hazırdı, o sadece deklanşöre bastı.

Tarihe tanıklık etmiş bir şehir, aynı bugün bağlı olduğu Tokat gibi, zamanında Hitit, Frig, Pers, İskender, Pontus, Roma, Bizans, Danişmend, Anadolu Selçuklu, İlhanlılar ve Osmanlı derken günümüze ulaşan bir serüven, İç Anadolu'yu Karadeniz'e, İran'ı İstanbul'a bağlayan yolların kesişme noktası. O yüzden hem askeri hem de ticaret açısından hep önde olan bir yerleşim yeri. Kent, sivil mimarisi ve diğer yapılar açısından bir açık hava müzesiydi. Kaleye tırmanmadan gördükleri her tarihi tabelada durdular. Taşmektep, Talazan Köprüsü, Çöreğibüyük Cami, Ulu cami, Yağıbasan Medresesi, Melikgazi Türbesi, Kırkkızlar Kümbeti, Akyapı Kümbeti, Kolağ Kümbeti, Cikrikci Baba Türbesi, Erzurumlu Sahir Emrah Türbesi, Leylekli (Yılanlı) Köprüsü...

Fotoğraf çekmekten, arabaya inip binmekten bitkin düşmüşlerdi. Dinlenmek ve bir şeyler yemek için, önceden Tolga'nın belirlediği Ayvaz mesire alanına doğru yola koyuldular, dünyanın en yumuşak ve içimi en leziz olan Niksar Ayvaz suyunun çıktığı alan.

Öyle yorulmuşlardı ki Tolga'nın,

"Burada sadece Germeç Kebabı yenir." fikrine kimseden itiraz bile gelmemişti. Susuzluklarını açık havada masada duran Ayvaz sularıyla giderdiler. Gerçekten methedildiği kadar vardı. İçimi çok güzeldi. Gördükleri bunca tarihi eser karşısında şaşkınlıklarını gizleyememişlerdi.

Dünkü Ballıca mağarası hâlâ dillerindeydi. İstanbul da bünyesinde pek çok muhteşem eser barındırıyordu. Fakat Tokat ve çevresi, metrekareye düşen eserlerin çokluğu açısında hiç de yabana atılır cinsten değildi. Geriye kalan ilçelere ise uğrama imkânları yoktu. Kim bilir oralarda da ne tarihi eserler keşfedilmeyi bekliyordu. Fakat şu bir gerçekti ki Vakıflar Genel Müdürlüğü'nün hizmetleri asla göz ardı edilmemeliydi. Şimdiye kadar gördükleri eserlerde harikalar yaratmışlardı.

Çok geçmeden kebaplar gelmişti. Kebapları getiren genç, kebapların tadını bozmamak için yanında başka bir şey içmemelerini, sadece su içmelerini söylemişti. Fakat isteyene bakır semaverde çay getirebileceğini belirtmişti. Herkes çayın yanı başlarında olmasını istemişti.

Ağızda muhteşem bir tat bırakan Germeç Kebabından sonra devam edilen çayla kendilerine gelmişlerdi. Sıra kaleyi fethetmeye gelmişti.

Maduru ve Çanakçı dereleri arasındaki yüksek tepeye inşa edilen kalenin ilk kimler tarafından yapıldığını belirten bir kitabe yoktu. Niksar'a sırasıyla egemen olan güçler, kaleyi hem tamir etmiş hem de çeşitli ilavelerle genişletmişlerdi. Evliye Çelebi Seyahatnamesinde kalenin üç kapısı olduğunu, içinde ılıca, kuyu, 300 ev, ambar, cephanelik ve kiliseden bozma bir cami olduğundan bahseder. Bazı yerdeki burçlar oldukça heybetlidir. Fakat ilginç olan başka bir şey daha vardır. Yürüme yolu olarak belirlenen bu yolun dışına çıkılmamasını belirten levhalar.

Tolga etrafı gözetleyip az ileride bir duvar dibine kadar ilerledi. Kısık bir sesle,

"Buraya gelin..." diye seslendi. Ekip etraflarına bakarak tek tek oraya doğru ilerledi. Yerde bir insanın zorda olsa sığabileceği bir delik vardı. Tolga delikten aşağıya kafasını soktu. İleriye doğru giden bir yol vardı.

"İleriye doğru giden bir yol var."

Özgür ekibin diğer üyelerine baktı.

"Maceraya hazır mısınız?"

Filiz ve Alper dünden razıydı, diğerleri de heyecanlanmıştı. Belki on metre ileride biten küçük bir tünel, belki daha fazlası. Önce Özgür indi, teker teker malzemeleri verdiler. Sırasıyla aşağıya inmişlerdi. Delikten gelen ışık etkisini kaybediyordu. Tolga ve Aylin fenerleri çıkarıp yaktılar. Duvarlarda keskin bir aletle yapıldığı belli olan izler vardı. Şu ana kadar bir yol ayrımına gelmemiş olmaları iyi idi, yoksa labirent içinde dolanıp dururlardı. Özgür telefonlarını kontrol etmelerini istemişti. Telefonların çekim güçleri yerindeydi. Az ileride yolun genişlediğini fark ettiler. Isı azalmıştı, fakat oksijen hâlâ çok iyiydi. Fark edemedikleri bir yerden hava akımı vardı. Burada bir oda vardı. Kenarlarında oturacak yükseklikler mevcuttu. Bu bölümün duvarları daha bir itinayla oyulmuştu.

Ellerindeki fenerleri yukarı kaldırdıklarında gördükleri şey hepsini şaşkına çevirmişti. Tavanda Hz. İsa ve Meryem Ana'yla ilgili resimler vardı. Özgür ve ekip bu muhteşem görüntüyü tabii ki kaçırmayacaklardı.

Yollarına devam etmek hepsinin genel isteğiydi, kim bilir karşılarına neler çıkacaktı. Bu defa yol çatallandı. Tolga çıkış istikametini belli etmek için işaret koydu. Yerde bulduğu küçük bir ok ucu. Belli ki buralar askeri amaçla kullanılmıştı, belki de savaşlara sahne olmuştu. Tahminen yüz metrelik bir yürüyüşten sonra geniş bir salona geldiler. Ortada mermer bir masa vardı, etrafında da mermerden oturaklar. Etrafında da izleyici kabulü yapılırcasına iki sıra tribün. Yetkililerin buralardan bihaber olmaları mümkün değildi. Belki de yeterince denetim sağlanamayacağı endişesi gizli tutulmak istenmişti. Peki, neden yukarıdaki delik kapatılmamıştı. Kim bilir belki de kapalıydı da sonradan özellikle açılmıştı. Masanın etrafındaki mermer oturaklara oturdular. Heyecan verici bir durum yaşıyorlardı. Kim bilir kaç yüz yıl evvel buralarda kimler oturmuştu. Etrafta daha önce gelindiğine dair dış dünyaya ait bir bulgu yoktu, sigara izmariti, pet şişe veya başka bir şey.

Özgür, kendindeki değişikliği fark etmeye başladığında diğerleri kendi hâllerinde sohbete devam ediyordu. Bu arada kendisine Alper'in sorduğu,

"Devam edecek miyiz?" sorusuna etrafında oluşmaya başlayan insanları izlerken cevap vermişti.

"Belki biraz daha devam edebiliriz ama sonuçta bu bize bir şey kazandırmaz, hem yüz yıllar önce yaşamış insanlarla karşılaşacak değiliz ya..."

Fakat yüzler oluşmaya yüz yıllar öncesine ait bu insanları tanımaya çalışırcasına gözlerini kısıp baktı. Diğerleriyle aynı mermer oturaktaydılar, iç içe girmiş durumda Özgür'ün anlamadığı bir lisanda konuşuyorlardı. Kılıçları kınlarında kafalarında miğferleri vardı, miğferlerin üzerinde haç işareti vardı. Demek ki Hristiyanlığın kabul edildiği bir zaman dilimindeydi. Hepsi iri yapılı, uzun saçlı ve bazıları sakallıydı.

"Biraz ürperdim!" dedi Filiz, "Sanki etrafta birileri dolanıyor gibi..."

Özgür'ün gördüğünü görse herhâlde düşüp bayılırdı. Sesler zamanla anlam kazanmaya başlamıştı. Bir kuşatmadan bahsediliyordu. Yaklaşmışlardı ve şehrin yiyecek stokları bu gidişle azalmaya başlayacaktı. Ya çok kan dökülmeden teslim olacaklardı ya da savaşıp.

Özgür her iki tarafı net bir şekilde dinliyordu. Ekip geri dönmek istiyordu. Burası onları rahatsız etmeye başlamıştı. Özgür itiraz etmedi ama bu ara fotoğraf çekmeyi ve de çektirmeyi de ihmal etmediler. Mermer oturaklardan kalkıp çıkış noktasına doğru yöneldiler.

Özgür son bir kez masanın etrafındakilere baktı, en iri yapıda olan uzun saçlı savaşçının gözlerinin içine baktığını fark etti. Ürperdi, âdeta onu görüyor gibiydi, gözlerini kırpmadan Özgür'e bakmaya devam etti, Özgür içinin soğuduğunu hissetti. Ekip biraz ilerideydi.

Ceyda seslendi:

"Hadi Özgür!"

Savaşçı Özgür'e bakmaya devam etti. Dudaklarından belli belirsiz bir cümle döküldü.

"Aramıza hoş geldin, dikkatli ol, girdaplarda kaybolma!"

Yakın zamanda yaşadıkları olmasa kafayı sıyırabilirdi. Kimlerin arasına gelmişti, ne için dikkatli olmalıydı, her geçen güz yeni sürprizler oluyordu. Kendi kendine mırıldandı.

"Demek ki daha görecek çok şey var..."

Bir ara Sırdaş'la sohbet ederken kendisine şöyle demişti:

"Eğer enerjisi yüksek bir yerde bulunuyorsan ve oradaki eşyalara dokunuyorsan, daha önce orada yaşayan insanları ve olayları görürsün."

Bu müthiş bir tespitti.

Geldikleri yoldan çıkış noktasına ilerlediler, sırayla birbirlerine yardım ederek yukarı çıktılar. Hepsi yukarı çıktığında bir anda yanlarında irikıyım bir bekçi bitiverdi.

"Ne arıyordunuz gençler!"

İrkilmişlerdi ama Özgür en fazla irkilen olmuştu. Çünkü aşağıda gözlerinin içine donuk bir şekilde bakan ve içini soğutan savaşçıyla birbirlerine inanılmaz derecede benziyorlardı, sadece saçları uzun değildi. Hepsini kısacık bir süzdü fakat gözleri Özgür'ün üzerinde daha fazla durdu. Aşağıdakine benzer sözler dudaklarından aynı tonda dökülüverdi:

"Niksar'ımıza hoş geldiniz, ama dikkatli olun, buralarda çukurlar vardır."

Tolga ve Alper her şey yolundaymış gibi bir iki cümle mırıldandılar.

Özgür az önce aşağıda olduğu gibi kafile kale çıkışına doğru ilerlerken arkasına dönüp baktığında, bekçinin hâlâ kendisine baktığını gördü.

"Zaman ilginç bir kavram olsa gerek, demek ki o zamanda kaleyi koruyordu, şimdi de."

Ceyda söylediğini anlamak için,

"Efendim Özgür, bir şey mi söyledin?" diye sordu.

"Yok canım, çok güzel bir yer dedim."

Arabaları bıraktıkları yere doğru yollandılar, hem yorulmuş hem de terlemişlerdi. İstanbul'a doğru yola çıkmadan temizlenmeleri gerekiyordu.

Soluğu şehrin hâlâ hizmet veren hamamlarının birinde aldılar. Göbek taşı ve arkasından tellakların sert ama şefkatli dokunuşları herkesi kendinden getirmişti.

Yaklaşık bir saat sonra çıkışta buluştuklarında herkesin yüzü parlıyordu. Vakit bir hayli geçmişti, fakat şoför yeterli olduğundan dönüşümlü kullanacaklardı ve yemekten sonra yola koyulacaklardı. Basit bir şeyler atıştırıp tekerlekleri döndürdüler.

Tokat, Niksar ve Ballıca Mağarası daha önce gezdikleri pek çok yerden daha farklı olarak üzerlerinde başka bir etki bırakmıştı. Niksar'ın çıkışındaki rampayı tırmandıktan sonra sağa çekip araçlarından indiler, kente akşam karanlığı çökmek üzereydi. Aylin bu esnada fotoğraf makinasını hazırlayıp Özgür'e uzattı.

Özgür vedalaşan sevgilinin son kez fotoğrafını çekiyormuş gibi uzun uzun bakıp deklanşöre defalarca bastı.

Zamanın su gibi akıp gittiği bu seyahatte gene çok güzel bir çalışma yapmışlardı. Fakat Özgür için olay bambaşkaydı. O artık tek bir insan değildi. Bir anda iki kişi olabiliyordu. Ayrıca bu iki kişinin hareketlerini, konuşmalarını ve düşüncelerini kontrol eden bir üçüncü kontrol mekanizması da var olmuştu. Artık çıkışları ve dönüşleri daha rahat olmaya başlamıştı. Eskiden olduğu gibi kafası artık akvaryum olmuyordu.

Ceyda önde Tolga ile çene çalıyordu, her ikisi de birbirlerine Ballıca Mağarasını anlatıyordu. Özgür yavaşça gözlerini kapattı. Filiz ve Alper de arabayı sırayla kullanacakları için Filiz ilk görevi kendisi almıştı. Alper de Özgür gibi gözlerini kapatmaya başlamıştı.

* * *

Üç Gün Önce..
Vinç operatörünün yanında duran genç komiser, arada bir kendi gemisiyle birlikte diğer gemilere de göz atıyordu. Diğer gemilerin vinçleri doldurma işini neredeyse tamamlamışlardı. Bu yüzden son konteynerler daha yükseğe kaldırılıyordu. Kendisinin bulunduğu vinç diğerlerine göre biraz daha alçaktı. Diğer gemilere yüklenen konteynerlerin tabanları görünüyordu. Uykusu gelmeye başlamıştı ki bir anda kafasında çakan şimşek telsize sarılmasına neden olmuştu. Kelimeleri toparlamakta zorlandı.

"Durdurun, durdurun, şey yapın, komiserim, durdurun!.."

"Ne oldu Emir neden heyecanlandın?"

"Komiserim, ortadaki vincin az önce koyduğu konteyner komiserim, onda bir şey var!"

"Ne var Emir Komiser'im?"

"Faruk Komiser'im, diğerlerinin altında olmayan bir şey var, şey gibi komiserim, kapı gibi bir şey."

"Emin misin?"

"Eminim komiserim"

Faruk telsizden emir geçti.

"Tüm ekipler çalışmaları durdurun, kimse yerinden kıpırdamasın! Hüseyin sen oradasın değil mi?"

"Buradayım Faruk Komiser'im."

"Şimdi, vinç operatörüne söyle, gerçi o da beni duyuyor ya, az önce koyduğu konteyneri aşağıya indirsin."

Konteyner bırakıldığı yerden alınıp aşağıya indirildi. Etrafına çevik kuvvet yerleşti. Faruk ve Altan da çelik yeleklerini giymişlerdi. Dışarıdan her şey normal gibi görülüyordu. Çevik kuvvetten iki görevli konteynerin kapağına doğru yaklaştılar. Yavaşça kapağı açarken herkes nefesini tutmuş ve silahları doğrultmuş bekliyordu. Aydınlatmanın tam olmadığı alana iki tane tır çevrilmiş farları açtırılmıştı. Kapak açıldığında gördükleri manzara bekledikleri şey değildi. Arkaya doğru sıralı raflar üzerinde, malların kaymasını önleyen kilit sistemleriyle desteklenmiş koliler hâlinde ayakkabı kutuları vardı.

Liman gece amiri elinde liste ile gelecek emri bekliyordu.

"Kontrol eder misiniz? Yükleme notları uyuyor mu?"

Amir dikkatlice elindeki notlara baktı.

"Doğru amirim, Japonya'ya gidiyor, ayakkabı yazıyor efendim."

"Nasıl yani biz Japonya'ya ayakkabı mı ihraç ediyoruz?"

"Evet komiserim, ayakkabı kutularını açmamı ister misiniz?"

"Yok canım o kadara da gerek yok, ne olacak ki ayakkabı kutusunun içinde, bildiğin ayakkabı işte."

"Orası belli olmaz efendim, herkes ayakkabı kutusunun içine ayakkabı koymayabilir, bu devirde kimin ne koyacağı belli olmaz."

"Neyse geyiği bırakalım da işimize devam edelim."

Mevcut rafları çıkartmak ve daha gerilere bakmak çok zordu. Faruk Komiser telsizle tekrar, Emir'e aynı soruyu sordu.

"Emir, emin misin oğlum bunun altında farklı bir şey olduğundan?"

"Eminim komiserim, kapı gibi bir şey var."

"Hüseyin, konteyneri iki metre yukarı kaldırın!"

"Tamam komiserim."

Konteyner yavaşça yukarı doğru kalktı, Komiser Emir söylemiş olsa dahi bu kimsenin görmeden inanacağı bir şey değildi. Gerçekten konteynerin altında bir kapı vardı, fakat kapının kolu yoktu. Sonradan yapıldığı belliydi. Malzeme yeniydi.

"İndirin aşağıya!"

Vinç tekrar konteyneri indirdi. Ekip tekrar başına toplanıp daha dikkatli baktı, her şey normal görünüyordu. Bu arada diğer vinçlerdeki yüklemeler de durmuştu. Herkes pür dikkat olay sahasına bakıyordu.

"Rafları sökün!"

Liman amiri biraz itiraz edecek gibi oldu.

"Ama efendim, işler çok aksar."

Faruk'un bir anda kan beynine sıçradı.

"Bak delikanlı, aylardır bu dava üzerinde uğraşıyorum, canımı sıkma ne diyorsam onu yap!"

Faruk Komiser'den bu tepkiyi beklemeyen gece amiri, bir adım geri giderek verilen emri yerine getirmek için liman teknik servisini çağırdı. Alanın az dışında bekleyen iki kişi ellerinde anahtar takımlarıyla geldiler.

"Rafları sökün, ama hızlı sökün!"

"Tamam komiserim."

Yanlardan sıkıştırılmış somunları çıkarınca rafta sürüldüğü kızaktan çıkıyordu. Dördüncü raftan sonra kendilerini bir sürpriz bekliyordu, ortada başka raf yoktu. Levha üzerinde mükemmelce oturtulmuş rafların bir fotoğrafı vardı. Az kalsın büyük bir tufaya düşeceklerdi. Heyecan yeniden tavan yapmıştı. Adrenalin herkesin kalp ritimlerini hızlandırmıştı.

Altan ve Faruk Komiser levhanın önünde durmuş birbirlerine bakıyorlardı. Bir müddet içeriyi dinlediler, hiçbir ses yoktu. Elleriyle yokladıklarında sıradan bir levha havası veren bu panonun arkasında ne vardı acaba? Teknik servis elemanları, keskilerle panoyu söktüler. Bu defa önlerinde gene açma kolu olmayan daha geniş bir kapı çıkmıştı. Ellerinde Matruşka bebeği vardı. Kapının hiçbir açma mekanizması görünmüyordu. Devreye oksijen kaynakları girmişti. Bu metal sıradan değildi, aradan bir saat geçmişti, daha yirmi santim ilerleyememişti.

İçerideki duman dayanma sınırını geçmişti. Vakum cihazı çalışıyordu ama bu yoğunluktaki bir duman düşünülerek yapılmamıştı. Son ana kadar dayanmayı göze almıştı.

Sabahın ilk ışıklarına kadar kesme işlemi devam etti. Büyük kancalar demir levhanın kenarlarına tutturuldu. Büyük forkliftlerden bir tane getirildi ve tüm gücüyle levhayı çekmesi istendi. Demir levha büyük bir gürültü ile konteynerin dışına doğru sürüklendi. İçerideki yoğun duman dağılırken dışarıda duranları da etkiledi. Az sonra görecekleri manzara bir mühendislik dehasıydı. Yerde hareketsiz yatan bir kişi vardı. Komiser Faruk ve Altan duman dağılır dağılmaz, yerde hareketsiz yatan kişinin yanına gittiler. Bu aradıkları kişiydi, Sinan!

Hastanedeki normal tempo bir anda yerini kargaşaya bırakmıştı. Haber çoktan uçmuş tedbirler artırılmıştı. Diğer ekiplerle birlikte bekleyen hasta nakil aracı konteynerin içinde yoğun dumandan etkilenen Sinan'a ilk müdahaleyi yaptıktan sonra son sürat Haydarpaşa Hastanesi'nin yolunu tuttu. Mesafenin kısa olması avantajdı. Faruk ve Altan Komiser de vakit kaybetmemek için aynı araca binmişlerdi. Acil ekibine takviye olarak, yoğun bakımdan da ekip gelmişti. Sonuçta bu adam ölmemeliydi. İlk müdahalenin ardından Sinan'ı yoğun bakıma aldılar. Yoğun bakım doktoru on beş dakika sonra kapıya geldi.

"Merhaba ben Doktor Ceyhun, sizler kimsiniz?"

"Cinayet masası, Komiser Faruk ve Altan, getirilen hasta birinci derece cinayetten aradığımız kişi, uzun süredir peşindeyiz, umarım ölmez?"

"Merak etmeyin, yoğun dumana maruz kaldı ama çok büyük sorunla karşılaşacağımızı düşünmüyorum, şimdilik solunum cihazına bağladık, yorulmasını istemiyoruz, o yüzden de uyutuyoruz. Sabaha her şey netleşir, şayet sorun olmadan uyanırsa ifadesini alırsınız. İsterseniz içeride yanına bir polis memuru da alabilirim."

Doktorun açıklamaları kendilerini bayağı memnun etmişti. İçeriye bir memur bırakarak acilin önüne geldiler, ekibin diğer elemanları onları bekliyordu. Emir Komiser, Faruk Komiser'in arabasını getirmişti.

"Arabanız ilerdeki otoparkta komiserim."

"Sağ ol Emir, arkadaşlar hepiniz gidebilirsiniz, fakat yarın öğlene kadar raporlarınızı yazmış olun, olur mu?"

"Tamam komiserim."

"Sağ olun, komiserim."

Ekip dağıldıktan sonra Faruk ve Altan birer kahve alıp arabaya gittiler, az sonra, Müdür aradı.

"Tebrik ederim çocuklar, umarım ifadeyi de alıp, sonuca ulaşırız."

"Sağ olun Baş Komiserim, bir emriniz var mı?"

"Yok çocuklar, dinlenin biraz."

"Sağ olun komiserim."

Arabada kahveleri bitirdikten sonra her ikisi de güneşin ilk ışıkları yüzlerine vurana kadar bitkin hâlde uyumuştu.

Camın aralığından esen sabah rüzgârı arabanın içine dolmuştu. Altan derin bir nefes aldıktan sonra Faruk'u dirseği ile dürttü.

"Hadi kalk, bakalım hastamız ne durumda."

Yoğun bakımın kapısına geldiklerinde bir sürprizle karşılaştılar. Cahit Baba, Sermin ve Özlem onları bekliyordu. Faruk ve Altan'ın geldiğini gördüklerinde oturdukları sandalyelerden kalkıp onlara doğru yürüdüler.

"Sizin burada ne işiniz var Cahit Baba?"

"Sizin haberiniz yok galiba, bütün gece televizyon sizden bahsetti Faruk. Etraftaki işçiler, şoförler telefonlarla olanları çekip televizyonlara vermişler."

"Şu işe bak Altan, meşhur olmuşuz da haberimiz yokmuş."

"Konuştunuz mu Sinan'la?" diye sordu Sermin.

"Henüz değil, cihaza bağlamışlar, sabaha uyanır demişti doktor. Haber gelmezse, içeride bizden birisi var, ararız."

Özlem arada bir Faruk'a bakıyordu ama konuşmuyordu. O da zor günler geçirmişti. Sonuçta kısa da olsa ilişki yaşadığı birisi birdenbire katil olmuştu. Bu dönem içerisinde İzmir'e ailesinin yanına gidip gelmişti. Kafası tam rahatlamasa da eskisine göre daha iyi idi. Özlem'in bu suskunluğu Cahit Baba'nın gözünden kaçmamıştı.

"Özlem, iyi misin kızım? Neden sustun öyle?"

"İyiyim Cahit Bey, hastaneler beni hep huzursuz eder, belki ondandır."

Faruk Özlem'in gözlerine bakıp,

"Bizim burada ne kadar bekleyeceğimiz belli olmaz, içeriden gelecek habere göre isterseniz birlikte sizin ofise geçeriz. Özlem de bize her zamanki güzel kahvelerden yapar, ne dersin Cahit Baba?"

"Bence de gayet güzel olur, biraz daha bekleyelim."

Az sonra yoğun bakımın kapısı açıldı. İçerideki polis memuru:

"Komiserim, Doktor Bey sizi çağırıyor."

Oyunun son perdesine doğru yaklaşıyorlardı. Sinan uyanmışsa ve her şeyi itiraf edecekse iş kolaydı. Ama konuşmazsa, ne demek konuşmazsa onlar konuşturmayı bilirlerdi...

Üzerlerine birer önlük giyip içeri girdiler. Sinan girişin tam karşısındaki yatakta yatıyordu. Üzerine bağlı bir iki kablo vardı. Diğer hastaların durumları daha ağır olmalıydı çünkü onlardaki kablo sayısı daha fazlaydı, bir de onların ağızlarında bir hortum vardı ve hiç kıpırdamıyorlardı.

Gözleri kapalı olan Sinan kendisine doğru gelindiğini hissetmiş olmalıydı ki göz kapaklarını araladı. Bu iki insanı daha önce görmüştü. Doktor ve polis memuru da yanlarında birazdan yaşanılacak sahneyi merak eder şekilde bekliyorlardı.

Sinan gözlerini iyice açtı, ne kadar korkmuyor gibi görünse de yıllarca savunduğu sanıkların yerine kendisini koyarak düşündüğünde içini bir kasvet kaplamıştı. Karşısında iki başarılı insan duruyordu, haklarını vermeliydi. Durumu çok fazla uzatmak anlamsızdı. Adli Tıp raporları her şeyi ortaya koymuştu. Fakat ne ilginçtir ki bir türlü konuşmaya başlanamadı. Sessizliği Faruk bozdu.

"Evet Avukat Sinan Efendi, öncelikle geçmiş olsun, seni o kadar duman içerisinde boğmak istemezdik ama bize başka seçenek bırakmadınız. Nereden başlamak istersiniz?"

Bir saat sonra Faruk ve Altan dışarı çıktıklarında zor nefes alıyorlardı. Sinan'ın anlattıkları akla hayale gelmeyecek işlerdi. Kendisi tek cinayet işlemişti amma işin içinde neler ve kimler yoktu ki cinayetler, ortadan kaybolan cesetler, kayıklar, göller. Kenan adeta mezarcı gibi çalışmıştı. Kimin işi olsa onu arayıp bulmuş ve kaybedilmesi gereken kargoyu ona göndermişti. Tabi ki bu arada Sinan'da Cahit babanın yanında çalışmadan önce Kenan'ın bir davasına bakmış, kurtulmasını sağlamış ve iş birliğininede devam etmişti. Altan'ın elindeki not defterleri dolmuştu.

"Cahit Baba, işler inanılmaz boyutta, şu an bize hiçbir şey sormayın, anlatması bile bir saat sürer. Siz şimdi ofise geçin, biz merkeze gidip savcıyı yönlendirdikten sonra vakit olursa size uğrarız."

"Tamam evlat, sabırsızlıkla sizleri bekliyoruz."

Altan ve Faruk merkeze giderken, diğerleri de ofise gitmek için yola çıktılar. Merkezde Savcı gelmiş, Müdür Bey'in odasında bekliyordu. Altan tuttukları notları temize geçmesi için, Memur Elif'e verdi.

"Biz bir soluklanıp kahve içelim sana da sonra ısmarlarız tamam mı?" deyip Elif'e göz kırptı Altan.

"Hep böyle yapıyorsunuz ama henüz bir şey görmedik Altan Komiser'im, ha bence kahveleri alıp, Müdür Bey'in odasına gidin, Savcı Bey de sizi bekliyor."

Kahveleri alıp Müdür Bey'in odasına gittiler, operasyon için izin veren Mümtaz Savcı ile Müdür Bey belli ki bir fıkranın peşinden gülüyorlardı.

"Gelin çocuklar, aferin iyi iş çıkardınız. Anlatın bakalım ne öğrendiniz diplomalı katilden?"

Altan ve Faruk edindikleri bilgileri sırasıyla anlattıkça Savcı ve Müdür'ün göz bebekleri büyümüştü.

"Yapmayın yav, adamlar dibimizde mezbaha açmışlar yani!"

"Aynen öyle Savcı Bey, elimizde kapanan pek çok dosya vardı, sırasıyla hepsini tek tek açarız artık."

"Evet, haklısınız çocuklar ama önce kapakları açalım."

Öğleden sonra hummalı bir çalışma başladı. Pek çok birim emniyete çağrılmış, durum kısaca izah edilmiş ve plan tekrar gözden geçirilerek harekete geçilmişti.

Barajın kapakları kağnı gıcırtısını andıran bir sesle yavaş yavaş açılmaya başlamıştı. Barajdaki suyun basıncını dengelemek için içi içe iki ayrı kapak sistemi yapılmıştı. Buradan çıkan su büyük tünellerle Boğaz'ın sularına karışıyordu. Yıllarca barajda doluluk oranı risk sınırının altında olduğu için kapaklar hiç açılmamıştı. Boğaz trafiği dört saatliğine kapatılmıştı. Sular Boğaz'a gelene kadar üç noktada büyük mazgallar vardı. Dört sahil koruma hücumbotu Boğaz'da suların döküldüğü yerde bekliyordu. Üç noktadaki iki ayrı su tünelinde de ikişer kişi beklemekteydi. Komiser Altan ve Faruk barajın kenarında suyun çekilmesiyle küreklerinde birer kişinin olduğu aynı zamanda motorlu tekneye binmişlerdi. Önceleri suyun azaldığı belli olmuyordu. Boğaz'da ciddi bir akıntı yaratmamak için kapakların yüzde yirmisi açılmıştı. Belli bir zaman sonra kenarlarda suyun azaldığı hissedilir olmuştu. Hem barajın üzerinde hem de suyun döküldüğü noktada iki ayrı helikopter vardı. Aynı zamanda çekim yapılıyordu. Kapaklar açılalı iki saat olmuştu. Ancak on metrelik bir inme vardı. Tam olarak neyle karşılaşacaklarını bilmeden teknede ayakta bekliyorlardı. Hemen yanlarındaki diğer teknede kıyafetlerini giymiş altı tane balık adam hazır bekliyordu. Mazgallardan gelen bir haber ortalığı bir anda hareketlendirdi. Kalın tellerin önünde bir iki tane kemik parçası görülmüştü fakat akıntı devam ettiği için bulundukları setten aşağıya inemiyorlardı.

Gelen haberle sakin sakin etrafa bakan bütün ekip bir anda pür dikkat kesilmişti. Altan kalp atışlarının hızlandığını hissetti.

"Ne dersin Faruk, oldu mu sence bu defa?"

"Göreceğiz Altan, yeminle avuçlarımı sıkmaktan içleri sırılsıklam oldu!"

Dibe doğru yaklaşmaya başlamışlardı. Boğaz'a akan su artık etraftaki çamuru da beraberinde sürüklemeye başlamıştı. Bu Boğaz'da bekleyenlerin işlerini biraz zorlaştırıyordu. Ve beklenen manzara görülmeye başlamıştı...

Kemikler bir düzen göstermeden sıralanmıştı. Gördükleri karşısında küçük dillerini yutmuşlardı. En az on, belki de on beş ceset vardı. Barajın suyu tam boşaltılmamıştı. Teknelerin hareket edebileceği bir miktar suyun kalması için kapaklar kapatılmıştı. Manzara korkunçtu. Balık adamlardan bazıları gölün tabanına inmişlerdi. Bazı yerler nerdeyse boy verme mesafesindeydi. Havadaki kasvetin tarifi yoktu. Her iki komiser hem gururlu hem de alabildiğine üzgündüler. Her ne kadar büyük bir başarı gibi görünse de belki de ceset bulunamadığı için dosyaları kapatılmış davalar vardı. Gerçi bu onların kabahati değildi ama gene de üzgündüler.

Balık adamlar cesetleri bulundukları yerden çıkarmak için her cesedin demir levhalara bağlandığı ipleri kesiyorlardı. Çoğu sadece kemikti, sadece iki tanesi tanınmaz bir hâldeydi ama bütünlüğünü gene de koruyorlardı. Mazgallarda da su akışı kesildiği için akıntıyla sürüklenen kemikler toplanmıştı. Şimdi pazılın parçaları birleştirilecekti. Gün iyiden iyiye ağarmıştı. Teknelerdeki projektörler çalıştırıldı. Üç balık adam çok az kalan gölün dibindeki su birikintisine dalıp araştırmalarına devam ettiler. Az sonra dipten bir ceset daha çıkarıldı. Tam bir vahşet görüntüsü vardı, tekneler cesetlerle dolmuştu. Balık adamların şefi yukarıdaki helikopterden sepeti sarkıtmalarını istemişti. Dört ceset verildikten sonra helikopter barajın kenarında bekleyen Adli Tıp Kurumu'nun cenaze nakil araçlarının bulunduğu alana yöneldi.

Bütün cesetler verildikten sonra sıra ekibin bulundukları yerden alınmasına gelmişti. Cesetlerin çıkarıldığı sepetlere binmek pek hoş değildi ama yapacak bir şey yoktu. Daha sonra geride kalan birer kişi de teknelerle birlikte açık alana çıkarıldılar. Son kez kontrol için kapaklar tekrar açıldı, on beş dakika sonra son su birikintisi de çamur kıvamında kapaklara doğru aktı. Geride bir zamanlar kurbanlarını gölün karanlık ve soğuk sularına çeken demir plakalar kalmıştı. Altan ve Faruk Komiser son kez gölün tabanını kendi gözleriyle görmek için helikopterle bir tur attılar. Helikopterin projektörleri tabanı iyiden iyiye taradı, geride bir şey kalmadığına emin olarak döndüler.

Gece emniyette mesai sabaha kadar sürdü, iki kez basın açıklaması yapıldı.

* * *

Saat sabahın dördüydü. Direksiyonlarda nöbet değişimi için Bolu Dağı tüneli çıkışından sonra ilk mola yerine sapıldı, genel ihtiyaçlar giderildikten sonra bir şeyler atıştırmak için lokantada birleştiler.

"Ben sadece çay istiyorum," dedi Ceyda.

"Ben aç değilim ama sadece çay midemizi bulandırır hayatım, yanına bir iki kahvaltılık söyleyelim bence, ne dersiniz arkadaşlar?" diye devam etmişti Filiz.

"Bence de iyi fikir."

Özgür hemen dibinde kendilerini dinleyen gözlerinden uyku akan genç garsona söylenenleri anlamış olacağını düşünerek gereğini yap anlamında bir kafa işareti yaptı. Garson tamam anlamında işaret edip yanlarından ayrıldı.

Dışarıda oturmuşlardı ama hava keskindi. Aylin ve Filiz diğerlerinin de üzerlerine bir şeyler almak için araçlara gittiler. Geri döndüklerinde pür dikkat televizyona bakan bir ekiple karşılaştılar. Önceleri hareketsiz, ağızları yarıya kadar açık televizyona bakıldığına bir anlam verememişti. Televizyonda, geçen hafta olan önemli olayların ayrıntıları anlatılmaktaydı. Duydukları haber hepsini rahatlatmıştı. KATİL YAKALANMIŞTI.

Özgür kendisinden isteneni yapmıştı. Demek ki her şeyin bir sebebi vardı ve sorgulamak gereksizdi. İki dakika süren ve anlamsız gibi görülen bir telefon görüşmesi beraberinde pek çok cinayetin de aydınlatılmasına yarayacaktı.

Aylin ve Filiz de yerlerine oturup seyretmeye koyuldular. Hayat sürprizlerle doluydu, kimi heyecanlı ve neşeli kimi de hüzünlü ve de korkunç.

Çay ve kahvaltılıklar geldiğinde ancak kendilerini televizyondan alabilmişlerdi.

"Vay be, görüyor musun Özgür, nereden nereye, hiç aklına gelir miydi böyle bir şey?"

"Gelmezdi Alper, adam az daha bizi de mahvedecekti."

"Bu çok korkunç bir şey, baksanıza ondan fazla ceset varmış diyorlar!"

"Haklısın Ceyda bu çok korkunç, kim bilir kimler ve hangi sebepten?" dedi Filiz.

Aylin, Özgür'le konuşulmaya gelindiği günü anımsadı birden, havanın soğukluğu da tüylerinin diken diken olmasını kolaylaştırmıştı. Çay içlerini ısıtmıştı. Biraz daha durup, kimin elinin kimin cebinde olduğunun belli olmadığı bu koca şehre doğru yola koyuldular. Anlamsızlıklarının içinde, anlamlar barındıran, ne kadar nefret edilse de vazgeçilemeyen şehre yaklaştıklarında gün doğmuş, trafik her zamanki gibi hareketlenmişti. Hepsinin kafasında cinayet vardı. Ama kimse bu konuyu konuşmuyordu.

Önce Aylin'i bıraktılar. Sonra birlikte Özgür'ü bırakıp, Alper ve Filiz evlerine doğru devam ettiler. Araç Tolga'da kaldı. Yarın o gelip Özgür'ü alacaktı.

Özgür eve gelir gelmez duşa girdi ve kendisini yatağa attı. Muhtemelen diğerleri de aynı şeyi yapmıştı.

* * *

Mümtaz Savcı akşam saatine doğru hastane yönetiminden izin alarak normal odaya alınmış olan Sinan'ın ifadesini almaya başlamıştı. İfadenin bitmesini beklemeden, Savcı'nın yanında bulunan polis memurları da Savcı Bey'in talimatıyla diğer zanlıların aranması ve yakalanması için merkeze bilgi aktarıyorlardı. İşin içinde kimler yoktu ki...

Sinan kendisini ömrünün sonuna gelmiş gibi hissediyordu. Bir avukat olarak ifade vermek ne kadar kahredici bir şeydi. Duruşmaya nasıl çıkacağını düşünmek bile istemiyordu ama kurtuluşu yoktu. Tanıdığı onca insanın hele karısının yüzüne nasıl bakacaktı? Muhtemelen çoktan kendisine boşanma davası açmıştı bile. Çocuğunu belki kendisine hiç göstermeyecekti. Bir de Özlem vardı tabii ki... Keşke bir yolunu bulup duruşmalara çıkmasaydı.

* * *

Filiz ve Alper de biraz dinlenmişlerdi. Filiz, Ceyda'yı aradı ve Özgür'ü aramasını akşam yemeğine gelmesini istemişti. Aylin ve Tolga da davet edildi. Sabahın yorgunluğu geçmişti. Ekip yeniden bir aradaydı. Özgür yemek masasında anlatılanları dinliyordu. Savaşçıların kılıçlarından kanlar damlıyordu. Uzun saçlı savaşçı, Antor:

"Her zaman bu kadar kanlı olmaz evlat, bu defa sana denk geldi, genelde düşman direnişle karşılaşınca kaçıp giderdi ama bu defa çok ısrarcı oldular, karşılığını da aldılar tabii."

"Belli ki siz de bu sistemin içindesiniz, amaç nedir?"

Antor da hem diğer savaşçılarla hem Özgür'le sohbet edebiliyordu. Diğer savaşçılar Özgür'den bihaberdiler. Tıpkı masanın etrafında olan Aylin, Tolga, Ceyda Alper ve Filiz gibi.

"Sen daha yolun başındasın, çok iyi iki eğitmenin var, onların sayesinde çok kısa sürede inanılmaz yol aldın. Senin geldiğin merhaleye ulaşmak için yıllarca bu sistemi bildiği hâlde bekleyen insanlar var. Bizler tarihin pek çok sahnesinde çıkar ve kayboluruz. Asıl yaşantımız başka yerdedir. Görevimizi yerine getirir ve tekrar oraya döneriz, yani yuvaya."

"Peki ben ne yapmalıyım? Şu ana kadar hep bir şeyler gördüm, izledim o kadar. Bir de yıllarca merakım olan dünya dışı varlıkların olduğunu artık biliyorum ve onlarla seyahat bile yaptım. Bunların benim için bir mükâfat olduğunun da farkındayım. Asıl görevimin ne olduğu bana ne zaman açıklanır sence?"

"Bu konuda acele etme. Ağabey ve Sırdaş hep yanında olacak bir de hizmetkâr. Hepimiz bir bütünün parçalarıyız. Dünya ise bizim için sadece bir mekân o kadar. Unutma bizi var eden büyük güç hem içimizde hem dışımızda, o bizi gücüyle biz de onu düşüncemizle var ettik. Sen kendi zaman diliminde iyi bir insan olarak yaşamaya devam edeceksin, kendi zaman diliminde evlenecek, çocuk sahibi bile olacaksın. Yanında oturan kız senin için seçildi. İyi kalpli birisi ve çok iyi bir anne olacak."

"Bunları biliyorsak neden üzerinden tekrar geçer gibi yaşıyoruz ki?"

"Bu sorunun cevabını zamanla kendin bulacaksın, bu anlatmakla anlaşılır bir şey değil, özellikle son bir yıldır yaşadıklarını, sana beş yıl önce anlatmış olsaydık inanır mıydın?"

"Pek değil."

O esnada havadaki enerji yoğunluğu farklılaşmaya başlamıştı. Mekân değişim gösteriyordu. Oturdukları yerden ayağa kalkıp yürümeye başladılar. Oraya gelmişlerdi. Güneşin olmadığı ama havanın hep aydınlık olduğu, rüzgârın ıslık çaldığı, taşların kristal, derelerin tersine aktığı yere. Ağabey ve Sırdaş onu bekliyordu. Antor görevinin burada bittiğini söyleyip ayrıldı. Özgür bir anda yüzlerce yıl geriden zamanın olmadığı yere gelmişti.

Diğer tarafta çaylar yudumlanıyor, sanki yarın başka bir yolculuğa çıkılacakmış gibi heyecanlı planlar yapılıyordu. Özgür'ün üst benliği her iki tarafı o kadar güzel idare ediyordu ki bu artık iyice ustalaşma yolunda olduğunun belirtisiydi.

"Hoş geldin evlat."

"Hoş bulduk Ağabey, sizleri böyle görmek ne güzel, en son gördüğümde beni çok şaşırtmıştınız da. Sen nasılsın Sırdaş?"

"İyiyim, bakıyorum sen de bayağı iyisin."

"Sırada ne var, merak ediyorum?"

"Sırada şu an bir şey yok evlat, zamanı gelince olaylar ve insanlar seni veya sen onları bulursun. Şimdi dünyadaki yaşantına dönme vakti. Hizmetkâr hep seninle olacak tabii ki biz de her zamanki yerimizde adaçayını içip, simit ve peynirimizi yiyip muhabbet edeceğiz. Burası artık senin yeni hayatının başlangıç noktası, burası iyi insanların, iyilik yapan insanların dünyası, burası ölmeden ölümsüzlüğe erenlerin dünyası. Daha delikanlı çağında yaşadığın o büyük acıya rağmen isyan etmedin ve sabırlı oldun, elbette bu sabrın bir mükâfatı olacaktı."

* * *

İki Ay Sonra...

Savcı Mümtaz Bey uzun bir çalışmadan sonra toplam on bir kişi hakkında iddianameleri hazırlamıştı. Sinan ilk kez cezaevinden, tanıdıklarının karşısına çıkacaktı. Basının ilgisi büyüktü. Kartal Adliyesi olayın mağdur ve kahramanlarını ağırlıyordu. Nesrin aylar sonra kocasını görecekti ama görmese de olurdu. Çocuğu duruşmaya getirmemişti. Cinayete kurban gitmiş diğer kişilerin yakınlarının yüzlerindeki hüzün gri renkteydi. Asıl cinayetin ve diğer cinayetlerin aydınlatılmasında canla başla çalışan Komiser Faruk, Komiser Altan ve ekibine mütevazı bir törenle de olsa, takdirname ve maaş mükâfatı verilmişti. Cezaevi aracı adliyeye giriş yaptığında gazeteci ve televizyoncuların mesaisi de başlamış oldu. Cezaevi aracından kafaları önde duruşma salonuna doğru ilerlediler, etraftan gelen kötü sözleri hatta küfürleri duymazdan gelmek mümkün değildi.

Cahit Baba duruşmaya gelmek istememişti, fakat bir hukukçu olması ve Sermin'in ısrarı, kararını gözden geçirmesine neden olmuştu. Gözlerde öfke ve acı, dudaklarda bir anda boşalmayı bekleyen zehir gibi sözler, ama hepsi bekledi ve kayboldu.

* * *

Özgür ve Ceyda nişanlandılar, Ceyda'nın anne ve babası tanımadıkları bu gence kefil olarak Filiz ve Alper'i görmüşlerdi. Filiz ve Alper'le bir araya geldiklerinde gene UFO'lardan bahsediliyordu, teleskopla bir şeyler görmek için saatlerce bekliyorlardı ama Özgür hiçbir zaman ne Ay'ın karanlık yüzeyinden ne de daha sonra gezegenler arası yapmış olduğu yolculuklardan bahsediyordu. Orası sadece kendisi için açılan bir kapıydı.

Beşiktaş'ta içilen adaçayı, yenilen simit ve peynir, soğuk kış günlerinin eğlencelerinden biriydi. Artık konuşmadan anlaşıyorlardı. Daha doğrusu Özgür iyiden iyiye onların seviyesine ulaşmıştı. Çoğu zaman mükâfatlandırılanların yerine gidip orada zaman geçiriyorlardı.

Özgür başkalarıyla da tanışmıştı. Kimler yoktu ki; insanlık tarihine güzelliklerle adını yazdırmış yüzlerce, binlerce insan. Anne ve babası hep oradaydı zaten, artık onları hiç özlemiyordu. İşi bu dünyada karnını doyurmaya yarayan bir araçtı sadece, diğer taraf ise yeni bir hayattı.

-SON-

Yazar'ın Diğer Eserleri